Paul Harding ist das Pseudonym
eines bekannten Historikers.

Paul Harding

Das Haus des roten Schlächters

Kriminalroman aus dem mittelalterlichen London

Aus dem Englischen von Rainer Schmidt

Knaur

Von Paul Harding ist
außerdem erschienen:

Die Galerie der Nachtigallen
(Band 63010)

Dieses Buch wurde auf chlor- und
säurefreiem Papier gedruckt.

Vollständige Taschenbuchausgabe
November 1995
Droemersche Verlagsanstalt
Th. Knaur Nachf., München

Titel der Originalausgabe
»The House of the Red Slayer«

Umschlaggestaltung:
Agentur ZERO, München
Umschlagabbildung: unter
Verwendung eines Gemäldes von
Karl Theodor von Piloty, »Die
Eroberung Jerusalems durch
Gottfried von Bouillon 1099«
(um 1855/60), München
Stiftung Maximilianeum
Satz: Ventura Publisher im Verlag
Druck und Bindung:
Elsnerdruck, Berlin
Printed in Germany
ISBN 3-426-63021-4

2 4 5 3 1

Prolog

Juni 1362

Der Tag hatte heiß begonnen, und mittags hing die Hitze wie eine Decke über der dreimastigen Karake aus dem zyprischen Famagusta. Schlaff hingen die Segel, und Pech und Teer schmolzen zwischen verschimmelten Planken. An Bord suchten die Passagiere – Pilger, Händler, Reisende und Kesselflicker – Schatten, wo immer sie ihn fanden. Manche zählten die Perlen an ihrem Rosenkranz, andere schützten die rotgeränderten Augen vor der Sonne und suchten den Himmel nach winzigen Vorboten des Windes ab. Die Decks der *Saint Mark* waren glühend heiß; selbst die Besatzung war vor dem grellen Glast geflüchtet. Der Ausguck döste hoch oben in den Rahen. Ein silberner Christophorus, der über seinem Kopf an den Mast genagelt war, fing das Sonnenlicht ein und warf es zurück wie ein Gebet um Schatten und starken, kühlenden Wind.

Unter dem Ausguck döste ein Ritter in weißem Leinenhemd und schweißfleckiger Hose. Seine ledernen Stiefel bewegten sich rastlos. Der Ritter wischte sich den Schweiß von der Stirn und kratzte sich den schwarzen Bart, der sein Gesicht halb verdeckte. Ein Junge, der im Schatten der Reling Schutz gesucht hatte, betrachtete mit großen, staunenden Augen das Rüstzeug, das sich neben ihm türmte: Kettenhemd, Handschuhe, Brustpanzer und Halsberge. Aber was die Aufmerksamkeit des Jungen fesselte, war der weiße Kattunüberwurf, der mit einem ungefügen, riesigen roten Kreuz bemalt war. Der Junge spähte zum Ritter hinüber, während seine Hände sich verstohlen dem drahtum-

flochtenen Griff des mächtigen zweischneidigen Schwertes näherten.
»Faß es ruhig an, Knabe«, sagte der Ritter leise, und weiße Zähne blitzten in seinem sonnenverbrannten Gesicht. »Nur los, faß es an, wenn du willst.«
Der Junge tat es und strahlte.
»Willst du Ritter werden, Knabe?«
»Ja, Herr, ein Kreuzritter. Aber ich bin Waise«, antwortete der Junge ernst.
Der Ritter grinste, aber sein Gesicht wurde ernst, als er zum Achterdeck schaute. Der Steuermann hatte den Kapitän gerufen, und beide starrten nun auf das Meer hinaus. Der Kapitän schien sich Sorgen zu machen. Er nahm den großen, breitkrempigen Hut ab, stampfte auf das Deck, und der Ritter hörte seine gemurmelten Flüche. Über ihnen schrie der Ausguck plötzlich: »Ich sehe Schiffe ohne Segel, und sie kommen schnell näher!«
Sein Ausruf erweckte das Schiff zum Leben. Schiffe ohne Segel, die über das Meer heranjagten – das konnte nur ein maurischer Korsar sein. Die Menschen an Deck waren aufgestört, Kinder weinten, Männer und Frauen riefen durcheinander. Harte Sohlen trappelten auf den Leitern, Soldaten und Matrosen hasteten an ihre Plätze. Der Chor der Seufzer wurde immer lauter.
»Keine Segel!« rief ein Soldat. »Dann müssen es Galeeren sein!«
Das Geschrei verstummte, und Todesangst vertrieb den Verdruß über die sengend heiße Sonne. Der Tag würde zu Ende gehen, die Dunkelheit würde kommen und die Luft kühler werden. Aber die grünbeflaggten Galeeren der Korsaren mit ihren schnittigen Rudern würden nicht verschwinden. Sie umstreiften die griechischen Inseln wie wütende Wölfe, und wenn sie angriffen, gab es kein Entkommen. Genuesische Armbrustschützen kamen an Deck, die Köpfe mit weißwollenen Tüchern umwickelt. Große Armbrüste hüpften auf ihren Rücken, und Jungen mit Köchern voll widerhakiger Bolzen folgten ihnen.

»Eine Galeere!« rief der Ausguck. »Nein, zwei! Nein, vier! Kurs Nordnordost.«
Matrosen, Passagiere und Soldaten stürzten an die Reling, so daß das Schiff wie ein Habicht hinabtauchte.
»Zurück auf eure Posten!« Der braungebrannte Kapitän kletterte hastig die Leiter vom Achterdeck herunter. »Bootsmann!« rief er. »Die Waffen herausgeben! Armbrustschützen aufs Achterdeck!«
Wieder erhob sich eiliges Getrappel; ringsum an Deck wurden schnell große Eimer mit Meerwasser neben Tonnen mit hartem grauen Sand aufgestellt. Matrosen und Soldaten überschütteten die ängstlichen Passagiere mit Flüchen und schickten sie hinunter in die faulig stinkende Finsternis unter Deck.
Der Ritter richtete sich auf, als der Kapitän auf ihn zukam.
»Galeeren«, sagte der Seemann leise. »Der Herr sei uns gnädig – und so viele!« Er blickte in den blauen Himmel. »Wir können ihnen nicht entkommen. Eine würde vielleicht nicht angreifen, aber vier ...«
»Wirst du kämpfen?« fragte der Ritter.
Der Kapitän spreizte die Hände. »Vielleicht greifen sie nicht an«, meinte er verzweifelt. »Oder sie verlangen nur einen Zoll.«
Der Ritter nickte, aber er wußte, daß der Seemann log. Er wandte sich an den kleinen Jungen, der jetzt neben ihm stand.
»Ein guter Tag zum Sterben«, sagte der Ritter leise. »Hilf mir, die Rüstung anzulegen.«
Der Junge rannte zur Reling und kehrte wankend unter der Last des schweren Kettenhemdes zurück. Der Ritter sah sich um, während er sich für die Schlacht ankleidete. Die Mannschaft hatte getan, was sie konnte. Tödliche Stille lag jetzt über dem Schiff, nur unterbrochen vom Plätschern des Wassers an seinen Flanken und dem Gemurmel der herannahenden, dunklen Galeeren.
»Sie bringen den Tod«, murmelte der Ritter.

Der Kapitän hörte ihn und drehte sich rasch um.
»Warum so viele?« fragte er ratlos. »Als hätten sie gewußt, daß wir hier sind.«
Der Ritter streifte mühsam das Kettenhemd über und schnallte sich den ledernen Schwertgurt um den Leib.
»Deine Ladung?«
Der Kapitän zuckte die Achseln. »Fahrgäste«, sagte er. »Einige Faß Obst. Weinschläuche. Ein paar Ellen Tuch.«
»Kein Schatz?«
Der Kapitän zog eine verächtliche Grimasse und suchte aufs neue am Himmel nach einem Windhauch; das goldene Gleißen der Sonnne war sein einziger Lohn. Der Ritter betrachtete die Galeeren: lang, schwarz, falkenhaft. Jetzt erkannte er an Deck die angetretenen Soldaten in ihren gelben Baumwollgewändern und weißen Turbanen. Er erstarrte, und seine Augen wurden schmal.
»Janitscharen!«
Der Junge blickte auf. »Was, Herr?«
»Bei den heiligen Gebeinen«, erwiderte der Ritter. »Wieso jagt die Elitetruppe, die Creme der muselmanischen Horden, mit Galeeren einem Schiff hinterher, das nichts als Wein und Obst geladen hat?«
Der Junge schaute stumm hoch, und der Ritter strich ihm über den Kopf.
»Bleib bei mir«, flüsterte er. »Bleib an meiner Seite, und zeige keine Furcht, wenn ich falle. So kommst du mit dem Leben davon.«
Die Galeeren rauschten heran, und der Ritter roch den fauligen Gestank von Hunderten schwitzender Sklaven an den Rudern. Er hörte die Befehle des Maurenkapitäns, rauhe arabische Silben, die über das Wasser hallten. Die Galeeren umzingelten das aufgebrachte Schiff, und die Ruder blitzten weiß und tropfend wie Hunderte von Speeren. Eine Galeere postierte sich achtern,

die zweite vor dem Bug, während die dritte und vierte der mächtigen Galeeren die beiden Seiten übernahmen. Der Kapitän der *Saint Mark* wischte sich mit dem Ärmel seines Wamses den Schweiß aus dem Gesicht.

»Vielleicht greifen sie nicht an«, sagte er leise. Er drehte sich um, und der Ritter sah die Erleichterung in seinem Blick. »Sie wollen verhandeln.«

Behende wie ein Affe kletterte der Kapitän wieder aufs Achterdeck. Die Galeere an Steuerbord schob sich näher heran, und der Ritter erkannte die strahlend bunten Livreen einer Gruppe maurischer Offiziere. Einer von ihnen erklomm jetzt die Reling der Galeere.

»Seid ihr die *Saint Mark* aus Famagusta?« rief er herüber.

»Ja«, antwortete der Kapitän. »Wir haben nur Passagiere und Dörrobst an Bord. Es herrscht Waffenstillstand«, fügte er flehend hinzu. »Euer Kalif hat einen Eid geschworen.«

Der maurische Offizier griff nach zwei der aufgestellten Ruder, um sich festzuhalten.

»Du lügst!« schrie er. »Du hast einen Schatz an Bord – einen Schatz, der unserem Kalifen gestohlen wurde. Übergib ihn, und laß uns dein Schiff nach dem Schurken durchsuchen, der ihn geraubt hat.«

»Wir haben keinen Schatz«, wimmerte der Kapitän.

Der Offizier sprang herunter. Eine beringte Hand durchschnitt die Luft, ein gutturaler Befehl erklang. Der Kapitän der *Saint Mark* drehte sich um und sah verzweifelt den Ritter an; im selben Augenblick brachen er und der Steuermann unter einem Pfeilhagel zusammen, der von den Galeeren herüberschwirrte. Der Ritter klappte lächelnd das Visier seines Helms herunter und zog den Jungen neben sich. Dann packte er sein großes zweischneidiges Schwert und stellte sich mit dem Rücken zum Mast.

»Ja«, flüsterte er. »Es ist ein guter Tag zum Sterben.«

Die Kesselpauken auf den Galeeren schlugen den Rhythmus

des Krieges, Becken krachten, Gongschläge hallten. Die genuesischen Bogenschützen auf dem Handelsschiff taten ihr Bestes, aber die Galeeren schoben sich heran, und die gelbgewandeten, von Rauschgift entfesselten Janitscharen stürzten an Deck der *Saint Mark*. Hier und dort kämpften und starben kleine Gruppen von Pilgern und Kaufleuten. Einzelne versuchten, nach unten in die Dunkelheit zu entkommen; die Janitscharen verfolgten sie, und das Blut strömte wie Wasser über die verpichten Planken des Schiffes. Aber die eigentliche Schlacht wurde am Mast ausgefochten, dort, wo der Ritter stand, die Beine leicht gespreizt, die Füße fest am Boden. Sein großes Schwert durchschnitt die Luft wie eine Sense, bis das Blut knöcheltief stand und neue Angreifer ausglitten und wegrutschten, wenn sie sich mordlustig auf ihn stürzen wollten. Der Junge feuerte ihn schreiend an; aber kein Mensch konnte solcher Macht auf ewig widerstehen. Nach einer Weile erstarb die Schlacht, und die Galeeren zogen ab, das Achterschiff voll beladen mit Raubgut und Gefangenen. Flammen leckten am Holzwerk der *Saint Mark*, sacht trieb sie in einer zunehmenden Brise dahin und wurde schließlich zu einem lodernden Scheiterhaufen. Als die Nacht kam, war das Schiff gesunken. Hier und dort dümpelte noch eine Leiche auf dem Wasser; sonst gab es keine Spur mehr von dem großen Morden, das hier gewütet hatte.

Dezember 1377

Ein mörderisch kalter Wind trieb den Schnee durch London, und die Eis und Hagelböen waren scharf wie Dolche. Erst waren es nur wenige weiße Flocken gewesen, aber jetzt fielen sie dick und schwer wie Gottes Gnade vom Himmel und bedeckten die Wunden dieser düsteren Stadt. Die Chronisten in den Klöstern am Rande von London kauerten in eiskalten Kammern, versuchten, sich die Finger zu wärmen, und schrieben, daß dieses schreckliche Wetter Gottes Strafe für die Stadt sei.

Strafe Gottes oder nicht, der Schnee fiel unaufhörlich und legte sich wie ein Teppich auf die stinkenden Straßen und die Kotberge der Müllkippen an der Themse, wo die Flußpiraten an den niedrigen Galgen baumelten und schwarz und hart wurden, während der Fluß gefror. Im wüstkalten Dezember schlich der Frost sich wie ein Meuchelmörder in die Stadt, um die Bettler in ihren Lumpen umzubringen. Die Leprakranken, die draußen vor Smithfield in ihrem Dreck kauerten, schrien und stöhnten, als der Frost in ihre offenen Wunden biß. Alte, verlotterte, rötelgeschminkte Huren fand man mit frostfleckigen Gesichtern, kalt und tot, an der Ecke der Cock Lane. Die Straßen waren ausgestorben; nicht einmal die Ratten konnten auf Beutezug gehen, denn die großen Müllhaufen und die offenen Rinnsteine in der Mitte der Straße – sonst voll und glitschig von menschlichem Auswurf – waren steinhart gefroren.

Schneestürme verhüllten den Himmel und machten die Nächte so finster wie die Hölle. Keine gottesfürchtige Seele ging mehr vor die Tür – besonders in Petty Wales und East Smithfield, der Gegend um den großen Tower, dessen schneebedeckte Türmchen trotzig in den schwarzen Nachthimmel ragten. Die Wachposten auf den vereisten Zinnen der Festung gaben ihre Wache auf und verkrochen sich hinter den Mauern. Auch am Gittertor stand kein Wächter, denn Schlösser und Ketten waren eisenhart gefroren: Wer hätte sie öffnen können?

Allerdings mied man den Tower auch an linden Sommertagen. Alte Vetteln tuschelten, der Bau sei Teufelswerk, und die schwarzen Raben, die um die grimmigen Türme flatterten, seien Scharen von Teufeln auf der Suche nach menschlichen Seelen. Mit Menschenblut, behaupteten die Weiber, sei der Mörtel der Mauern gemischt, und unter den Felsfundamenten ruhten die Skelette der Menschenopfer, ermordet vom großen Caesar, als er die erste Festung hier erbaut hatte. Die wenigen, die lesen konnten, taten solche Geschichten als Unsinn ab: Der Tower mit seinem großen weißen Bergfried war von William dem Eroberer gebaut worden, um London einzuschüchtern, und sie lachten über Geschichten, die Kindern angst machen sollten.

Trotzdem hatten die alten Vetteln recht: Der Tower hatte seine makabren Geheimnisse. Unter einer seiner Mauern lagen kalte, grün verschleimte Gänge; alte und rußgeschwärzte Fackeln hingen kraftlos in ihren Haltern, die an den Wänden verrosteten. Seit Jahren war niemand mehr unten gewesen; nicht einmal die Soldaten kamen in dieses geheimnisumwobene Tunnelgewirr. Drei Verliese gab es hier, aber nur zwei Türen, und in der mittleren Zelle, einem viereckigen schwarzen Loch, lag ein zerfallendes Skelett. Keine Spur war mehr davon, wie es einst ausgesehen hatte, als Fleisch die Knochen noch umgab und das Blut wie heißer Wein durch Herz und Hirn geströmt war. Das Skelett vergilbte langsam; eine Ratte wieselte durch den Brustkorb und nagte erfolglos in den leeren Augenhöhlen herum, bevor sie am Armknochen entlanghuschte, der unter dem roh gezeichneten Bild eines dreimastigen Schiffes an der Wand lehnte.

Der Meuchelmörder, der sich hinter der gefrorenen Brustwehr auf dem großen Glockenturm versteckte, wußte nichts von solch geheimen Orten, obwohl ihm klar war, daß der Tower viele Geheimnisse barg. Er zog den Mantel fester um sich.

»Die Zeit ist gekommen«, murmelte er, die Bibel zitierend, vor sich hin, »da alles, was im Dunkeln verborgen ist, im hellen Licht des Tages offenbar werden soll.« Er blinzelte zum Himmel. »Blut kann nur gerächt werden«, raunte er, »indem Blut vergossen wird.«

Ja, dieser Gedanke gefiel ihm: Gerechtigkeit und Tod gingen Hand in Hand. Er spähte hinüber zum dunklen Gebirge der Kapelle von St. Peter ad Vincula. Sicher würde Gott das verstehen. Hatte er nicht Kain gebrandmarkt, weil er Abel erschlagen hatte? Warum sollten Mörder ungestraft davonkommen? Der beißende Wind störte ihn nicht und auch nicht die stetig fallenden Schneeflocken oder das einsame geisterhafte Kreischen der Nachtvögel unten am eisigen Fluß.

»Es gibt Dinge, die sind kälter als der Wind«, flüsterte er und wandte sich nach innen, meditierte über seine eigene, trostlose Seele und die große, offene Wunde, die dort schwärte. Bald käme Weihnachten und dann das Fest der Unschuldigen Kinder. Eine Zeit voll Unschuld und Wärme, wo gutes Essen langsam am Drehspieß briet. Grüne Zweige würden die Zimmer schmücken; Mummenschanz würde es geben und Gelage, Spiele, heiße Kuchen und Glühwein. Der Attentäter lächelte. Und wie an jedem Weihnachtsfest würden die Mörder sich hier im Tower versammeln. Sanft wiegte er sich. Der Prozeß würde beginnen; die Warnungen waren schon bereit. Er streckte die Hände zum Nachthimmel empor.

»Das Blut soll fließen«, flüsterte er. »Der Mord soll meine Waffe sein.«

Er bemerkte das Kreuz von St. Peter ad Vincula. »Gott soll mein Richter sein«, endete er und schob die Hände unter den Mantel. Seine Augen starrten hinaus in die schwarze Nacht. Im Gedenken an die Vergangenheit wiegte er sich sachte und sang leise ein Lied, das nur er verstand. Jetzt war ihm warm. Im Blute seiner Opfer würde er die Wunden seiner Seele baden.

1. Kapitel

Bruder Athelstan stand auf dem Turm der Kirche von St. Erconwald in Southwark und starrte in den Himmel. Er nagte an seiner Lippe und fluchte leise. Er hatte gehofft, daß die Wolkendecke aufreißen werde, und für eine Weile war es auch geschehen. Die Sterne hatten gefunkelt wie Juwelen auf einem schwarzen Samtkissen. Athelstan hatte die Sternbilder studieren wollen, da die längste Nacht des Jahres nahte; er hatte sehen wollen, ob der Verfasser von *Equatorie of the Planets* recht hatte. Aber wie einen undurchsichtigen Schleier hatte der Wind die Schneewolken wieder über den Himmel gezogen.

Der Ordensbruder stampfte in seinen Sandalen auf und blies sich die frierenden Finger. Dann raffte er Tintenhorn, Feder, Astrolabium und Pergamentrolle zusammen, hob die Falltür und stieg vorsichtig die Treppe hinunter. In der Kirche war es eiskalt und finster. Mit etwas Zunder entfachte er die Kienspäne vor der Statue Unserer Lieben Frau, die Fackeln im Kirchenschiff und die dicken, weißen Bienenwachskerzen auf dem Altar. Athelstan ging die Altarstufen hinunter und unter dem neugeschnitzten Chorgitter hindurch, das Huddle gerade mit einem Tableau bemalt hatte: Christus führte die Seelen aus dem Fegefeuer. Athelstan bewunderte die kraftvollen grünen, roten, blauen und goldenen Pinselstriche des Malers.

»Der junge Mann ist ein Genie«, brummte er und trat zurück, um die Figuren genauer zu betrachten. Er wünschte bloß, Huddle wäre ein bißchen zurückhaltender in der Darstellung einer jungen Lady gewesen, deren runde, strotzende Brüste die Hure Cecily als ihre eigenen erkannt hatte.

»Na, dann laß mal sehen!« hatte Tab, der Kesselflicker, gerufen, bevor Ursula, die Schweinebäuerin, ihm einen spitzen Ellbogen in die Rippen gestoßen hatte.
Athelstan schüttelte den Kopf und ging hinüber, um sich die Hände über dem kleinen Holzkohlenbecken zu wärmen, das mit seiner Glut die eiskalte Nachtluft ein wenig linderte. Er blickte auf das Kirchenschiff und sah die immergrünen Zweige von Stechpalmen und Efeu, die die Frau von Watkin, dem Mistsammler, um die dicken Pfeiler gewunden hatte. Athelstan war zufrieden. Das Dach war geflickt, die Fenster mit Horn verglast. »Jetzt sieht's schon eher wie eine Kirche aus«, brummte er, »und nicht mehr wie ein langer dunkler Tunnel mit Löchern in den Wänden.« Bald wäre die Adventszeit vorüber. Das Grün sollte den neugeborenen Christus begrüßen. »Immergrün«, murmelte der Bruder, »für unseren immergrünen Herrn.« Ein kleiner Schatten strich durch den dunklen Gang herauf.
»Du weißt immer, wann der Zeitpunkt günstig ist, Bonaventura.«
Der große Kater tappte herüber, blieb vor Athelstan stehen, streckte sich und rieb sich dann bettelnd an der schwarzen Kutte des Bruders. Athelstan schaute zu ihm hinunter.
»Hier gibt's keine Mäuse«, sagte er leise. »Gott sei Dank.«
Nie würde er vergessen, wie Ranulf, der Rattenfänger, heimlich Fallen in der Binsenstreu auf dem Fußboden versteckt hatte, und Cecily eines Morgens, als sie hier saubergemacht hatte, mit der Zehe hineingeraten war. Athelstan war seit dreißig Jahren auf der Welt und auch Soldat gewesen, aber noch nie hatte er derart saftige Flüche gehört, wie sie sich da aus Cecilys hübschem Munde ergossen hatten.
Der Bruder bückte sich und hob den Kater auf. Er betrachtete das runde, schwarzweiße Gesicht und die zerfransten Ohren. »Bonaventura, der große Mauser«, murmelte er. »Bist du gekommen, um dir deinen Lohn zu holen?« Athelstan ging in einen

der dunklen Transepte und nahm eine Schale mit gefrorener Milch und kleingeschnittenen Sprotten vom Fenstersims. »Wessen Leben ist lohnender, Bonaventura?« fragte er, während er sich hinhockte, um das Tier zu füttern. »Das eines Katers in Southwark oder das eines Dominikanermönchs, der die Sterne liebt und im Schlamm rackern muß?«

Der Kater blinzelte ihn an, ließ sich nieder und fraß. Mit einem Auge blickte er wachsam zum Fuß einer Säule, denn dort, wo die Binsen etwas dichter aufgeschüttet waren, raschelte es leise. Athelstan kehrte zur Altartreppe zurück, kniete nieder, bekreuzigte sich und begann mit dem ersten Gebet des Gottesdienstes. »*Veni, veni, Emmanuel*!« Komm, oh, komm, Emmanuel.

Wann würde Christus wohl wiederkommen? fragte Athelstan sich. Um Wunden zu heilen und Gerechtigkeit zu üben ... Nein. Er schloß die Augen. Er hatte sich geschworen, nicht an Cranston zu denken – nicht an das fette, rote Gesicht und den kahlen Schädel, nicht an die boshaften blauen Augen und den mächtigen Wanst, der einen ganzen Weinberg trockensaufen konnte. Die alte Geschichte vom Teufel fiel ihm ein, der all die halbherzigen Gebete der Priester sammelte und jedes fehlende Wort in einem Sack aufhob, den er dann beim Jüngsten Gericht ausschütteln würde. Athelstan schloß die Augen und atmete tief.

Er beendete seine Psalmen und ging in die kleine, eiskalte Sakristei. »Heute keine purpurnen Gewänder«, sagte er sich und klappte das große Meßbuch auf. »Heute ist das Fest der heiligen Lucia.« Er schloß den verschrammten Schrank auf und nahm das goldüberzogene, mit einem scharlachroten Kreuz bestickte Meßgewand heraus. Im Gegensatz zu dem muffigen Schrank war das Meßgewand neu und duftete zart. Bewundernd betrachtete er die Handarbeit und dachte an die Künstlerin, die Witwe Benedicta. »So schön wie sie«, murmelte er. »Vergib mir, vergib«, bat er flüsternd und sprach dann die Gebete, die jeder Priester beim Ankleiden zur heiligen Messe sprechen muß.

Athelstan kannte sich. Er kannte die dunklen Schatten in seiner Seele, die sich zu erheben und seine morgendliche Routine zu stören drohten. Er durfte nicht an sie denken. Das kleine Sakristeifenster klapperte, als der Fensterladen dagegen schlug. Athelstan schrak auf. Noch lag Dunkelheit über dem Friedhof, dem Gottesacker mit seinen zerbrochenen Holzkreuzen, die Erdhügel bewachten, unter denen die Vorfahren der braven Leute seiner Gemeinde den ewigen Schlaf schliefen und auf Christi Wiederkunft warteten. Aber Athelstan wußte, daß da draußen noch etwas anderes lauerte, etwas Dunkles, Böses, das die schreckliche Blasphemie beging, Tote aus der Erde zu zerren.

Der Bruder schüttelte seine morbiden Tagträume ab. Er öffnete die Kassette und nahm Kelch und Patene heraus. Er legte weiße Hostien auf den Teller und füllte den Kelch zur Hälfte mit Meßwein. Dann hob er den Weinkrug in die Höhe und beäugte mißtrauisch den Inhalt.

»Es sieht so aus«, verkündete er in die leere Dunkelheit, »als unternähme unser Sakristan, Watkin, der Mistsammler, hier kleine Weinproben.« Er füllte die Wasserschüssel für das Lavabo, jenen Teil der Messe, wo der Priester seine Sünden abwäscht, und starrte auf das Wasser, auf dem dünne Eissplitter schwammen. »Was für Sünden?« flüsterte er. Das Alabastergesicht der Witwe Benedicta hinter dem Schleier ihres blauschwarzen Haars kam ihm in den Sinn, und er merkte, wie Bonaventura an seinem Bein vorbeistrich. »Keine Sünde«, flüsterte er dem Kater zu. »Bestimmt ist das keine Sünde! Sie ist eine Freundin, und ich bin einsam.« Er holte tief Luft. »Du bist ein Trottel, Athelstan«, knurrte er. »Du bist Priester – also was erwartest du?« Und er dachte weiter darüber nach, während er sich ankleidete. Er hatte dem Pater Prior gebeichtet – aber warum war er einsam? Trotz seines Jammerns wollte Athelstan von seiner Gemeinde und den Menschen, denen er diente, geliebt werden. Es war sein zweites Amt als Schreiber bei Sir John Cranston, dem Coroner, das ihn bedrückte. Und warum? Geistesabwesend hob Athelstan den Kater hoch und streichelte ihn. Mit den gewaltsamen Todesfällen, mit dem Blut und den klaffenden Wunden konnte er zurechtkommen. Etwas anderes ließ ihm das Blut gefrieren: die geplanten Morde, kühl berechnet von Seelen, die gefangen waren in der schwarzen Nacht der Todsünde. Athelstan spürte, daß wieder ein solches Geheimnis nahte. Irgend etwas warnte ihn, ein sechster Sinn, als warte das Böse, das auf dem einsamen Friedhof lauerte, nur darauf, ihm entgegenzutreten. Er gab Bonaventura einen Kuß auf den Kopf. »Ich muß die Messe lesen.«

Athelstan ging zurück in die Kirche, blickte hoch und sah den ersten Schimmer des Morgengrauens hinter den Hornscheiben der Fenster. Ihn schauderte. Trotz der Kohlebecken war es mörderisch kalt. Er trat an den Altar und schaute hinüber zu der Pyx mit dem heiligen Sakrament, Christus in der Gestalt des Brotes, unter ihrem goldenen Baldachin; eine einsame Kerze auf dem Altar war Symbol für die Gegenwart Gottes. Hinter ihm flog krachend die Tür auf, und Mugwort, der Glöckner, kam hereingewatschelt, den kahlen Kopf und die zitternden roten Wangen unter wollenen Lumpen verborgen.

»Guten Morgen, Pater!« brüllte er mit einer Stimme, die man vermutlich bis an die Grenzen der Pfarrgemeinde hören konnte. Der Bruder schloß die Augen und betete um Geduld, während Mugwort das Glockenseil zog; es klang mehr wie eine Sturmglocke denn wie der Ruf zum Gebet. Endlich war das Geschepper zu Ende. In einen braunen Mantel gehüllt, schlüpfte Benedicta zur Tür herein. Scheu lächelte sie dem Ordensbruder zu, der geduldig wartend am Fuße der Treppe stand. Cecily, die Hure, war die nächste. Athelstan erkannte sie an der Wolke von billigem Parfüm, die ihr stets vorauswehte. Wieder schloß er die Augen und betete, daß Cecily inzwischen nur noch als Näherin

für Benedicta und als Putzfrau in der Kirche arbeiten möge. Er mußte an einen Witz denken, den man sich in der Gemeinde erzählte: Cecily habe öfter auf dem Friedhof geruht als der gemeindeeigene Sarg. Pemel, die alte flämische Lady, war die nächste, das Haar rot gefärbt, das Gesicht weiß geschminkt, eine Frau von unbestimmbarer Herkunft und noch weniger klarer Moral. Athelstan schwor sich im stillen, sie im Auge zu behalten. Er hatte munkeln hören, daß Pemel die Hostie nicht herunterschlucke, sondern sie mit nach Hause nehme und in ihren Bienenkorb lege, damit die Bienen gesund blieben. Wenn er sie dabei erwischte, würde er ihr die Eucharistie verweigern, und er würde sich auch nicht mit der albernen Antwort abspeisen lassen, daß die Waben aus ihrem Bienenkorb immer aussähen wie eine Kirche. Endlich erschien auch Watkin, der Mistsammler, Totengräber und Küster von St. Erconwald und Vorsitzende des Gemeinderates. Seine stets wachsende Kinderbrut klapperte in ihren Holzschuhen den Gang herauf; einer der Kleinen, Crim, hatte sich wenigstens die Hände gewaschen, bevor er neben Athelstan auftauchte, um als Meßdiener vor den Altar zu treten. Der Bruder kam sich ein wenig lächerlich vor, zwischen Crim mit seinem schmutzigen Gesicht auf der einen und dem Kater Bonaventura auf der anderen Seite.
Manyer, der Henker, kam als letzter und warf die Kirchentür hinter sich zu. Athelstan holte tief Luft, machte das Kreuzzeichen und beschloß, sich auf die Messe zu konzentrieren, nicht auf das Böse draußen auf dem Friedhof.

Sir John Cranston, Coroner der Stadt London, stand in der Blind Basket Alley, unweit der Poor Jewry. Der Abwasserkanal lag wie eine Scheibe aus Eis zwischen den überhängenden Häusern. Der brave Coroner stampfte mit den Füßen und blies sich auf die behandschuhten Hände in dem vergeblichen Versuch, sie zu wärmen. »Halte die Fackel höher!« blaffte er den Ratsschreiber an. Cranston starrte die Männer an, die ihn umstanden, dunkle Gestalten im trüben Licht, und blickte dann hinauf zu dem verrammelten Fenster des düsteren, trostlosen Hauses. Den giftigsten Blick hob er sich auf für Luke Venables, den Ratsherrn des Bezirks, der ihn aus seinem warmen Bett geholt hatte. Sir John schätzte seinen Schlaf zu jeder Zeit, aber nach einer anstrengenden Woche ganz besonders. Vor zwei Tagen war er in die Kirche von St. Stephen in Walbrook gegangen, um dort den Leichnam eines William Clarke zu beschauen, der in den Glockenturm geklettert war, um nach Taubennestern zu suchen. Der Idiot war von Balken zu Balken gestiegen, schließlich abgerutscht, heruntergefallen und auf der Stelle tot gewesen. Cranston war zu dem Urteil gekommen, daß der Balken schuld sei, und hatte dem erbosten Pfarrer eine Buße von vier Pence auferlegt. Gestern hatte er nach West Chepe gemußt, um die Leiche eines William Pannar zu beschauen, eines Gerbers, der in der Nähe der Wasserleitung gefunden worden war. Pannar war so dumm gewesen, wegen irgendeiner Krankheit zu einem Arzt zu gehen. Natürlich hatte der ihn zur Ader gelassen, und zwar so heftig, daß der arme Hund auf dem Heimweg zusammengebrochen und auf der Stelle gestorben war.

Cranston biß sich auf die Unterlippe und hämmerte von neuem gegen die Tür. Aber es war nicht bloß seine Arbeit, die ihm Sorgen machte. Da war noch etwas anderes: Seine geliebte Frau Maude war nicht ehrlich zu ihm, und Cranston vermutete, daß sie ein furchtbares Geheimnis hatte. Sir John war vernarrt in seine Frau und konnte den Freuden des Schlafgemachs nie widerstehen; aber in letzter Zeit – so auch in der vergangenen Nacht – hatte er sich wohlig an sie geschmiegt und war in seinen Avancen abgewiesen worden. Leise weinend hatte sie im Dunkeln protestiert, wollte ihm aber keinen Grund dafür sagen und sich auch nicht trösten lassen. Und jetzt hatte ihn dieser Idiot Venables in aller Herrgottsfrühe in die Kälte gehetzt, um sich gewaltsam Zutritt in dieses geheimnisvolle Haus zu verschaffen. Cranston hämmerte von neuem an die Tür, aber nichts rührte sich; nur die gedämpften Flüche und stampfenden Füße seiner Begleiter waren zu hören.

»So.« Cranston wandte sich an den Ratsherrn. »Erzählt mir noch mal, was das Problem ist.«

Venables kannte Sir John und schaute ihm ängstlich in das schnauzbärtige, rote Gesicht mit den eisblauen Augen und der gefurchten Stirn unter dem großen, wollenen Hut. Sir John war ein guter Mann, dachte Venables, aber wenn ihm der Kragen platzte, dann konnte er sich in einen leibhaftigen Teufel verwandeln. Venables deutete auf das abgebrochene Schenkenschild über der Tür.

»Die Sache ist die, Sir John: Der Hausherr heißt Simon de Wyxford. Dies ist seine Schenke. Er hatte keine Familie, nur einen Diener namens Roger Droxford. Vor acht Tagen bekamen Herr und Diener einen heftigen Streit, der sich über den ganzen Tag hinzog. Am sechsten Dezember öffnete Roger, der Diener, wie immer die Schenke, stellte die Bänke heraus und verkaufte Wein, aber von Simon keine Spur. Am nächsten Tag fragten die Nachbarn Roger nach seinem Herrn. Er behauptete, Simon sei nach Westminster gegangen, um Schulden einzutreiben.« Venables blies die Backen auf und wandte sich an eine der schattenhaften Gestalten neben ihm.

»Erzähl du Sir John den Rest.«

»Vor vier Tagen ...«, begann der Mann, ein kleiner Kerl, in weite Mäntel gehüllt. Cranston sah nur ein paar schüchterne Augen und eine tropfende Nase über einem Schal.

»Lauter!« befahl er. »Und nehmt den Schal vom Mund.«

»Vor vier Tagen«, fuhr der Mann fort und gehorchte Sir John bereitwillig, »ist Roger von hier fort. Er trug ein Bündel auf dem Rücken. Wir dachten, er wollte flüchten, aber er ging zu einem Nachbarn, zu Hammo, dem Koch, und sagte, er wollte Simon, seinen Herrn, suchen gehen. Dann gab er Hammo den Schlüssel, falls de Wyxford plötzlich zurückkehrte. Gestern abend« – er räusperte sich – »kam Francis Boggett, ein Schankwirt, um eine Schuld zu kassieren, die Master Simon bei ihm hatte.«

»Weiter! Weiter!« unterbrach Cranston.

»Boggett ging ins Haus«, schaltete der Ratsherr sich geschmeidig ein, »und fand keine Spur, weder von Simon noch von seinem Diener. Da nahm er sich drei Faß Wein zum Ausgleich für seine Forderung.«

»Wie ist er reingekommen?« wollte Cranston wissen.

»Hammo, der Koch, hat ihm den Schlüssel gegeben.«

Sir John schürzte die Lippen. »Boggett zahlt fünf Pence Buße für unerlaubtes Eindringen, und der Koch zwei Pence wegen Beihilfe.« Er funkelte den Ratsherrn an. »Habt Ihr den Schlüssel dabei?«

Venables nickte. Cranston schnippte mit den Fingern, und der Ratsherr gab ihm den Schlüssel. Der Coroner richtete sich zu voller Größe auf.

»Als Coroner dieser Stadt«, verkündete er großartig, »und angesichts der geheimnisvollen Ereignisse, von denen mir berichtet wurde, ermächtige ich uns nunmehr, dieses Haus zu betreten, um die Wahrheit festzustellen. Ratsherr, Ihr werdet mich begleiten.«

Als Venables sich von einem seiner Begleiter ein Stück Zunder geben ließ, entstand neue Verwirrung. Sir John schloß die Tür auf und betrat die kalte, dunkle Taverne. Es roch schmutzig und muffig. Sie stießen gegen Fässer, Schemel und Tische, bis Venables seinen Zunder entfacht und zwei Pechfackeln damit angezündet hatte. Eine davon reichte er Cranston. Sie gingen von Zimmer zu Zimmer und dann in den ersten Stock. Die beiden Kammern dort waren verwüstet, Kisten und Truhen aufgebrochen, die Deckel beiseite geworfen. Aber keine Spur von einer Leiche.

»Ihr wißt, wonach wir suchen?« fragte Cranston leise.
Venables nickte. »Aber bis jetzt – nichts, Sir John.«
»Gibt's einen Keller?«
Der Ratsherr führte Cranston die Treppe hinunter. Sie suchten den dunklen Schankraum ab, bis sie eine Falltür fanden. Venables klappte sie auf. Vorsichtig stiegen die beiden Männer eine Holzleiter hinunter. Der Keller war ein langgestrecktes Loch. Am hinteren Ende befand sich noch eine Falltür, damit die Karren von der Straße ihre Fässer herunterrollen lassen konnten. Cranston befahl Venables stehenzubleiben und ging durch den Keller; im trüben Schein der Fackeln sah sein mächtiger Wanst grotesk aus. Am Ende blieb er stehen, senkte die Fackel und spähte hinter drei große Weinfässer. Im Lichtschein schimmerten die Spinnweben an den Fässern wie goldene Schleier. Cranston beugte sich vor und betastete die klebrige Masse, die er entdeckt hatte. Dann hob er die Hand in den Lichtschein und betrachtete das Blut, das an seinen Fingern klebte. Er zwängte den Arm wieder hinter die Fässer und tastete umher.
»Sir John?« rief der Ratsherr. »Ist alles in Ordnung?«
»Soweit wie möglich, Master Venables. Ich habe den Wirt gefunden – oder wenigstens einen Teil von ihm.« Cranston hob den rumpflosen Kopf hinter den Fässern auf und hielt ihn in die Höhe wie der städtische Henker. Der Ratsherr warf einen Blick auf das blauweiße Gesicht, die halbgeschlossenen Augen, den schlaffen blutigen Mund und den ausgefransten Stumpf, der früher einmal ein Hals war. Dann ließ er sich auf einen Stein sinken und würgte heftig. Cranston legte den Kopf wieder hin und kam zurück; unterwegs wischte er die Finger an der modrigen Wand ab. Im Vorbeigehen klopfte er Venables sanft auf die Schulter.
»Nehmt einen Schluck Rotwein, mein Bester. Der beruhigt den Magen und stärkt das Herz. Und dann schreibt Ihr einen Haftbefehl für Roger Droxford. Laßt nach ihm fahnden, und setzt ...«

Cranston verdrehte die Augen. »Ja, setzt zehn Pfund Belohnung auf seinen Kopf aus – tot oder lebendig. Das Haus laßt versiegeln; sollte kein Testament und kein selbsternannter Erbe auftauchen, wird der Rat der Stadt vielleicht ein wenig reicher.«
Er kletterte die Leiter zum Schankraum hinauf und trat hinaus auf die bitterkalte Straße.
»Wir haben den Wirt gefunden«, gab er bekannt. »Ermordet. Ich glaube, der gute Ratsherr braucht eure Hilfe, um die Leiche zusammenzusetzen.«
Die Hand auf dem langen walisischen Dolch, stapfte Sir John dann durch vereiste Gassen und Straßen zurück. Er bog in die Mercery ein und schnappte nach Luft. Der eisige Wind verschlug ihm den Atem. »Ach, wäre doch Sommer!« dachte er wehmütig. »Mit grünen Pflanzen und schönem, fettem Gras!«
Er schlitterte über das vereiste Kopfsteinpflaster und lehnte sich grinsend an das Holz eines Hauses.
»Athelstan müßte hier sein und helfen«, dachte er. »Wenn schon nicht bei enthaupteten Leichen, dann sollte er wenigstens mich auf dem Glatteis stützen.«
Er wanderte die Cheapside hinauf. Eine dunkle Gestalt löste sich aus dem Schatten und kam auf ihn zu. Cranston zog den Dolch halb aus der Scheide.
»Sir John, um der Liebe Christi willen!«
Cranston betrachtete das grobknochige Gesicht des einbeinigen Bettlers, der sonst an einem wackligen Stand an der Ecke der Milk Street billigen Glitzerschmuck verkaufte.
»Nicht im Bett, Leif? Auf der Suche nach 'ner Lady, was?«
»Sir John, man hat mich beraubt!«
»Geh zum Sheriff.«
»Sir John, ich habe kein Geld und nichts mehr zu essen.«
»Dann bleib im Bett.«
Leif lehnte sich an die Wand. »Ich habe die Miete nicht bezahlt. Da bin ich aus meiner Dachkammer geflogen«, klagte er.

»Na, dann geh betteln bei St. Bartholomew«, kläffte Cranston und ging weiter. Er hörte, wie Leif hinter ihm herhumpelte.
»Sir John, helft mir.«
»Verpiß dich.«
»Danke, Sir John«, rief der Bettler, als die Münzen klimpernd zu Boden fielen. Leif kannte den dicken Coroner gut genug, um zu wissen, daß Sir John es haßte, wenn man ihn bei Mildtätigkeiten beobachtete.
Cranston blieb vor seinem Haus stehen und schaute hinauf zu den erleuchteten Fenstern. Leif wäre fast gegen ihn geprallt, und Cranston schüttelte ihn ab. Was ist los mit Maude? fragte er sich. Er hatte die Ehe immer mit dem Griff in einen Sack voller Aale verglichen: Was man herauszog, war eine Frage des Glücks. Aber er hatte doch solches Glück gehabt. Er betete Maude an, vom mausfarbenen Haar auf ihrem Kopf bis zur Sohle ihrer winzigen Füße.
Während er noch gedankenverloren dastand, kam eine Gestalt aus der Gasse auf sein Haus zu.
»In drei Teufels Namen!« rief er. »Schläft denn niemand in dieser Stadt?«
Der Mann trat näher, und Cranston erkannte die Livree des Bürgermeisters.
»In drei Teufels Namen!« wiederholte er. »Noch mehr Ärger.«
Mit klappernden Zähnen und heiserer Stimme überbrachte der junge Bote seine Nachricht.
»Sir John, der Lord Mayor und seine Sheriffs wünschen Euch unverzüglich im Rathaus zu sehen.«
»Geh zum Teufel!«
»Danke sehr, Sir John. Der Lord Mayor hat gesagt, Eure Antwort würde so ähnlich lauten. Soll ich auf Euch warten?« Der junge Mann schlug die Hände zusammen. »Sir John, mir ist kalt.«
Unter weiteren Beschimpfungen hämmerte Cranston an seine

Haustür. Eine schmalgesichtige Magd öffnete. Hinter ihr stand Maude, vollständig angezogen, das liebe Gesicht tränenverschmiert. Sir John grinste sie an, seine Beunruhigung verbergend.
»Liebes Weib, ich muß zum Rathaus – aber nicht ohne Frühstück.« Er zog den jungen Boten ins Haus. »Der hier muß auch essen. Er sieht aus, als hätte er's nötig.«
Cranston machte auf dem Absatz kehrt, ging noch einmal hinaus und packte Leif beim Kragen. »Dieser faule Hund leistet uns ebenfalls Gesellschaft. Danach gibst du ihm was zu tun. Er bleibt über Weihnachten bei uns.« Nun klopfte er sich auf den dicken Bauch. »Für uns alle heiße Hafergrütze und Würzkuchen.« Er schnupperte. »Und etwas von dem frischgebackenen Weißbrot.« Er warf seiner Frau einen gerissenen Blick zu. »Und Rotwein, heiß und gewürzt. Und dann sag dem Hausknecht, ich brauche mein Pferd.« Er grinste breit, sah aber, allem Gepolter zum Trotz, wie blaß und krank seine Frau wirkte. Er schaute weg. O Gott, dachte er, werde ich Maude verlieren? Er warf den Mantel ab, ging an seiner Frau vorbei und berührte dabei sanft ihre Schulter.

Athelstan teilte die Kommunion aus und legte seinen Gemeindekindern die dünnen weißen Hostien auf die Zungen. Crim hielt ihnen dabei den Silberteller unters Kinn, um jeden Krümel aufzufangen, der vielleicht herunterfiel. Der Gemeinderat war fast vollständig erschienen; einige waren noch hereinspaziert, als die Messe schon halb vorbei war.
Der Ordensbruder wollte gerade zum Altar zurückkehren, als er an der Außenmauer des Seitenschiffes ein Klopfen hörte. Natürlich! Er hatte die Leprakranken vergessen, die beiden unglückseligen Aussätzigen, denen er erlaubt hatte, im muffigen Beinhaus auf dem Kirchhof unterzukriechen. Athelstan versorgte sie mit Essen und Trinken sowie mit einer Schüssel

Wasser mit Maulbeeren, damit sie sich waschen konnten. Noch nie hatte er ihre schorfigen weißen Gesichter gesehen. Den Kleidern nach zu urteilen, war einer fraglos ein Mann. Gern hätte er mehr für sie getan, aber das kanonische Recht war unerbittlich: Ein Aussätziger durfte nicht zusammen mit der übrigen Gemeinde die Kommunion empfangen, sondern nur durch den Lepraspalt, ein kleines Loch in der Kirchenmauer.
Crim besann sich auf seine Pflichten, nahm einen kleinen Eschenzweig und reichte ihn dem Ordensbruder. Der legte eine Hostie auf das Ende und schob sie durch den Lepraspalt. Das wiederholte er und kehrte nach einem geflüsterten Gebet zum Altar zurück, um die Messe zu Ende zu bringen.
Nachher legte Athelstan in der Sakristei seine Gewänder ab, und er schloß seine Ohren vor dem Krach aus der Kirche: Watkin, der Mistsammler, schob die Bänke zusammen für die Sitzung des Gemeinderates. Athelstan kniete auf seinem Betstuhl, betete zu Gott und hoffte, daß seine Gemeinde die grausigen Vorgänge auf dem Friedhof übersehen werde.
Als er in die Kirche hinaustrat, wußte er, daß seine Gebete fruchtlos gewesen waren. Watkin saß auf dem Ehrenplatz, die anderen Gemeindemitglieder kauerten rechts und links von ihm auf den Bänken. Crim hatte Athelstans Stuhl aus dem Chorraum geholt; als er Platz nahm, sah Athelstan, daß Watkin eine höchst wichtige Miene aufgesetzt hatte. Sein Blick flackerte geheimnisvoll, und der Mund war geschürzt, als gälte es, etwas sehr Bedeutendes zu verkünden.
Auch Ursula, die Schweinebäuerin, war gekommen; sie hatte, den Protesten der anderen zum Trotz, ihre große fette Sau mitgebracht. Das Tier watschelte behaglich grunzend umher. Athelstan war sicher, daß das ärgerliche Geschöpf ihn angrinste, aber er erhob keine Einwände. Besser hier als draußen. Ursula war ein streitsüchtiges, aber gutherziges altes Weib. Dennoch hegte der Bruder blinden Haß gegen ihre große, fettbäuchige

Sau, die in regelmäßigen Abständen über seinen Garten herfiel und alles Gemüse wegfraß, das er dort anzupflanzen versuchte. Athelstan sprach ein Gebet zum Heiligen Geist und lehnte sich in seinem Stuhl zurück.

»Brüder und Schwestern«, begann er, »willkommen zu unserer Versammlung am Fest der heiligen Lucia.« Er ignorierte Watkins Flackerblick. »Wir haben einiges zu besprechen.« Er lächelte Benedicta zu und sah dann erschrocken, daß Watkins Frau die Hure Cecily wütend anfunkelte. Zwischen diesen beiden Frauen herrschte heftige Antipathie; Watkins Frau hatte sich in der Vergangenheit oft laut gefragt, weshalb ihr Mann eigentlich so oft mit Cecily die Reinigung der Kirche besprechen mußte. Huddle, der Maler, starrte mit leerer Miene auf eine kahle Wand; wahrscheinlich träumte er von dem Bild, das er darauf malen würde, wenn Athelstan ihm das nötige Geld gäbe. Der größte Teil der Gemeindegeschäfte waren profane Angelegenheiten. Die Tochter von Pike, dem Grabenbauer, wollte den ältesten Sohn von Amisias, dem Walker, heiraten. Das große Buch des Blutes wurde befragt, ob zwischen den beiden Familien eine Blutsverwandtschaft bestand. Zu seiner Freude konnte Athelstan bekanntgeben, daß es keine gab, und man wandte sich den Fragen der nahenden Weihnachtszeit zu, sprach über die Sternenfeier, die in der Kirche stattfinden würde, über die drei Messen am Weihnachtstag, über die Nichtbezahlung von Begräbnisgebühren und über die Angewohnheit der Kinder, aus dem Weihwasserbecken zu trinken. Tab, der Kesselschmied, erbot sich, neue Kerzenhalter zu machen, zwei große, mit Löwen. Der Schreiber Gamelyn war bereit, zum Ende jeder Weihnachtsmesse ein schönes Lied zu singen. Athelstan war einverstanden mit dem Mummenschanz, der am St.-Stephans-Tag in der Kirche stattfinden sollte, und es gab einige Diskussionen über die Frage, wer am 28. Dezember, dem Fest der Unschuldigen Kinder, die Rolle des Kinderbischofs spielen sollte.

Athelstan sah jedoch mit wachsender Verzweiflung, wie Watkin auf seiner Bank hing, ungeduldig in die Runde schaute, sein Gemächt zurechtrückte und mit den lehmbeschmierten Stiefeln scharrte. Benedicta bemerkte Athelstans Blick und sah besorgt den Mann an, den sie liebte, aber niemals haben durfte, weil er ein geweihter Priester war. Endlich wußte Athelstan nichts mehr zu sagen.
»Also, Watkin«, bemerkte er trocken, »du hast eine sehr dringende Angelegenheit vorzubringen?«
Watkin richtete sich zu voller Größe auf. Die fettige Stirn runzelte sich unter dem leuchtend roten Schopf, der immer mehr zu einem buschigen Haarkranz wurde. Die hellblauen Augen, die neben der Knollennase um Platz zu kämpfen schienen, funkelten in die Runde.
»Der Friedhof ist geplündert!« platzte er heraus.
Athelstan stöhnte auf und senkte den Kopf.
»Wie meinst du das?« fragte Ranulf, der Rattenfänger, mit dem scharfgeschnittenen Gesicht unter der schwarzen Teerkappe.
»In den letzten paar Tagen«, verkündete Watkin, »sind Leichen ausgegraben worden.«
Bestürzung allenthalben. Athelstan erhob sich und klatschte in die Hände, so lange, bis der Lärm sich legte. »Ihr wißt«, begann er, »daß auf unserem Friedhof von St. Erconwald oft Fremde begraben werden – Bettler zum Beispiel, deren Leichen niemand beansprucht. Die Gräber von Gemeindemitgliedern sind nicht angerührt worden.« Er holte tief Luft. »Trotzdem – Watkin hat recht. Aus drei Gräbern sind die Toten verschwunden. Alle drei waren eben erst bestattet worden. Eine junge Bettlerin, ein Söldner aus Brabant, der nach einer Prügelei im Wirtshaus tot gefunden wurde, und ein alter Mann, den man vor dem Hospital des Heiligen Thomas hatte betteln sehen; er wurde erfroren im Hof des Gasthofs *Zum Wappenrock* gefunden.« Athelstan fuhr sich mit der Zunge über die Lippen. »Der Boden ist hart gefro-

ren«, fuhr er dann fort. »Watkin weiß, wie schwer es ist, mit Hacke und Schaufel so tief zu graben, daß es für ein Grab reicht. Die geringe Tiefe der Gräber hat also den frevelhaften Räubern die Arbeit erleichtert.«
»Dann muß man eine Wache aufstellen«, rief Pike, der Grabenbauer.
»Willst du das übernehmen?« fragte Benedicta sanft. »Willst du die Nacht auf dem Friedhof verbringen, Pike, und auf die Grabräuber warten?« Ihre dunklen Augen musterten den Gemeinderat. »Wer will Wache stehen? Und wer weiß«, fuhr sie fort, »ob diese Grabfrevel nachts begangen werden? Vielleicht geschieht es nachmittags oder abends?«
Athelstan warf ihr einen dankbaren Blick zu. »Ich könnte Wache halten«, schlug er vor. »Ich habe es schon getan, wenn ich ... äh ...« Er brach ab.
»Wenn du die Sterne studierst, Bruder«, sagte Ursula, die Schweinebäuerin; leises Gelächter war die Folge, denn die ganze Gemeinde wußte natürlich von der seltsamen Beschäftigung ihres Priesters.
Huddle, der Maler, regte sich. »Du könntest Sir John Cranston bitten, uns zu helfen. Vielleicht könnte er Soldaten schicken, die die Gräber bewachen?«
Athelstan schüttelte den Kopf. »Der Lord Coroner hat nicht die Macht, die Soldaten des Königs hierhin und dorthin zu schikken«, sagte er.
»Und die Büttel?« fragte Watkins Frau. »Die Bezirkswache?«
Ja, was ist mit denen? fragte Athelstan sich betrübt. Der Rat und die Beamten des Bezirks kümmerten sich kaum um St. Erconwald und schon gar nicht um seinen Friedhof, und daß die Gräber dreier Unbekannter ausgeräumt worden waren, würde sie einen Dreck interessieren.
»Wer tut so etwas?« fragte Benedicta leise. »Und warum? Was wollen sie?«

Auf ihre Fragen folgte Schweigen. Alle Gesichter wandten sich wortsuchend dem Priester zu. Diesen Augenblick hatte Athelstan gefürchtet. Der Friedhof war ein Gottesacker. Als er vor neun Monaten in diese Gemeinde gekommen war, hatte er sehr streng reagiert, wenn jemand dort einen Marktstand aufstellen wollte oder die Kinder mit von streunenden Hunden oder Schweinen ausgegrabenen Knochen spielten. »Der Friedhof«, hatte er erklärt, »ist Gottesland; hier warten die Gläubigen darauf, daß Christus wiederkommt.« Athelstan hatte damals nicht alle Gründe für seine Strenge benannt. Insgeheim teilte er die Angst der Kirche vor denen, die Satan, den Herrn des Kreuzwegs und Meister des Galgens, anbeteten und ihre schwarzen Künste auf Friedhöfen ausübten. Er hatte von einem Fall in der Gemeinde von St. Peter Cornhill gehört, wo ein Schwarzer Magier das Blut solcher Leichen benutzt hatte, um Dämonen und Skorpione heraufzubeschwören.
Athelstan hustete. Was sollte er antworten? Da flog die Tür auf, und Cranston, sein massiger Erretter, kam hereingerauscht.

2. Kapitel

Sir John warf seinen Mantel zurück und schob sich den Biberhut in den Nacken.
»Komm, Bruder«, donnerte er und zwinkerte Benedicta zu. »Man braucht uns im Tower. Anscheinend schert der Mord sich nicht ums Wetter.«
Ausnahmsweise war Athelstan froh über Cranstons dramatischen Auftritt. Er musterte ihn eingehend.
»Ihr wart am Rotwein, Sir John?«

Cranston tippte sich an die fleischige Nase. »Ein bißchen«, antwortete er zungenschwer.
»Was wird mit dem Friedhof?« jammerte Watkin. »Sir John, unser Priester muß sich darum kümmern.«
»Hau ab, du stinkiges Männchen!«
Watkins Frau stand auf und starrte den Coroner vorwurfsvoll an.
»Lord Coroner, ich bin gleich bei Euch«, schaltete sich Athelstan ein. »Watkin, ich kümmere mich um die Sache, sowie ich zurück bin. Inzwischen sorgst du dafür, daß Bonaventura sein Futter bekommt und die Fackeln gelöscht werden. Cecily, stellst du den Aussätzigen Essen hin?«
Das Mädchen starrte ihn töricht an und nickte.
»Vergiß nicht«, fügte Athelstan hinzu, »tagsüber wandern sie ja meist umher und sorgen selbst für sich.«
Er lächelte selig in die Runde seiner Lieblinge und lief dann rasch die vereiste Kirchentreppe hinunter zum Pfarrhaus. Dort schnitt er sich eine Scheibe Brot ab, spuckte aber schon den ersten Bissen wieder aus, denn es schmeckte sauer und abgestanden. »Dann esse ich unterwegs«, dachte er und packte Pergament, Federkasten und Tintenhorn in seine Satteltasche. Philomel, sein altes Schlachtroß, wieherte leise und stupste ihn, was ziemlich lästig war, weil Athelstan gleichzeitig versuchte, den Sattelgurt unter dem gewichtigen Bauch des betagten Rosses zu befestigen.
»Deine Ähnlichkeit mit Cranston wird jeden Tag größer«, brummelte Athelstan.
Er führte Philomel vor die Kirche und lief die Treppe hinauf. Cranston lehnte an einem Pfeiler, gaffte Cecily an und versuchte gleichzeitig, Bonaventura zu vertreiben, der ihm um die Beine strich. Seit seinem Frankreichfeldzug konnte der Coroner Katzen nicht ausstehen; die Franzosen hatten damals ihre Kadaver in eine kleine Festung, die er hatte halten sollen, hineinkatapultiert, um ansteckende Seuchen zu verbreiten. Bonaventura be-

tete den Coroner an; er schien zu wissen, wann dieser in der Nähe war, und erschien jedesmal.
Athelstan wechselte leise ein paar Worte mit Benedicta und lächelte Watkin und den anderen zu. Dann holte er seinen Kapuzenmantel aus dem Chorraum und kam gerade rechtzeitig zurück, um Cranston festzuhalten, der sonst über Ursulas fette Sau gestolpert und kopfüber die Treppe hinuntergefallen wäre.
Der Coroner stürmte hinaus. Mit warnendem Blick bestieg er sein Pferd und fluchte dröhnend über Schweine in Kirchen, und daß ihm jetzt nichts besser schmecken würde als ein Stück saftiger Schweinebraten. Athelstan schwang seine Satteltasche über Philomels Rücken, saß auf und führte Cranston davon in den Fennel Alleyway, ehe er noch mehr Unheil anrichten konnte.
»Warum zum Tower, Sir John?« fragte er eilig, um den Coroner abzulenken.
»Später, Mönch!« schnarrte Cranston.
»Ich bin Ordensbruder und kein Mönch«, widersprach Athelstan leise.
Cranston rülpste und nahm einen Schluck aus seinem Weinschlauch. »Was war denn?« wollte er wissen.
»Eine Versammlung des Gemeinderates.«
»Nein, ich meine den Friedhof.«
Athelstan berichtete, und der Coroner wurde ernst.
»Glaubst du, es sind Satansanbeter? Die Schwarzen Fürsten der Friedhöfe?« fragte er leise und lenkte sein Pferd dichter an Athelstan heran.
Der verzog das Gesicht. »Kann sein.«
»Wer sonst«, versetzte Cranston, »würde sich für verwesende Leichen interessieren? Ich würde die Bande gern ausrotten«, erklärte er mit schwerer Zunge. »In meiner Abhandlung über die Londoner Verwaltung ...« Zwei blaue Augen musterten Athelstan, ob er etwa Langeweile zeigte, wenn der Coroner sich

über sein Lieblingsthema verbreitete. »In meiner Abhandlung«, fuhr er fort, »schreibe ich, daß jeder beim ersten solchen Vergehen eine schwere Buße und beim zweiten Mal die Todesstrafe zu erwarten hat.« Er zuckte die Achseln. »Aber vielleicht ist es ja auch ein nicht so schlimmer Frevel.«
Athelstan schüttelte den Kopf. »So etwas ist nie *nicht so schlimm*«, antwortete er. »Ich habe einmal in einer kleinen Kirche bei Blackfriars einen Exorzismus miterlebt. Ein Junge war von Dämonen besessen. Er redete in fremden Zungen und schwebte über dem Boden. Er behauptete, die Dämonen seien nach einer Zeremonie in ihn eingedrungen, bei der der Leichnam eines Erhängten als Altar gedient habe.«
Cranston schauderte es. »Wenn du Hilfe brauchst ...«, bot er zögernd an.
Athelstan lächelte. »Das ist sehr gütig von Euch, Lord Coroner. Wie immer verschlägt mir Eure Großzügigkeit die Sprache.«
»Jeder Freund unseres Herrn ist auch der meine«, witzelte Cranston. »Selbst, wenn es ein Mönchlein ist.«
»Ich bin Ordensbruder«, erwiderte Athelstan. »Kein Mönch.« Er schaute Cranston wütend an, der warf den Kopf in den Nacken und und lachte brüllend über seine ewigen Witzeleien auf Athelstans Kosten.
Endlich verließen sie die engen Gassen, wo sie stets dem Schnee ausweichen mußten, der von den steilen Dächern herunterrutschte. Sie bogen in die Hauptstraße ein, die zur London Bridge führte. Die gepflasterte Straße war vereist und von einer dünnen Schneeschicht bedeckt, die im beißend kalten Wind unversehens hochwirbelte. Ein paar Stände waren offen, aber die Händler schützten sich mit Segeltuchplanen gegen den scharfen Wind, der tiefdunkle Schneewolken über den Himmel trieb.
»An einem solchen Tag sollte man zu Hause bleiben«, knurrte Cranston.

Ein Reliquienhändler stand vor dem Gasthaus Zum Abt von Hydes und wollte einen Stab verkaufen, der angeblich Moses gehört hatte. Zwei Gefangene, aneinandergekettet und aus dem Gefängnis Marshalsea entlassen, wo man die Schuldner einkerkerte, bettelten um Almosen für sich selbst und andere arme Unglückliche. Athelstan warf ihnen ein paar Pennies zu; ihre blaugefrorenen Füße hatten sein Mitleid erregt.

Ihre beiden Pferde waren gut beschlagen, aber die wenigen Leute, die unterwegs waren, drohten auf dem tückischen Glatteis das Gleichgewicht zu verlieren. Sie tasteten sich behutsam voran und klammerten sich an jede Häuserkante. Trotz allem, bemerkte Cranston, war die Justiz nicht untätig; vor dem Hospital des Heiligen Thomas war ein Bäcker auf einen Bock gebunden, weil er verschimmeltes Brot verkauft hatte. Athelstan mußte an das alte Brot denken, das er ausgepackt hatte, und sah zu, wie der Unglückliche von einem Esel durch die Straßen gezogen wurde. Ein betrunkener Dudelsackpfeifer schlitterte hinterdrein und spielte eine schrille Melodie, um das Gestöhn des Bäckers zu übertönen. Am Pranger zwang man einen schiefmäuligen Schankwirt, sauren Wein zu saufen, und eine Dirne, der die Fesseln tief ins Fleisch schnitten, wurde von einem schwitzenden Gerichtsdiener ausgepeitscht; mit langen, dicken Stechpalmenzweigen prügelte er auf den Rücken der armen Frau ein.

»Sir John«, sagte Athelstan leise, »das arme Weib hat genug.«

»Zum Teufel mit ihr«, zischte Cranston. »Wahrscheinlich hat sie's verdient.«

Athelstan schaute dem Coroner in das runde, rote Gesicht. »Sir John, um des Erbarmens willen – was ist los?«

Athelstan spürte, daß der Coroner unter seiner gespielten Vitalität und Weinseligkeit entweder sehr erbost oder sehr besorgt war. Cranston blinzelte und grinste gezwungen. Er zog sein Schwert, trieb sein Pferd zur Seite hinüber zu dem Pfahl und

schlug die Seile durch, mit denen die Dirne festgebunden war. Die Frau sank in einem blutigen Haufen zu Boden. Der Gerichtsdiener kam drohend auf Cranston zu; er bleckte die Zähne, und sein häßliches Gesicht wirkte noch grotesker. Sir John schwenkte sein Schwert und zog sich den Schal vom Gesicht.
»Ich bin Cranston, der Coroner der Stadt!« donnerte er.
Der Mann wich hastig zurück. Sir John wühlte unter seinem Mantel herum, zog ein paar Pennies hervor und warf sie der Hure zu.
»Verdiene dir ein ehrliches Stück Brot!« knurrte er.
Ein wütender Blick riet seinem Begleiter, lieber keinen Kommentar abzugeben. Sie ritten weiter, vorbei an den Fischteichen und auf die riesige London Bridge. Die Brücke war vereist und von Nebel verhüllt. Athelstan hielt an und legte Cranston eine Hand auf den Arm.
»Sir John, hier stimmt etwas nicht! Es ist so still.«
Cranston grinste. »Hast du's noch nicht gemerkt, Bruder? Sieh hinunter: Der Fluß ist zugefroren.«
Athelstan starrte ungläubig über das Brückengeländer. Sonst rauschte und brodelte unten das Wasser. Jetzt hatte sich der Fluß, soweit das Auge reichte, in ein weißes Eisfeld verwandelt. Athelstan reckte den Kopf und hörte die Schreie der Kinder, die sich die Schienbeine eines Ochsen unter die Füße gebunden hatten und dort Schlittschuh liefen. Jemand hatte einen Stand eröffnet, und Athelstans Magen meldete sich unüberhörbar, als ihm der aromatische Duft heißer Rindspastete in die Nase stieg. Sie ritten weiter, vorbei an der St.-Thomas-Kapelle und auf die Bridge Street, nach Billingsgate hinein und dann die Botolph's Lane hinauf nach Eastcheap. Die Stadt lag wie unter dem Zauberbann einer Eishexe. Nur wenige Läden waren offen, und das gewohnte Geschrei von Lehrjungen und Händlern war unter dem Klammergriff des Winters verstummt. An einem Pastetenladen machten sie halt. Athelstan kaufte sich eine heiße Hack-

fleischpastete, biß kräftig hinein und genoß den Saft, der herausquoll, und den köstlichen Duft der frischgebackenen Teighülle und des scharfgewürzten Fleisches. Cranston sah ihm zu.

»Das schmeckt dir, Bruder?«

»Ja, Herr. Warum eßt Ihr nicht auch?«

Cranston lächelte boshaft. »Das würde ich gerne tun«, antwortete er. »Aber hast du nicht etwas vergessen, Bruder? Wir haben Advent. Da soll man sich des Fleisches enthalten.«

Athelstan schaute sehnsüchtig auf die halbverzehrte Pastete; dann grinste er, aß sie auf und leckte sich die Finger ab. Cranston schüttelte den Kopf.

»Was soll aus uns werden?« klagte er scherzhaft. »Wenn schon die Ordensbrüder das Kirchenrecht ignorieren?«

Athelstan beugte sich vor.

»Ihr irrt Euch, Sir John. Heute ist der dreizehnte Dezember, ein heiliger Tag: das Fest der heiligen Lucia, Jungfrau und Märtyrerin. Also darf ich Fleisch essen.« Er machte ein Kreuzzeichen in die Luft. »Und Ihr dürft doppelt soviel Rotwein trinken wie sonst.« Der Ordensbruder raffte die Zügel seines Pferdes. »Also, Sir John – was führt uns in den Tower?«

Cranston trieb sein Pferd zur Seite, als ein breiträdriger Karren, mit sauren grünen Äpfeln beladen, vorüberrumpelte.

»Sir Ralph Witton, der Konstabler des Tower. Du hast von ihm gehört?«

Athelstan nickte. »Wer nicht? Er ist ein grausamer Soldat, ein tapferer Kreuzritter und ein persönlicher Freund des Regenten, John von Gaunt.«

»Er war es«, verbesserte Cranston. »Heute früh wurde Whitton in seinem Gemach in der nördlichen Bastion des Tower gefunden. Seine Kehle war von einem Ohr zum anderen durchgeschnitten, und auf der Brust war mehr Blut als bei einem abgestochenen Schwein.«

»Irgendeine Spur vom Mörder oder der Waffe?«

Cranston schüttelte den Kopf und blies sich auf die blaugefrorenen Finger. »Nichts«, knirschte er. »Whitton hatte eine Tochter. Philippa. Sie ist verlobt mit Geoffrey Parchmeiner. Anscheinend mochte Sir Ralph den jungen Mann und vertraute ihm. Heute morgen wollte Geoffrey seinen künftigen Schwiegervater wekken und fand ihn ermordet.« Er holte tief Luft. »Und was noch merkwürdiger ist: Sir Ralph vermutete, daß jemand ihm ans Leben wollte. Vier Tage vor seinem Tod bekam er eine schriftliche Warnung.«
»Was stand darin?«
»Das weiß ich nicht, aber anscheinend bekam der Konstabler es mit der Angst zu tun. Er verließ seine gewohnten Gemächer im Turm des White Tower und zog aus Sicherheitsgründen in die Nordbastion. Die Treppe zu seiner Kammer wurde von zwei Gefolgsleuten seines Vertrauens bewacht. Die Tür zwischen Treppe und dem Gang war abgeschlossen. Sir Ralph hatte den einen Schlüssel, die Wachen den anderen. Für Sir Ralphs Kammer gilt das gleiche. Er hatte sie von innen verschlossen, und die beiden Wachposten hatten den anderen Schlüssel.«
Cranston lehnte sich plötzlich herüber, packte Philomels Zaumzeug und riß das Pferd zur Seite. Im selben Augenblick rutschte ein dicker Schneeklumpen vom Dach und krachte auf das Eis.
»Wir sollten machen, daß wir weiterkommen«, bemerkte der Ordensbruder trocken. »Sonst habt Ihr vielleicht noch einen Toten am Halse, Sir John, und dann seid *Ihr* der Verdächtige.«
Cranston rülpste und nahm einen großen Schluck aus seinem Weinschlauch.
»Steht der junge Geoffrey unter Verdacht?« erkundigte sich Athelstan.
Cranston schüttelte den Kopf. »Ich glaube nicht. Beide Türen waren noch abgeschlossen; die Wachen schlossen eine auf, ließen ihn durch und schlossen hinter ihm wieder zu. Anschei-

nend ging Geoffrey den Gang hinunter zu Sir Ralphs Tür, klopfte an und versuchte, ihn zu wecken. Das gelang ihm nicht, und er holte die Wachen, die ihm aufschlossen. Sie fanden den Konstabler mit durchgeschnittener Kehle auf dem Bett, und die Holzläden vor dem Fenster standen weit offen.« Cranston räusperte sich, und dann wandte er sich ab und spuckte aus. »Noch etwas: Die Wachen haben niemanden ohne rigorose Leibesvisitation vorbeigelassen, auch nicht den jungen Geoffrey. Man fand keinen Dolch bei ihm, und auch in der Kammer war kein Messer.«

»Wovor hatte Sir Ralph solche Angst?«

Cranston schüttelte den Kopf. »Das weiß der Himmel. Aber es gibt eine ordentliche Ansammlung von Verdächtigen. Sein Vertreter, Gilbert Colebrooke, stand mit ihm auf Kriegsfuß und wollte seinen Posten haben. Dann ist da der Kaplan, William Hammond, den Sir Ralph dabei ertappt hat, wie er Lebensmittel aus den Vorräten des Tower verkaufte. Zwei Freunde von Sir Ralph, Hospitaliterritter, waren wie üblich gekommen, um das Weihnachtsfest mit ihm zu verbringen. Und dann ist da noch ein Heide, ein stummer Diener, ein Sarazene, den Sir Ralph vom Kreuzzug aus Outremer mitgebracht hat.«

Athelstan zog sich die Kapuze tiefer ins Gesicht, denn der kalte Wind biß ihm in die Ohren. »*Cui bono*?« fragte er.

»Was heißt das?«

»Ciceros berühmte Frage: Wer hat etwas davon?«

Cranston schürzte die Lippen. »Eine gute Frage, mein lieber Bruder. Sie führt uns zu Sir Ralphs Bruder, Sir Fulke Whitton. Der wird ein gut Teil vom Vermögen seines Bruders erben.« Cranston verstummte und rülpste leise mit halbgeschlossenen Augen. Athelstan rühmte sich, den dicken Coroner so gut zu kennen wie seine eigene Handfläche.

»Aber, Sir John«, bohrte er, »da ist doch noch mehr, oder?«

Cranston klappte die Augen auf. »Selbstverständlich. Whitton war nicht beliebt, weder bei Hofe noch bei den Londonern, und auch nicht bei den Bauern.«

Athelstan war bestürzt. Auf diesen Pfaden waren sie schon öfter gewandelt.

»Ihr meint, dahinter steckt vielleicht die Große Gemeinde?«

Cranston nickte. »Könnte sein. Und denke daran, Bruder: Auch einige deiner Pfarrkinder könnten dazugehören. Wenn die Große Gemeinde handelt und die Revolte sich ausbreitet, dann werden die Rebellen versuchen, den Tower zu erobern. Wer ihn beherrscht, beherrscht den Fluß, die Stadt, Westminster und die Krone.«

Athelstan zog die Zügel an und überdachte Cranstons Worte. Es stand nicht gut um London. Der König war ein Kind, sein Onkel John von Gaunt ein höchst unpopulärer Regent. Der Hof war verlottert, aber den Bauern wurden endlos Steuern abgepreßt, und sie waren durch grausame Gesetze an ihre Scholle gebunden. Schon seit einer Weile gab es Gemunkel, Gerüchte, die wie Blätter im Wind trieben: Bauern in Kent, Middlesex und Essex hätten eine Geheimgesellschaft gegründet, die »Große Gemeinde«. Deren Führer planten angeblich den Aufstand und den Marsch nach London. Athelstan kannte sogar einen der Anführer flüchtig – John Ball, ein Wanderpriester und Mann von solcher Beredsamkeit, daß er mit Sätzen wie: »Als Adam pflügt' und Eva spann, wo war denn da der Edelmann?« noch die friedfertigsten Bauern in Rebellen verwandeln konnte. War Whittons Tod das Vorspiel zum Drama, fragte sich Athelstan. Und waren seine Pfarrkinder beteiligt? Er wußte, daß sie sich in den Ale-Häusern und Schankstuben trafen und weiß Gott berechtigte Klagen zu führen hatten.

Und wenn der Aufstand käme, was sollte er dann tun? Sich auf die Seite der Behörden stellen oder sich, wie viele Priester, den Rebellen anschließen? Er warf Cranston einen Seitenblick zu. Der Coroner schien seinen Gedanken nachzuhän-

gen; wieder spürte der Ordensbruder die Traurigkeit, die ihn umgab.
»Sir John, fehlt Euch etwas?«
»Nein, nein«, murmelte der Coroner.
Athelstan ließ ihn in Ruhe. Vielleicht, überlegte er, hatte Sir John am letzten Abend zu tief ins Glas geschaut.
Sie ritten die verschneite Tower Street herunter, vorbei an der Kirche, vor der ein Almosenempfänger kniete und für irgendeine Sünde Buße tat; seine Hände, die den Rosenkranz umklammerten, waren hart vom Frost. Athelstan grauste es bei dem Gedanken an die Bußen, die manche seiner Brüder im Priesteramt ihren Gemeindekindern auferlegten. Sir Johns Atem hing wie Weihrauch in der kalten Luft.
»In drei Teufels Namen«, murrte er. »Wann kommt endlich die Sonne wieder?«
Sie waren in Petty Wales angelangt, als plötzlich eine Frauenstimme klar und melodisch ein Weihnachtslied zu singen begann, das Athelstan besonders mochte. Sie blieben einen Augenblick stehen, um zuzuhören, und überquerten dann den eisglatten Platz. Vor ihnen ragten die schneebedeckten Mauern des Tower empor, die Türme, Bastionen, Bollwerke und Zinnen – ein Berg aus behauenem Stein. Die gewaltige Festung schien London weniger zu verteidigen als einzuschüchtern.
»Ein bedrückender Ort«, sagte Cranston leise. »Das Haus des Roten Schlächters.« Er warf Athelstan einen eigenartigen Blick zu. »Unsere alten Freunde Mord und Totschlag lauern hier.«
Athelstan überlief ein Schauer, nicht nur wegen der Kälte. Sie überquerten die Zugbrücke. Der Graben unter ihnen, das Wasser und auch der grüne Schleim, der es stets bedeckte, waren gefroren. Sie ritten durch den schwarzen Torbogen des Middle Tower. Das große Tor klaffte wie ein aufgerissenes Maul, und das halb herabgelassene Fallgitter waren die Zähne. Von oben grinsten die abgeschlagenen Köpfe zweier im Kanal gefaßter

Piraten herunter. Athelstan flüsterte ein Gebet. »Gott schütze uns vor allen Teufeln, Dämonen, Skorpionen und den bösen Geistern, die hier hausen.«

»Gott schütze mich vor den Lebenden«, witzelte Cranston zurück. »Ich fürchte, sogar Satan weint über das Böse, dessen die Menschen fähig sind.« Das Tor war von Soldaten bewacht, die, in braune Wollmäntel gehüllt, unter dem engen Torgewölbe standen.

»Sir John Cranston, der Coroner!« verkündete Cranston mit dröhnender Stimme. »Ich habe die Vollmacht des Königs. Und dies ist mein Schreiber, Bruder Athelstan, der seiner unbestreitbaren Sünden wegen auch Pfarrer von St. Erconwald in Southwark ist. An einem Ort also«, fuhr der Coroner grinsend fort, als er die Empörung in Athelstans Gesicht sah, »wo Tugend und Laster sich aneinander reiben und die Hände schütteln.«

Die Wachen nickten; in der durchdringenden Kälte war jede Bewegung zuviel. Athelstan und Cranston ritten am Byward Tower vorbei und einen gepflasterten Damm hinauf; ihre Pferde rutschten und stolperten auf den eisigen Steinen. Am Wakefield Tower wandten sie sich nach links, und durch einen konzentrischen Kreis von Befestigungsanlagen gelangten sie auf das Tower Green, eine Wiese, die jetzt von dickem Schnee bedeckt war. Auch die großen Kriegsmaschinen waren davon verhüllt: Katapulte, Rammböcke, Steinschleudern und schwere, eisenbeschlagene Karren. Rechts stand eine mächtige, aus Fachwerk erbaute Große Halle, an die weitere Gemächer angebaut waren. Ein Wachposten saß dösend auf der Treppe und blickte nicht einmal auf, als Cranston brüllte. Ein schniefender, rotnasiger Pferdeknecht kam schließlich gerannt und nahm ihnen die Pferde ab. Ein anderer führte sie die Treppe hinauf in die Große Halle. Zwei struppige Jagdhunde schnüffelten in der schmutzstarrenden Binsenstreu am Boden. Einer von ihnen wollte das

Bein an Sir Johns Stiefeln heben und knurrte, als der Coroner nach ihm trat.
Die Halle war ein großer, düsterer Raum mit schmutzigem Steinboden und wuchtigen Deckenbalken. Ein Kamin am hinteren Ende war groß genug, um einen Ochsen zu braten. Auf dem Feuerrost türmten sich die Scheite, aber der Kamin war offenbar verrußt, denn der Rauch wurde zum Teil in die Halle zurückgedrückt, wo er wie Nebel unter den Deckenbalken wirbelte. Die Frühmahlzeit war gerade zu Ende; Küchenjungen räumten Zinnbecher und hölzerne Teller von den Tischen. In einer Ecke foppten zwei Männer einen Dachs mit einem Hund; andere drängten sich ans Feuer. Athelstan schaute sich um. Das Leichentuch des Todes lag schwer über dem Saal. Er kannte den Gestank, das Mißtrauen und das unausgesprochene Grauen, das stets auf einen gewalttätigen, geheimnisvollen Mord folgte.
Eine der Gestalten am Feuer erhob sich und kam eilig herüber, als Cranston zum zweiten Mal seinen Titel durch die Halle brüllte. Es war ein langer, dünner Kerl mit roten Haaren; seine Augenlider waren rosig und wimpernlos. Eine Adlernase beherrschte das halbrasierte, eckige Gesicht.
»Ich bin Gilbert Colebrooke, der Lieutenant. Sir John, Ihr seid höchst willkommen.« Seine trüben Augen richteten sich auf Athelstan.
»Mein Schreiber«, verkündete Cranston. Dann deutete er auf die Gruppe am Feuer. »Der Haushalt des Konstablers, nehme ich an?«
»Jawohl«, antworte Colebrooke knapp.
»Ja, Mann, dann macht uns bekannt!«
Als sie hinübergingen, standen die Leute, die auf Schemeln am Feuer hockten, auf und begrüßten sie. Man wurde einander vorgestellt, und Cranston beherrschte unweigerlich das Geschehen. Wie immer hielt Athelstan sich zurück und studierte die Leute, die er bald befragen würde. Er würde ihre Geheim-

nisse ausgraben, vielleicht sogar Skandale aufdecken, die besser verborgen geblieben wären. Da war der Kaplan, Master William Hammond, mager und ernst in seinem schwarzen Gewand. Seine Bewegungen waren wie die eines angreifenden Vogels, sein Gesicht sah ungesund aus, und fettige graue Haarsträhnen zogen sich schütter über den kahlen Schädel. Ein bitterer Mann, schloß Athelstan, mit einer Nase, so spitz wie ein Dolch, kleinen schwarzen Äuglein und einem schmallippigen Mund, so fest verschlossen wie die Börse eines Geizkragens.
Zur Rechten des Kaplans stand Sir Fulke Whitton, der Bruder des Toten: glatt und fett, mit freundlichem Gesicht und strohblondem Haar. Sein Händedruck war fest, und er bewegte sich trotz seines beträchtlichen Leibesumfangs mit der Anmut und Geschwindigkeit eines Athleten.
Neben ihm stand die Tochter des toten Konstablers, Philippa. Keine große Schönheit mit ihrem breiten Gesicht, aber sie hatte angenehme braune Augen und hübsches, kastanienbraunes Haar. Sie war ziemlich rundlich und erinnerte Athelstan an einen übermästeten Kapaun. An ihrer Seite stand – oder besser: schwankte – ihr Verlobter Geoffrey Parchmeiner. Sein Haar war schwarz wie die Nacht und geölt und frisiert wie das einer Frau. Er schien ein ganz angenehmer Bursche zu sein; seine Gesichtszüge wirkten kraftvoll, auch wenn sein glattrasiertes Gesicht leicht gerötet war vom blutroten Wein, den er in einem tiefen Becher kreisen ließ. Ein heiterer Bursche, dachte Athelstan, und belustigt schaute er auf Geoffreys enge Hose mit dem vorgewölbten Hosenlatz. Unter einem sarazenischen Wams schaute ein rüschenbesetztes Hemd hervor, und die Spitzen seiner Schuhe waren so lang und dünn, daß sie mit einer roten Kordel an der Wade festgebunden waren. Weiß Gott, wie der sich auf Eis fortbewegt, dachte Athelstan. Er kannte diesen Typus: ein junger Mann, der die Gecken des Hofes nachäffte. Als Pergamenthändler mit einem Laden in Londons Straßen

würde Geoffrey Geld genug haben, um sich aufzuführen wie ein Höfling.

Die beiden Hospitaliterritter, von denen Cranston gesprochen hatte, Sir Gerard Mowbray und Sir Brian Fitzormonde, hätten Brüder sein können. Beide trugen das graue Gewand ihres Ordens. Auf den Mänteln prangten dicke, weiße Kreuze. Athelstan kannte den furchterregenden Ruf dieser Mönchsritter und war gelegentlich sogar als Beichtvater in ihrer Festung in Clerkenwell gewesen. Gerard und Brian waren mittleren Alters und, mit ihren sauber getrimmten Bärten, scharfen Augen und kurzgeschorenen Haaren, Soldaten vom Scheitel bis zur Sohle. Sie bewegten sich wie Katzen, Männer im Bewußtsein ihrer Überlegenheit. Krieger, dachte Athelstan, Männer, die töteten, wenn sie ihre Sache für gerecht hielten.

Zwischen ihnen stand ein dunkelhäutiger Mann von geschmeidiger Gestalt, dessen Haar und Bart üppig eingeölt waren. Er trug blaue, weite Hosen und über dem Wams einen Militärmantel. Seine Augen waren ständig in Bewegung, und er beobachtete Cranston und Athelstan, als wären sie Feinde. Der Coroner stellte ihm barsch eine Frage, aber der Bursche starrte ihn nur wortlos an, öffnete den Mund und deutete mit dem Finger. Athelstan wandte den Blick mitleidig ab, als er das schwarze Loch sah, wo die Zunge des Mannes hätte sitzen müssen.

»Rastani ist stumm«, sagte Philippa mit überraschend dunkler, heiserer Stimme. »Er war Moslem, hat sich aber zu unserem Glauben bekehrt. Er ist …« Sie biß sich auf die Lippe. »Er war der Diener meines Vaters.« Ihre Augen füllten sich mit Tränen, und sie klammerte sich an den Arm ihres Verlobten, obwohl der junge Mann weniger sicher auf den Beinen war als sie.

Als alle einander vorgestellt waren, rief Colebrooke nach weiteren Schemeln, und als er den gierigen Blick sah, den Sir John auf den Becher des jungen Mannes warf, ließ er auch noch heiße Milch mit Rotwein bringen. Cranston und Athelstan setzten sich in die Mitte. Sir John zeigte keine Hemmungen; er warf den Mantel zurück, streckte seine stämmigen Beine von sich und genoß die Wärme des Feuers. Seinen Becher hatte er in einem Zug geleert, ließ sich nachschenken und schlürfte geräuschvoll. Er schmatzte und ließ seinen Blick über die Runde wandern, als seien alle seine engsten Busenfreunde. Athelstan sprach ein stummes Gebet, während er sein Schreibtablett auf den Knien ordnete: Mochte der Herr dafür sorgen, daß Cranston nüchtern und wach blieb. Geoffrey kicherte, und die beiden Ritter starrten den Coroner ungläubig an.

»Ihr seid der Coroner des Königs?« fragte Sir Fulke.

»Ja, das ist er«, schaltete Athelstan sich ein. »Und Sir John ist nicht immer so, wie er zu sein scheint.«

Cranston schmatzte wieder.

»Nein, nein, das bin ich nicht«, knurrte er. »Und ich schätze, das gilt auch für jeden anderen hier im Raum. Es gibt einen nützlichen Spruch, den Ihr stets bedenken solltet: Ein jeder aus dem Weibe geborene Mann ist dreierlei: Was er zu sein scheint, was er zu sein behauptet, und« – strahlend blickte er in die Runde – »was er in Wahrheit ist.« Lüstern grinste er Philippa an. »Das gleiche gilt auch für das schönere Geschlecht.« Plötzlich fiel ihm Maude ein, und der Gedanke ernüchterte ihn schneller als ein Schwall kalten Wassers. »Und das gleiche«, fuhr er unwirsch fort, »gilt für den Mörder des Konstablers Sir Ralph Whitton.«

»Ihr verdächtigt einen der Anwesenden?« fragte Sir Fulke; jegliche Gleichgültigkeit war jetzt aus seinem Gesicht verschwunden.

»Ja, das tue ich«, knurrte Cranston.

»Das ist eine Beleidigung!« platzte der Kaplan heraus. »Lord Coroner, Ihr seid betrunken. Ihr kommt hier hereingeschwankt, Ihr kennt uns nicht ...«

Athelstan legte dem Coroner eine Hand auf den Arm. Er spürte, daß Sir John in gefährlicher Stimmung war, und er sah auch,

daß die beiden Hospitaliterritter ihre Mäntel geöffnet, die Dolche in ihren Gürteln freigelegt hatten. Cranston nahm die Warnung an.
»Ich beschuldige niemanden«, sagte er sanft. »Aber es erweist sich meist, daß der Mord – wie die Barmherzigkeit – zu Hause wurzelt.«
»Wir haben es mit drei Problemen zu tun«, warf Athelstan diplomatisch ein. »Wer hat Sir Ralph getötet, warum und wie?«
Der Lieutenant schnalzte unhöflich. Cranston beugte sich vor.
»Ihr wollt etwas sagen, Sir?«
»Ja, allerdings. Sir Ralph könnte von einem Rebellen aus London ermordet worden sein, von einem Bauern aus den vielen hundert Dörfern der Umgebung oder von einem getarnten Attentäter, der geschickt wurde, um die grausige Tat zu begehen.«
Cranston nickte ihm lächelnd zu.
»Vielleicht«, antwortete er liebenswürdig. »Aber ich werde später auf Eure Theorie zurückkommen. Einstweilen wird keiner von Euch den Tower verlassen.« Er schaute sich in der düsteren Halle um. »Wenn ich den Leichnam gesehen habe, will ich Euch alle noch einmal sprechen, aber in angenehmerer Umgebung.«
Der Lieutenant nickte. »In der St.-John's-Kapelle im White Tower«, schlug er vor. »Dort ist es warm, sicher und einigermaßen ungestört.«
»Gut. Gut.« Cranston grinste falsch in die Runde. »Dort werde ich Euch treffen. Jetzt wünsche ich Sir Ralphs Leiche zu begutachten.«
»In der Nordbastion«, antwortete Colebrooke, stand abrupt auf und ging ihnen voran aus der Halle.
Sir John folgte ihm schwankend wie eine Galeone, während Athelstan hastig Feder, Tintenhorn und Pergament einpackte. Der Ordensbruder war zufrieden: Er hatte Namen und einen

ersten Eindruck, und Cranston hatte seinen üblichen Lieblingstrick angewandt und jedermann befremdet. Der Coroner war gerissen wie ein Fuchs.
»Wenn du Verdächtige grob behandelst«, hatte er einmal erklärt, »werden sie wahrscheinlich weniger Zeit mit Lügen verschwenden. Und, wie du weißt, Bruder, die meisten Mörder sind Lügner.«
Colebrooke wartete am Fuß der Treppe zur Großen Halle und führte sie schweigend am White Tower vorbei, der sich schimmernd aus dem tiefen Schnee erhob. Jeder Absatz, jedes Sims und jedes Fensterbrett waren von Eis und Schnee bedeckt. Athelstan blieb stehen und schaute hoch.
»Prachtvoll!« murmelte er. »Wie groß sind doch die Werke des Menschen.«
»Und wie schrecklich«, fügte Cranston hinzu.
Beide standen für ein paar Augenblicke da und bewunderten die kahlen, weißen Mauern des gewaltigen Turmes. Sie wollten gerade weitergehen, als unter einer Außentreppe am Fuße der Festung eine Tür aufflog. Ein phantastisches Geschöpf mit einem Buckel und dichtem weißen Haar stand plötzlich für einen Augenblick wie angefroren vor ihnen. Sein Gesicht war bleich, und sein Körper war von zahllosen bunten und schmutzigen Lumpen bedeckt; die Füße steckten in viel zu großen Stiefeln. Endlich kam er wie ein Hund auf allen vieren auf sie zu. Schneewolken stoben rechts und links in die Höhe. Der Lieutenant wandte sich fluchend ab.
»Willkommen im Tower!« kreischte das Geschöpf. »Willkommen in meinem Königreich! Willkommen im Tal der Schatten des Todes!«
Athelstan schaute hinunter in das verzerrte fahle Gesicht und die milchigen Augen des Albinos, der vor ihnen kauerte.
»Guten Morgen, Sir«, entgegnete er. »Und wer seid Ihr?«
»Rothand. Rothand«, brummelte der Bursche. Seine bläulichen

Lippen öffneten sich, und schmutziggelbe Zähne klapperten vor Kälte. »Mein Name ist Rothand.«
»Na, du bist mir ein komischer Halunke, Rothand«, rief Cranston.
Die irren Augen betrachteten den Coroner verschlagen.
»Wahnsinn ist, was Wahnsinn treibt«, murmelte Rothand. »Doppelt so verrückt wie einige und halb so verrückt wie andere.« Er holte die Hand hinter dem Rücken hervor und schüttelte einen Stock, an dem eine schmutzige, aufgeblasene Schweinsblase festgebunden war. »Also, meine Schätzchen, wollt Ihr mit Rothand spielen?«
»Verpiß dich, Rothand«, schnarrte der Lieutenant und machte einen drohenden Schritt auf ihn zu.
Der Albino funkelte Colebrooke nur an.
»Der alte Rothand weiß so manches«, sagte er. »Der alte Rothand ist nicht so blöd, wie er aussieht.« Schmierige Klauenfinger streckten sich Athelstan entgegen. »Rothand kann dein Freund sein. Er hat seinen Preis.«
Athelstan schnürte seinen Beutel auf und legte dem Verrückten zwei Münzen in die Hand. »Da«, sagte er leise. »Jetzt kannst du Sir Johns Freund sein und der meine.«
»Was weißt du denn?« fragte Cranston.
Der Albino hüpfte auf und ab. »Sir Ralph ist tot. Hingerichtet vom Finger Gottes. Die dunklen Schatten sind hier. Die Vergangenheit eines Mannes ist immer um ihn. Sir Ralph hätte daran denken sollen.« Wütend starrte er den Lieutenant an. »Und andere sollten das auch tun! Andere auch! Aber Rothand hat zu tun. Rothand muß gehen.«
»Lord Coroner, Bruder Athelstan«, unterbrach Colebrooke, »Sir Ralphs Leichnam wartet.«
»Blut und Schleim anschauen, wie?« krähte Rothand und hüpfte auf und ab. »Ein böser Mann, Sir Ralph. Er hat verdient, was er gekriegt hat!«

Der Lieutenant trat nach ihm, aber Rothand wieselte davon, kreischend und lachend.
»Wer ist das?« fragte Athelstan leise.
»Er war früher Maurer hier. Seine Familie kam vor vielen Jahren bei einem Unfall ums Leben.«
»Und Sir Ralph hat ihn hierbleiben lassen?«
»Sir Ralph war sein Anblick verhaßt. Aber er konnte wenig machen. Rothand ist ein königlicher Günstling. Er war Maurermeister beim alten König, bekommt eine Rente und hat Wohnrecht hier im Tower.«
»Und warum Rothand?«
»Er wohnt in den Kerkergewölben und schrubbt die Folterinstrumente und den Richtblock nach der Exekution.«
Athelstan schauderte es; er zog den Mantel fester um die Schultern. Wahrlich, dachte er, dies war das Tal der Schatten, ein Ort der Gewalt und des plötzlichen Todes. Der Lieutenant wollte weitergehen, aber Cranston hielt ihn am Arm fest. »Wieso hat Rothand gesagt, Sir Ralph sei ein böser Mann gewesen und habe bekommen, was er verdiente?«
Colebrooke wandte den trüben Blick ab. »Sir Ralph war ein seltsamer Mann«, sagte er leise. »Manchmal denke ich, in seiner Seele lauerten Dämonen.«

3. Kapitel

Athelstan und Cranston folgten Colebrooke um Holzschuppen und Nebengebäude, durch einen Torbogen in der inneren Festungsmauer und über einen vereisten Platz zu einem riesigen Turm, der sich über den Festungsgraben hinauswölbte. Der Lieutenant blieb stehen.

»Dort liegen unterirdische Verliese, und darüber führen Stufen in eine Kammer im Obergeschoß.« Er zuckte die Achseln. »Dort ist Sir Ralph gestorben.«

»Ermordet worden«, korrigierte Cranston.

»Gibt es noch andere Räume?« fragte Athelstan.

»Früher mal, noch ein weiteres Stockwerk, aber die Tür dorthin wurde zugeschüttet.«

Athelstan schaute hinauf zu den verschneiten Zinnen und seufzte.

»Ein Turm des Schweigens«, murmelte er. »Ein trostloser Ort zum Sterben.«

Sie stiegen die Treppe hinauf. Drinnen hockten zwei Wächter auf Schemeln vor einem Kohlebecken. Colebrooke nickte ihnen zu. Sie erkletterten eine zweite, steile Treppe und drückten oben die halboffene Tür auf. Ein dunkler, muffig riechender Gang erstreckte sich vor ihnen. Leise vor sich hin fluchend, nahm Colebrooke etwas Zunder von einem Steinsims, und bald darauf loderten die Fackeln in den Wandhaltern. Sie betraten den kalten Korridor. Athelstan sah einen Berg von Mauerbrocken, losen Ziegeln und Schieferplatten, der den Zugang zum darüberliegenden Stockwerk verschloß. Colebrooke probierte ein paar Schlüssel, die er unter seinem Mantel hervorgezogen hatte; schließlich schloß er die Tür auf und lud Cranston

und Athelstan mit einer beinahe spöttischen Gebärde ein einzutreten.
Es war ein Raum mit gewölbter Decke aus Stein. Der erste Eindruck war der eines alles beherrschenden Graus. Keine Wandbehänge oder Teppiche an den Wänden, nichts außer der hageren Gestalt eines sterbenden Christus an einem schwarzen Holzkreuz. Mitten im Raum stand ein großes vierpfostiges Bett, dessen schmutzige, lohbraune Vorhänge fest geschlossen waren. Es gab einen Tisch und ein paar Schemel, und drei oder vier Holzzapfen steckten neben dem Bett in der Wand; ein Mantel, ein schweres Wams und ein breiter, lederner Schwertgurt hingen noch daran. Auf der anderen Seite des Bettes stand ein hölzernes Lavarium mit einer riesigen Zinnschüssel und einem Krug, auf dem ein schmutziges Tuch lag. Ein kleiner Kamin hätte ein wenig Wärme gespendet, aber nur kalte, pulverige Asche lag darin. Ein Kohlebecken voll halbverbrannter Holzkohle stand verloren im Raum. Athelstan war sicher, daß es hier kälter war als draußen. Cranston schnippte mit den Fingern und deutete auf die offenen Fensterläden.
»Bei den Titten des Teufels, Mann!« rief er. »Es ist lausig kalt!«
»Wir haben alles so gelassen, wie es war, Lord Coroner«, versetzte Colebrooke scharf.
Athelstan deutete auf das Fenster. »Und da soll der Mörder hereingeklettert sein?« fragte er.
Er starrte auf die große Öffnung.
»Nur so kann es gewesen sein«, sagte Colebrooke, ging zum Fenster und warf dröhnend die Läden zu. Athelstan schaute sich im Zimmer um. Er erkannte den fauligen Gestank des Todes, und mit Abscheu sah er die schmutzigen Binsen auf dem Boden und den gesprungenen Nachttopf voll Nachtkot und Urin.
»In drei Teufels Namen!« bellte Cranston und stampfte auf. »Laßt das wegschaffen, sonst stinkt es hier bald wie in einer Pestgrube.«

Dann trat er ans Bett und riß die Vorhänge auf. Athelstan warf einen Blick hinein und wich entsetzt zurück. Der Tote lag weiß und blutlos auf verschmierten Kissen und Laken. Die starren Hände krallten sich noch in die blutgetränkte Bettdecke. Der Kopf des Mannes war zurückgebogen, das Gesicht im Grinsen des Todes verzerrt. Die schweren Augenlider waren halb geöffnet, und es war, als starrten die Augen auf den furchtbaren Schnitt hinunter, der sich von einem Ohr zum anderen zog. Das Blut war herausgeströmt wie Wein aus einem zerbrochenen Faß und lag dick und geronnen auf Brust und Bettzeug. Athelstan zog die Decke zurück und betrachtete den halbnackten weißen Leib.
»Die Todesursache liegt auf der Hand«, murmelte er. »Keine anderen Wunden oder Blutergüsse.« Wortlos schlug er das Kreuz über den Leichnam und trat zurück.
Colebrooke hielt klugen Abstand. »Sir Ralph hat einen solchen Tod befürchtet«, sagte er leise.
»Seit wann?« wollte Athelstan wissen.
»Oh, seit drei oder vier Tagen.«
»Weshalb?« fragte Cranston. »Wovor hat Sir Ralph sich gefürchtet?«
Colebrooke zuckte die Achseln. »Das weiß der Himmel. Vielleicht werdet Ihr es von seiner Tochter oder von seinem Bruder erfahren. Ich weiß nur, daß Sir Ralph den Engel des Todes an seiner Seite zu spüren glaubte.«
Cranston trat ans Fenster, klappte die Läden wieder auf und lehnte sich in die eisige Luft.
»Da geht's aber tief runter«, bemerkte er und zog sich zu Athelstans großer Erleichterung wieder zurück. Nur Athelstan war klar, wieviel der brave Coroner schon getrunken hatte.
»Wer würde mitten in der Nacht, im tiefsten Winter, einen solchen Aufstieg wagen?«

»Oh, in die Mauer sind Stufen gehauen«, antwortete Colebrooke selbstzufrieden. »Aber nur wenige Leute wissen davon.«
»Wieso?« fragte Athelstan.
»Es sind eigentlich nur Kerben, in denen ein Fuß Halt findet«, sagte Colebrooke. »Der Maurer, der den Turm gebaut hat, war ein vorsichtiger Mann. Wenn jemand in den Graben fiel, konnte er so wieder rausklettern.«
»Ihr sagt also«, Cranston ließ sich auf einen Schemel fallen und wischte sich die Stirn, »daß irgend jemand, wahrscheinlich ein Soldat oder ein gedungener Mörder, diese Trittkerben benutzt hat und zum Fenster heraufgeklettert ist.« Er drehte sich um und betrachtete die Fensterläden. »Eurer Meinung nach«, fuhr er fort, »hat der Mörder einen Dolch durch den Spalt geschoben und den Riegel hochgehoben, dann ist er eingestiegen und hat Sir Ralph die Kehle durchgeschnitten.«
Colebrooke nickte langsam. »Das nehme ich an, Sir John.«
»Und ich nehme an«, ergänzte Cranston sarkastisch, »daß Sir Ralph seinen Mörder einfach hereinklettern ließ, gar nicht erst aufstand, sondern wie ein Lämmchen liegenblieb und sich die Kehle durchschneiden ließ.«
Colebrooke ging zum Fenster, schloß es vernehmlich und schob den hölzernen Riegel vor. Dann zog er den Dolch, schob ihn in den Spalt zwischen den beiden Läden und hob behutsam den Riegel aus seiner Halterung. Er drückte die Läden auf, drehte sich um und schaute Cranston lächelnd an.
»Es geht also, Lord Coroner«, bemerkte er trocken. »Der Mörder durchquert dann auf leisen Sohlen die Kammer. Einem Mann die Kehle durchzuschneiden dauert nicht lange, vor allem, wenn er viel getrunken hat.«
Athelstan dachte über die Worte des Lieutenants nach. Plausibel war es. Er und Cranston wußten von den Nachtschatten, einer Räuberbande, die im Schutze der Dunkelheit in ein Haus eindringen und es ausplündern konnte, ohne daß Bürger, Frauen,

Kinder und sogar Hunde aufwachten. Warum sollte es hier anders sein? Athelstan musterte das Gemach aufmerksam: dicke Granitmauern, ein steinernes Gewölbe, kalte Steinplatten unter der Binsenstreu.

»Nein, Bruder.« Colebrooke schien seine Gedanken gelesen zu haben. »Es gibt keinen Geheimgang. Nur zwei Wege führen in diese Kammer – durch das Fenster oder durch die Tür. Das untere Stockwerk ist bewacht; wir sind an den Wächtern vorbeigekommen. Und der Zugang zum oberen Stockwerk ist durch eingestürztes Gemäuer verschüttet.«

»Hat man irgendwo Blutspuren gefunden?« fragte Athelstan. Er sah, daß der Lieutenant einen spöttischen Seitenblick auf die blutige Leiche warf. »Nein«, fuhr er ärgerlich fort, »ich meine, anderswo. Am Fenster. Bei der Tür. Als der Mörder seine Tat vollbracht hatte, muß sein Messer oder sein Schwert doch voller Blut gewesen sein.«

Colebrooke schüttelte den Kopf. »Überzeugt Euch selbst, Bruder. Ich habe nichts gefunden.«

Athelstan warf Cranston einen mutlosen Blick zu; dieser saß inzwischen wie ein nasser Sack auf seinem Schemel und hatte die Augen halb geschlossen nach dem vielen Wein und den heftigen Anstrengungen in der Morgenkälte. Der Ordensbruder sah sich gründlich um. Bettzeug und Leichnam waren von getrocknetem Blut getränkt, aber weder am Fenster noch in den Binsen oder in der Nähe der Tür fand er eine Spur davon. »Ist sonst etwas verändert worden?«

Colebrooke schüttelte den Kopf. Cranston regte sich plötzlich. »Warum ist Sir Ralph hierhergezogen?« fragte er unvermittelt. »Das ist doch nicht sein gewohntes Gemach.«

»Er glaubte, er wäre hier sicher. Die nördliche Bastion ist eine der unzugänglichsten in der ganzen Festung. Eigentlich wohnte der Konstabler in den Königlichen Gemächern im White Tower.«

»Und hier war er auch sicher«, schloß Athelstan, »bis der Wassergraben zufror.«
»Ja«, sagte Colebrooke. »Daran hat niemand gedacht, weder ich noch sonst jemand.«
»Hätte man einen Attentäter nicht sehen müssen?« fragte Cranston.
»Das bezweifle ich, Sir John. Nachts ist der Tower in Dunkelheit gehüllt. Auf der Nordbastion standen keine Wachen, und die auf der Mauer dürften die meiste Zeit damit verbracht haben, sich zu wärmen.«
Cranstons Augen wurden schmal. »Dann wollen wir jetzt, bevor wir mit den anderen sprechen, die Abfolge der Ereignisse klären.«
»Sir Ralph aß in der Großen Halle zu Abend und trank viel. Geoffrey Parchmeiner und die beiden Wachen eskortierten ihn hierher. Letztere durchsuchten die Kammer, den Korridor und den Raum darunter. Alles war in Ordnung.«
»Und dann?«
»Sir Ralph schloß die Tür hinter sich ab. Das haben die Wachen draußen gehört. Sie begleiteten Geoffrey aus dem Gang, verschlossen die Tür am anderen Ende und begannen ihre Wache. Sie waren die ganze Nacht auf ihrem Posten und haben nichts Außergewöhnliches bemerkt. Ich bei meinen üblichen nächtlichen Rundgängen genausowenig.«
Athelstan hob die Hand. »Diese Schlüsselgeschichte ...?«
»Sir Ralph hatte einen Schlüssel zu seiner Kammer. Den zweiten hatten die Wachen an einem Schlüsselbund unten.«
»Und für die Tür am Ende des Ganges?«
»Auch hier hatten Sir Ralph und die Wachen je einen Schlüssel. Ihr werdet sie gleich sehen, wenn Ihr hinuntergeht; sie hängen an Haken an der Wand.«
»Weiter, Lieutenant – was geschah dann?«
»Gleich nach dem Morgengebet kam Geoffrey Parchmeiner ...«

Der Lieutenant sah Athelstan verschlagen an. »Ihr habt ihn kennengelernt? Den geliebten zukünftigen Schwiegersohn? Nun, er kam, um Sir Ralph zu wecken.«
»Wieso Geoffrey?«
»Sir Ralph hat ihm vertraut.«
»Brachte er etwas zu essen oder zu trinken mit?«
»Nein. Er wollte, aber wegen des kalten Wetters wollte Sir Ralph, daß Geoffrey ihm die Aufwartung machen und ihn wecken sollte. Dann wollten sie den Tag planen und mit den anderen in der Großen Halle frühstücken.«
»Weiter«, befahl Cranston und stampfte mit den Füßen, um sie zu wärmen.
»Nun, die Wachen führten Geoffrey die Stiege herauf, ließen ihn auf den Korridor und schlossen hinter ihm wieder ab. Sie hörten, wie er den Gang entlangging, an die Kammertür klopfte und rief, aber Sir Ralph rührte sich nicht. Nach einer Weile kam Geoffrey zurück und erklärte, Sir Ralph sei nicht wachzukriegen.« Colebrooke brach ab, kratzte sich am Kopf und schloß die Augen, um sich zu konzentrieren. »Geoffrey nahm den Schlüssel zu Sir Ralphs Kammer vom Haken, besann sich dann aber und holte mich. Ich war in der Großen Halle, kam sofort, nahm den Schlüsselbund an mich und schloß die Tür auf.« Der Lieutenant deutete auf das Bett. »Wir fanden Sir Ralph, wie Ihr ihn hier seht.«
»Und das Fenster stand offen?« fragte Cranston.
»Ja.«
»Seit wann ist der Festungsgraben zugefroren?« erkundigte sich Athelstan.
»Seit ungefähr drei Tagen.« Colebrooke rieb sich heftig die Hände. »Sir John, wir müssen doch sicher nicht hierbleiben«, sagte er flehentlich. »Es gibt wärmere Orte für solche Fragen.« Cranston stand auf und streckte sich.
»Gleich«, brummte er. »Seit wann war Sir Ralph Konstabler?«

»Oh, seit ungefähr vier Jahren.«
»Mochtet Ihr ihn?«
»Nein. Er war ein Pedant, verlangte fanatisch Disziplin – nur von seiner Tochter und ihrem Liebhaber nicht.«
Cranston nickte und wandte sich noch einmal dem Leichnam zu. »Ich nehme an«, knurrte er, »von der Mordwaffe gibt es keine Spur. Vielleicht könntest du noch einmal nachsehen, Athelstan.«
Der Bruder stöhnte, durchsuchte aber mit Colebrookes Hilfe noch einmal den Raum. Sie stocherten in der Binsenstreu und siebten die kalte Asche im Kamin.
»Nichts«, erklärte Colebrooke dann. »Hier könnte man noch nicht einmal eine Stecknadel verstecken.«
Athelstan ging zu Sir Ralphs Schwertgurt und zog die Klinge heraus. »Auch hier keine Blutflecken«, sagte er. »Kein Tröpfchen, kein Fleckchen. Sir John, wir sollten jetzt gehen.«
Draußen untersuchten sie noch einen Flecken auf dem Boden des Ganges, aber es war nur Öl. Auf der Hälfte der Treppe hielt Athelstan plötzlich den Lieutenant fest. »Die beiden Wachposten«, flüsterte er. »Sind das dieselben wie letzte Nacht?«
»Ja. Söldner, die Sir Ralph schon gedient haben, als er noch zum Haushalt Seiner Gnaden des Regenten gehörte.«
»Sind sie loyal?«
Colebrooke verzog das Gesicht. »Das nehme ich an. Sie haben einen Eid auf ihn geleistet. Und was noch wichtiger ist: Sir Ralph hatte ihren Sold verdoppelt. Sie hatten von seinem Tod nichts zu gewinnen, sondern sehr viel zu verlieren.«
»Habt *Ihr* etwas zu gewinnen?« fragte Cranston mit schwerer Zunge.
Colebrookes Hand fuhr zum Griff seines Dolches. »Sir John, diese Frage gefällt mir nicht. Ich gebe zu, daß ich Sir Ralph nicht leiden konnte – obwohl Seine Gnaden der Regent ihn schätzte.«
»Wolltet Ihr Whittons Posten?«

»Natürlich. Ich halte mich für den besseren Mann.«
»Aber der Regent war anderer Ansicht?«
»John von Gaunt hat sich darüber nicht mit mir beraten«, bemerkte Colebrooke säuerlich. »Ich hoffe allerdings, daß er mich jetzt zu Whittons Nachfolger ernennt.«
»Warum?« fragte Athelstan leise.
Colebrooke schien überrascht. »Ich bin loyal; sollte es Unruhen geben, werde ich den Tower bis zum letzten Atemzug halten.«
Cranston grinste und tippte ihn sanft gegen die Brust. »Das ist es, mein guter Lieutenant. Wir denken beide das gleiche: Sir Ralphs Tod hängt vielleicht zusammen mit den Verschwörungen, die wie Unkraut aus dem Boden schießen in den Dörfern und Siedlungen rings um London.«
Colebrooke nickte. »Whitton war ein harter Zuchtmeister«, sagte er, »und ein gedungener Mörder der Großen Gemeinde hätte einen solchen Auftrag sicher leicht erledigen können.«
Auch Athelstan lächelte und klopfte Colebrooke auf die Schulter. »Da mögt Ihr recht haben, Master Colebrooke. An einer solchen Theorie wäre nur eines auszusetzen.«
Der Lieutenant starrte ihn verständnislos an.
»Versteht Ihr nicht?« fragte Athelstan. »Irgend jemand im Tower muß einem solchen Meuchelmörder doch sagen, wo, wann und wie Sir Ralph zu finden ist.«
Ein sehr enttäuschter Lieutenant führte sie zum Fuß der Treppe. Die beiden vierschrötigen, untersetzten Wachposten saßen immer noch mit ausgestreckten Händen vor dem rotglühenden Kohlebecken. Sie rührten sich kaum, als Colebrooke nähertrat, und Athelstan spürte ihre Verachtung für den so plötzlich aufgestiegenen Zweiten Offizier.
»Ihr hattet gestern nacht Wache?«
Die Söldner nickten.
»Ihr habt nichts Außergewöhnliches gesehen?«

Sie schüttelten den Kopf und grinsten herablassend, als fänden sie Athelstan ziemlich amüsant und ein bißchen langweilig.
»Aufgestanden!« brüllte Cranston. »Auf! Ihr unverschämten Hurensöhne! In drei Teufels Namen, ich habe bessere Männer als euch an einen Baum binden und auspeitschen lassen, bis ihr Rücken blutig rot war!«
Die stählerne Drohung in Cranstons Stimme brachte die beiden Soldaten auf die Beine.
»So ist es besser«, schnurrte der Coroner sanft. »Und jetzt, ihr Scheißkerle, beantwortet ihr die Fragen meines Schreibers, und alles ist gut.« Er packte den einen bei der Schulter. »Sonst könnte ich vielleicht auf die Idee kommen, daß ihr mitten in der Nacht euren Herrn ermordet habt.«
»Das stimmt nicht«, knirschte der Kerl. »Wir waren Sir Ralph treu ergeben. Wir haben nichts gesehen und nichts gemerkt, bis dieser Geck,« – der Posten zuckte die Achseln – »der zukünftige Schwiegersohn des Konstablers, gerannt kommt und behauptet, er kann Sir Ralph nicht wachkriegen. Er schnappt sich den Schlüssel und will zurück, aber dann überlegt sich's der Feigling anders und stürzt zum Lieutenant.«
»Ihr habt ihn klopfen und Sir Ralphs Namen rufen hören?« fragte Athelstan.
»Natürlich.«
»Aber er ist nicht in die Kammer gegangen?«
»Der Schlüssel war ja hier.« Der Soldat deutete auf einen Holzzapfen in der Wand. »Er hing hier vor unseren Augen. Und es gibt nur zwei. Einer war hier, und Sir Ralph hatte den anderen.«
»Dessen bist du sicher?« sagte Cranston.
»Ja, klar«, bekräftigte der Bursche. »Den anderen Schlüssel habe ich auf dem Tisch neben dem Bett des Konstablers gefunden, nachdem ich aufgeschlossen hatte. Er ist jetzt hier.«
Cranston nickte. »Genug ist genug. Wir wollen uns den Turm von außen ansehen.«

Als sie die Nordbastion verließen, drang plötzlich ein furchtbares Getöse aus dem Innenhof. Sie folgten dem Lieutenant, der eilig durch den Torbogen lief, und spähten über die verschneite Wiese. Der Lärm kam aus einem Gebäude zwischen der Großen Halle und dem White Tower. Erst konnte Athelstan nicht erkennen, was los war. Er sah Leute hin und her rennen, und Hunde sprangen kläffend im Schnee herum. Colebrooke atmete tief durch und entspannte sich.
»Ach, er ist's nur«, sagte er leise. »Seht.«
Athelstan und Cranston sahen verblüfft einen großen, zottigen Braunbären auf den Hinterbeinen stehen. Die Vorderpranken schlugen in die Luft.
»Bären habe ich schon gesehen«, murmelte Cranston. »Rauhhaarige kleine Biester, über die die Hunde herfielen. Aber etwas so Majestätisches noch nie.«
Der Bär brüllte, und Athelstan sah den Eisenring um seinen Hals und daran die schweren Ketten, die von Wärtern gehalten wurden. Der verrückte Rothand führte das Tier durch den Innenhof zu einem dicken Pfahl am hinteren Ende der Großen Halle, wo es festgemacht wurde.
»Der Bär ist prachtvoll«, flüsterte Athelstan.
»Ein Geschenk«, erklärte der Lieutenant, »von einem norwegischen Fürsten an den Großvater des jetzigen Königs, Gott hab ihn selig. Er heißt Ursus magnus.«
»Aha!« lächelte Athelstan. »Nach dem Sternbild.«
Colebrooke sah ihn verständnislos an.
»Die Sterne«, beharrte Athelstan. »Ein Bild am Himmel ...«
Colebrooke lächelte schmal und führte sie zu einer Pforte in der äußeren Festungsmauer. Er zog ein paar Riegel zurück, und die Angeln kreischten protestierend, als er das massive Tor öffnete.
Durch diese Pforte ist seit Monaten niemand gegangen, dachte Athelstan.

Vorsichtig traten sie auf den zugefrorenen Wassergraben. Die Stille und der dichte Nebel ließen alles unwirklich erscheinen.
»Das einzige Mal, daß du je auf dem Wasser wandeln wirst, Priester«, knurrte Cranston.
Athelstan grinste. »Ein seltsames Gefühl«, erwiderte er und sah Colebrookes ernstes Gesicht. »Wozu dient dieses Tor?«
Der Lieutenant zuckte die Achseln. »Es wird selten benutzt. Manchmal fährt ein Spion oder ein geheimer Bote heimlich über den Graben, oder jemand will den Tower unbemerkt verlassen. Jetzt« – er klopfte mit dem Stiefel auf das dicke Eis – »spielt es keine Rolle.«
Athelstan sah sich um. Hinter ihm ragte die mächtige Festungsmauer bis in die schneebeladenen Wolken. Das andere Ufer des Wassergrabens lag im dichten Nebel verborgen. Nichts regte sich. Ihr Atem und das Scharren ihrer Stiefel auf dem Eis waren die einzigen Geräusche. Sie setzten die Füße so behutsam und vorsichtig voreinander, als könnte das Eis jederzeit brechen und das Wasser wieder zum Vorschein kommen. An der steilen Mauer entlang gingen sie um die Nordbastion herum.
»Wo sind diese Trittkerben?« fragte Cranston.
Colebrooke winkte sie weiter und deutete auf das Mauerwerk. Auf den ersten Blick waren die Stufen in der Wand kaum zu erkennen, aber schließlich sahen sie sie, tief ins Gestein eingegraben wie die Klauenspuren eines riesigen Vogels. Cranston legte die Hand in eine der Kerben.
»Ja«, murmelte er. »Hier ist jemand gewesen. Schau, das Eis ist gebrochen.«
Athelstan besichtigte die vereisten Höhlungen und nickte.
»Ein schwieriger Aufstieg«, bemerkte er. »Höchst gefährlich in finsterer Nacht.« Sein Blick wanderte über den hartgefrorenen Schnee; er bückte sich, hob etwas auf und verbarg es in der hohlen Hand, bis Colebrooke sich zum Gehen wandte.

»Was ist das?« fragte Cranston undeutlich. »Was hast du da gefunden?«
Der Ordensbruder öffnete die Faust, und Cranston lächelte, als er die versilberte Stiefelschnalle sah.
»Aha«, murmelte er. »Also war jemand hier. Jetzt brauchen wir nur noch den Träger dieser Schnalle und dann: Hei-ho, ab zum Oberhofgericht, einen kurzen Prozeß und eine etwas längere Hinrichtung.«
Athelstan schüttelte den Kopf. »Ach, Sir John«, sagte er leise, »wenn die Dinge doch so einfach wären ...«
Sie gingen zurück in den Innenhof. Der Tower war inzwischen zum Leben erwacht, obwohl der Frost nicht nachgelassen hatte und nichts auf einen Wetterumschwung hindeutete. Hufschmiede hatten ihre Feuer entzündet, und der Hof hallte vom Klang der Hämmer und dem Rauschen der Blasebälge, an denen zerlumpte Lehrjungen sich abrackerten, um den Schmiedefeuern Lebenshauch einzublasen. Ein Metzger schnitt ein Schwein auf, und Küchenjungen rannten umher, schüttelten das Blut von den Fleischstücken und stopften sie in dickbauchige Fässer mit Pökellake, damit sie bis zum Frühling hielten. Ein Roßknecht führte ein lahmendes Pferd im Kreis herum, damit seine Kameraden nach dem Fehler schauen konnten. Hausdiener und Mägde tauchten Berge fettverschmierter Zinnteller in Bottiche mit kochendheißem Wasser. Der Lieutenant betrachtete das Schauspiel und grinste.
»Bald ist Weihnachten«, erklärte er. »Da muß alles sauber und vorbereitet sein.«
Athelstan nickte. Er sah drei Jungen Stechpalmen und anderes immergrüne Gezweig über den Schnee zur Treppe des großen Burgturms schleifen.
»Ihr werdet Weihnachten feiern?« fragte Athelstan und deutete auf einen hochrädrigen Karren, von dem Soldaten gerade mächtige Weinfässer abluden.

»Selbstverständlich«, antwortete Colebrooke. »Der Tod ist ja kein Fremder im Tower, und Sir Ralph wird vor dem Heiligen Abend unter der Erde sein.« Er ging weiter, als sei er ihre Fragerei leid.

Athelstan zwinkerte Cranston zu, blieb stehen und rief: »Master Colebrooke?«

Der Lieutenant drehte sich um und hatte Mühe, seine Gereiztheit zu verbergen.

»Ja, Bruder?«

»Warum sind so viele Leute hier? Ich meine – die Hospitaliter, Master Geoffrey, Sir Fulke?«

Colebrooke zuckte die Achseln. »Der Bruder des Konstablers wohnt hier.«

»Und der junge Geoffrey?«

Colebrooke verzog spöttisch das Gesicht. »Ich glaube, der ist auf Mistress Philippa ebenso scharf wie sie auf ihn. Sir Ralph hat ihn zu Weihnachten in den Tower eingeladen, und warum auch nicht? Der Frost hat allen Geschäften in der Stadt ein Ende gemacht, und Sir Ralph bestand darauf, daß der Verlobte seiner Tochter bei ihm sei – besonders, seit er so merkwürdig ängstlich wurde.«

»Und die beiden Hospitaliter?« fragte Cranston.

»Alte Freunde«, antwortete Colebrooke. »Sie kommen jedes Jahr zu Weihnachten in immer gleichem Ritual. Zwei Wochen vor Weihnachten reisen sie an, und am Heiligen Abend speisen sie in der *Goldenen Mitra* außerhalb des Tower. Sie bleiben stets bis zum Dreikönigstag, und nach dem Fest der Erscheinung des Herrn fahren sie wieder. Dreimal haben sie es jetzt schon so gemacht; weiß der Himmel, warum.« Er wandte sich ab und spuckte gelben Schleim in den Schnee. »Wie gesagt, Sir Ralph hatte seine Geheimnisse, und ich war nie neugierig.«

Cranston fing an zu zappeln, ein Zeichen dafür, daß er sich allmählich langweilte und die Kälte satt hatte. Athelstan ließ zu,

daß Colebrooke sie in den White Tower zurückbrachte, eine steinerne Wendeltreppe hinauf und durch einen Vorraum in die St.-John's-Kapelle.
Als Athelstan den Weihrauchduft roch, entspannte er sich augenblicklich. Er betrat das Kirchenschiff mit seiner hohen Balkendecke und den breiten Gängen, die jeweils flankiert waren von zwölf runden, mit breiten grünen und scharlachroten Samtbändern umwickelten Säulen. Der Boden war blank gebohnert; die seltsamen roten Steinplatten schienen eigene Wärme abzugeben. Die zarten Gemälde an den Wänden und die großen Glasfenster fingen das blendend weiße Licht des Schnees ein und tauchten Chorraum und Kirchenschiff in warme, goldene Glut. An jeder Säule standen Kohlebecken mit Kräutern, und die Luft war schwer von der stickigen Süße des Sommers. Athelstan wurde es warm, behaglich und friedlich ums Herz, obwohl er die Kirche nicht ohne Neid betrachtete. Hätte er doch solchen Schmuck auch in St. Erconwald! Er sah den großen Silberstern über der Kanzel und ging entzückt nach vorn in den stillen Chorraum, bestaunte die Marmorstufen und den prachtvollen, aus reinweißem Alabaster gehauenen Altar.
»Welch stille Heiterkeit«, murmelte er, als er zu den anderen zurückkehrte.
Colebrooke lächelte befangen. »Als wir die Halle verließen, habe ich der Dienerschaft befohlen, hier alles vorzubereiten«, erklärte er und sah sich um. »Durch irgendeinen Trick oder Kunstgriff der Architekten, sei es nun die Dicke des Mauerwerks oder seine Lage im Tower, ist es hier in der Kapelle immer warm.«
»Ich brauche eine Erfrischung«, verkündete Cranston feierlich. »Ich habe zahllose Treppen erklommen, einen grausigen Leichnam beschaut, bin über glattes Eis balanciert, und jetzt habe ich genug. Master Colebrooke, Ihr scheint mir ein verständiger Mann zu sein. Ihr werdet die anderen hier versammeln, und da

Vorweihnachtszeit ist, werdet Ihr einen Krug Wein für mich und meinen Schreiber mitbringen.«

Colebrooke nickte und eilte davon, nicht ohne zuvor mit Athelstans Hilfe die Stühle in weitem Halbkreis aufzustellen. Als er weg war, holte Athelstan einen blankpolierten Tisch aus dem Chorraum und legte Feder, Tintenhorn und Pergament bereit. Sorgsam wärmte er die Tinte über dem Kohlebecken, bis sie glatt und gleichmäßig aus der Feder floß. Cranston hockte auf seinem Stuhl, schlug den Mantel zurück und genoß die duftende Wärme. Athelstan betrachtete ihn aufmerksam.

»Sir John«, sagte er leise. »Seht Euch vor mit dem Wein. Ihr habt schon genug getrunken, und Ihr seid müde.«

»Hau ab, Athelstan!« lallte Cranston erbost. »Ich trinke, was mir paßt, verdammt!«

Athelstan schloß die Augen und betete stumm um Hilfe. Bis jetzt hatte Sir John sich benommen, aber der Wein in seinem Wanst konnte den Teufel in seinem Herzen wecken, und nur der Herrgott wußte, welches Unheil dann drohte.

Colebrooke kam schnellen Schritts zurück. Hinter ihm, Athelstan sah es mit Verzweiflung, schleppte ein Diener einen großen Krug Rotwein und zwei bauchige Becher. Cranston packte den Krug wie ein Verdurstender und stürzte zwei Becher Wein hinunter, während Familie und Gäste des Konstablers die Kapelle betraten und auf den Stühlen Platz nahmen. Endlich schloß Cranston die Augen, rülpste volltönend und satt und war zufrieden. Seine zögernden Gäste betrachteten ungläubig das rote Gesicht des königlichen Coroners, der sich mit hängenden Armen und Beinen vor ihnen auf dem Stuhl räkelte. Athelstan war hin- und hergerissen zwischen Zorn und Bewunderung. Cranston machte sich wegen irgend etwas Sorgen, und nur der Himmel wußte, weshalb. Aber die Fähigkeit des Coroners, einen Weinberg leerzusaufen und trotzdem seinen Scharfsinn nicht zu verlieren, war immer wieder faszinierend.

Der Dominikaner ließ den Blick rasch über die Versammlung wandern. Die beiden Hospitaliter schauten unbeteiligt und verächtlich drein. Philippa klammerte sich noch fester an ihren beschwipsten Verlobten, der Cranston wohlwollend angrinste. Rastani, der Diener, schien beklommen; anscheinend fürchtete er sich vor dem großen Kreuz, das an einem der Balken über ihm hing, und Athelstan fragte sich, wie echt die Bekehrung des Moslems zum wahren Glauben war. Sir Fulke wirkte gelangweilt, als wünschte er, von diesen ermüdenden Vorgängen verschont zu bleiben. Der Kaplan konnte seine Verdrossenheit über die unvermittelte Vorladung kaum verbergen.

»Ich danke Euch sehr«, begann Athelstan sanft, »daß Ihr gekommen seid. Mistress Philippa, bitte nehmt den Ausdruck unseres Mitgefühls zu dem jähen und grausigen Verlust Eures Vaters entgegen.« Athelstan spielte mit dem Stiel seiner Gänsefeder. »Wir kennen jetzt die Einzelheiten seines Todes.«

»Es war Mord!« Philippa beugte sich vor, und ihr üppiger Busen wogte unter dem dicken Taft ihres Kleides. »Mord, Bruder! Mein Vater wurde ermordet!«

»Ja, ja, das wurde er«, lallte Cranston. »Aber von wem, he? Warum? Und wie?« Er richtete sich auf und tippte trunken an seine feuerrote Nase. »Sorgt Euch nicht, Mistress. Der Mörder wird gefunden, und dann tanzt er seinen letzten Tanz auf dem Schafott zu Tyburn.«

»Euer Vater«, unterbrach Athelstan, »schien große Angst zu haben, Mistress Philippa. Er ist aus seinem gewohnten Quartier ausgezogen und hat sich in der Nordbastion verrammelt. Warum? Wovor hat er sich gefürchtet?«

Seltsames Schweigen senkte sich über die Gruppe.

»Ich habe eine Frage gestellt«, sagte Athelstan leise. »Wovor hatte Sir Ralph solche Angst, daß er sich in eine Kammer einschloß, den Sold seiner Wachen verdoppelte und jeden, der zu ihm kam, durchsuchen ließ? Wem war an Sir Ralphs Tod so viel gelegen, daß er in finsterer Nacht einen gefrorenen Wassergraben überquerte, an der Außenwand des Turmes hinaufkletterte und in eine bewachte Kammer eindrang, um einen scheußlichen Mord zu begehen?«

»Den Rebellen!« rief Colebrooke. »Verräter wollten einen Mann beseitigen, der den jungen König bis zum letzten Blutstropfen verteidigen würde.«

»Unsinn!« erwiderte Athelstan knapp. »Seine Gnaden, der Regent John von Gaunt, wird, wie Ihr selbst schon sagtet, Master Colebrooke, einen Nachfolger ernennen, der in seiner Loyalität nicht weniger glühend ist.«

»Mein Vater war etwas Besonderes!« platzte Philippa heraus.

»Mistress.« Athelstan lenkte ihren tränenverschleierten Blick auf sich. »Gott weiß, daß Euer Vater etwas Besonderes war, in seinem Leben wie in seinen Geheimnissen. Ihr wißt etwas – warum erzählt Ihr es uns nicht?«

Das Mädchen schlug die Augen nieder. Sie zog die Hand unter ihrem Umhang hervor und warf ein vergilbtes Stück Pergament auf den Tisch. »Das hier hat das Leben meines Vaters verändert«, stammelte sie. »Nur der Himmel weiß, warum!«

Athelstan griff nach dem Pergament und schaute rasch in die Runde. Die Hospitaliter wirkten plötzlich angespannt. Insgeheim mußte er lächeln. Gut, dachte er. Jetzt lüftet sich das Geheimnis.

4. Kapitel

Das Pergament war fettig und trug Fingerspuren. Es maß sechs Zoll im Quadrat; ein Dreimaster war roh in die Mitte und in jede Ecke ein dickes schwarzes Kreuz gezeichnet.
»Ist das alles?« fragte Athelstan und reichte das Pergament zurück.
Das Mädchen straffte sich. Ihre Unterlippe zitterte, und ihre Augen schwammen in Tränen.
»Da war doch noch etwas«, stellte Athelstan fest. »Nicht wahr?«
Philippa nickte. Geoffrey nahm ihre Hand und streichelte sie sanft wie die eines Kindes.
»Da war noch ein Sesamkuchen.«
»Was?» bellte Cranston.
»Ein kleiner Sesamkuchen, wie ein Biskuit, und schmutziggelb.«
»Was ist daraus geworden?« fragte Cranston.
»Ich habe gesehen, wie mein Vater oben an der Brustwehr entlangging. Er wirkte sehr aufgeregt, holte weit aus und warf den Kuchen in den Wassergraben. Danach war er ein anderer Mensch, hielt jeden von sich fern und bestand darauf, in die Nordbastion umzuziehen.«
»Stimmt das?« fragte Cranston die anderen.
»Selbstverständlich!« fauchte der Kaplan. »Mistress Philippa ist doch keine Lügnerin.«
»Nun, Pater?« fragte Cranston seidig, »hat Sir Ralph Euch seine Geheimnisse anvertraut?« Er hielt eine fette Hand in die Höhe. »Ich kenne das Siegel der heiligen Beichte. Ich frage nur: Hat er sich Euch anvertraut?«
»Das glaube ich kaum«, warf Colebrooke hämisch ein. »Sir

Ralph hat dem Kaplan gewisse Fragen gestellt, was Vorräte und Lebensmittel anging, die anscheinend verschwunden sind.«
Der Priester fuhr herum, und seine Lippen kräuselten sich wie die Lefzen eines wütenden Hundes.
»Hütet Eure Zunge, Lieutenant!« schnarrte er. »Sachen sind verschwunden, das stimmt. Aber das heißt nicht, daß *ich* der Dieb bin. Schließlich haben noch andere Zugang zum Wardrobe Tower«, fügte er vielsagend hinzu.
»Was soll das heißen?« rief Colebrooke.
»Ach, seid schon still!« befahl Cranston. »Hier geht es nicht um Lebensmittel, sondern um das Leben eines Menschen. Ich frage Euch alle: Bei Eurer Treue zum König – hier geht es vielleicht um einen Hochverrat –, hat Sir Ralph sich einem von Euch anvertraut? Sagt dieses Pergament einem von Euch etwas?«
Ein vielfaches »Nein« ertönte, aber Athelstan sah, daß die Hospitaliter beiseite blickten, als sie ihre Antwort murmelten.
»Hoffentlich sagt Ihr auch die Wahrheit«, meinte Cranston bissig. »Vielleicht wurde Sir Ralph von Bauernführern ermordet, die einen Aufstand planen. Euer Vater, Mistress Philippa, war ein naher Freund und treuer Verbündeter des Hofes.«
Athelstan versuchte, die Situation zu beruhigen. »Mistress Philippa, erzählt mir von Eurem Vater.«
Das Mädchen verschränkte nervös die Finger und schaute zu Boden.
»Er war immer Soldat«, begann sie. »Er diente in Preußen gegen die Letten, auf dem Kaspischen Meer, und dann reiste er nach Outremer, Ägypten, Palästina und Zypern.« Sie blinzelte und nickte zu den Hospitalitern hinüber. »Sie können mehr darüber berichten als ich.« Sie holte tief Luft. »Vor fünfzehn Jahren war er in Ägypten bei der Armee des Kalifen, und danach kam er als reicher Mann und ruhmbedeckt nach Hause. Ich war drei Jahre alt. Meine Mutter starb ein Jahr später, und wir kamen zum Haushalt John von Gaunts. Mein Vater wurde einer seiner wich-

tigsten Gefolgsleute. Vor vier Jahren wurde er zum Konstabler des Tower ernannt.«

Athelstan lächelte verständig. Er kannte Menschen wie Sir Ralph: ein Berufssoldat, ein Söldner, der für den Glauben auf einen Kreuzzug gehen würde, aber nichts dagegen hatte, in den Armeen der Ungläubigen zu dienen. Athelstan sah sich in der Gruppe um. Alle schienen ruhig und gelassen, aber er spürte, daß etwas nicht stimmte. Hinter dem Übereifer, mit dem sie seine Fragen beantworteten, verbargen sie Abneigungen und Rivalitäten.

»Ich nehme an«, bemerkte er trocken, »Ihr habt Sir Ralphs Papiere bereits durchgesehen?«

Er sah Sir Fulke an, und der nickte.

»Selbstverständlich habe ich die Dokumente meines Bruders geprüft, seine Haushaltsabrechnungen, Memoranden und Briefe. Es war nichts Ungewöhnliches dabei. Schließlich« – er sah sich im Raum um, als erwarte er Widerspruch – »bin ich Sir Ralphs Testamentsvollstrecker.«

»Natürlich, natürlich«, meinte Cranston beschwichtigend.

Athelstan stöhnte leise auf. Ja, dachte er, und wenn irgend etwas Kompromittierendes dabei war, dann ist es jetzt weg. Er schaute den jungen Mann an Philippas Seite an.

»Wie lange, Sir, kennt Ihr Eure Verlobte schon?«

Geoffreys vom Wein gerötetes Gesicht erstrahlte, und er umfaßte ihre Hand noch fester. »Zwei Jahre.«

Athelstan entging das verschwörerische Lächeln nicht, das die beiden Verliebten wechselten. Cranston glotzte das Mädchen lüstern an und dachte, wie wenig die beiden zueinander paßten. Geoffrey war außergewöhnlich gutaussehend und vermutlich ziemlich reich, Philippa dagegen geradezu reizlos. Überdies war Sir Ralph Soldat gewesen, und Geoffrey schien auf den ersten Blick nicht der Mann zu sein, den eine solche Familie willkommen heißen würde. Dann mußte Cranston an Maude denken und an die Leidenschaft, mit der er sie umworben hatte. Die Liebe ging seltsame Wege, wie Athelstan immer wieder sagte, und Gegensätze zogen sich oft an.

»Sagt mir, Geoffrey, wieso seid Ihr in den Tower gezogen?«

Der junge Mann rülpste und blinzelte, als sei er kurz davor einzuschlafen. »Nun«, murmelte er, »der große Frost hat allen Handel in der Stadt zum Stillstand gebracht. Sir Ralph wollte mich in der Weihnachtszeit hier haben – um so mehr, seit er so verstört und aufgebracht war.«

»Kanntet Ihr den Grund für seine Furcht?«

»Nein«, lallte Geoffrey. »Woher?«

»Mochtet Ihr Sir Ralph?«

»Ich habe ihn geliebt wie ein Sohn den Vater.«

Cranston wandte seine Aufmerksamkeit Sir Fulke zu, der jetzt unverhohlen unruhig wurde.

»Sir Fulke, Ihr seid Sir Ralphs Testamentsvollstrecker?«

»Jawohl. Und bevor Ihr fragt: Ich bin auch einer der Erben, sofern das Testament vom Nachlaßgericht für Rechtens befunden wird.«

»Was sieht das Testament vor?«

»Nun, Sir Ralph hatte Grundbesitz neben dem Kartäuserkloster in St. Giles. Dieser und alles Geld, das sich auf der Bank der Lombards in Cornhill befindet, geht an Philippa.«

»Und Ihr?«

»Ich bekomme die Wiesen und Weiden von Holywell in der Nähe von Oxford.«

»Ein reiches Gut?«

»Ja, Sir John, ein reiches Gut, aber nicht reich genug, um dafür einen Mord zu begehen.«

»Das habe ich nicht gesagt.«

»Aber angedeutet.«

»Sir Ralph«, unterbrach Athelstan heftig, »war wohl ein reicher Mann?«

»Er hat seinen Reichtum auf seinen Reisen gesammelt«, erwiderte Sir Fulke bissig. »Und er ist mit seinen Finanzen vorsichtig umgegangen.«
Athelstan bemerkte das säuerliche Lächeln des Kaplans. Sir Ralph war sicher ein Geizkragen, dachte er. Er warf einen Seitenblick auf Cranston und stöhnte leise. Der brave Coroner machte eines seiner kurzen Nickerchen; sein fetter Wanst hing schlaff herab, und der Mund stand halb offen. O Gott, betete Athelstan, bitte sorge dafür, daß er nicht schnarcht.
»Warum wohnt Ihr im Tower, der schließlich für jedermann eine trostlose Behausung ist?« fragte Athelstan unvermittelt.
Sir Fulke zuckte die Achseln. »Mein Bruder hat mich bezahlt, damit ich ihm offiziell zur Seite stand.«
Er wie Athelstan ignorierte das schnaubende Gelächter, in das Colebrooke ausbrach. Cranston nickte still vor sich hin, rülpste leise und schmatzte. Mistress Philippa machte einen schmalen Mund, und Athelstan fluchte insgeheim: Er wollte seine Vernehmung nicht in Hohngelächter untergehen sehen.
»Sir Gerard, Sir Brian!« Er brüllte fast, um Cranston zu wecken. »Wie lange seid Ihr schon im Tower?«
»Seit zwei Wochen«, antwortete Fitzormonde. »Wir kommen jedes Jahr.«
»Es ist ein Ritual«, antwortete Mowbray. »Seit wir mit Sir Ralph in Ägypten waren. Wir treffen uns und sprechen über alte Zeiten.«
»Ihr wart also mit Sir Ralph eng befreundet?«
»In gewissem Sinne. Kollegen, Veteranen aus alten Kriegen.« Mowbray strich sich über den sorgfältig getrimmten Bart. »Aber ich will ehrlich mit Euch sein: Sir Ralph war jemand, dem jeder eher Furcht und Respekt als Liebe entgegenbrachte.«
Athelstan hielt ihnen das vergilbte Pergament hin.
»Wißt Ihr, was diese Zeichnung oder der Sesamkuchen zu bedeuten haben?«

Die beiden Ritter schüttelten den Kopf, aber Athelstan war sicher, daß sie logen. »Warum?« fragte er leise. »Warum sollte Sir Ralph solche Angst davor haben?« Langsam ließ er den Blick durch die Runde wandern.
»Einen Becher Weißen!« murmelte Cranston undeutlich.
»Wer hat es gefunden?« fragte Athelstan rasch.
Sir Fulke deutete auf Rastani, dessen dunkles Gesicht ängstlich wirkte.
»Was bedeutet das, Rastani?« fragte Athelstan.
Der Diener starrte ihn ausdruckslos an.
»Wo hast du es gefunden?«
Der Mann machte plötzlich seltsame Zeichen mit den Händen.
»Er kann hören, aber nicht sprechen«, erinnerte Philippa den Ordensbruder.
Fasziniert beobachtete Athelstan die seltsamen Gebärden, die Philippa ihm übersetzte.
»Auf einem Tisch in der Kammer meines Vaters hat er es gefunden«, sagte sie. »Vor vier Tagen. Früh am Morgen des neunten Dezember – das Pergament und den hartgebackenen Körnerkuchen.«
Athelstan schaute Rastani fest in die Augen.
»Du warst Sir Ralph ein treuer Diener?«
Der Mann nickte.
»Warum bist du nicht mit deinem Herrn in die Nordbastion gezogen?«
Der Mann klappte den Mund auf und zu wie ein gestrandeter Karpfen.
»Darauf kann ich Euch antworten«, erbot sich Philippa. »Als diese Botschaft gefunden wurde, zog sich mein Vater von Rastani zurück – weiß Gott, warum.« Sie streichelte dem Mann sanft die Hand. »Wie gesagt, Vater wurde sonderbar. Selbst ich erkannte ihn nicht wieder.«

Cranston schmatzte mit den Lippen und geriet plötzlich in Bewegung.
»Ja, ja, alles sehr schön«, blökte er. »Aber ist denn einer von Euch in der Mordnacht zum Turm an der Nordbastion gegangen?«
Diese Frage wurde entschieden verneint.
»Ihr könnt alle Rechenschaft über Euren Aufenthalt geben?«
»Ich kann es«, erklärte der Bruder. »Rastani und ich waren überhaupt nicht hier. Wir hatten den Auftrag, bei einem Händler in Cripplegate Vorräte zu kaufen. Dort ist zumindest sein Speicher. Ihr könnte Master Christopher Manley in der Heyward Lane bei All Hallows fragen.«
»Ist das in der Nähe des Tower?«
»Jawohl, Sir John.«
»Und wann seid Ihr hier fortgegangen?«
»Vor dem Abendessen. Wir sind erst heute morgen nach dem Frühgebet zurückgekommen und erfuhren hier, daß Sir Ralph tot ist. Rastani und ich können füreinander zeugen. Und wenn Ihr noch Zweifel habt, sprecht mit Master Manley. Er hat gesehen, wie wir in einem Gasthaus in der Musewell Street Quartier bezogen.«
Sir John stand auf und streckte sich.
»Nun gut«, trompetete er. »Jetzt würden mein Schreiber und ich gern jeden von Euch allein befragen. Mistress Philippa und Geoffrey sollten allerdings besser zusammenbleiben.« Er grinste das Mädchen an. »Master Colebrooke, es gibt ein Stockwerk tiefer noch einen Raum. Vielleicht könnten unsere Gäste dort warten?«
Protestgemurmel und Gestöhn folgten, aber Cranston, erfrischt nach seinem Nickerchen, zog die dichten Brauen zusammen und funkelte in die Runde. Von Colebrooke angeführt, gingen alle hinaus; nur Philippa und Geoffrey blieben sitzen.

»Euer Gemach, Master Geoffrey«, begann Athelstan, »wo liegt es?«
»Über dem Torhaus.«
»Und dort wart Ihr die ganze Nacht?«
Der junge Mann lächelte schwach. »Ihr seid ein Mann, dem nichts entgeht, Sir John. Deshalb habt Ihr mich aufgefordert zu bleiben, oder? Ich habe die Nacht bei Philippa verbracht.«
Das Mädchen schlug errötend die Augen nieder. Cranston grinste und klopfte dem Mann leicht auf die Schulter. »Warum habt Ihr Sir Ralph nicht selbst geweckt?«
Der junge Mann rieb sich die Augen. »Ich hatte keinen Schlüssel, und – Gott ist mein Zeuge! – ich wußte, daß da etwas nicht stimmte. Im Gang war es kalt, und aus Sir Ralphs Kammer kam kein Laut.« Er lächelte Athelstan betrübt an. »Ich bin nicht gerade der Tapferste. Ehrlich gesagt, mir hat es nicht gepaßt, daß Sir Ralph mich als Pagen benutzte, aber den anderen hat er mißtraut.«
»Ihr meint, Colebrooke und den anderen.«
»Ja, das glaube ich.«
Cranston schaute Philippa an. »War Euer Vater schon öfter in solch dunkler Stimmung?«
»Ja, vor etwa drei Jahren einmal, kurz vor Weihnachten. Aber das ging vorüber, als, wie immer, seine Kameraden kamen und er mit ihnen in der *Goldenen Mitra* speiste.«
»Wer waren diese Kameraden?« wollte Athelstan wissen.
»Nun, die beiden Hospitaliter, Sir Gerard Mowbray und Sir Brian Fitzormonde. Und dann noch Sir Adam Horne; der ist Kaufmann in der Stadt.«
»Waren das alle Waffenbrüder Eures Vaters?«
»O nein, da war noch einer namens Bartholomew ...« Das Mädchen nagte an der Oberlippe. »... Burghgesh, glaube ich. Aber der ist nie gekommen.«
»Warum nicht?«

»Ich weiß es nicht. Ich glaube, er ist tot.«
»Und wieso hat Euer Vater sich jedes Jahr vor Weihnachten mit seinen Freunden getroffen?«
»Ich weiß es nicht. Irgendein Pakt, den sie vor langer Zeit geschlossen haben.«
Athelstan musterte das Mädchen aufmerksam. Er war sicher, daß sie etwas verheimlichte. Er versuchte es auf anderem Weg. »Sagt, gibt es eigentlich mehr als eine Seitenpforte zum Wassergraben?«
»O ja«, sagte Philippa. »Mehrere sogar.«
Athelstan warf Cranston einen Blick zu. »Mylord Coroner, habt Ihr noch Fragen?«
»Nein«, sagte Sir John. »Genug ist genug. Master William Hammond soll jetzt hereinkommen.«
Der Priester kam, mißmutig und verdrossen, und er nagte an seinem Daumennagel, bis das Blut kam, während er Athelstans Fragen wortkarg beantwortete. Ja, er habe den Abend in der Festung verbracht, aber in seiner Kammer im Beauchamp Tower, in der Nähe der Kirche St. Peter ad Vincula.
Die beiden Hospitaliter-Ritter waren höflicher, aber ebenso unerschütterlich. Sie bewohnten Gemächer im Martins Tower und hatten fast den ganzen Abend über getrunken oder sich am Schachspiel versucht.
»Ich versichere Euch, Sir John«, schnarrte Mowbray, »wir finden uns ja schon bei Tage kaum im Tower zurecht, von einer eiskalten Winternacht ganz zu schweigen.«
»Aber Ihr wißt, was das hier bedeutet, nicht wahr?« attackierte Athelstan die beiden und hielt das gelbe Pergament in die Höhe.
»Beim Himmel, das wissen wir nicht!« antwortete Fitzormonde.
»Sir«, versetzte Athelstan, »ich glaube, Ihr wißt es, und Ihr wißt auch, was der Kuchen bedeutet.«
Die beiden Hospitaliter schüttelten die Köpfe.
»Laßt uns nicht Versteck spielen«, sagte Athelstan. »Ihr seid

Mönche und Ritter. Euer Orden kämpft für das Kreuz in Outremer. Auch Brüder meines Ordens dienen dort. Sie kommen mit Geschichten zurück, die sie dann beim Abendbrot in Blackfriars erzählen.«

»Was für Geschichten?« fragte Mowbray herausfordernd.

»Von einer geheimen Sekte von Ungläubigen in den Bergen Palästinas, den *Assassinen*, deren Oberhaupt *der Alte vom Berge* heißt. Das Geschäft dieser Gemeinschaft ist der Meuchelmord. Ihr Meister füttert sie mit Rauschgift und sendet sie mit goldenen Dolchen aus. Sie töten, wen er zu vernichten bestimmt hat.«

Cranston sah, wie die beiden Ritter sich strafften und zum ersten Mal nervös wurden – vor allem Fitzormonde.

»Diese Assassinen«, fuhr Athelstan fort, »lassen ihren Opfern immer eine faire Warnung zukommen. Ein Bild hinterlassen sie nicht, wohl aber einen flachen, kleinen Sesamkuchen zum Zeichen dafür, daß der gewaltsame Tod nahe ist.« Athelstan stand auf und streckte die verkrampften Beine. »Ich frage mich: Warum begeht diese geheime Sekte, die am Mittelmeer blüht, einen Mord in den kalten, düsteren Gemächern des Tower zu London?«

»Wollt Ihr uns beschuldigen?« rief Mowbray. »Wenn ja, so tut es nur!«

»Ich will niemanden beschuldigen. Ich konstatiere nur einen merkwürdigen Zufall.«

»Rastani ist aus Palästina!« rief Mowbray. »Und Sir Ralph hat sich von seinem angeblich treuen Diener abgewandt.«

»Warum sagt Ihr *angeblich*?« fragte Cranston rasch.

»Weil ich nicht glaube, daß Rastanis Bekehrung zu unserem Glauben ehrlich war. Wenn solche Leute einen Groll hegen, warten sie jahrelang, bis sie die Rechnung präsentieren.«

»Aber Rastani war doch nicht im Tower?«

»Er könnte sich zurückgeschlichen haben.«

»Nein, nein, nein.« Athelstan schüttelte den Kopf. »Sir Ralphs Tod ist komplizierter. Ihr habt mit ihm gedient?«
»Ja. Der Kalif von Kairo hat uns in seinen Sold genommen, um die Aufstände in der Stadt Alexandria niederzuschlagen.«
»Und danach?«
»Sir Ralph fuhr nach Hause. Wir blieben noch eine Weile, bevor wir in unser Ordenshaus in Clerkenwell heimkehrten.«
»Seid Ihr je übers Meer zurückgekehrt?« fragte Cranston.
Mowbray schüttelte den Kopf. »Nein, Fitzormonde irrt sich da in einer Kleinigkeit. Als wir mit Sir Ralph dienten, waren wir keine Hospitaliter. Wir sind erst in den Orden eingetreten, nachdem Sir Ralph weg war. Der Orden hat uns dann nach England zurückgeschickt. Ich bin in Clerkenwell, Fitzormonde in unserem Ordenshaus in Rievaulx in der Nähe von York.«
Athelstan studierte die verschlossenen, finsteren Gesichter der beiden Ritter.
»Verzeiht mir«, sagte er ruhig, »ich möchte Euch nicht Lügner nennen, aber hier ist etwas sehr Geheimnisvolles im Gange, und Ihr seid daran beteiligt.« Er beugte sich vor und zog plötzlich Mowbrays Mantel zur Seite. »Ihr tragt ein Kettenhemd? Und Ihr auch, Sir Brian? Warum? Fürchtet auch Ihr den Dolch des Assassinen? Wie gut schlaft Ihr des Nachts? Welche Geheimnisse teiltet Ihr mit Sir Ralph?«
»Beim Heiligen Kreuz!« Sir Brian sprang auf. »Das habe ich mir jetzt lange genug angehört. Wir haben Euch gesagt, was wir können. Belaßt es dabei!«
Die beiden Hospitaliter rauschten hinaus. Cranston ließ sich auf einen Schemel fallen und streckte die Beine aus.
»Ein ziemliches Durcheinander, was, Bruder? Womit haben wir es hier zu tun? Mit Hochverrat, begangen von Unbekannten? Oder mit gemeinem Mord um Mitternacht?«
»Ich weiß es nicht.« Athelstan drückte den Stopfen auf sein Tintenhorn und ordnete sein Schreibzeug. »Aber wir haben die

Schnalle, die wir auf dem Eis des Festungsgraben gefunden haben, und ich weiß, wem sie gehört.«
»In drei Teufels Namen!« rief Cranston. »Für einen Mönch hast du scharfe Augen, Athelstan.«
»Für einen Ordensbruder bin ich ziemlich flink, Mylord Coroner, und das wäret Ihr auch, wenn Ihr weniger Rotwein trinken wolltet.«
»Ich trinke, um meinen Schmerz zu ertränken.« Cranston wandte den Blick ab. Was Maude wohl gerade tat? dachte er bang. Was verbarg sie vor ihm? Warum sprach sie es nicht aus, statt ihm diese langen, trauervollen Blicke zuzuwerfen? Cranston starrte wütend die kleine Statue in einer Nische an, die Jungfrau mit dem Kind. Insgeheim haßte er das Weihnachtsfest. Um diese Zeit erwachte immer die Erinnerung an den kleinen Matthew, den die Pest geholt hatte – aber nicht, bevor der Kleine ihn jenes Staunen hatte sehen lassen, mit dem jedes Kind das Weihnachtsfest begrüßt. Hatte auch Maude ihre Erinnerungen?
»Sir John!«
Cranston blinzelte die Tränen weg und grinste zu Athelstan hinüber.
»Ich brauche eine Erfrischung, Mönch!«
Athelstan sah den Schmerz im Gesicht seines Freundes und wandte sich ab.
»Nachher, Sir John. Erst müssen wir mit Sir Fulke sprechen. Ich möchte Sir Ralphs Schlafgemach hier im White Tower durchsuchen.«
Cranston nickte und schwankte schwerfällig davon. Athelstan packte sein Schreibpapier ein, blieb sitzen und bewunderte die Schönheit der St.-Johns-Kapelle und verglich sie mit der Düsternis von St. Erconwald. Dann dachte er an Benedicta. Wie hübsch sie in der Frühmesse ausgesehen hatte. Ob Huddle sie für sein Gemälde von Mariä Heimsuchung verwenden würde, das für einen der Gänge geplant war? Und was würde sie wohl Weih-

nachten vorhaben? Sie hatte von einem Bruder in Colchester gesprochen. Vielleicht würde sie aber auch in Southwark bleiben, mit ihm spazierengehen oder sich wenigstens auf einen Becher Wein zu ihm setzen und über die Vergangenheit plaudern. Weihnachten konnte so einsam sein ... Athelstans Blick fiel auf ein Kruzifix, und plötzlich fielen ihm die Greuel ein, die auf dem Friedhof von St. Erconwald geschahen. Er mußte dieser Sache auf den Grund kommen. Wer tat so etwas, und warum?

»Bruder Athelstan! Bruder Athelstan!« Cranston stand vor ihm und grinste spöttisch auf ihn herab. »Du trinkst zuviel Rotspon, Priester«, verkündete der Coroner feixend. »Komm, wir müssen uns die Gemächer des verstorbenen Konstablers anschauen. Colebrooke und Sir Fulke sind schon unterwegs.«

Sir Ralphs Quartier erreichte man über eine blankgebohnerte Holztreppe in einem der Türme des White Tower: ein angenehmes, von Wohlgeruch erfülltes Gemach, so ganz anders als die finstere Zelle drüben in der Nordbastion. Durch zwei kleine Nischenfenster mit gepolsterten Fensterbänken und ein großes Erkerfenster, dessen buntes Glas das Lamm Gottes darstellte, fiel Licht herein. Die verputzten Wände waren hellgrün und mit silbernen und goldenen Rauten verziert. Ein dicker Teppich hing über dem kleinen Kamin, der Boden glänzte, und auf dem großen Bett lag eine goldbetreßte Decke. Am Fußende des Vierpfostenbettes stand aufgeklappt Sir Ralphs große Privattruhe.

»Das ist ja luxuriös!« flüsterte Cranston. »Was hat Sir Ralph nur so sehr geängstigt, daß er von hier in diese trostlose Kerkerzelle umgezogen ist?«

Cranston und Athelstan hockten sich vor die Truhe und sahen Sir Ralphs persönliche Papiere durch, fanden aber nichts über seine Jahre in Outremer. Alle Dokumente betrafen sein Amt als Konstabler oder seinen Dienst in John von Gaunts Gefolge. Etwa eine Stunde verbrachten sie damit, Briefe, Verträge und Memoranden zu sichten. Nur ein Stundenbuch fiel Athelstan auf. Jede Seite war mit zarten, filigranen Schnörkeln in strahlenden Farben verziert: Auf einer Seite fanden sich mit leichter Hand gemalte Engelsgestalten, auf einer anderen besprengte ein Priester einen in Tücher gehüllten Leichnam mit Weihwasser, bevor er ihn ins Grab legte. Auch die Christgeburt war dargestellt, Maria und Joseph beugten sich über das schlafende Kind, und Christus im Fegefeuer, wie er schwarzgesichtige Dämonen mit der bloßen Kraft seines goldenen Auges vertrieb. Athelstan war fasziniert von der Schönheit des Buches. Er schaute auf die Innenseite des Einbandes und sah Stoßgebete an den heiligen Julian, die Sir Ralph hingekritzelt hatte. »St. Julian, bitte für mich! St. Julian, wende ab den Zorn Gottes! St. Julian, sei mein Fürsprecher bei der Mutter des Herrn!« Die leeren Seiten am Ende des Buches waren mit ähnlichen Beschwörungen gefüllt. Athelstan las sie gründlich und ignorierte Cranstons Murren und Sir Fulkes verärgertes Stiefelknarren. Endlich klappte er die Truhe zu und richtete sich auf.

»Seid Ihr fertig, Bruder?« fauchte der Edelmann.

Athelstan sah ihn scharf an. Sir Fulke war offensichtlich ein Mann, der sich hinter einer Mauer aus Leutseligkeit und Gutmütigkeit verbarg; jetzt aber schien er wütend, mißtrauisch und verärgert über ihr Eindringen.

»Bin ich fertig?« echote Athelstan. »Ja und nein, Sir Fulke.«

Der Ritter blies die Wangen auf. »Der Tag vergeht, Bruder«, bemerkte er schnippisch und spähte aus dem Fenster. »Ich bin ein vielbeschäftigter Mann, der sich um manches zu kümmern hat. Was wollt Ihr noch?«

»Ihr tragt Stiefel, Sir Fulke?«

»Ja, ich trage Stiefel«, äffte er Athelstans Tonfall nach.

»Stiefel mit Schnallen?«

Alle Farbe wich aus Sir Fulkes Gesicht.

»Ja«, murmelte er.

»Nun …« Athelstan zog die Schnalle, die er auf dem gefrorenen Wassergraben gefunden hatte, aus seinem Beutel. »Ich nehme an, die gehört Euch. Wir haben sie vor dem Turm der Nordbastion gefunden. Dennoch sagt Ihr, Ihr wart die ganze Nacht in der Stadt.«

Sir Ralphs Bruder schluckte, alle Arroganz war aus seiner Stimme verschwunden.

»Ich habe die Schnalle gestern verloren.«

»Wart Ihr auf dem Eis?«

Sir Fulke lächelte plötzlich. »Ja. Heute früh. Ihr seid nicht der einzige, Bruder, der auf die Idee gekommen ist, die Mörder könnten nachts an der Mauer hinaufgeklettert sein, um Sir Ralph zu ermorden.«

Athelstan warf ihm die Schnalle zu, und Sir Fulke fing sie ungeschickt auf.

»Damit sind wir hier fertig, Sir John. Vielleicht eine Erfrischung?«

Auf dem Gang trafen sie Colebrooke, dankten ihm für seine Aufmerksamkeit und gingen über die Außentreppe in den Innenhof des Tower. Athelstan schätzte, daß es zwei Uhr mittags sein müsse, und ein Diener, den sie an der Großen Halle trafen, bestätigte dies. Sie wollten gerade durch das Tor von Wakefield hinausgehen, als Athelstan den großen Braunbären entdeckte, der in der Ecke beim Bell Tower an die Mauer gekettet war.

»Noch nie habe ich einen so großen Bären gesehen, Sir John«, rief er.

Cranston schlug ihm auf die Schulter. »Dann wird es aber Zeit, mein Junge!«

Der Bruder war fasziniert. Der Bär erwiderte die Komplimente kaum; er saß auf seinem Hinterteil und stopfte sich Abfälle, die um ihn herum verstreut lagen, in den mächtigen Rachen. Cranston klatschte in die Hände, und das Untier wandte den großen, dunklen Schädel. Eine Pranke hob sich, aber Athelstan blieb wie

angewurzelt stehen, war hypnotisiert von den großen, sabbernden Lefzen, den Zähnen – lang, weiß und so spitz wie Dolche – und der rasenden Wildheit der rotbraunen Augen. Der Bär kam schwankend auf sie zu und grollte leise. Cranston packte Athelstan beim Arm und zog ihn zurück. Erschreckt durch die plötzliche Bewegung, richtete sich das Tier zu voller Größe auf, und die großen Pranken schlugen in die Luft, als der Bär an dem massiven Eisenhalsband zerrte. Der Coroner und sein Gefährte sahen, wie die an der Mauer befestigte Kette sich an ihren Halterungen spannte.
»Diese Kette«, murmelte Athelstan, »ist nicht so sicher, wie sie sein sollte.«
»Leb wohl, Ursus«, sagte Cranston leise. »Laß uns verschwinden, Athelstan. Ganz ruhig.«
Sie holten ihre Pferde und verließen den Tower. Ein paar Marktstände draußen in Petty Wales waren geöffnet, und eine Handvoll Tapferer bahnte sich einen Weg durch den knöcheltiefen, schlammigen Schneematsch. Zwei Bettlerkinder mit reisigdünnen Armen und Beinen standen an einem Kohlebecken und sangen ein Weihnachtslied. Cranston warf ihnen einen Penny hin; dann sah er zu, wie eine Frau, die wegen ihrer Streitsucht verurteilt worden war, von einem Büttel zum Pranger in der Tower Street geführt wurde. Ein eiserner Zankzaum umspannte ihren Kopf. In den schmutzigen Seitengassen blühte das Geschäft der Huren mit ihren roten Perücken, denn die Garnison im Tower versorgte sie mit einem endlosen Strom von Kunden.
Cranston fragte einen einäugigen Bettler und kam strahlend zurück.
»Ich hab's gefunden«, verkündete er. »Das Gasthaus *Zur Goldenen Mitra*. Du weißt schon – wo Sir Ralph und die Hospitaliter-Ritter jedes Jahr zu Weihnachten ihr Bankett abhielten.«
Das Gasthaus lag neben dem Zollhaus an der Ecke der Thames

Street: ein großartiges, geräumiges Anwesen. Ein rotnasiger Hausknecht nahm ihnen die Pferde ab. Der Schankraum war luftig, und ein Kaminfeuer sorgte für wohlige Wärme. Die Binsenstreu auf dem Boden war sauber und mit Rosmarin und Thymian durchmischt. Die Wände hatten einen Anstrich aus Kalk, um Insekten fernzuhalten, und die Schinken, die von den schwarzen Deckenbalken hingen, verströmten einen so köstlichen scharfen Duft, daß Cranston sich die Lippen leckte. Sie setzten sich an einen Tisch zwischen dem Feuer und den großen, blankpolierten Weinfässern. Der Wirt, ein kleiner, rotgesichtiger, kahlköpfiger Bursche mit erstaunlich sauberer Schürze vor dem umfangreichen Bauch, warf nur einen Blick auf Sir John und brachte sogleich eine tiefe Schale, die bis zum Rand mit blutrotem Wein gefüllt war.
»Sir John!« rief er. »Erinnert Ihr Euch?«
Cranston packte die Schale an den beiden silbernen Henkeln und trank sie in einem Zug halb leer. »Ja«, antwortete er dann und spähte schmatzend über den Rand. »Du bist Miles Talbot und hast früher als Ale-Prüfer in den Schenken rings um St. Paul gearbeitet.« Cranston stellte die Schale hin und schüttelte dem Wirt die Hand. »Laß dich mit einem ehrlichen Mann bekanntmachen, Bruder Athelstan. Talbot hat immer gemerkt, wenn ein Krug Ale verwässert war. So, so, so.« Cranston löste seine Mantelspange und genoß die köstlichen Gerüche und die Wärme des Wirtshauses. »Was kannst du uns auftischen, Master Talbot? Und komm mir nicht mit Fisch! Wir wissen, daß der Fluß zugefroren und die Straße unpassierbar ist; also muß alles, was aus dem Wasser kommt, ein paar Wochen alt sein.«
Der Wirt zählte grinsend auf, was die Speisekammer zu bieten hatte, und keine halbe Stunde später servierte er zwei mit Kräutern gefüllte Hühnchen in einer pikanten Sauce aus süßer Butter und wilden Beeren, eine geschmorte Pastete, einen Apfelpfannkuchen und einen gewaltigen Rindermarkpudding. Ath-

elstan saß sprachlos da und trank sein Bier, während Cranston jeden Teller blankputzte und alles mit einer zweiten Schale Rotwein hinunterspülte. Schließlich rülpste er, streckte sich und blickte strahlend in der Schenke umher. Dann winkte er Talbot heran.
»Master Miles – eine Gefälligkeit!«
»Was Ihr wünscht, Sir John.«
»In deinem Haus verkehrt – besser gesagt, verkehrte – der verstorbene Konstabler des Tower, Sir Ralph Whitton?«
Talbots Miene wurde wachsam. »Hin und wieder«, brummelte er. »Er traf sich hier jedes Jahr zur Weihnachtszeit mit zwei Hospitalitern und anderen.«
»Ach, komm schon, Miles. Ich bin nicht dein Feind. Du kannst mir vertrauen. Worüber haben sie geredet?«
Talbot trommelte mit seinen runden Fingern auf dem Tisch. »Die saßen wie Ihr, Sir John, ein gutes Stück abseits von den anderen. Sowie ich oder einer der Hausburschen in ihre Nähe kam, sagten sie kein Wort.«
»Und ihr Benehmen? Waren sie bedrückt oder fröhlich?«
»Manchmal lachten sie, aber meistens taten sie sehr geheimnisvoll. Oft gerieten die beiden Hospitaliter in Streit mit Sir Ralph, und dann wurde er ziemlich feindselig und blaffte sie an.«
»Sonst noch was?«
Talbot schüttelte den Kopf und wandte sich ab. Cranston sah Athelstan an, schnitt eine Grimasse und zuckte die Achseln. Plötzlich stand der Wirt wieder am Tisch.
»Eines noch«, sagte er. »Etwas war merkwürdig: Vor ungefähr drei Jahren, zu Weihnachten, kam ein Fremder herein.«
»Wie sah er aus?«
»Daran kann ich mich nicht erinnern, aber er hatte etwas Besonderes an sich. Er verbarg sich unter Mütze und Kapuze, redete aber wie ein Soldat. Er wollte wissen, ob Sir Ralph hier trank. Ich sagte, ich wüßte von nichts. Er verschwand, und ich habe

ihn nie wiedergesehen.« Talbot lächelte bedauernd. »Sir John – auf meinen Eid, aber das ist alles, was ich weiß.«
Der Coroner saß mit geschürzten Lippen da und starrte auf die leeren Teller und Schüsseln, als wünschte er sich, das Essen, das er verzehrt hatte, möge auf magische Weise wiedererscheinen. Athelstan musterte ihn aufmerksam und ein bißchen besorgt, denn eigentlich hätte Sir John inzwischen längst nach mehr Rotwein oder spanischem Weißen brüllen müssen.
»Mylord Coroner?«
»Ja, Bruder Athelstan?«
»Wir müssen ein paar Schlußfolgerungen zum Tode Sir Ralphs verfassen.«
Cranston pustete geräuschvoll. »Was können wir sagen?«
»Erstens werdet Ihr mir sicher zustimmen, daß Sir Ralph nicht ermordet wurde, weil er Konstabler im Tower war, ich meine, von irgendwelchen Bauern, die Verrat und Aufstand planen.«
»Da stimme ich dir zu, Bruder, aber der Mörder könnte trotzdem von draußen gekommen und ein Berufsmörder gewesen sein. Es gibt genug ehemalige Soldaten in der Stadt, die ihrer eigenen Mutter die Kehle durchschneiden würden, wenn der Preis stimmt.«
Athelstan strich mit dem Finger über den Rand des Weinbechers.
»Das würde ich gern glauben, Sir John, aber trotzdem: Es sieht nicht danach aus.« Er hob die Schultern. »Diskussionshalber können wir mal annehmen, daß der Mörder den zugefrorenen Graben überquert, die Nordbastion erklettert, die Fensterläden geöffnet und Sir Ralph lautlos die Kehle durchgeschnitten hat.«
»Das ist möglich und so geschehen, mein guter Priester.«
»Natürlich«, fuhr Athelstan fort, »kann der Mörder auch jemand im Tower gewesen sein, der wußte, wo Sir Ralph schlief, und die Gelegenheit nutzte, die der zugefrorene Wassergraben ihm bot, um zu den Trittkerben in der Mauer der Nordbastion zu gelan-

gen. Entweder hat der Mörder die Tat selbst ausgeführt oder jemanden dafür bezahlt, daß der es tat.«
Cranston nahm einen großen Schluck Wein. »Fügen wir die beiden Möglichkeiten mal zusammen. Sagen wir diskussionshalber, daß Anstifter und Mörder ein und dieselbe Person sind. Buchstäblich jeder von denen, die wir befragt haben – einschließlich Mistress Philippa, die vielleicht ein bißchen rundlich, aber sehr leichtfüßig, jung und beweglich ist –, könnte auf diesen Turm geklettert sein.«
»Aber sie haben praktisch alle eine Geschichte, die den Zeitraum abdeckt.«
Cranston nickte. »Die haben sie. Und nachzuweisen, daß einer von ihnen lügt, wäre eine Aufgabe für den Teufel. Außerdem – ist dir aufgefallen, daß jeder außer dem Kaplan einen Zeugen hat, der seine Geschichte bestätigen kann? Das bedeutet«, folgerte Cranston, »daß wir es womöglich mit zwei Mördern zu tun haben statt mit einem. Die beiden Hospitaliter. Sir Fulke und Rastani. Philippa und ihr junger Liebhaber. Colebrooke und einer der Wächter.«
Athelstan starrte nachdenklich zu einem der Schinken hinauf, der sich am Balken drehte. »Eigentlich wissen wir überhaupt nichts«, meinte er. »Wir haben keine Ahnung, wer der Mörder ist oder wie er oder sie zu Sir Ralph ins Zimmer kamen. Allerdings haben wir Sir Fulkes Schnalle gefunden.«
»Aber er behauptet, heute morgen vor unserer Ankunft auf dem zugefrorenen Graben herumgelaufen zu sein.«
»Ich glaube ihm«, sagte Athelstan. »Aber erinnert Euch, wie er sagte, er habe die Schnalle am Tag zuvor verloren.«
»Was willst du damit sagen, Bruder?«
»Entweder hat er sie verloren, als er über den Burggraben geschlichen ist, um Sir Ralph umzubringen, oder ein anderer hat sie dort hingelegt. Ich vermute letzteres. Daß Sir Fulke ehrlich zugibt, auf dem Wassergraben gewesen zu sein, bewahrt ihn vor

dem Verdacht. Hätte er es abgestritten, und wir könnten später beweisen, daß er doch draußen war, sähe die Sache anders aus.«
»Woher wissen wir, daß er nicht lügt?« rief Cranston. »Ist dir die Pforte vor dem Wassergraben aufgefallen? Die Angeln waren ganz verrostet. Vor uns hat diesen Durchgang seit Jahren keiner mehr benutzt. Könnte also sein, daß Sir Fulke lügt.«
»Er konnte aber auch durch eine andere Pforte gekommen sein.«
»Ein interessanter Einfall, Bruder, aber laß uns die Motive ansehen.«
Athelstan spreizte die Hände. »Es gibt ebenso viele Motive wie Leute im Tower, Sir John. War Sir Fulke habgierig? War der Kaplan wütend, weil man ihn einen Dieb genannt hat? Wollte Colebrooke Sir Ralphs Posten? Sahen Philippa und ihr Liebhaber in Sir Ralph ein Hindernis für ihre Heirat oder für Philippas Erbe?«
»Und damit«, schloß Cranston, »sind wir bei den beiden Hospitalitern. Wir wissen, daß sie nicht die Wahrheit sagen. Auf irgendeine Weise sind das Pergament und der Kuchen mit dem Mord verbunden, und sie wissen über beides etwas. Sir Ralphs Todesankündigung zeigte ein Schiff, einen Dreimaster, wie er oft im Mittelmeer unterwegs ist. Der Sesamkuchen ist das Zeichen der Assassinen. Ergo: Sir Ralphs Tod muß mit irgendeinem Geheimnis in seiner Vergangenheit zusammenhängen, mit seiner Zeit als Soldat in Outremer.«
Athelstan stellte seinen Krug auf den Tisch. Er klappte den Mund auf und zu.
»Was ist los, Bruder?«
»Es läßt nur eine Schlußfolgerung zu, Master Coroner: Sir Ralph ist vielleicht nicht der letzte, der im Tower stirbt, bevor das Weihnachtsfest beginnt.«

5. Kapitel

Sie blieben noch eine Weile im Wirtshaus. Athelstan hatte erwartet, daß Cranston schließlich sein Pferd besteigen und nach Cheapside zurückreiten werde, aber der Coroner schüttelte den Kopf.

»Ich will zu deinem verfluchten Friedhof«, schnaubte er. »Du brauchst jemanden mit einem scharfen Verstand, um das Geheimnis dort zu ergründen.«

»Aber Lady Maude wartet sicher.«

»Soll sie!«

»Sir John, stimmt etwas nicht?«

Cranston runzelte die Stirn und blickte woanders hin.

»Geht es um Matthew?« fragte Athelstan sanft. »Ist es der Jahrestag seines Todes?«

Cranston stand auf und hakte sich bei Athelstan unter, als sie hinausgingen. Vor der Tür blieben sie stehen und warteten, bis der Hausknecht ihre Pferde gesattelt hatte. »Sag mir, Bruder, als du damals als Novize von deinem Orden weggelaufen und mit deinem kleinen Bruder nach Frankreich in den Krieg gezogen bist, warst du da glücklich?«

Athelstan spürte, wie sein Herz einen Satz tat. »Natürlich.« Er lächelte schmal. »Ich war damals jung. Das Blut kochte in meinen Adern, und ich sehnte mich nach großen Abenteuern.«

»Und als du deinen Bruder tot und kalt wie Eis auf dem Schlachtfeld fandest und nach England zurückfuhrst, um deinen Eltern zu beichten, was du getan hattest – was war da?«

Athelstan schaute in den Hof hinaus; es wurde langsam dunkel. »Im Evangelium, Sir John, sagt Christus, am Ende der Welt wird der Himmel wanken, und die Planeten werden in loderndem Feuer auf die Erde fallen.« Athelstan schloß die Augen. Er fühlte Francis' Geist ganz deutlich. »Als ich meinen Bruder tot auf dem Feld fand«, fuhr er fort, »da stürzte für mich der Himmel auf die Erde.«

»Und was dachtest du da über das Leben?«

Athelstan rieb sich den Mund und schaute in Cranstons trauriges Gesicht. »Ich fühlte mich von ihm verraten«, sagte er leise.

Cranston klopfte ihm sanft auf die Schulter. »Aye, Bruder – vergiß nicht: Der blutrote Kuß des Verräters ist immer der süßeste. Daran wirst du dich erinnern, ebenso wie ich.«

Athelstan starrte ihn sprachlos an. So hatte er Cranston noch nie gesehen. Der Coroner hätte längst aus vollem Hals irgendein lästerliches Lied singen und dem Wirt Beschimpfungen an den Kopf werfen oder Athelstan drängen müssen, mit ihm nach Hause zu kommen.

Sie stiegen auf ihre Pferde, ritten still zum verschneiten Billingsgate hinauf und dann nach links in die Zuführung zur London Bridge. Dort wimmelte es von Menschen, obwohl der kalte Wind einem in Gesicht und Hände biß. Unter verhangenem Himmel bewarfen sich ein paar Jungen mit Schneebällen und kreischten vor Lachen, wenn sie trafen. Ein Bettler ohne Beine zog sich auf Brettern durch den Matsch. Ein paar zerlumpte Fährleute standen murrend am Ufer des zugefrorenen Flusses und fluchten über das Wetter, das ihnen ihren Lebensunterhalt genommen hatte. Mützen und Kapuzen tief ins Gesicht gezogen, drängten andere stadteinwärts oder überquerten zusammen mit Athelstan und Cranston die schmale, eisbedeckte Brükke nach Southwark.

Der Coroner zügelte plötzlich sein Pferd und drehte sich nach einer Schar dunkler Gestalten um, die eben vorübergehuscht waren. War es eine Gruppe gewesen oder eher eine Handvoll einzelner, die aus Bequemlichkeit und Sicherheit zusammen unterwegs waren? Er war sicher, Lady Maude unter ihnen gesehen zu haben, wie sie mit blassem Gesicht unter ihrer Kapuze hervorgelugt hatte. Aber was wollte sie in Southwark? Außer Athelstan kannte sie dort niemanden, und an so einem Wintertag war Southwark ein gefährlicher Ort.

»Sir John, ist alles in Ordnung?«

Cranston blickte noch einmal der kleinen Gruppe nach, die in der Dunkelheit verschwand. Sollte er zurückreiten? Aber dann kam ein großer Karren mit eisenberingten Rädern krachend vorbei, die Leute hinter Cranston begannen, zu murren und zu stöhnen. Der Coroner gab seinem Gefährten zu verstehen, sie sollten weiterreiten. Beide überquerten die Brücke, kamen auf der anderen Seite am Priorat von St. Mary Overy vorbei und nahmen die Hauptstraße nach Southwark. Sie ritten durch enge Gassen, vorbei an großen, vierstöckigen Häusern und den wackligen Hütten und Verschlägen der Arbeiter und Handwerker. Dem Coroner drang der stechende Geruch von Hundepisse in die Nase.

Athelstan zog sich die Kapuze dichter ums Gesicht, um dem Anblick des verfaulenden Abfalls zu entgehen, den weggeworfenen Essensresten und menschlichen Exkrementen aus den Nachttöpfen, die morgens geleert wurden, und dem Kehricht aus den Häusern, die von ihren Bewohnern jetzt für die Festtage geputzt wurden. Southwark kam freilich nie zur Ruhe. Die Handwerker und Kätner gingen unablässig ihren Berufen nach: Lichtzieher kochten Schweinefett zu Talg, Abdecker, Käsehändler, Mützenmacher und Schmiede gingen ihrem Tagwerk nach, und abends, wenn die Läden schlossen, kamen die grobknochigen Gauner der Unterwelt hervor und suchten zwischen Bordellen und Garküchen am Ufer der Themse nach leichter Beute. Aber niemand kam Cranston oder Athelstan zu nahe. Der Bruder war überall hochgeachtet und Cranston gefürchteter als der Oberrichter persönlich.

St. Erconwald lag im Dunkel; Athelstan sah erfreut, daß Watkin die Lichter gelöscht hatte. Er wollte gerade Sir John durch die Pforte zum Pfarrhaus geleiten, als eine dunkle Gestalt aus dem Schatten hervorsprang und Philomel beim Zaumzeug packte. Athelstan blickte in ein langes, bleiches Gesicht unter einer teerschwarzen Kapuze.

»Ranulf, um Gottes willen, was ist los?«

»Pater, ich habe den ganzen Nachmittag auf Euch gewartet.«

»Sag ihm, er soll verschwinden, Athelstan! Mir ist kalt!«

»Kümmere dich nicht um Sir John«, sagte Athelstan beruhigend. »Was willst du, Ranulf?«

Der Rattenfänger leckte sich die blutleeren Lippen.

»Ich habe eine Idee, Pater. Ihr wißt doch, daß die großen Zünfte drüben am anderen Ufer ihre eigenen Kirchen haben. St. Mary Le Bow für die Seidenhändler, St. Paul für die Pergamentmacher.«

»Ja. Und?«

Der Rattenfänger schaute flehentlich.

»Weiter, Ranulf. Was willst du?«

»Na ja, Pater, ich und die anderen Rattenfänger haben uns gefragt, ob St. Erconwald nicht die Kirche unserer Zunftbruderschaft sein könnte.«

Athelstan unterdrückte ein Lächeln, warf einen Blick in Canstons finsteres Gesicht und raffte die Zügel in der Faust.

»Die Bruderschaft der Rattenfänger, Ranulf? Mit St. Erconwald als Zunftkirche und mir als Kaplan?«

»Ja, Pater.«

Athelstan stieg ab. »Aber gern.«

»Wir würden natürlich unsere Abgaben zahlen.«

»In was?« johlte Cranston. »In Ratten? Ein Zehntel eures Fangs?«

Ranulf warf dem Coroner einen scharfen Blick zu, aber Cranston bog sich bereits im Sattel und lachte unbändig über seinen eigenen Witz.

»Ich finde die Idee ausgezeichnet«, sagte Athelstan leise. »Wir werden uns noch darüber unterhalten. Du hast meine grundsätzliche Zustimmung, Ranulf, aber im Augenblick sind Sir John und ich sehr beschäftigt mit anderen Dingen. Wenn du vielleicht unsere Pferde in den Stall bringen und ihnen ein wenig Heu geben könntest ...«
Der Rattenfänger nickte heftig, packte die Zügel von Sir Johns Pferd und verschwand damit in der Dunkelheit. Philomel folgte ihm etwas flotter als üblich; er spürte, daß die Futterzeit nahte.
Athelstan führte Cranston um die Kirche, blieb stehen und bat den Coroner zu warten, damit er eine Fackel holen könne. Er lief zum Pfarrhaus, nahm eine aus der Wandhalterung, zündete sie an und lief zurück, bevor die Flüche des Coroners allzu deutlich hörbar wurden.
Sie betraten den Friedhof. Selbst zur Sommerzeit war es ein düsterer Ort. Jetzt lag er unter einem Schneeteppich, und die Äste der Eiben spreizten sich wie große, weiße Krallen über den einsamen Erdhügeln, den plumpen Kreuzen und zerbröckelnden Grabsteinen. Athelstan fühlte sich mutterseelenallein. Gespenstische Stille hing wie eine Wolke über dem Land, und selbst der Wind wehte leiser. Die Bäume standen regungslos. Kein Nachtvogel war zu hören. Hier und dort wirkten die Schatten bedrückend und finster, wie unheimliche Verstecke, in denen Dämonen oder böse Geister lauerten. Athelstan hob die Fackel in die Höhe, und Cranston schaute sich auf dem düstersten aller Gottesäcker um.
»In drei Teufels Namen, Athelstan!« zischelte er. »Wer kommt mitten in der Nacht hierher und reißt Leichen aus der letzten Ruhestätte? Wo sind die Gräber?«
Athelstan zeigte ihm die flachen Löcher im Boden. Die Erde türmte sich zu beiden Seiten, als hätte irgendeine wahnsinnige Kreatur die Leichname mit bloßen Klauen hervorgewühlt. Cranston kniete am Rande einer Grube nieder und pfiff leise durch

die Zähne. Er blickte hoch, und sein fettes Gesicht schien im Fackelschein zur Grimasse verzerrt.

»Bruder, du sagst, nur die Leichen von Bettlern und Fremden wurden gestohlen?«

»Ja, Sir John.«

»Und wie sind sie beerdigt worden?«

»Der Leichnam wird in Segeltuch gehüllt und auf einem Stück Korbgeflecht in den Gemeindesarg gelegt. Während der Totenmesse wird dieser mit einer purpurnen Schabracke bedeckt, und wenn der Körper in die Erde gesenkt wird, bleibt der Sarg zurück.«

»Und ihr habt keine Spur von den Grabräubern gefunden?«

»Keine einzige.«

Cranston stand auf und wischte sich den Schneematsch von den Händen. »Wir haben drei Möglichkeiten, Bruder. Erstens: Es könnte ein makabrer Scherz sein. Manche unserer gelangweilten, reichen jungen Stutzer finden es komisch, einem Freund eine solche Leiche ins Bett zu legen. Aber in letzter Zeit hat man nichts von einem solchen üblen Streich gehört. Zweitens: Es könnten Tiere gewesen sein, vierfüßige oder menschliche. O ja«, fügte er leise hinzu, als er Athelstans schockiertes Gesicht sah, »beim Militär in Frankreich habe ich solche Abscheulichkeiten in der Gegend von Poitou gesehen.« Er stampfte mit den Füßen und blickte hinauf zu den dunklen Umrissen der Kirche. »Aber nicht einmal in Southwark kann jemand so verkommen sein. Und schließlich sind da noch die Satanisten, die Astrasoi, die unter einem bösen Stern geboren sind.« Er zuckte die Achseln. »Aber von solchen Leuten weißt du mehr als ich, Bruder. Die Leiche mag als Altar benutzt worden sein, oder man hat ihr das Blut abgezapft, um einen Dämon heraufzubeschwören. Oder sie brauchen eines der Gliedmaßen. Hast du schon von der ›Hand der Herrlichkeit‹ gehört?«

Athelstan schüttelte den Kopf.

»Nun, da wird einem Leichnam die Hand abgehackt. Der Name desjenigen, dem die Hexe oder der Hexenmeister schaden will, wird auf einen Zettel geschrieben und zwischen die Finger geschoben. Dann wird die Hand beim ersten Schlag der Mitternachtsstunde am Fuße eines Galgens vergraben.«
Athelstan rieb sich das Gesicht. »Aber wie kann ich einem solchen Frevel ein Ende machen, Sir John? Die Gemeindediener und Büttel kümmert es nicht. Niemand will unseren Friedhof bewachen.«
»Ich werde sehen, was ich tun kann«, sagte Cranston. Plötzlich drehte er sich um. »Da ist jemand.« Er zeigte auf zwei dunkle Gestalten neben dem Leichenhaus am anderen Ende des Friedhofes. »Siehst du, dort!« Er stürmte über die verschneite Wiese wie ein angreifender Stier, und Athelstan folgte ihm eilig.
»Halt!« brüllte Sir John. »Im Namen des Königs – halt!«
Die beiden in Mäntel gehüllten Gestalten drehten sich um und kamen ihnen langsam entgegen. Das Klappern von Stöcken und das leise Klingen einer Glocke ließ Cranston schnell zurückweichen.
»Aussätzige!« flüsterte er, und er packte Athelstans Fackel und hielt sie hoch. »In drei Teufels Namen!« hauchte er und starrte mitleidig auf die Gesichter unter den weißen Kapuzen. »Du läßt sie hier wohnen?«
Athelstan nickte. »Tagsüber. Nachts ist es leichter für sie, unbehelligt zu bleiben.«
»Haben sie etwas gesehen?«
Athelstan schüttelte den Kopf. »Sie sind stumm, aber ich glaube, sie würden sich sowieso nicht einmischen. Man muß schon ein tapferer Mann sein, Sir John, und ein gesunder sowieso, wenn man sich Grabräubern entgegenstellen will.«
»Du bist sicher, daß sie Lepra haben?« fragte Cranston leise.
Athelstan grinste in die Dunkelheit. »Sie haben Briefe von den

Bischöfen. Seht Euch ihre Handgelenke und die Hände an. Allerdings, wenn Ihr sie untersuchen wollt ...?«
Cranston fluchte und warf einer der Kreaturen eine Münze zu. Dann stapfte er zum Haus zurück und röhrte, er habe nun genug gesehen. Ranulf, der Rattenfänger, war offenbar verschwunden, und auch alle anderen Gemeindekinder hatten sich verdrückt, als der Coroner aufgekreuzt war.
»Bleibt Ihr noch auf eine Schale Suppe, Sir John? Ich habe auch guten Rotwein.«
Cranston untersuchte ächzend und prustend den Sattelgurt seines Pferdes. »Das würde ich gern, Bruder«, antwortete er über die Schulter, »aber ich muß nach Hause.« Er wollte nicht, daß Athelstan seinen Sorgen um Lady Maude auf den Grund ging. »Ich muß nachdenken über das, was wir im Tower gesehen haben.« Er deutete auf den Kirchhof. »Mal sehen, wie ich dir dort helfen kann.« Er schwang sich aufs Pferd und trappelte in die Dunkelheit davon.
Athelstan seufzte und ging die Kirche aufschließen. Drinnen war es kalt, aber der Ordensbruder registrierte erfreut, daß der muffige Geruch verflogen war. Genüßlich roch er den Duft der grünen Zweige, die so liebevoll im Kirchenschiff und auf den Stufen zum Chorraum verteilt worden waren. Die St.-Johns-Kapelle im Tower fiel ihm ein, und er überlegte, wieviel Lügen ihm dort wohl erzählt worden waren. Athelstan war sicher, daß der Mörder im Tower lebte, und ebenso überzeugt davon, daß eine böse Tat aus der Vergangenheit Sir Ralph schließlich doch noch eingeholt hatte.
Er nahm etwas Zunder aus seinem Beutel, zündete zwei Fackeln im Kirchenschiff an und ging in die Sakristei, um sein zerfleddertes Gebetbuch zu holen. Dann kniete er nieder und begann seine Gebete. Als er bei der Psalmzeile »Mein Gott, mein Gott, warum hast du mich verlassen?« ankam, hielt er inne, ließ sich auf die Fersen sinken und starrte in das Flackerlicht einer Kerze.

Hatte Gott ihn verlassen? Warum geschahen solche Dinge wie die Schändung des Friedhofes, der Mord an Sir Ralph oder Cranstons Schmerz? Oh, Athelstan wußte um das Böse, aber manchmal, vor allem, wenn er so in die Dunkelheit starrte, fragte er sich doch, ob ihm jemand zuhörte. Was, wenn nicht? Wenn Christus nicht von den Toten auferstanden und wenn die Religion nichts als Hokuspokus war?

Schmerzerfüllt wich Athelstan vor dem Abgrund des Zweifels und der Niedergeschlagenheit zurück. Er beendete seine Gebete, schlug ein Kreuz und hockte sich mit dem Rücken ans Chorgitter. Er atmete tief durch und versuchte, Geist und Seele zu beruhigen, damit er sich auf die jüngsten Ereignisse im Tower konzentrieren konnte.

»Was ist«, fragte er in die Dunkelheit, »wenn Sir Ralph von geheimen Bauernführern ermordet worden war? Und wenn der Aufstand kommt ...?«

Er döste etwa eine Stunde; dann schob sich ein warmes, pelziges Etwas unter seine Hand. »Guten Abend, Bonaventura«, sagte er. »Ein kalter Tag für einen Gentleman mit Sinn für Muße.«

Er streichelte den Kater zärtlich und kraulte ihn hinter den Ohren; Bonaventura schnurrte vor Wohlbehagen. »Hast du alle deine Damen in der Nachbarschaft besucht?« Athelstan kannte Bonaventuras sexuelle Talente. Manchmal brachte der Kater seine »Damen« sogar mit auf die Kirchentreppe, wo sie dann einem kalten Silbermond ihre eigenen gespenstischen Vespern sangen. »Was wird geschehen, Bonaventura, wenn der Aufstand kommt? Werden wir uns auf die Seite von Pike, dem Grabenbauer, und den anderen Besitzlosen stellen?«

Bonaventura grinste und zeigte dabei rosiges Zahnfleisch und spitze Elfenbeinzähne. Pike, der Grabenbauer! Merkwürdig, dachte Athelstan, aber so war es nun mal. Er konnte es nicht beweisen, war aber sicher, daß der Grabenbauer der Großen Gemeinde angehörte und für ihre Anführer geheime Botschaften überbrachte. Athelstan straffte sich, als die Kirchentür aufging.

»Bruder Athelstan? Bruder Athelstan?«

Der Ordensbruder lächelte. Benedicta. Vielleicht würde sie das Abendbrot mit ihm teilen? Sie könnten über die Gemeinde plaudern und klatschen; alles, solange es nur Ablenkung brachte. Er setzte Bonaventura hin, stand auf und lächelte dann noch etwas breiter, um seine Enttäuschung zu verbergen. Neben Benedicta stand, im Fackelschein deutlich sichtbar, ein hochgewachsener Mann. Sein Gesicht war von der Sonne dunkelbraun gebrannt, und sein rabenschwarzes Haar am Hinterkopf zu einem Knoten zusammengebunden. Er trug einen blauen Mantel, der bis auf die schneefleckigen Stiefel reichte. Athelstan ging ihnen entgegen. Der Mann sah auffallend gut aus, fand er; er hatte die scharfen Züge eines Wanderfalken, lebhafte dunkelbraune Augen, eine Hakennase und einen sauber getrimmten Bart. Athelstan sah eine Perle, die an einer goldenen Kette an seinem Ohrläppchen hing.

»Das ist Doktor Vincentius«, erklärte Benedicta.

Athelstan ergriff eine kraftvolle braune Hand. »Guten Abend, Sir. Ich habe von Euch gehört.«

Und wer hätte das nicht? dachte er bei sich. Der Arzt wohnte in der Duckets Lane, abseits der Windmill Street, auf der anderen Seite des Gasthofes Zum Wappenrock. Dort hatte er vor kurzem ein großes Haus gekauft, mit einem Garten, der an den Fluß grenzte – direkt gegenüber von Botolph's Wharf. Vincentius hatte sich als Arzt einen Namen gemacht. Seine Honorare waren gering, er ließ die Patienten nicht mit Blutegeln zur Ader und benutzte auch keine wunderlichen Sternenkarten oder törichte Beschwörungsgesänge. Statt dessen legte er großes Gewicht auf Sauberkeit, vernünftige Ernährung, die Wirkung von abgekochtem Wasser und die Notwendigkeit, Wunden sauberzuhalten. Cecily, die Hure, hatte einmal angedeutet, daß er eine Salbe verwende, die gewisse Geschwüre an den empfindlichsten Körperteilen höchst wirkungsvoll zum Abklingen bringe. Athelstan betrachtete das gutaussehende Gesicht, und er sah auch Benedictas strahlendes Lächeln. Eifersucht durchfuhr ihn wie ein Stich.

»Ich habe von Euch gehört, Pater«, erwiderte der Doktor lächelnd.

Athelstan zuckte die Achseln. »Ich bin Priester, Ordensbruder, einer von Tausenden.«

Der Arzt spreizte die Hände, und die Ringe an seinen Fingern funkelten. »Es steht auch auf vielen Grabsteinen: *Ich war ein reicher Mann, bevor ich einem Arzt begegnete …*«

Athelstan lachte. Der Mann gefiel ihm. »Man sieht Euch nicht in der Kirche«, neckte er.

»Eines Tages vielleicht, Pater.«

»Doktor Vincentius wollte Euch unbedingt kennenlernen.« Benedicta sprach schüchtern wie ein junges Mädchen. »Ich dachte mir, Pater, Ihr könntet vielleicht mit uns zu Abend essen?«

Athelstan hatte große Lust abzulehnen, aber das wäre unhöflich gewesen. Er klatschte in die Hände, löschte die Lichter in der Kirche und schloß die Tür ab; Bonaventura konnte auch im Dunkeln auf die Jagd gehen. Er ging zum Haus hinüber; Benedicta und ihr fremder Gast warteten auf der Kirchentreppe. Philomel mampfte immer noch geräuschvoll seinen Hafer. Athelstan klopfte ihm sanft den Hals, holte seinen Mantel und kehrte zurück zu Benedicta und Vincentius.

Durch stille, vereiste Straßen gingen sie zur Flete Lane, nicht weit vom Holyrood Walk, wo die Witwe wohnte. Es war das erste Mal, daß Athelstan ihr Haus betrat, ein einstöckiges, alleinstehendes Gebäude mit Garten zwischen zwei schmalen Gassen. Im Erdgeschoß lagen eine große Küche, eine Wohnstube und eine Vorratskammer. Die Steinplatten waren geschrubbt und sauber gefegt, aber ohne Binsenstreu. Zwei Stühle standen vor einem lodernden Holzfeuer. Den Kamin schmückte ein breites Eichenholzbord mit Silber- und Zinnbechern, die im Licht zweier vielarmiger Kerzenleuchter schimmerten. Dunkelrote Wollteppiche hingen an weißgekalkten Wänden. Ein warmer, anheimelnder Ort, fand Athelstan, genau so, wie er ihn sich vorgestellt hatte. Die beiden Männer halfen Benedicta, das Essen zuzubereiten und aufzutischen. Erst gab es einen Brei aus Eiern und gewürztem Brot, dann einen saftigen Hasen, in Wein gekocht, mit einem Pudding in Form einer Burg, einen Krug kühlen Weißwein und Rotwein, den Cranston im Handumdrehen leer getrunken hätte.

Vincentius beherrschte die Unterhaltung mit seiner ruhigen Art. Athelstan fand sein höfliches Benehmen und seine sanfte, wohlmodulierte Stimme faszinierend. Vincentius merkte schließlich, daß er zuviel redete, wechselte das Thema und erkundigte sich nach dem Tag des Ordensbruders. Athelstan erzählte von seinem Ausflug in den Tower und von Sir Ralph Whittons Tod.

»Keiner wird ihn vermissen«, bemerkte Vincentius. »Ein finsterer, kriegerischer Mann.«

»Ihr kanntet ihn?«

Der Arzt lächelte. »Ich habe von ihm gehört, aber eigentlich finde ich den Tower interessanter. Ich war gestern dort. Ein wunderbares Zeugnis der Feinsinnigkeit des menschlichen Geistes, zumal, wenn es um kriegerische Maschinen und Anlagen geht.« Vincentius nahm einen Schluck aus seinem Kelch. »Ihr sagt, man hat Sir Ralph die Kehle durchgeschnitten?«

»Ja«, sagte Athelstan. »Warum?«

»In welchem Zustand war der Leichnam, als man ihn entdeckte?«

»Wie meint Ihr das?«

»War er kalt? War das Blut geronnen?«

»Ja«, antwortete Athelstan, erinnerte sich, daß er diese Frage nicht gestellt hatte, und wechselte geschickt das Thema. »Wo-

her kommt Ihr, Doktor?« Der Arzt stellte seinen Weinbecher behutsam hin.
»Ich bin in Griechenland geboren, als Sohn fränkischer Eltern. Ich habe in Cambridge studiert, später in Santiago und Salerno.« Er grinste. »In Salerno«, fuhr er fort, »habe ich die meiste Zeit darauf verwendet zu vergessen, was ich in Cambridge gelernt hatte. Die Araber haben die Medizin gründlicher begriffen als wir. Sie wissen mehr über den Körper des Menschen, und sie haben gute griechische Übersetzungen von Galens *Kunst der Medizin* und Hippokrates' *Buch der Symptome*.«
»Und was hat Euch nach Southwark zurückgebracht?« wollte Benedicta wissen.
Der Arzt lächelte wie über einen geheimen Scherz. »Was spräche dagegen?« sagte er scherzhaft. »Reichtum? Ich habe genug. Und, wie Ihr wißt, Bruder: Die Armen brauchen jede nur mögliche Hilfe.« Er beugte sich vor und schaute Athelstan aufmerksam an.
»Was werdet Ihr empfehlen, Doktor?« fragte Athelstan spöttisch. »Die Arznei des Adlers gegen schlechte Augen?«
»Was ist das?« fragte Benedicta.
»Bruder Athelstan scherzt«, sagte Vincentius. »Die Scharlatane behaupten, der Adler habe so scharfe Augen, weil er rohen Salat frißt. Deshalb behaupten sie, die Augen mit Salatsaft einzureiben helfe gegen jede Art von Augenentzündung.«
»Und stimmt das?«
»Ein Haufen Unsinn ist das«, brauste Vincentius auf. »Warmes Wasser und ein sauberes Tuch leisten bessere Dienste! Nein, Bruder.« Er klopfte Athelstan sanft auf die Finger. »Was Ihr braucht, ist mehr Schlaf. Und wenn Ihr Salat habt, dann eßt ihn. Er wird Euch guttun.«
Athelstan lachte. »Wenn ich noch welchen hätte! Der Frost hat fast alles in meinem Garten vernichtet, und Ursulas Schwein frißt den Rest.«

Benedicta erzählte von Ursula und dem bösartigen Schwein; Athelstan fühlte sich versucht, mit Vincentius über die Entweihung seines Friedhofes zu sprechen, fand dann aber dieses Thema für ein Tischgespräch nicht besonders geeignet. Er warf einen Blick auf die Stundenkerze, sah, daß es spät war, und stand auf, um sich zu verabschieden. Als Benedicta bat, noch zu bleiben, lehnte er höflich ab. Das Essen hatte ihm gut geschmeckt, aber jetzt war er froh, verschwinden zu können: Er war Priester, ermahnte er sich, und Benedicta war Herrin über ihr Leben. Er verließ das Haus und stapfte müde durch den Schnee. Die Nacht war kalt und schwarz, aber als er stehenblieb und zwischen den dunklen, überhängenden Hausgiebeln in die Höhe schaute, sah er zu seiner Freude, daß die Wolken aufzureißen begannen. Eigentlich wollte er sofort nach Hause gehen, doch da entdeckte er Pike, den Grabenbauer, betrunken wie ein Bischof, am Weg zur Kirche. Athelstan half seinem verirrten Gemeindekind auf die Beine.

»Guten Abend, Pater.«

Athelstan zuckte zurück vor den Dünsten, die ihm entgegenwallten.

»Pike, Pike«, tadelte er. »Du Trottel. Du solltest bei deiner Frau im Bett liegen.«

Pike wankte davon und rieb sich die Nase. »Ich habe mich mit Leuten getroffen, Pater.«

»Das weiß ich, Pike.« Athelstan packte ihn am Arm. »Um Gottes willen, Mann, sieh dich vor! Oder willst du am Ende an irgendeinem Galgen baumeln, wo die Krähen dir die Augen aushaken?«

»Wir werden herrschen wie der König«, lallte Pike. Er riß sich los und machte ein paar Tanzschritte. »Als Adam pflügt' und Eva spann«, sang er, »wo war denn da der Edelmann?« Er grinste Athelstan betrunken an. »Aber dir wird nichts geschehen, Pater. Dir und deinem Kater und deinen blöden Sternen!« Er lachte.

»Du bist ein Schatz! Du forderst keine Steuer! Wenn du bloß, verflucht noch mal, manchmal lachen würdest.«
»Ich werde, verflucht noch mal, lachen, wenn du wieder nüchtern bist«, zischte Athelstan. Und er schleifte den Grabenbauer zu seiner Frau, die wütend in der Hütte in der Crooked Lane wartete.
Dankbar erreichte Athelstan schließlich St. Erconwald, sah nach, ob alle Türen verschlossen waren, und ging dann zu seinem Haus. Erst als er auf seinem Strohbett lag und versuchte zu beten, statt an Benedictas hübsches Gesicht zu denken, fiel ihm plötzlich ein, was Vincentius gesagt hatte. Was hatte der gute Arzt im Tower gesucht? Außerdem hatte Vincentius zugegeben, daß er in dem Teil des Mittelmeerraumes ausgebildet worden war, wo auch Sir Ralph und andere gewesen waren. Ob es da einen Zusammenhang gab? Athelstan grübelte über dieses Problem nach und versank bald in tiefen, traumlosen Schlaf.

Auch Cranston dachte an die Ereignisse im Tower, war aber zu beunruhigt, um sich zu konzentrieren. Einsam und verlassen saß der Coroner an seinem Pult in der Kammer, seiner Kanzlei oder Schreibstube, wie er gern sagte; es war ein Zimmer, das er liebte, im hinteren Teil des Hauses gelegen, abseits der lärmenden Cheapside. Er schaute sich um. Der Fußboden war mit kleinen, roten und weißen rautenförmigen Fliesen ausgelegt und mit wollenen Teppichen bedeckt. Die Fenster hatten Glasscheiben, und die Läden waren gegen die schneidende Zugluft fest verrammelt. Kiefernholz knackte und prasselte im kleinen Kamin, und Wärmpfannen standen auf Gestellen zu beiden Seiten des großen Schreibpultes. Sir John verbrachte gern seine Zeit hier, mit seiner großen Abhandlung über die Verwaltung der Stadt. Aber heute abend konnte er sich nicht entspannen; zu sehr war er abgelenkt von der unbehaglichen Atmosphäre in seinem Haus. Oh, Maude hatte er ein bißchen fröhlicher vorgefunden; sie hatten die üblichen Nettigkeiten ausgetauscht, aber Cranston wurde das Gefühl nicht los, daß sie ihm etwas verheimlichte.

Als das Hausmädchen unten eine Glocke läutete, um zum Essen zu rufen, stemmte er ächzend seine Körpermassen hoch und watschelte betrübt hinunter in die von Düften erfüllte Küche. Leif, der Bettler, kauerte am Herd und stopfte sich Hirschfleisch mit dicker Tunke in den Mund. Er grinste Sir John zu und starrte ihm überrascht nach, als dieser bedrückt vorbeiging. Normalerweise begrüßte Cranston ihn mit einem Schwall gutmütiger Beschimpfungen.

Achselzuckend wandte der Bettler sich wieder seinem Essen zu. Er war guter Dinge. Lady Maude hatte ihm ein paar Pennies gegeben, und morgen würde er seinen Freund in der Grabbe Street besuchen. Sie würden in einer Schenke essen und dann nach Moorfields gehen, wo Mastiffs mit blutigen Mäulern auf schäumende Bären, Keiler mit mächtigen Hauern und fette Stiere gehetzt wurden.

In dem mit Leinen ausgeschlagenen Speisezimmer war der Tisch besonders liebevoll gedeckt; auf weißem Batist standen Kerzenleuchter aus ziseliertem Gold. Cranston warf seiner Frau einen argwöhnischen Blick zu. Sie sah glücklich aus. Ihre Wangen waren gerötet, und ihre Augen blitzten vor Vergnügen. Sir John wurde noch trauriger. Hatte Lady Maude einen anderen gefunden? Einen jungen Liebhaber, mannhafter und wollüstiger als er? Oh, er wußte, daß so etwas oft vorkam. Die gelangweilten Ehefrauen alter Männer und Bürger fanden oft neues Glück in den Armen eines Hofgecken oder adeligen Stutzers.

Sir John ließ sich in seinen großen Stuhl am Kopf der Tafel sinken und dachte düster an die Vergangenheit. Ja, seine Heirat war damals arrangiert worden. Maude Philpott, die Tochter eines Klingenschmieds, war feierlich mit dem jungen Cranston verlobt worden. Jung? Fünfzehn Jahre älter als sie war er gewesen, als sie einander vor der Kirchentür begegneten, aber er war schlanker gewesen, geschmeidig wie ein Windhund, ein wahrer Hektor auf dem Schlachtfeld und ein Paris im Schlafgemach. Sir John sah seine Frau wehmütig an, und sie lächelte zurück. Sollte er davon anfangen? Sir John schluckte. Er wagte es nicht. Cranston hatte vor niemandem Angst; er hatte den Körper eines Stieres und das Herz eines Löwen. Aber insgeheim war er auf der Hut vor seiner zierlichen, puppenhaften Frau. Oh, sie schrie niemals und bewarf ihn auch nicht mit Gegenständen. Sie saß einfach da und widersprach ihm und schälte seine Aufgeblasenheit ab wie die Häute einer Zwiebel, bevor sie dann schließlich schmollte und tagelang kein Wort mit ihm sprach.

»Sir John, ist alles in Ordnung?«

»Ja, Mylady«, murmelte Cranston.

Die Magd trug das Essen auf. Geschmorte Rindspasteten, die Teighülle knusprig und golden. Das Fleisch darin war mit Kräutern gewürzt und in einer dicken Zwiebeltunke gegart. Befeuert durch zwei großzügig gefüllte Becher Rotwein, besserte sich Cranstons Laune.

»Ihr wart heute im Tower, Sir John?«

»Jawohl – wegen Sir Ralph Whitton, dem Konstabler. Gestern war er noch ganz, und heute morgen war seine Kehle durchgeschnitten.«

Lady Maude nickte; sie hatte gehört, daß Sir Ralph ein harter, grausamer Mann sei.

»Und Ihr, Mylady?«

»Oh, heute morgen habe ich die Haushaltsbücher geführt, und dann war ich an der frischen Luft.«

»Wo denn?«

»In Cheapside. Warum?«

»Ihr wart nicht in Southwark?«

»Bei der Heiligen Messe, Sir John, nein! Warum fragt Ihr?«

Cranston schüttelte den Kopf und wandte den Blick ab. Er hatte gemerkt, wie ihre Stimme zitterte. Sein Herz krampfte sich zusammen, und er ließ den dunkelroten Wein plätschernd in seinen Becher fließen, bis dieser randvoll war.

Im dunklen Tower wanderte der Hospitaliter Gerard Mowbray an der hohen Brustwehr entlang, die auf der inneren Mauer vom Broad Arrow Tower zum Salt Tower reichte. Der Nachtwind zerrte an seinem schütteren grauen Haar, biß ihm in Ohren und Wangen und krallte sich in seinen grauen Umhang. Sir Gerard kümmerte sich nicht um die Kälte. Er kam immer hierher. Hier ging er am liebsten spazieren. Oft blieb er stehen und hielt in der Dunkelheit Ausschau nach den Ruinen aus Caesars Zeiten, aber nicht heute nacht. Der Nebel war zu dicht. Im Norden konnte er noch das Leuchtfeuer im Turm von St. Mary Grace erkennen und im Süden die Feuer und den Fackelschein vom Hospital von St. Katharina. Sir Gerard schaute in den Himmel hinauf. Die Wolken rissen auf und enthüllten einen Wirbel von Sternen. Seltsam, dachte er. In Outremer wirkten die Sterne näher, und das samtene Dunkel des Himmels war so nah gewesen, daß man auf Zehenspitzen die Lichter vom Himmel pflükken zu können meinte.
Mowbray lehnte sich an die Zinnenmauer. Ja, das waren glücklichere Zeiten gewesen! Er dachte an den brennend heißen Sand vor Alexandria, wo er, Sir Brian, Sir Ralph und die anderen ein Trupp sorgenfreier Ritter gewesen waren, die nur zu gern das Gold des Feindes eingesackt hatten. Mowbray erinnerte sich an den Höhepunkt dieses Feldzuges. In Alexandria hatte es einen Aufstand gegeben, und das Heer des Kalifen, Mowbrays Truppe eingeschlossen, war vor der Stadt aufgezogen. Die Luft hatte vibriert im Rhythmus der Kesselpauken, die großen grünen Banner im Wind geknattert, und die silbernen Halbmonde auf den Standarten hatten in der sengenden Sonne geblitzt. Monatelang war die Stadt belagert worden; schließlich hatte man eine

Bresche in die Mauer schlagen können. Er und Sir Brian waren als erste hineingestürmt, hatten Schulter an Schulter mit ihren Kameraden einen kämpfenden Ring aus Stahl gebildet, der sich langsam in die Stadt hineinschob. Die Heerscharen des Kalifen waren ihnen mit ihrem Kampfgeschrei gefolgt, das anschwoll und nachließ wie ein dämonischer Chorgesang. Die Ritter hatten sich ihren Weg durch die Bresche gebahnt und weiter an der Mauer entlang zu den Stufen, die zur Brustwehr über dem Haupttor hinaufführten.

Sir Gerards Gedanken versanken bereitwillig in der Vergangenheit. Er dachte an die durchdringende Hitze, an das Sonnenlicht, das auf Schwertklingen und Dolchen tanzte, an das Tosen der Schlacht und das Blut, das emporsprühte wie aus tausend Springbrunnen, wenn Männer mit furchtbaren Wunden an Kopf, Körper oder Bein schreiend zu Boden fielen. Langsam hatten sie sich die Treppe hinaufgekämpft, einen Weg durch menschliches Fleisch gehackt, bis sie über dem Haupttor angekommen waren. Und dann, wer war's gewesen? Natürlich, wie immer – Bartholomew. Er war hinuntergesprungen, hatte einen riesigen Mamelucken angegriffen, anmutig wie ein Tänzer, und sein Schwert war zur silbernen Schlange geworden. Eine Finte zum Unterleib, dann aufwärts und im Halbkreis, genau zwischen Helm und Halsberge, hatte er den Feind aufgeschlitzt. Ralph war ihm gefolgt. Damals war er ein ehrenhafter Ritter gewesen.

Der schwere Riegel am Tor war gehoben worden, und die Männer des Kalifen hatten sich in die Stadt ergossen. Was für ein Blutbad! Erbarmen wurde weder erfleht noch gewährt. Die engen, heißen Straßen hallten wider vom silbernen Schmettern der Trompeten und den Schreien sterbender Männer und Frauen. Die Ritter hatten an diesem Massaker nicht teilgenommen; sie hatten ihre Aufgabe erfüllt und hielten jetzt nach entsprechender Belohnung Ausschau. Schließlich gelangten sie auf einen großen Platz mit einem weißen Marmorspringbrunnen.

In der Nähe stand das verlassene Haus eines Bankiers. Oh, welche Schätze sie dort gefunden hatten! Adam war knietief durch silberne Dukaten und juwelenbesetzte Kelche voller Perlen gewatet.
Mowbray schüttelte die Erinnerungen jäh ab. Er glaubte ein Geräusch gehört zu haben, dort hinten am Ende der Brüstung, wo die Treppe begann. Nein, dachte er dann, es war nur der Wind. Er kehrte zu seinen Erinnerungen zurück. Merkwürdig, daß Adam dieses Jahr zu Weihnachten nicht gekommen war. Vielleicht hatte er zuviel Angst gehabt. Oder hatten der tote Sir Ralph und der jetzt so reiche Bürger Adam etwas gewußt, was er nicht wußte? Was war vor drei Jahren passiert, daß der Konstabler solche Angst bekommen hatte?
»Wir alle fürchten uns«, flüsterte Mowbray. Diese Angst hatte sie alle verändert. Das tut das Böse mit dir, dachte er: Es zerfrißt den Willen, läßt die Seele verrotten und erfüllt die Kammern und Gänge des Verstandes mit seinem üblen Geruch. Und was damals geschehen war, vor so vielen Jahren in Outremer, war böse! Bartholomew war ihr Anführer gewesen. Die Hälfte des Schatzes hatte ihm gehört, und er hatte ihnen vertraut – ein schrecklicher Fehler. Betrug! Verrat! Die Worte kreischten wie gepeinigte Geister durch die düsteren Tiefen in Mowbrays Seele. Ralph hatte es geplant, aber sie alle hatten sich beteiligt an der bösen Tat. Mowbray stampfte mit den Füßen, um die Kälte zu vertreiben. Oh, er hatte seine Sünden gebeichtet, war barfuß zum Schrein des heiligen Jakob zu Compostela gepilgert, und er und Fitzormonde waren Hospitaliter-Ritter geworden, um Sühne zu leisten.
Er starrte hinaus in die Finsternis. »O gütiger Jesus«, betete er, »war das noch nicht genug?«
Der Hospitaliter fühlte, wie die schwarzen Dämonen der Hölle ihn umzingelten. Welches Grauen barg die ewige Verdammnis für den Verräter? Würde man ihn mit Pech bestreichen und in

eine schwarze Grube voller Schwefel werfen, wo Nattern ihm die Augen aussaugten und Ottern sich um seine lügenhafte Zunge wanden? Was konnte er tun, um sich von solchen Phantasien zu befreien? Mit Cranston reden? Nein! Vielleicht Bruder Athelstan? Mowbray dachte an die dunklen Augen und das verschlossene Gesicht des Dominikaners. Er war solchen Männern schon begegnet; einige seiner Oberen bei den Hospitalitern hatten die gleiche Gabe, konnten, wie Athelstan, jeden Gedanken spüren. Der Ordensbruder wußte, daß hinter Sir Ralphs Tod etwas Böses, Verkommenes steckte.

Mowbray fuhr hoch, als ein Nachtvogel hinter den Mauern kreischte. Ein Hund heulte protestierend. War es ein Hund? Oder einer von Satans Spähern, der die Legionen der Verdammten aus den Abgründen der Hölle heraufbefahl? Eine Glocke schepperte. Mowbray stöhnte voller Angst, seine Phantasiegebilde hatten ihn im Griff. Die Glocke schien aus den Eingeweiden der Erde heraufzuschallen. Fluchend versuchte er, sich zu beruhigen.

Es war die Sturmglocke des Tower! Mowbrays Hand fuhr zum Schwertgriff; diese große Messingstimme erklang nur, wenn der Tower angegriffen wurde! Fest umklammerte er das Schwert. Vielleicht hatte er sich geirrt? Vielleicht war Sir Ralphs Tod das Werk von Rebellen gewesen, die jetzt zurückkamen? Er lief auf der kiesbestreuten Mauer entlang. Er wollte kämpfen. Er wollte töten, wollte der Wut, die in ihm kochte, Luft machen. Plötzlich stolperte er. Er schlug mit den Armen wie ein Vogel mit den Flügeln, rabenschwarz gegen den Himmel, und dann verlor er das Gleichgewicht und fiel, und sein Geist war noch in den Klauen des Deliriums. Er war wieder ein Junge, und er sprang von einer Klippe in einen der lieblichen Flüsse in South Yorkshire. Er war der tapfere junge Ritter, der die Mauern von Alexandria erstürmte und den anderen zurief, sie sollten ihm folgen. Und dann – Dunkelheit.

Mowbrays Körper schlug krachend auf dem Boden auf, und als sein Kopf auf die scharfen, vereisten Steine traf, zerspritzte sein Gehirn. Er zuckte noch einmal und lag dann still; nur eine sterbende Hand schob sich tastend unter den Mantel zu der Tasche mit dem gelben Pergament, auf das ein Schiff gezeichnet war, mit dunklen Kreuzen in jeder Ecke.

6. Kapitel

Athelstan stand vor seiner Kirche und schaute voll ungläubiger Freude in den blitzblauen Himmel. Die frühe Morgensonne tanzte schimmernd auf den schneebedeckten Dächern seiner Pfarrei. Der Ordensbruder atmete tief durch und seufzte. Er hatte gut geschlafen, war früh aufgewacht, hatte das Offizium gesprochen, die Messe gefeiert, gefrühstückt und dann das Haus und Philomels Stall ausgefegt. Auf dem Friedhof war er auch schon gewesen. Die Aussätzigen waren fort und alle Gräber unberührt. Athelstan war zufrieden, um so mehr, weil das kalte Winterwetter sich so plötzlich aufgeheitert hatte, als wolle Christus höchstpersönlich an seinem hohen Festtag schönes Wetter haben. Athelstan schaute sich um und lächelte Cecily zu, die die Kirchentreppe fegte. Sie lächelte und schaute dann mit unergründlichem Blick zu Huddle hinüber, der verträumt mit Holzkohle eines seiner kraftvollen Gemälde für die Kirche skizzierte.

»Laß dich nicht ablenken, Cecily«, brummte Athelstan, streckte sich und wandte das Gesicht zur Sonne. »Gelobt seist Du, o Herr«, betete er, »für den Bruder Tag. Gelobt seist Du, o Herr«, fuhr er im Sonnengesang des heiligen Franz von Assisi fort, »für

unsere Schwester, die Mutter Erde.« Er schnupperte und rümpfte die Nase. »Auch wenn sie in Southwark eher nach saurem Gemüse und Müll stinkt«, fügte er im stillen hinzu. Andere schöne Morgen fielen ihm ein, auf dem Bauernhof seines Vaters in Sussex, und gleich schien die Sonne weniger hell zu strahlen.
»Seid ihr glücklich, Pater?«
Athelstan lächelte Benedicta an. »Ja. Du bist heute nicht bis zum Ende der Messe geblieben!«
»Ich konnte nicht, Pater – hattet Ihr das vergessen?«
Athelstan fiel das Datum ein, und er verzog das Gesicht. Nein, Simon, den Zimmermann, hatte er nicht vergessen – eines seiner ungeratenen Pfarrkinder, einen rotgesichtigen, vierschrötigen Mann voller Jähzorn und mit einem langen walisischen Dolch. Vor zwei Wochen hatte Simon nach einem Saufgelage in der Old Fish Street ein Mädchen vergewaltigt und danach brutal verprügelt. Man hatte ihm im Rathaus den Prozeß gemacht, und morgen würde er hängen. Simon besaß weder Familie noch Freunde, und vor drei Tagen hatte der Gemeinderat Athelstan und Benedicta gebeten, den Unglücklichen noch einmal zu besuchen. Der Ordensbruder hatte Cranston sogar um Umwandlung des Urteils gebeten, aber der Coroner hatte bedauernd den Kopf geschüttelt.
»Bruder«, hatte er gesagt, »selbst wenn ich wollte, ich könnte wenig tun: Das Mädchen ist erst zwölf Jahre alt und wird nie mehr laufen können. Der Kerl muß sterben.«
Athelstan schaute zum Himmel. »Gott im Himmel, erbarme Dich seiner«, sagte er leise. »Und hilf auch seinem armen Opfer!«
»Was sagt Ihr, Pater?«
»Nichts, Benedicta, gar nichts.« Athelstan wollte gerade in die Kirche zurückgehen, als ein junger Bote schlitternd um die Ecke kam und seinen Namen rief. Athelstan stöhnte auf. »Was gibt's, Mann?« Als wüßte er es nicht schon längst.

»Sir John Cranston erwartet Euch, Pater, in der Taverne *Zum Goldenen Lamm* beim Rathaus. Er sagt, es sei dringend, Pater. Ihr müßt sofort kommen.«
Athelstan fischte einen Penny aus seiner Geldbörse und warf ihn dem Jungen zu. »Lauf zu Sir John und sag ihm, er soll bleiben, wo er ist, und nicht zuviel trinken. Ich bin bald da.«
Athelstan nahm die Schlüssel zur Kirche, die er an einer Schnur um den Leib trug, und drückte sie Benedicta in die weiche, warme Hand.
»Kümmere dich um die Kirche«, bat er.
Ihre Augen weiteten sich in gespieltem Erstaunen. »Als Frau verantwortlich für die Kirche, Pater? Als nächstes werdet Ihr sagen, Gott liebe die Frauen mehr als die Männer, weil er Eva erst im Paradies erschaffen hat und nicht vorher wie Adam.«
»Es heißt aber auch, die Schlange habe das Gesicht eines Weibes gehabt.«
»Aye, und das verlogene Herz eines Mannes.«
»Du wirst die Kirche abschließen?«
»So viel Vertrauen, Pater?«
Athelstan lächelte. »Ich glaube, du wirst die Aufgabe besser erfüllen als irgendein Mann. Im Ernst, Benedicta, paß auf, daß Ranulf nicht Bonaventura mitnimmt. Und die Kinder sollen keine Schneeballschlachten auf dem Vorplatz machen. Ursulas Schwein soll die Überreste meines Gartens in Ruhe lassen, und kümmere dich vor allem um Cecily. Ich glaube, sie ist schon wieder drauf und dran, sich zu verlieben.« Er ging die Treppe hinunter und drehte sich noch einmal um. »Ach, Benedicta?«
»Ja, Pater?«
»Gestern abend – dieses köstliche Essen. Ich danke dir. Ein sonderbarer Mann, dieser Doktor Vincentius.«
Benedicta lächelte. »Nicht so sonderbar wie manche Priester, denen ich begegnet bin.«

Athelstan funkelte sie in gespielter Empörung an, und sie hüpfte wie ein junges Mädchen in die Kirche.
Er weckte den schnarchenden Philomel, sattelte ihn und war bald darauf unterwegs zur London Bridge. Bei den Bordellen am Flußufer herrschte ein so reges Treiben wie auf einem aufgewühlten Ameisenhaufen im Sommer; Bootsleute, Matrosen und Fischer strömten in Scharen zur Uferböschung hinunter, um zu sehen, wie das Eis schmolz. Athelstan trieb Philomel behutsam durch das Gedränge an der Brücke. Er schaute nicht nach rechts oder links; diese Brücke zu überqueren konnte schon an wunderschönen Tagen ein beängstigendes Erlebnis sein; heute galt das um so mehr, da das Eis unter ihr brach und krachte. Athelstan schaute lieber hinüber zu den Schiffen, die an den Docks von Billingsgate und Queenshithe hektisch lavierten. Galeonen aus der Gascogne, beladen mit Weinfässern, Holzfrachter für die Picardie, die kleinen Schalenboote aus Essex und mächtige Schiffe aus Alamein und Norwegen, die sich zur großen Fahrt rüsteten. Fischerboote, Barken und Leichter umschwärmten geschäftig die Schiffe, und Männer zerschlugen das Eis mit Hacken und Schaufeln und Hämmern. Auf dem hochragenden Achterkastell einer genuesischen Kogge sang ein Junge eine Hymne an die Jungfrau zum Dank für den Wetterumschwung, während die Matrosen auf einer griechischen Galeere singend um Gnade beteten: »*Kyrie eleison, Christe eleison, kyrie eleison* – Herr, erbarme Dich, Christus, erbarme Dich.« Ihr Gesang war so schön, daß Athelstan anhielt und mit geschlossenen Augen zuhörte, bis ein wüst fluchender Kutscher mit seiner Peitsche knallte und brüllte, manche Leute müßten arbeiten und könnten nicht herumtrödeln wie die blöden Pfaffen. Athelstan machte ein Kreuzzeichen für seinen Quälgeist, stieg ab und führte Philomel an der Kirche St. Magnus an der Ecke zur Bridge Street vorbei.
In der Candlewick Street drängten sich jetzt Karren, Packpferde

und Lastwagen, denn buchstäblich jeder Händler in der Stadt nutzte die Gelegenheit, die der Wetterumschwung bot. Athelstan ritt weiter in Richtung Walbrook. Auf der einen Seite der Straße floß in einem tiefen Graben ein träger Bach. Das Wasser war schwarz und voller Eisstücke, und auf einem der kotverschmierten Stege prügelten zwei Halbwüchsige mit Stöcken aufeinander ein. Athelstan und Philomel stapften weiter, mußten allerdings kurz an die überhängenden Häuser flüchten, als eine Gruppe Ratsherren wichtigtuerisch die Straße herunterkam. Ein Herold lief vor ihnen her, die Silbertrompete an den Lippen, während zwei Ratsdiener ihnen mit empfindlichen Stockhieben den Weg frei machten. Über den Ratsherren knatterte die Stadtflagge in prachtvollem Zinnoberrot, und die golden aufgestickte St.-Pauls-Figur schien eigenartig zu strahlen. An der Ecke der Walbrook waren Straßenkehrer an der Arbeit; mit mächtigen Holzrechen schoben sie Matsch und Müll zu hohen, stinkenden Bergen zusammen. Ein Büttel hatte ein Schwein gefunden, das sich herumtrieb, und ihm, den städtischen Verordnungen entsprechend, auf der Stelle die Kehle durchgeschnitten. Das Blut schoß in heißem, rotem Strom hervor, und der Besitzer des Schweins, ein kleiner, kahlköpfiger Mann, überschüttete den Beamten mit einem Schwall grausiger Flüche. Athelstan mußte an Ursula und ihre große, fette Sau denken und fragte sich, ob der Büttel wohl auch nach Southwark gehen würde. Die Parasiten der Stadt wimmelten umher wie Fliegen über einem Stück Scheiße: samthäutige Burschen, Taschendiebe, Quacksalber, Nachtwanderer, Schauspieler und täppische Gaukler.

Endlich fand Athelstan das *Goldene Lamm*, eine kleine Schenke an der Ecke einer Gasse. Der dunkle Schankraum war beherrscht von einem mißmutigen Cranston, der mit dem Rücken zur Wand auf einer Bank hockte. Die leeren Ale-Krüge, die vor ihm auf dem Tisch standen, ließen den Coroner wie einen

erbosten, von Votivopfern umgebenen Bacchus aussehen. Athelstan ging auf ihn zu, und Cranston fixierte ihn.
»Wo hast du gesteckt?« fauchte der Coroner.
»Ich bin gekommen, so schnell ich konnte.«
»Das war nicht schnell genug!«
Athelstan betete im stillen um Geduld und setzte sich Sir John gegenüber auf einen Schemel. Das Aussehen des Coroners machte ihm Sorgen. Cranston war ein Trinker, aber meist eine joviale Seele, sich seiner Sünden, Fehler und Unzulänglichkeiten bewußt und deshalb tolerant gegen die der anderen. Jetzt wirkte er regelrecht unheimlich; mit blitzenden Augen sah er sich ständig um, als hoffe er auf Streit. Seine Lippen bewegten sich lautlos, und sogar sein weißer Schnurrbart bebte vor innerer Raserei.
»Willst du Wein, Priester?«
»Nein, Sir John, und ich glaube, Ihr habt auch genug.«
»Du kannst mich mal!«
Athelstan beugte sich vor. »Sir John, bitte, was ist los? Vielleicht kann ich helfen?«
»Kümmere dich um deinen eigenen Kram.«
Athelstan hustete und wich zurück. »Das wird ein sehr anstrengender Tag werden«, sagte er leise. »Ihr sagtet, der Bürgermeister und die Sheriffs wollten uns sprechen?«
»Sie haben mit mir gesprochen. Sie hatten keine Lust, auf dich zu warten.«
»Und was haben sie gesagt, Sir John?« fragte Athelstan unschuldig.
Der Coroner schüttelte sich und grinste Athelstan beschämt an. »Verzeih mir, Bruder«, murmelte er. »Eine schlechte Nacht ... ich habe Kopfschmerzen.«
Und eine miese Laune dazu, dachte Athelstan, hielt es aber für klüger, den Mund zu halten. Sir John würde schon noch reden. Cranston nagte an seiner Unterlippe und starrte wütend in eine

Ecke, wo eine dicke Ratte in der schmutzigen Binsenstreu an einem großen, blutigen Fettklumpen nagte. »Ist es die schwarze oder die braune Ratte, die Krankheiten überträgt?« wollte er plötzlich wissen.

Athelstan folgte seinem Blick und schüttelte sich angewidert. »Ich glaube, beide. Deshalb werde ich hier nichts essen, Sir John, und ich schlage vor, Ihr tut es auch nicht. Aber sagt mir doch, was passiert ist.«

»Im Tower hat es weiteres Blutvergießen gegeben. Sir Gerard Mowbray, der ebenfalls eine Todeswarnung bekommen hatte, ist auf der Mauer ausgerutscht und abgestürzt.«

»Und?«

»Etwa um die Zeit seines Todes wurde die große Sturmglocke des Tower geläutet, und die Garnison glaubte, der Tower werde angegriffen.«

»Aber er wurde nicht angegriffen«, sagte Athelstan. »Und bestimmt gibt es keine Spur von einem Glöckner.«

»Anscheinend nicht.«

»Was wollte denn der Bürgermeister?«

Athelstan sprang auf, als ein wilder Kater aus dem Schatten hervorschoß, die Ratte am Bein packte und das quiekende Tier in die Mitte des Raumes zerrte.

»Herrgott noch mal!« brüllte Cranston den Wirt an.

Der Bursche kam herüber, schwenkte einen Besenstiel, und der Kater flüchtete, die Beute im Maul, die hölzerne Wendeltreppe hinauf. Cranston griff nach seinem Ale-Krug, dachte an die Ratte und knallte ihn wieder auf den Tisch.

»Der Bürgermeister, mein lieber Athelstan, hatte folgendes auf dem Herzen: Sir Adam Horne, Bürger, Ratsherr und enger Freund des verstorbenen Sir Ralph, hat die Zeichnung einer dreimastigen Kogge erhalten, und dazu einen kleinen, flachen Sesamkuchen.«

»Und wo ist Horne jetzt?«

»In seinem Speicher unten an der Themse. Seine Frau hat dem Bürgermeister davon erzählt, nicht er. Die Nachricht und der Kuchen wurden ihr anonym gebracht. Sie hat beides ihrem Mann gegeben und war von seiner Reaktion schockiert. Er wurde bleich und krank wie nach einem plötzlichen Anfall.«

»Wann war das?«

»Heute vormittag. Die Frau ist sofort zu einem der Sheriffs gelaufen. Den Rest kennst du.«

»Lady Horne hat sehr schnell gehandelt.«

»Ja, auch der Bürgermeister ist mißtrauisch. Er glaubt, daß Lady Horne mehr weiß, als sie zugibt.«

Athelstan schaute zur Tür; eine Horde Hausierer mit verschrammten Umhängetabletts drängte herein und brüllte wüst nach Ale. Ein einäugiger Bettler folgte, und für einen Penny war er bereit zu tanzen. Der klapperdürre, in schmutzige Lumpen gehüllte Körper hüpfte grotesk und unter dem höhnischen Gelächter der Kesselflicker von einem Fuß auf den anderen.

»Ist es nicht merkwürdig, Sir John«, meinte Athelstan leise, »wie wir Menschen ein solches Vergnügen an der Demütigung anderer finden?«

Cranston dachte an Lady Maude, blinzelte und schaute weg.

Athelstan wurde unruhig. »Also, Sir John, befragen wir jetzt Horne oder gehen wir zum Tower?«

Cranston stand auf. »Meine Aufgabe ist es, die Ursache des Todes zu ergründen«, verkündete er großspurig. »Nicht, Botengänge für die Mächtigen der Stadt zu erledigen. Also gehen wir zum Tower. Schließlich – wie heißt es in der Schrift? *Wo der Leichnam liegt, da sammeln sich die Geier.*«

»Sir John?« Athelstan kratzte sich am Kopf. »Diese Warnung – der Sesamkuchen und das Schiff... das beunruhigt mich immer noch.«

»Was meinst du damit?« fragte Cranston schwerzüngig und schwankte gefährlich.

»Nun, Horne zum Beispiel hat den Sesamkuchen als Drohung erkannt. Aber weshalb ist diese plumpe Zeichnung von einem Schiff für ihn und die anderen so schrecklich?«
»Alle haben Angst, weil sie Lügner sind«, fauchte Cranston. »Keiner sagt die Wahrheit.« Er funkelte Athelstan unter borstigen Brauen hinweg an.
»Was ist mit Euch, Sir John?« fragte Athelstan hartnäckig. »Ich spüre doch die Wut und den Schmerz, der in Euch gärt. Ihr müßt es mir sagen.«
»Bald«, knurrte der Coroner. »Laß uns gehen.«
Sie holten ihre Pferde aus dem Stall und gingen durch die kalten, vollgestopften Straßen. Jeder Londoner schien unterwegs zu sein; die Standbesitzer versuchten, entgangene Geschäfte wettzumachen, und die Luft war schwer vom würzigen Duft aus Schenken und Küchen. Sie kamen nach Cornhill, und dann ging es vorbei an Leadenhall und Aldgate. Bei einer Menschenmenge blieben sie stehen, die sich an der Ecke von Poor Jewry um einen Redner drängte, eine erstaunliche Gestalt mit langem, strengem Gesicht; sein Kopf war völlig kahlgeschoren und der dürre Körper von Kopf bis Fuß in ein schwarzes Gewand gehüllt. Der Mann verstummte, als er Cranston erblickte, und sein Mund und Kinn strafften sich vor Wut. Der Zorn ließ seine Augen glühen, und Athelstan fühlte sich an die Gestalt Johannes des Täufers im Mummenschanz erinnert. Der Mann ließ Cranston nicht aus den Augen, holte tief Luft und reckte einen knochigen Finger in den klaren blauen Himmel.
»Weh dieser Stadt!« schnarrte er. »Weh ihren korrupten Beamten! Weh jenen, denen sie dienen, die, in Seide gekleidet, sich faul auf den Kissen lümmeln und die Bäuche mit bestem Essen und schwerstem Wein füllen! Sie werden der Wut, die da kommt, nicht entrinnen. Wie können wir essen und trinken, wenn unsere armen Brüder und Schwestern hungern? Was werden sie uns dereinst antworten?«

Cranston trat wütend nach vorn, aber Athelstan hielt ihn am Ärmel fest.
»Nicht jetzt, Sir John!«
»Wer ist das?« fauchte Cranston.
»Der Heckenpriester. John Ball. Ein großer Prediger«, flüsterte Athelstan. »Der Mann ist sehr beliebt. Dies ist weder die richtige Zeit noch der richtige Ort.«
Cranston holte tief Luft, machte auf dem Absatz kehrt und stapfte weiter. Die flammende Rede des Predigers folgte ihnen bis zum Ordenshaus der Kreuzbrüder und weiter durch eine Gasse Richtung Tower.
»Eines Tages«, knirschte Cranston, »werde ich diesen Bastard hängen sehen!«
»Sir John, was er sagt, ist die Wahrheit.«
Der Coroner drehte sich um. Alle Wut wich, und sein Gesicht und sein Körper schienen zu schrumpfen.
»Was soll ich tun, Athelstan? Wie kann ich die Armen von Kent ernähren? Vielleicht esse ich zuviel, und sicher trinke ich zuviel, aber ich strebe nach Gerechtigkeit und tue, was ich kann.« Cranstons große dicke Hände flatterten wie die Flügel eines verletzten Vogels, und Athelstan sah den Schmerz in seinen Augen.
»In drei Teufels Namen, Bruder, ich habe ja nicht einmal meinen eigenen Haushalt im Griff.«
»Lady Maude?« fragte Athelstan.
Cranston nickte. »Ich fürchte, sie hat einen anderen kennengelernt. Vielleicht einen Stutzer vom Hofe.«
Athelstan starrte ihn ungläubig an.
»Lady Maude? Niemals! Sir John, Ihr seid verrückt!«
»Wenn jemand anderes das zu mir sagte, würde ich ihn umbringen.«
»Also *ich* sage es. Lady Maude ist eine ehrbare Frau, und sie liebt Euch von Herzen. Allerdings frage ich mich manch-

mal«, knurrte er erbost, »wie sie das schafft.« Er packte den dicken Coroner beim Mantel. »Welchen Beweis habt Ihr dafür?«

»Gestern abend habe ich sie über die London Bridge aus Southwark kommen sehen, aber als ich sie fragte, wo sie war, sagte sie: Nur bis zur Cheapside.«

Athelstan war im Begriff, knapp und wütend zu antworten, aber die Worte des Coroners erinnerten ihn: Eine Woche zuvor, kurz vor dem Fest der Heiligen Jungfrau, hatte er Lady Maude in der Nähe des Gasthauses in Southwark gesehen. Er hatte es merkwürdig gefunden, dann aber vergessen. Cranstons Augen wurden schmal.

»Du weißt etwas, nicht wahr, du verfluchter Mönch?«

Athelstan wandte sich ab. »Ich bin ein Ordensbruder«, entgegnete er sanft. »Sir John, ich weiß nur, daß ich Euch und Lady Maude sehr schätze. Und ich weiß, daß sie Euch niemals betrügen würde.«

Cranston drängte an ihm vorbei. »Los!« bellte er. »Wir haben zu tun!«

Am Ende der Gasse angelangt, gingen sie den Hang hinauf und betraten den Tower durch eine Seitenpforte. Eine der Wachen nahm ihnen die Pferde ab und führte sie über das Tower Green, das jetzt knöcheltief von Schneematsch bedeckt war, zu Colebrooke, der sie niedergeschlagen erwartete.

»Wieder ein Toter« sagte er betrübt. »Sir John, ich wünschte, ich könnte sagen, Ihr seid mir willkommen.« Er schaute zum blauen Himmel hinauf, wo die Raben krächzten, und deutete in die Höhe. »Ihr kennt die Legenden, Sir John? Solange die Raben hier sind, wird der Tower nicht fallen. Und wenn sie so durchdringend krächzen, ist das immer ein Zeichen des nahenden Todes.« Colebrooke blies sich auf die Fingerspitzen. »Unglücklicherweise nimmt das Lied der Raben allmählich kein Ende mehr.«

»Wußte irgend jemand, daß Mowbray die gleiche Warnung erhalten hatte wie Sir Ralph?« fragte Cranston unvermittelt.
Colebrooke schüttelte den Kopf. »Nein. Mowbray fühlte sich unbehaglich, aber nach Sir Ralphs Tod ging es uns allen so. Er und Sir Brian zogen sich zurück. Gestern nacht machte Mowbray seinen üblichen Spaziergang oben auf der Mauer zwischen dem Salt Tower und dem Broad Arrow Tower. Dort war er, als die Sturmglocke läutete. Anscheinend hörte er den Alarm, lief los, rutschte aus und stürzte zu Tode.«
»War niemand bei ihm auf dem Wehrgang?«
»Nein. Und wenn wir die Warnung nicht in seiner Tasche gefunden hätten, hätten wir das Ganze tatsächlich für einen simplen Unfall gehalten.«
»War es rutschig dort oben?«
»Nein, selbstverständlich nicht. Sir John, Sir Ralph war äußerst streng in diesen Dingen. Sowie das Wetter sich verschlechtert, wird jede Stufe mit Sand oder Kies bestreut.«
»Und wer hat die Glocke geläutet?« fragte Athelstan.
»Das ist das Geheimnis. Kommt, ich zeig's Euch.«
Sie gingen in die Mitte des Tower Green. Der Schnee war dort fast unberührt und türmte sich um einen mächtigen Holzpfahl, an dem ein waagerechter Balken angebracht war, wie bei einem Galgen. An einem eisernen Ring hing die Sturmglocke, und vom schweren Messingklöppel baumelte ein langes Seil.
»Seht Ihr«, sagte Colebrooke und zeigte auf die Glocke, »sie wird nur geläutet, wenn der Tower direkt angegriffen wird. Die Glocke ist so aufgehängt, daß sie, wenn man das Seil auch nur berührt, pausenlos läutet.«
Sir John schaute hoch und nickte weise. »Natürlich«, sagte er. »Solch einen Mechanismus habe ich schon mal gesehen. Auch wenn die Wache verwundet ist, braucht sie die Glocke nur in Gang zu setzen, und dann schwingt und läutet sie so lange, bis sie angehalten wird.«

»Genau!« sagte Colebrooke. »Und da liegt das Geheimnis. Ich selbst habe die Glocke angehalten. Es war niemand in der Nähe.«

»Aber jemand könnte sie geläutet haben und dann weggelaufen sein«, meinte Cranston.

Colebrooke schüttelte den Kopf. »Unmöglich. Ich kam mit einer Fackel heraus und brachte die Glocke zur Ruhe, aber als ich den Schnee untersuchte, fand ich weit und breit keine Fußspuren.«

»Wie?« fragte Cranston. »Überhaupt keine?«

»Keine einzige, Sir John.« Colebrooke deutete auf den Schneeteppich ringsum. »Weil diese Glocke so wichtig ist«, erklärte er, »darf niemand ihr nahe kommen. Sogar wenn die Soldaten betrunken sind, halten sie Abstand, damit sie nicht dagegen stolpern und die Glocke in Gang setzen.«

»Und es fand sich auch sonst nichts?«

»Nichts. Nur die Klauenspuren der Raben.«

»Aber das kann nicht sein«, meinte Athelstan.

Colebrooke seufzte. »Da bin ich ganz Eurer Meinung, Pater. Und die Sache wird noch geheimnisvoller, weil die Wachen, die rund um die Wiese patrouillierten, niemanden gesehen haben, der in die Nähe der Glocke gekommen wäre. Und es wurden keine Fußspuren gefunden.« Colebrooke wandte sich ab und spuckte aus. »Zeit zum Sterben«, klagte er. »Das Lied der Raben ist das einzige, das wir hören.«

»Und wo waren alle?« fragte Cranston.

»Oh, Mistress Philippa hatte uns alle zum Abendessen in den Beauchamp Tower eingeladen.«

»Alle?« wiederholte Athelstan.

»Na ja, die beiden Hospitaliter hatten abgesagt. Rastani ist nicht gekommen, und ich war nicht ständig da, weil ich meinen Rundgang machen mußte. Ich war gerade wieder zu Mistress Philippas Gesellschaft zurückgekehrt, als die Glocke losging.«

»Und Ihr habt niemanden entdeckt?« Cranston blieb beharrlich.

»Niemanden«, bekräftigte Colebrooke. »Jetzt wird es den Soldaten unbehaglich. Sie führen düstere Reden von Dämonen und Gespenstern, und der Tower ist keine beliebte Garnison. Ihr kennt ja Soldaten, Sir John; sie sind schlimmer als Seeleute. Sie erzählen sich jetzt die alten Geschichten von der uralten Opferstätte, auf deren Überresten der Tower angeblich steht. Vom Blut, das in den Mörtel gemischt sei, und von den Leichen in den Fundamenten.«

»Unsinn!« knurrte Cranston. »Was meinst du, Bruder?«

Athelstan zuckte die Achseln. »Der Lieutenant hat vielleicht recht, Sir John. Es gibt mehr Mächte zwischen Himmel und Erde, als wir kennen.«

»Du glaubst also den Unsinn von den Gespenstern?«

»Natürlich nicht. Aber der Tower ist ein blutiger Ort. Männer und Frauen sind hier eines schrecklichen Todes gestorben.«

Athelstan schaute sich um und schauderte trotz des strahlenden Sonnenscheins.

»Die Angst ist das eigentliche Gespenst«, fuhr er dann fort. »Sie saugt uns die Harmonie aus dem Herzen und verstört unsere Seele. Sie schafft eine Atmosphäre der Gefahr, der unheimlichen Bedrohung. Unser Mörder ist höchst geschickt und intelligent. Er erreicht genau das, was er will.«

»Wer hat den Toten gefunden?« fragte Cranston.

»Fitzormonde. Als die Glocke läutete, rannte alles umher und kontrollierte Türen und Tore. Fitzormonde suchte Mowbray und fand die Leiche.«

»Wir werden uns den Wehrgang ansehen«, sagte Athelstan. »Master Lieutenant, ich wäre Euch dankbar, wenn Ihr alle in Mistress Philippas Gemächern versammeln könntet. Übermittelt der Lady meine Entschuldigung und meine Bitte um Nachsicht, aber es ist wichtig, daß wir uns dort treffen, wo Ihr gestern abend wart, als die Sturmglocke läutete.«

Cranston und Athelstan sahen Colebrooke nach.

»Glaubst du, da ist ein Zusammenhang?« fragte Cranston.
»Wo?«
»Zwischen der Sturmglocke und Mowbrays Absturz.«
»Selbstverständlich, Sir John.« Athelstan zog ihn am Ärmel, und sie gingen über den menschenleeren Innenhof zu der Treppe, die zum Wehrgang hinaufführte. Dort blieben sie stehen und schauten an der Festungsmauer hinauf.
»Ein furchtbarer Sturz«, murmelte Athelstan.
»Du sagst, da ist ein Zusammenhang«, drängte Cranston gereizt, »zwischen der Sturmglocke und Mowbrays Absturz.«
»Nur eine Hypothese, Sir John. Mowbray ging oben auf der Mauer spazieren. Wie viele alte Soldaten war er gern allein, um nachzudenken. Da steht er nun und schaut in die Dunkelheit. Er hat Warnungen erhalten: Sein Tod soll unmittelbar bevorstehen. Er ist versunken in Gedanken, Befürchtungen, Ängsten. Plötzlich gellt die Sturmglocke; also wird die größte Festung des Königreiches angegriffen.« Athelstan schaute Sir John in die traurigen Augen. »Was hättet Ihr getan – an Mowbrays Stelle? Schließlich, Sir John«, fügte er verschmitzt hinzu, »seid auch Ihr ein Kriegsmann, ein Soldat.«
Cranston schob die Biberfellmütze in den Nacken, kratzte sich den fast kahlen Schädel und schürzte die Lippen wie Alexander der Große persönlich. »Ich würde losrennen, um herauszukriegen, was dahintersteckt«, antwortete er dann nachdenklich. »Ja, das würde ich tun.« Er sah Athelstan an. »Natürlich, Mowbray wird das gleiche getan haben. Aber was ist dann passiert? Ist er ausgerutscht? Oder wurde er gestoßen?«
»Ich glaube nicht, daß er ausgerutscht ist. Mowbray dürfte zu vorsichtig gewesen sein. Und ich bezweifle, daß er sich von irgend jemandem dort kampflos hätte herunterstürzen lassen.«
»Also wie dann?«
»Ich weiß es nicht, Sir John. Laßt uns zunächst die Tatsachen sichten.«

Sie wollten gerade die Treppe hinaufsteigen, als plötzlich eine Stimme sang: »Guten Morgen, meine Freunde!« Rothand sprang, von seinen bunten Lumpen umflattert, durch den Matsch auf sie zu. »Guten Morgen, Master Coroner. Guten Morgen, Sir Pfaffe! Mögt Ihr den alten Rothand?«
Athelstan sah das Huhn in seiner Hand zappeln. Der arme Vogel kreischte und flatterte, und seine Krallen schlugen gegen Rothands Bauch und zerrissen seine Lumpen noch mehr, aber Rothand hielt ihn fest bei der Kehle.
»Wieder ist der Tod gekommen!« sang er, und in seinen hellblauen Augen funkelte grausame Freude. »Der alte Rote Schlächter ist zurückgekommen, und noch mehr Menschen werden sterben. Wartet's nur ab. Der Tod kommt, schnapp, gerade so!«
Und ehe Athelstan und Cranston etwas tun konnten, biß der Verrückte in den Hühnerhals und riß die Gurgel heraus. Der Vogel krächzte noch einmal, zappelte und erschlaffte dann. Rothand starrte sie an, und sein Mund war voller Blut, Schleim und Federn.
»Tod! Tod! Tod!« sang er.
»Verschwinde!« kläffte Cranston. »Hau ab, du kleiner Scheißer!«
Rothand drehte sich um und rannte davon; das Blut des getöteten Huhns spritzte in den Schneematsch. Cranston sah ihm nach, bis er hinter einer Mauer verschwunden war.
»In meiner Abhandlung, Bruder«, sagte er leise, »werde ich Häuser für solche Menschen vorschlagen. Allerdings frage ich mich ...«
»Was, Sir John?«
»Nun, ich frage mich, ob Rothand so verrückt ist, wie er tut.«
Athelstan zuckte die Achseln. »Wer könnte entscheiden, wer verrückt ist, Sir John? Vielleicht hält Rothand sich für den einzigen vernünftigen Menschen hier.«
Athelstan ging voran, die steile Treppe hinauf. Sir John folgte

ihm schnaufend und finstere Flüche murmelnd. Der Wind peitschte ihre Gesichter. Auf halber Höhe blieb Athelstan stehen, bückte sich und hob eine Handvoll des mit Kies gemischten Sandes hoch, der jede Treppenstufe bedeckte.

»Niemand würde hier ausrutschen, Sir John.«

»Außer, er wäre betrunken oder unvorsichtig«, erwiderte Cranston.

»Aye, Sir John. Und ein nüchterner Soldat ist in der Tat eine Seltenheit.«

»Aye, Mönchlein, eine große Seltenheit, aber nicht so selten wie ein heiliger Priester.«

Athelstan grinste und ging weiter bis zur Brustwehr hinauf. Der Wehrgang war etwa anderthalb Schritt breit und ebenso sorgfältig wie die Treppe mit Sand und Kies bestreut. Die beiden lehnten sich an die Brüstung. Schwer atmend spähte Cranston hinunter und beobachtete neugierig die Gestalten, die dort wie schwarze Ameisen den diversen Geschäften einer Garnison nachgingen. Dann schaute er hinauf in den blauen Himmel; zarte Wolkenschleier strahlten in der kräftigen Mittagssonne. Dem Coroner war plötzlich ziemlich schwindlig, und er verfluchte sich insgeheim, weil er so viel getrunken hatte.

»Das Alter«, murmelte er.

»Wie bitte?«

»*In media vitae sumus in morte*«, sagte Cranston. »Mitten im Leben sind wir vom Tod umfangen, Bruder. Ich fühle mich hier oben nicht allzu sicher. Damals in Frankreich, als ich jünger, aber noch nicht so weise war wie heute, habe ich einen solchen Wehrgang gegen die Besten gehalten, die die Franzosen uns heraufschickten.« Cranston fühlte, wie ihn Selbstmitleid durchströmte. Ob auch Maude ihn alt fand? Sir John holte tief Luft und bemühte sich, Wut und Angst, die ihn durchzuckten, zu unterdrücken. »Geh du weiter, Athelstan«, brummte er. »Sichte deine verfluchten Tatsachen.«

»Bleibt hier, Sir John«, sagte Athelstan leise, und ließ mutlos den Blick über den Kiessand wandern. »Vermutlich sind seit Mowbrays Absturz so viele hier oben gewesen, daß wir gar nichts mehr finden werden.«
Mit vorsichtigen Schritten ging Athelstan an der von Schießscharten unterbrochenen Mauer entlang. Er ging langsam und wagte nicht, in den Abgrund zu seiner Rechten hinunterzuschauen. Immer mehr spürte er die Kälte, den schneidenden Wind und ein gespenstisches Gefühl von Einsamkeit.
Der Wehrgang erstreckte sich zwischen zwei Türmen. In der Nähe des Salt Tower sah er, daß der kiesbestreute Schneematsch aufgewühlt war. Hier hatte wohl jemand längere Zeit gestanden. Athelstan untersuchte die Stelle gründlich.
»Was hast du gefunden, Bruder?« brüllte Cranston.
Athelstan kam vorsichtig zurück.
»Mowbray stand dort, wo ich gerade stehengeblieben bin. So, Sir John – wenn Ihr jetzt vorausgehen möchtet …«
Cranston ging zurück, und Athelstan folgte ihm.
»Weiter, Sir John. Bleibt auf der obersten Stufe stehen.«
Cranston gehorchte mit geschlossenen Augen, denn ihm ging es inzwischen gar nicht gut.
»Was ist, Bruder?« ächzte er.
Athelstan hockte sich nieder und betrachtete aufmerksam den verstreuten Kiessand. »Ich vermute, hier ist Mowbray gefallen«, sagte er. »Aber warum? Und wie?« Er untersuchte die Schießscharten, durch die die Bogenschützen die Mauer verteidigen würden. »Seltsam«, murmelte er. »Da ist eine frische Kerbe in der Mauer, als hätte jemand mit der Axt dagegengeschlagen. Und seht nur, Sir John …« Er hob ein paar Holzsplitter auf. »Die sind frisch.«
Cranston öffnete die Augen. »Ja, Bruder, aber was bedeutet das?«
»Ich weiß es nicht, aber es sieht aus, als hätte jemand eine Axt

mit solcher Wucht gegen die Mauer geschlagen, daß der Stein abgesplittert und der Holzstiel zerbrochen ist.«

Cranston schüttelte ungläubig den Kopf.

»Ich weiß nicht«, sagte Athelstan. »Ich sehe keinen Zusammenhang zwischen Mowbrays Sturz und diesen Spuren.« Der Dominikaner warf einen mißtrauischen Blick auf Cranstons weißes, eingefallenes Gesicht, die trüben, roten Augen und bemerkte sein gefährliches Schwanken auf der obersten Treppenstufe. »Kommt, Sir John«, sagte er sanft, »hier sind wir fertig, und die Leute erwarten uns.«

Vorsichtig stiegen sie hinunter. Unten angekommen, war es Cranston gleich wohler, und er drehte sich um und strahlte Athelstan an.

»Gott sei Dank!« dröhnte er. »So was geschieht nicht jeden Tag, was, Bruder?«

Gott sei Dank hast du auch nicht jeden Tag eine solche Laune, dachte Athelstan und sah sich um. In der Garnison herrschte reges Treiben. Soldaten in halbangelegter Rüstung räkelten sich auf den Bänken; trotz der Kälte wollten sie die Sonne genießen. Einige würfelten, andere teilten sich einen Weinschlauch. Ein Küchenjunge lief mit einem Korb voll frischgekochtem Fleisch über den Platz zu einer der Küchen, wo es geräuchert, gewürzt, gepökelt und für den Winter eingelagert werden sollte. Hammerschläge hallten aus der Schmiede wie eine Glocke. Irgendwo weinte ein Kind, Sohn oder Tochter eines Soldaten. Im Außenhof befahl ein Offizier brüllend, ein Tor zu ölen. Ein Hund bellte, und aus einer der Küchen drang Gelächter. Athelstan lächelte und entspannte sich.

Man durfte die kleinen Dinge des Lebens nicht vergessen, ermahnte er sich, denn sie hielten einen bei Verstand. Er hakte sich bei Sir John unter; sie schlenderten vorsichtig durch den schmutzigen Matsch und nahmen sich in acht vor noch nicht aufgetauten Stellen.

Ein Wächter führte sie in den Beauchamp Tower und in Mistress Philippas Gemach im ersten Stock. Es war ein geräumiges Zimmer mit großem Erkerfenster, das zum Tower Green hinausging. Die Fensterbänke waren mit gesteppten Polstern geschmückt und die Fenster bunt verglast. Schon beim Eintreten spürte Athelstan, daß dies das Zimmer einer Frau war. Handgewebte Gobelins hingen an den Wänden; einer zeigte eine goldene Schlange im Kampf mit einem silbernen Drachen. Auf einem zweiten lächelte das Jesuskind mit ausgestreckten Armen in seiner Krippe in Bethlehem, und die Mutter Gottes stand in goldenem Kleid und einem Mantel von tiefem Himmelblau daneben. Die Backsteine waren abwechselnd weiß und rot angemalt. In großen Schränken, deren Türen halb offen standen, sah man Gewänder, Kleider, Umhänge und Kapuzenmäntel in verschiedenen Farben und Stoffen. Ein kleines Kiefernholzfeuer flackerte im Kamin. In einer Ecke stand ein Spinnrad, die Fäden straff gespannt. In der anderen war das Bett, durch einen Vorhang abgeschirmt. Ein großer, blankpolierter Tisch stand mitten im Zimmer; darauf waren Wärmpfannen mit glühender Holzkohle, Kräutern und Gewürzen verteilt. Ihr Duft erinnerte Athelstan an einen frischen Frühlingsmorgen auf dem Bauernhof seiner Eltern in Sussex. Er sah auch die Tür am anderen Ende des Raumes, die hinter einem dicken roten Teppich fast verborgen war. Athelstan grinste und zwinkerte Sir John zu.
»Eine Kemenate, Mylord Coroner«, flüsterte er.
Cranston grinste, dachte aber dann an Lady Maude, und sein Gesicht wurde lang.
Mistress Philippa erhob sich, als sie eintraten. In ihrem Temperament erinnerte sie Athelstan an Benedicta, allerdings nicht im Aussehen; sie zeigte die gleiche Fassung, und er hatte den stählernen Ausdruck in ihrem Blick bemerkt. War Philippa stark und skrupellos genug, um einen Mord zu begehen?
Die anderen waren bereits versammelt; sie plauderten leise

miteinander wie Leute, die den Schein zu wahren suchten, obwohl ihre Anspannung fühlbar war. Als Cranston schwerfällig durch den Raum schwankte, brach das Gespräch abrupt ab. Entweder Philippa oder die feminine Atmosphäre ihres Gemaches erinnerten Cranston an Lady Maude; jedenfalls benahm er sich dem Mädchen gegenüber plötzlich sehr streitsüchtig.
»Noch so ein verdammter Mord!« donnerte er. »Was nun, he?«
Geoffrey Parchmeiner, Philippas Verlobter, erhob sich und kam herüber. Er sah ängstlich aus, blasser und auch nüchterner als beim letzten Mal, da Athelstan ihn gesehen hatte.
»Ein Mord, Mylord Coroner?« stammelte er. »Wie könnt Ihr das beweisen? Ihr kommt hier hereinstolziert – in das Gemach meiner Dame – und schreit Verdächtigungen heraus, zeigt uns aber keinen Beweis. Wie sollen wir das verstehen?«
Athelstan sah sich um. Sir Fulke wirkte bedrückt und hing zusammengesunken auf seinem Stuhl. Der Kaplan hockte auf einem Schemel am Kamin, starrte in die Flammen und rang die Hände, während Rastani, der stumme, dunkle Diener, mit dem Rücken an der Wand saß, als sollten die Steine sich auftun und ihn verschlucken. Fitzormonde, der andere Hospitaliter, stand mit gefalteten Händen am Fenster und starrte zu Boden, als habe er Cranston noch gar nicht bemerkt. Colebrooke wirkte verlegen, tappte mit dem Fuß auf den Boden und pfiff lautlos vor sich hin.
»Mein Verlobter hat Euch etwas gefragt«, bekräftigte Philippa. »Woher wißt Ihr, daß der Ritter ermordet wurde? Und wieso interessiert Euch das, Sir Coroner? Auch mein Vater wurde ermordet – und seid Ihr dem Mörder inzwischen etwa auf die Spur gekommen?«
»Der Mord an Eurem Vater wird gesühnt werden«, blaffte Cranston. »Was Mowbray betrifft, so hatte er das verfluchte Pergament und einen zerbrochenen Sesamkuchen bei sich. Welchen Beweis braucht Ihr noch?«

Philippa schaute ihn kühl an.
»Nun«, brüllte Cranston, »jetzt habe ich Eure blöde Frage beantwortet!«
»Sir John«, erwiderte sie eisig, »mäßigt Euch. Mein Vater« – fast brach ihr die Stimme – »liegt aufgebahrt im Sarg in der Kapelle St. Peter ad Vincula. Ich, seine Tochter, trauere und verlange Gerechtigkeit, bekomme aber nichts außer der anstößigen Sprache der Gassen und Gossen von Southwark. Sir, ich bin eine Lady.«
Cranstons Augen wurden schmal und böse.
»Na und?« versetzte er, bevor Athelstan sich einschalten konnte. »Zeigt mir eine Lady, und ich zeige Euch eine Hure!«
Das Mädchen schnappte nach Luft. Ihr Verlobter sprang auf, und seine Hand griff nach dem Messer an seinem Gürtel, aber Cranston schenkte ihm nur einen verächtlichen Blick. Athelstan sah eine schnelle Bewegung des Hospitaliters und bemerkte mit Erschrecken, daß der Ritter einen seiner Handschuhe umklammerte.
Guter Gott! dachte der Ordensbruder, nicht hier, nicht jetzt! Das letzte, was Sir John gebrauchen kann, ist eine Forderung zum Duell!
»Sir John!« rief er. »Mistress Philippa hat recht. Ihr seid der Coroner des Königs. Sie ist eine Lady von hohem Stand, die ihren Vater verloren hat und nun erleben muß, daß einen seiner Freunde ein ähnlich schrecklicher Tod ereilt.« Er packte den Coroner beim Arm und drehte ihn zu sich; dabei behielt er den Hospitaliter, der jetzt hinter ihnen stand, im Auge.
»Sir John, reißt Euch zusammen, bitte«, sagte er leise. »Um meinetwillen.«
Cranston starrte ihn aus rotgeränderten Augen an. Er erinnerte den Bruder an den großen, zottigen Bären, der unten im Hof hockte. Der Priester berührte sanft Cranstons Hand.

»Sir John«, flüsterte er. »Bitte. Ihr seid ein Gentleman und ein Ritter.«
Der Coroner schloß die Augen, holte tief Luft, öffnete sie wieder und grinste.
»Wenn du da bist, Mönch«, knurrte er, »brauche ich kein verdammtes Gewissen.« Er wandte sich Philippa zu. »Mylady«, sagte er, »bevor Sir Brian oder Sir Fulke« – er warf einen verächtlichen Blick auf den Onkel des Mädchens, der immer noch zusammengesunken auf seinem Stuhl hockte – »mich zum Duell fordern, bitte ich überschwenglich um Vergebung.« Er schenkte ihr ein strahlendes Lächeln. »Es gibt alte Männer, Mistress, und es gibt Trottel. Aber es gibt nichts Schlimmeres als einen alten Trottel.« Er griff nach der nicht widerstrebenden Hand des Mädchens und küßte sie auf eine Weise, um die ihn der professionellste Höfling beneidet hätte.
»Ich war äußerst unhöflich«, dröhnte er. »Ihr müßt mir verzeihen, zumal jetzt, da der Leichnam Eures Vaters noch nicht unter der Erde ist.«

7. Kapitel

Die Atmosphäre im Raum entspannte sich. Athelstan schloß die Augen. Guter Gott, betete er, ich danke Dir! Der Hospitaliter war drauf und dran gewesen, Sir John mit dem Handschuh zu schlagen, und dann – Athelstan kannte Cranston – wäre es zu einem Duell *à outrance* gekommen – bis zum Tode. Mistress Philippa lächelte und trat ins Licht, und Athelstan begriff, wie rüpelhaft Cranston sich aufgeführt hatte.
Das Mädchen war kreidebleich, ihre Augen rotgerändert und

von tiefen Schatten umgeben. Aber sie spürte, daß Cranston sie nicht absichtlich beleidigt hatte; sie beugte sich vor und küßte ihn zart auf die Wange. Dies vergrößerte nur die Bestürzung des Coroners; er schlug die Augen nieder und scharrte mit den Füßen wie ein unbeholfener Schuljunge. Philippa ging zu einem Tablett mit Bechern, füllte zwei und brachte sie herüber. Einen gab sie Athelstan, den anderen drückte sie Sir John in die große Pranke. Der Coroner betrachtete lächelnd den Wein, hob den Becher und stürzte ihn in einem Zug herunter. Schmatzend zwinkerte er dem Mädchen zu und hielt ihr den Becher hin, damit sie nachschenken könnte. Philippa gehorchte lächelnd, und Athelstan stöhnte. Er wußte nicht, was schlimmer war – Cranston, wenn er schmollte, oder Cranston, wenn er betrunken war.

Sir John nahm den Becher, ging zum Fenster und schaute hinaus auf den Schnee, der in der Sonne glitzerte. Die anderen rührten sich kaum, als seien sie ganz fasziniert von dem, was der Coroner sagte und tat. Sie beobachteten ihn so aufmerksam, wie Schüler ihren gefürchteten Lehrer im Auge behalten. Cranston betrachtete den Schimmer der Sonnenstrahlen auf der großen Sturmglocke und drehte sich dann unvermittelt um.

»Mowbray«, verkündete er, »ist ermordet worden. Zumindest glaube ich das. Er hat die gleiche Botschaft erhalten wie Sir Ralph. Ich glaube, er ist auf die Mauer hinaufgestiegen, und die Sturmglocke ist geläutet worden, damit er rannte. Ich habe den Wehrgang äußerst gründlich untersucht ...«

Athelstan mußte daran denken, wie Cranston kraftlos an der Brustwehr gelehnt hatte, und verbarg sein Lächeln.

»Ich habe den Wehrgang äußerst gründlich untersucht«, wiederholte Cranston und funkelte Athelstan wütend an. »Mowbray ist nicht aus Versehen ausgerutscht. Dort oben liegt eine zolldicke Schicht aus Sand und Kies. Nein – jemand hat den Absturz geplant.«

»Hat Mowbray getrunken?« fragte Athelstan.
Cranston sah den anderen Hospitaliter an. Sir Brian schüttelte den Kopf.
»Er war ein erfahrener Soldat«, sagte der Ritter. »Er hätte auf einem solchen Wehrgang blind durch einen Schneesturm laufen können.«
»Was ist eigentlich gestern abend geschehen?« fragte Cranston. »Ich meine, bevor Mowbray abstürzte?«
Sir Fulke ergriff das Wort. Er lächelte. »Mistress Philippa hatte uns zum Abendessen eingeladen. Wir waren alle hier.«
»Ich nicht!« fauchte Fitzormonde. »Ich war in meiner Kammer und habe darauf gewartet, daß der arme Mowbray zurückkam.«
»Und Rastani natürlich auch nicht«, stotterte der Kaplan und wand sich auf seinem Schemel.
»Ja«, knurrte Fitzormonde. »Der Morisco war auch nicht hier.«
Athelstan stand auf und hockte sich vor Rastani auf den Boden. Er schaute ihm in das stumme, angstvolle Gesicht.
»Mylady Philippa«, bat er über die Schulter, »ich möchte mit Rastani sprechen. Allerdings vermute ich, daß er weiß, was ich ihn fragen werde.«
»Ich weiß es auch!« schrie Sir Fulke. »Ich werde für ihn antworten.«
»Nein, Sir, das werdet Ihr nicht!« herrschte Cranston ihn an.
Athelstan berührte Rastanis Hand. Sie war kalt wie Eis. Der Ordensbruder schaute in ein Paar feuchte schwarze Augen. Der Mann hatte große Angst, aber wovor? Vor der Entdeckung? Vor der Enttarnung?
»Wo warst du, Rastani?« fragte er.
Neben ihm machte Philippa seltsame Gebärden mit den Fingern, und Rastani antwortete in derselben Zeichensprache.
»Er sagt, er hat schrecklich gefroren«, übersetzte Philippa. »Er ist im alten Gemach meines Vaten im White Tower geblieben.«
»Er ist leichtfüßig wie eine Katze«, bemerkte Cranston. »Er

könnte in der Festung umherschleichen, ohne daß irgend jemand ihn bemerken würde.«
»Was wollt Ihr damit andeuten, Sir John?« fragte Philippa.
»Rastani könnte die Glocke geläutet haben.«
»Wie, um alles in der Welt, hätte er das tun können, ohne Fußabdrücke zu hinterlassen?« höhntc Geoffrey und trat neben Philippa.
Cranston lächelte. »Mit einem Schneeball.«
Colebrooke schnaubte. »Ich habe Euch doch schon gesagt, Sir John, daß der Platz rings um die Glocke von Wachen einzusehen war. Und ihnen ist niemand aufgefallen.«
Cranston schniefte geräuschvoll und schaute sehnsüchtig auf seinen inzwischen geleerten Weinbecher.
»Bevor Ihr fortfahrt«, meinte Fitzormonde, »und darüber spekuliert, wo ich denn wohl gewesen sein könnte, darf ich Euch sagen, daß ich in meiner Kammer war und mich dort niemand gesehen hat.« Er funkelte Cranston erbost an. »Aber ich bin Priester, Ritter und Gentleman. Ich bin kein Lügner.«
»Und warum seid Ihr dort geblieben, Sir Brian?« fragte Athelstan taktvoll.
Sir Brian zuckte die Achseln. »Weil ich Angst hatte. Auch ich habe einen Todesbrief erhalten.« Er zog ein Pergament unter seinem Mantel hervor. Cranston riß es ihm fast aus der Hand. Der Hospitaliter hatte recht. Es war die gleiche Zeichnung, die auch Sir Ralph Whitton und Mowbray bekommen hatten: ein grob gezeichnetes Schiff unter vollen Segeln und in jeder Ecke des Pergaments ein schwarzes Kreuz.
»Der Sesamkuchen war auch dabei«, murmelte Fitzormonde. »Aber ich habe ihn weggeworfen.«
»Als Mowbray gestürzt war«, fragte Cranston plötzlich, »hat da noch jemand den Wehrgang inspiziert?«
»Ja – Fitzormonde, Colebrooke und ich«, bekannte Sir Fulke. »Als die Alarmglocke läutete, rannten wir alle aus dem Zimmer.

Der Hospitaliter war bei uns, als Mowbrays Leiche gefunden wurde. Unser junger Galan dort« – er deutete verächtlich auf Geoffrey – »wurde gebeten, uns auf die Mauer zu begleiten, aber es ist allgemein bekannt, daß er unter Höhenangst leidet.«
Geoffrey errötete verlegen und wandte den Blick ab.
»Onkel!« murrte Philippa. »Das ist nicht fair.«
»Unfair ist«, unterbrach Cranston, »daß wir so wenig über den gestrigen Abend wissen. Mistress Philippa, um welche Zeit haben Eure Gäste sich versammelt?«
»Gleich nach der Vesper, gegen acht Uhr.«
»Und alle, außer Rastani und dem Hospitaliter, sind gekommen?«
»Ja, ganz recht.«
Cranston wandte sich an den Hospitaliter. »Und Ihr wart wo?«
»In meiner Kammer.«
»Und Mowbray?«
»Auf dem Wehrgang.«
»Das heißt also«, sagte Cranston und tat einen tiefen Seufzer, »während Mowbray auf der Mauer brütete, waren alle anderen bis auf Fitzormonde hier.«
»Ja.«
»Und wieviel später hat die Glocke geläutet?«
»Ungefähr zwei, drei Stunden.«
»Und inzwischen ist niemand weggewesen?«
»Nur Colebrooke, weil er seine Runden machen mußte, und andere, wenn sie einen gewissen Ort aufsuchen mußten – aber der liegt gleich hier am Gang.« Das Mädchen lächelte matt. »Wir haben alle viel getrunken.«
Athelstan hob die Hand. »Das soll uns jetzt nicht interessieren.« Er nahm Cranston das Pergament aus der Hand, ging zu dem Hospitaliter und hielt ihm die Zeichnung unter die Nase. »Sir Brian, was hat das zu bedeuten?«
Der Ritter wandte den Kopf ab.

»Sir Brian Fitzormonde«, wiederholte Athelstan. »Ihr werdet bald vor dem Richterstuhl Gottes erscheinen. Bei Euerm Gelübde als Ritter frage ich Euch, was hat dieses Pergament zu bedeuten?«
Der Hospitaliter blickte auf. Die rotgeränderten Augen in dem blassen, ernsten Gesicht gaben Athelstan das Gefühl, einen Mann vor sich zu sehen, der bereits von den großen schwarzen Schwingen des Todes überschattet wurde. Der Bruder beugte sich vor, bis er die feinen roten Adern in den Augen des Ritters und in der staubiggrauen, fahlen Wangenhaut sehen konnte. Fitzormonde war wahrscheinlich ein mutiger Mann, aber Athelstan konnte den Gestank der Angst, der von ihm ausging, fast schmecken.
»Bei Euerm Gelübde vor Jesus«, flüsterte Athelstan. »Sagt die Wahrheit.«
Sir Brian hob den Kopf und flüsterte Athelstan etwas ins Ohr. Der Dominikaner wich überrascht zurück, nickte aber.
»Was hat er gesagt?« wollte Cranston wissen.
»Später, Sir John.« Athelstan wandte sich den anderen zu. »Was ist gestern abend hier vorgegangen?« Er lenkte die Befragung in eine andere Richtung.
Sir Fulke, dessen Miene jetzt die gewohnte falsche Leutseligkeit ausstrahlte, beugte sich vor. »Meine Nichte wollte sich bedanken, weil wir nach Sir Ralphs Tod so gütig zu ihr waren. Wir haben wie Freunde zusammengesessen und gegessen, von alten Zeiten geplaudert und von dem, was in Zukunft geschehen mag.«
»Und niemand hat den Raum verlassen?«
»Erst als die Glocke läutete.«
»Nein, Sir Fulke«, unterbrach Geoffrey. »Bedenkt, Ihr habt viel getrunken.« Er lächelte unaufrichtig. »Vielleicht zuviel, um Euch noch zu erinnern. Der Priester ist gegangen.« Geoffrey deutete auf den Kaplan, William Hammond, der auf seinem

Schemel vor dem Feuer hockte wie eine Krähe. »Erinnert Ihr Euch, Kaplan? Ihr seid verschwunden.«
»Ja. Ich bin in mein Zimmer gegangen«, gab der Kaplan zu. »Ich hatte dort noch Wein.« Er warf Geoffrey und Colebrooke bösartige Blicke zu. »Ein Mitglied meiner Gemeinde hat ihn mir geschenkt. Er stammt nicht aus der Vorratskammer des Tower, wenn Ihr das denkt.« Er zuckte die Achseln. »Ja, ich hatte zuviel getrunken, war nicht mehr sicher auf den Beinen und brauchte eine Weile für den Rückweg. Ich wollte gerade den Beauchamp Tower betreten, als die Glocke zu läuten begann.«
»Und dann?« fragte Athelstan. Er sah Colebrooke an und merkte plötzlich, daß der Lieutenant seine eigenen Unternehmungen kaum erwähnt hatte. »Nun, Lieutenant? Was geschah dann?«
»Nun, die Glocke läutete. Ich und die anderen verließen Mistress Philippa. Die Garnison wurde in Alarmzustand versetzt, alle Tore wurden kontrolliert. Dann verstreuten wir uns und versuchten festzustellen, was passiert war. Fitzormonde entdeckte Mowbrays Leiche, wir kamen dazu, und dann erschien auch Master Parchmeiner. Wir untersuchten den Toten, und ich stieg auf den Wehrgang.«
»Und?« bellte Cranston.
»Ich habe nichts gefunden. Aber das Läuten der Alarmglocke beunruhigte uns mehr.«
»Von dem, der sie geläutet hatte, habt Ihr keine Spur gefunden?« fragte Athelstan.
»Nein. Das habe ich Euch doch schon gesagt.«
Athelstan schaute mutlos in die Runde. Wie konnte eine Glocke läuten, ohne daß jemand erkennbar am Seil zog? Ohne daß überhaupt in der Nähe der Glocke eine Spur gefunden wurde? Was war geschehen? Und wie konnte der Glöckner unbemerkt quer durch den Tower laufen und Mowbrays Sturz arrangieren? Athelstan holte tief Luft.
»Wo ist Mowbrays Leiche jetzt?«

»Sie ist bereits ins Leichentuch gewickelt«, sagte Philippa. »Aufgebahrt im Sarg vor dem Chorgitter.«
»Und ich werde ihm dort Gesellschaft leisten«, murmelte Fitzormonde. Er blickte auf und lächelte matt. »O ja, ich trage das Zeichen des Todes.«
Der Satz schwebte in der Luft wie ein Pfeil.
Als ein lautes Schnarchen von Cranston das Schweigen brach, fuhr Athelstan herum. Er hörte Geoffrey kichern, und sogar die bleiche Philippa lächelte. Der Kaplan grinste säuerlich, und Sir Fulke prustete vor Lachen.
»Sir John hat zahlreiche kräfteraubende Probleme«, erklärte Athelstan. »Mistress Philippa, dürfen wir für eine Weile Eure Gäste sein?« Er sah Colebrooke an. »Master Lieutenant, ich muß mit Sir Brian reden. Gibt es hier ein Zimmer, in dem wir ungestört sind?«
Philippa deutete auf die Tür am anderen Ende des Raumes. »Am Ende des Korridors ist ein kleines Kämmerchen.« Sie errötete. »Gleich hinter dem Abtritt. Dort wird es warm sein. Ich habe heute morgen ein Kohlebecken hineinstellen lassen.«
Athelstan verneigte sich, lächelte den anderen schmallippig zu, warf einen verzweifelten Blick auf den schnarchenden Cranston und ging mit Sir Brian hinaus. Zur Linken lag, hinter einem Vorhang an einer Eisenstange, der Abtritt. Athelstan zog den Vorhang beiseite und rümpfte die Nase ob des Geruchs. Es war ein einfacher Abort – eine kleine Nische mit einem Latrinensitz unter einem kleinen, offenen Fenster, das auf das Tower Green hinausging.
»Der Abfluß geht in den Wassergraben«, sagte Sir Brian leise.
Athelstan nickte, ließ den Vorhang fallen und ging weiter. In der Kammer am Ende des Ganges duftete es besser, und sauberer war es auch. Die Wände waren gekalkt, die Fenster fest geschlossen. Athelstan setzte sich auf einen Schemel und deutete auf eine Bank an der Wand.

»Setzt Euch, Sir Brian. Und jetzt sagt, was Ihr wollt.«
Sir Brian fiel plötzlich vor Athelstan auf die Knie und machte ein Kreuzzeichen. Athelstan schaute sich verzagt um. Er ahnte, was kommen würde.
»Segne mich, Vater«, murmelte Fitzormonde, »denn ich habe gesündigt. Und dies ist meine Beichte.«
Athelstan lehnte sich zurück, und die Beine des Schemels scharrten auf dem Steinboden. »Das geht nicht!« flüsterte er. »Sir Brian, Ihr habt mich hereingelegt. Was immer Ihr mir jetzt sagt, fällt unter das Beichtgeheimnis.«
»Das weiß ich«, zischte Fitzormonde. »Aber meine Seele steckt tief in schwärzester Sünde.«
Athelstan schüttelte den Kopf und wollte aufstehen. »Das geht nicht«, wiederholte er. »Was Ihr mir beichten wollt, darf ich nur auf Befehl des Heiligen Vaters, des Papstes in Avignon, offenbaren. Sir Brian, das ist äußerst unfair. Warum solche Tricks?«
Fitzormonde blickte auf, und seine Augen schimmerten feucht. »Das ist kein Firlefanz«, sagte er. »Vater, ich will beichten. Ihr müßt mir die Beichte abnehmen. Ich bin ein Sünder *in periculo mortis.*«
Athelstan seufzte. Sir Brian hatte recht. Das kanonische Recht war in dieser Frage überaus streng: Ein Priester war verpflichtet, einem Menschen, der sich in Todesgefahr glaubte, die Beichte abzunehmen. Abzulehnen wäre eine schreckliche Sünde gewesen. »Also gut«, flüsterte Athelstan.
Wieder machte Sir Brian das Kreuzzeichen.
»Segne mich, Vater, denn ich habe gesündigt. Meine letzte Beichte liegt viele Jahre zurück, und ich bekenne im Angesicht Gottes und voller Hoffnung auf seine göttliche Gnade im Herannahen des Todes.«
Athelstan schloß die Augen. Er lauschte der Litanei der Sünden: unreine Gedanken und Taten, die Gelüste des Fleisches, Habgier, Ungeduld, üble Reden und kleinlicher Zank, der in jeder

Gemeinschaft vorkommt. Sir Brian sprach von seinem Kampf gegen die Sünde, von seinem Willen, Gutes zu tun, von seinem beständigen Scheitern.
Als erfahrener Beichtvater sah Athelstan, daß Sir Brian ein guter, aber tief verstörter Mann war. Endlich war der Hospitaliter fertig; er ließ sich auf die Fersen sinken, hielt aber den Kopf gesenkt.
»Ich bin ein Sünder, Vater«, flüsterte er.
»Gott weiß, daß wir alle Sünder sind, Sir Brian«, antwortete Athelstan. »Jene, die begreifen, daß sie Sünder sind, beichten und bemühen sich, nach dem Guten zu streben. Ihr seid einer von ihnen. Andere sind wie die Pharisäer: Ihnen kann man nicht vergeben, denn sie glauben, nie etwas Unrechtes zu tun.« Athelstan beugte sich vor. »Wollt Ihr jetzt die Absolution?« Er hob die Hand. *»Te absolvo«*, intonierte er. »Ich spreche dich los von deinen Sünden.«
»Halt!« Sir Brian hob den Kopf, und Athelstan sah Tränen auf den bleichen, hageren Wangen.
»Da ist noch mehr?« fragte er sanft.
»Natürlich ist da noch mehr!« keuchte Fitzormonde. »Ich bin ein Mörder, Vater. Ein Meuchelmörder. Ich habe meinem Freund das Leben genommen. Nein! Nein!« Er schüttelte den Kopf, als rede er mit sich selbst. »Ich habe an einem Mord teilgehabt. Ich habe weggesehen.«
Athelstan versuchte, das Kribbeln der inneren Erregung zu verbergen, die tiefe Neugier eines Priesters, der in der Beichte sieht, wie eine Seele sich entblößt.
»Wer wurde ermordet?« fragte er leise.
Sir Brian schüttelte den Kopf und schluchzte wie ein Kind.
»Sir Brian.« Athelstan klopfte ihm leicht auf die Schulter. »Setzt Euch, Mann! Los, setzt Euch hin!«
Sir Brian ließ sich auf die Bank fallen. Athelstan schaute sich in der Kammer um und entdeckte auf der Truhe Weinkrug und

Becher. Er stand auf, füllte einen Becher und drückte ihn Fitzormonde in die Hand.
»Das Kirchenrecht«, meinte er lächelnd, »verbietet nicht, daß man während der Beichte etwas trinkt.« Er wischte sich die schweißfeuchten Hände an der Kutte ab. »Oder, um mit dem heiligen Paulus zu sprechen: *Nehmt um des Magens willen ein wenig Wein zu euch.*«
Sir Brian nahm einen Schluck und lächelte. »Aye, Vater«, sagte er, »und, wie die Römer sagten, *in vino veritas.* Im Wein liegt Wahrheit.«
Athelstan nickte, zog seinen Schemel heran und setzte sich. »Erzählt mir, Sir Brian, die Wahrheit über diesen Mord, in Euren eigenen Worten und so, wie Ihr wollt.«
»Es war vor vielen Jahren«, begann Fitzormonde. »Ich war ein wilder junger Mann, ein Ritter, der davon träumte, Kreuzfahrer zu werden. Meine Freunde waren alle ähnlich gesonnen. Wir kamen alle aus London oder aus der Umgebung: Ralph Whitton, Gerard Mowbray, Adam Horne und ...« Seine Stimme versagte.
»Und wer?«
»Unser Anführer, Bartholomew Burghgesh aus Woodforde in Essex.« Fitzormonde holte tief Luft. »Der Krieg in Frankreich war vorüber. Du Guesclin erneuerte die französische Armee, unser alter König wurde allmählich tatterig, und in Frankreich wurden englische Schwerter nicht länger gebraucht; also reisten wir nach Outremer. Wir boten unser Schwert dem König von Zypern an. Zwei Jahre verbrachten wir dort, und wir badeten in Blut. Schließlich entließ uns der zypriotische König aus seinen Diensten, und wir hatten nichts außer unserer Kleidung, den Pferden, Rüstungen und den Wunden aus den Schlachten. Da wurden wir Söldner im Heer des Kalifen von Ägypten.«
»Ihr alle?« fragte Athelstan.
»Ja, ja. Wir waren immer noch wie Brüder, wie David und Jonathan.« Fitzormonde lächelte. »Wir fürchteten nichts. Wir

hatten ja einander, und wir teilten alles. Da gab es in Alexandria einen Aufstand. Unser Anführer, Bartholomew, wurde vom Kalifen beauftragt, sich seinen Satrapen anzuschließen und den Aufstand niederzuschlagen.« Fitzormonde nahm einen Schluck Wein. »Es war ein blutiges Geschäft, aber schließlich konnten wir eine Bresche in den Verteidigungsring schlagen, und Bartholomew führte uns hindurch.« Der Hospitaliter sah Athelstan in die Augen. »Wir hackten uns einen Weg durch Mauern aus Menschenfleisch. Glaubt Ihr, daß man die Pflastersteine nicht mehr sah, weil das Blut wie Wasser darüber hinströmte? Die Truppen des Kalifen folgten uns, und dann ging das Schlachten erst richtig los. Männer, Frauen und Kinder sprangen über die Klinge.« Fitzormonde verstummte und wischte sich mit dem Handrücken über den Mund. »Auch das, Vater, will ich beichten, obwohl ich keinen Anteil daran hatte. Bartholomew führte uns weg. Wir fanden ein Kaufmannshaus voller Schätze.« Fitzormonde schloß die Augen und erinnerte sich an das, was vor so langer Zeit in jener sonnendurchfluteten Stadt geschehen war. »Die Befehle des Kalifen waren streng«, fuhr er fort. »Als Söldnern war es uns nicht erlaubt zu plündern, und so konnten wir mit dem größten Teil der Schätze nichts anfangen. Aber Bartholomew fand einen schweren Beutel mit Gold.« Der Ritter zeigte auf den Strick, den Athelstan um den Leib trug. »Denkt Euch den zehnmal so dick, Vater. Zwei schwere Streifen Leder, zusammengenäht und mit Geld vollgestopft. Und jede Münze war aus purem Gold. Ein königlicher Schatz in einem Ledergürtel. Es müssen Tausende gewesen sein.«

Wieder verstummte Fitzormonde. Er war in die Vergangenheit zurückgekehrt, stand blutbeschmiert da und starrte mit offenem Mund auf den Geldgürtel, den Bartholomew in einem Versteck unter den Bodenfliesen gefunden hatte.

»Und was geschah dann?« fragte Athelstan.

Fitzormonde lächelte. »Bartholomew tat etwas Mutiges. Er sagte, er wolle abwarten, ob der Kalif uns belohnen würde, weil wir die Bresche geschlagen haben. Er tat es nicht, also behielt Bartholomew den Gürtel.«

»Wieso war das mutig?«

»Nun, wenn er ertappt worden wäre, hätte man ihn von der Kehle bis zum Unterleib aufgeschlitzt, ihm die Genitalien abgerissen und in den Mund gestopft, und dann wäre er enthauptet und der Kopf auf eine Stange über dem Stadttor aufgespießt worden. Bartholomew war bereit, die Börse zu verstecken, stellte aber die Bedingung, daß er die Hälfte bekam und wir den Rest. Wir waren einverstanden, flohen in der Nacht aus dem Heerlager des Kalifen und fuhren übers Meer nach Zypern.«

»Daher das Schiff?« fragte Athelstan.

»O nein. Wir kamen wohlbehalten auf Zypern an, aber der Kalif schickte uns Assassinen hinterher, Haschischoni, die Anhänger des Alten vom Berge, erfahrene Meuchelmörder, die nachts kamen. Sie fühlten sich so sicher, daß sie uns ihre Ankunft sogar ankündigten.«

»Mit einem flachen, kleinen Sesamkuchen?« fragte Athelstan.

»Ja. Aber Bartholomew erwartete sie. Eines Nachts schlichen sie sich in unser Haus. Aber er hatte dafür gesorgt, daß wir auf dem Dach schliefen, und er beobachtete unsere Schlafkammer durch eine Ritze von oben. Wißt Ihr, Bartholomew zeigte überhaupt keine Angst«, sagte er mit träumerischer Stimme. »Er sperrte alle drei in die Kammer und brachte sie um.« Sir Brians Stimme brach. »Er war der Beste – Bartholomew, meine ich. Er war ehrenhaft und anständig. Ich habe nie einen furchterregenderen Kämpfer gesehen. Aber wir haben ihn ermordet.«

Athelstan stand auf, holte den Weinkrug und schenkte dem Mann nach.

»Fahrt fort, Sir Brian.«

»Bartholomew wollte nach Hause in sein Landhaus in Woodforde. Seine Frau war kränklich, und er fürchtete um das Leben seines kleinen Sohnes. Außerdem hatte er Schwierigkeiten mit Sir Ralph Whitton.« Fitzormonde starrte in seinen Weinbecher. »Ralph war die Raupe auf der Rose. Ich glaube, insgeheim war er eifersüchtig auf Bartholomew. Er fing an, gegen die Aufteilung des Schatzes zu protestieren, aber Bartholomew nahm ihn nicht ernst. Er fand, ein Handel sei ein Handel: Er hatte den Schatz gefunden, er hatte den Zorn des Kalifen riskiert, und er hatte die drei Assassinen getötet. Aber er vertraute seinen Blutsbrüdern und ließ den Schatz bei uns, als er Zypern zu Schiff verließ.« Fitzormonde starrte Athelstan an, und der Ordensbruder ahnte plötzlich, was sich hinter den Zeichnungen auf dem Pergament verbarg.

»Was geschah mit dem Schiff, Sir Brian?«

Der Ritter leerte seinen Weinbecher in einem Zug. »Ein paar Tage später erfuhren wir, daß Whitton dem Kalifen eine geheime Botschaft gesandt hatte.« Er zuckte die Achseln. »Der Rest ist klar. Das Schiff, auf dem Bartholomew reiste, wurde aufgebracht und versenkt.«

Athelstan fuhr herum, als die Tür krachend aufflog. Cranston stand mit böser Miene und trüben Augen im Türrahmen.

»Verdammt, was ist los, Mönch?« schrie er. »Wo zum ...« Cranston ließ einen obszönen Fluch hören und funkelte den Ritter an. »Wollt Ihr mich noch immer herausfordern, Sir Brian?«

Athelstan sprang auf, packte Cranston beim Arm, schob ihn hinaus und schloß die Tür.

»Sir John!« fauchte er dann. »Ich nehme diesem Mann die Beichte ab.«

Cranston versuchte, ihn beiseite zu schieben. »In drei Teufels Namen«, erwiderte er, »das ist mir scheißegal.«

»Sir John, dies hat nichts mit Euch zu tun.«

Mit aller Kraft stieß er Sir John zurück, der taumelnd den Gang hinunterstolperte. Als Cranston sein Gleichgewicht wiedergefunden hatte, zog er einen langen, gefährlich aussehenden

Dolch aus der Scheide und kam langsam, den Blick starr auf Athelstan gerichtet, zurück. Der Ordensbruder versperrte ihm die Tür.
»Was habt Ihr vor, Sir John?« fragte er leise. »Wollt Ihr, der Lord Coroner, einen Priester ermorden, einen Kollegen und Freund?«
Sir John blieb stehen, sackte gegen eine Wand und starrte hinauf zu den dicken Deckenbalken, die auf ihren Kragsteinen ruhten.
»Gott verzeih mir, Athelstan«, flüsterte er. »Ich bitte auch Sir Brian um Vergebung; sag ihm das. Ich warte unten auf dich.«
Der Ordensbruder kehrte ins Zimmer zurück. Fitzormonde saß noch immer auf der Bank und hatte das Gesicht in den Händen vergraben. Athelstan berührte leicht seine Schulter.
»Kümmert Euch nicht um Cranston«, sagte er. »Sein Bellen ist schlimmer als sein Biß. Sir Brian, ich soll Euch die Beichte abnehmen. Burghgesh wurde also ermordet. Die Schuld liegt doch sicher bei Sir Ralph.«
Fitzormonde schüttelte den Kopf und blickte auf. »Ihr braucht mich nicht in Schutz zu nehmen, Vater. Ralph sagte uns, was er getan hatte. Wir hätten es verhindern können. Wir hätten Sir Ralph vor Gericht bringen, das Meer absuchen können, um zu sehen, ob Bartholomew vielleicht überlebt hatte.«
»Könnte das sein?«
»Vielleicht. Manchmal verkaufen die Mohren Gefangene auf dem Sklavenmarkt. Aber wir suchten auch dort nicht. Wir hätten uns um Bartholomews Witwe und seinen kleinen Sohn kümmern können, aber auch das haben wir nicht getan. Wir hätten Sir Ralph hinrichten sollen. Statt dessen wurden wir seine Komplizen und teilten uns den unverdienten Reichtum.«
»Was ist aus Bartholomews Witwe geworden?«
»Ich weiß es nicht. Unsere Wege trennten sich. Irgendwann plagte das Gewissen Mowbray und mich so sehr, daß wir zu den Hospitalitern gingen und dem Orden unseren Besitz übereigne-

ten. Horne kehrte nach London zurück und kam durch sein Geld zu großer Macht. Whitton trat bei John von Gaunt in Dienst.« Fitzormonde stellte den Becher vor sich auf den Boden. »Erst als Whitton tot war, wurde mir klar, wie sehr er uns alle in einem bösen Bann gehalten hatte.« Fitzormonde schwieg. Dann fragte er: »Habt Ihr den großen Bären im Hof des Tower gesehen?«
»Ja.«
»Jeden Nachmittag gehe ich hin und starre ihn an. Das Tier ist eine mörderische Bestie, aber er fasziniert mich. Whitton war genauso. Er hat aus seiner Schuld ein Band geschmiedet, das uns alle zusammenhielt. Im Laufe der Jahre wurden wir immer zuversichtlicher; wir hielten unser Verbrechen für vergessen und begannen, jedes Jahr zusammen Weihnachten zu feiern. Dabei sprachen wir kein Wort über Bartholomew.«
Athelstan nickte. »Das ist das Schreckliche an der Sünde, Sir Brian. Wir lassen zu, daß sie ein Teil unser selbst wird, wie ein fauler Zahn, den wir ertragen und schließlich vergessen.«
Fitzormonde rieb sich das Gesicht.
»Aber was ist vor drei Jahren passiert?« fragte Athelstan.
»Ich weiß nicht. Wir kamen zur Weihnachtszeit als Ralphs Gäste in den Tower und aßen wie gewöhnlich in der *Goldenen Mitra* in Petty Wales, aber als wir Sir Ralph begegneten, sah er aus, als hätte er ein Gespenst gesehen. Er behauptete tatsächlich, eines gesehen zu haben, aber mehr wollte er nicht sagen.«
Athelstan ergriff das Handgelenk des Mannes und zwang ihn aufzublicken. »Habt Ihr jetzt alles gebeichtet, Sir Brian?«
»Alles, was ich weiß.«
»Und das Pergament?«
»Soll uns an das Schiff erinnern, auf dem Bartholomew segelte.«
»Und die vier Kreuze?«
»Stehen für Bartholomews vier Gefährten.«
»Und der Sesamkuchen?«
Fitzormonde seufzte. »Eine Erinnerung daran, daß Bartholo-

mew uns vor den Assassinen gerettet hat, und eine Warnung vor unserem eigenen nahenden Tod.«
»Wißt Ihr, wer Sir Ralph und Sir Gerard ermordet hat?«
»Bei Gott, ich weiß es nicht!«
»Könnte es sein, daß Bartholomew noch lebt?«
»Das wäre möglich.«
Athelstan starrte an die weißgekalkte Wand. »Was ist mit Bartholomews Sohn? Der dürfte inzwischen ein junger Mann sein.«
Fitzormonde zuckte die Achseln. »Daran habe ich auch schon gedacht. Aber ich habe mich erkundigt: Der junge Burghgesh ist in Frankreich gefallen. Vater, was soll ich zur Buße tun?«
Athelstan hob die Hand und sprach die Absolution; dabei machte er ein ausladendes Kreuzzeichen über Fitzormondes gesenkten Kopf. Sir Brian blickte auf.
»Meine Buße, Vater?« wiederholte er.
»Eure Buße ist die Schuld, die Ihr getragen habt. Außerdem sollt Ihr für Burghgeshs Seele und auch für Sir Gerard und Sir Ralph beten. Und noch etwas.«
»Ja, Vater?«
»Ihr sollt hinuntergehen und vor Sir John wiederholen, was Ihr gebeichtet habt.«
»Er wird mich wegen Mordes verhaften!«
Athelstan grinste. »Sir John ist ein alter Soldat und, wenn er nüchtern ist, ein eifriger Erforscher des menschlichen Herzens. Er hat mehr Mitgefühl in seinem kleinen Finger als mancher Priester. Er wird Euch anhören und dann wahrscheinlich nach einem Becher Wein brüllen.«

8. Kapitel

Fitzormonde ging hinaus und machte die Tür leise hinter sich zu. Athelstan trat ans Fenster und schaute hinaus; geistesabwesend betrachtete er die große Sturmglocke, die an ihrem eisverkrusteten Seil über der schneebedeckten Wiese hing. Die Sonne ging gerade unter, und die Glocke schimmerte wie Silber. Als Athelstan sich umdrehte, sah er Fitzormonde mit Cranston sprechen. Der Coroner nickte und hörte sich aufmerksam an, was der Hospitaliter zu gestehen hatte.

Athelstan ging langsam zurück zu Philippas Gemach, aber dort war niemand. Er dachte über das nach, was Fitzormonde ihm berichtet hatte. Erstens, die Morde an Sir Ralph und Mowbray hingen zusammen mit jenem schrecklichen Verrat, der vor so vielen Jahre auf Zypern begangen worden war. Zweitens, und hier schauderte es Athelstan, würde es weitere Morde geben.

Er packte sein Schreibzeug zusammen und dachte über die anderen Möglichkeiten nach. Erstens, Burghgesh konnte überlebt haben und zurückgekommen sein, um Rache zu üben. Zweitens, jemand anders, vielleicht Burghgeshs Sohn, war zurückgekommen, um die Mörder seines Vaters für ihre Tat büßen zu lassen. Aber in jedem Fall blieb die Frage: Wie hatte der Täter in den Tower gelangen, auf mysteriöse Weise die Sturmglocke läuten und Mowbrays Sturz arrangieren können? Der Mord an Sir Ralph Whitton war eine simple Sache verglichen mit den verzwickten Umständen von Mowbrays Tod.

Athelstan rieb sich das Kinn und erinnerte sich, daß er Benedicta versprochen hatte, sie vor dem Fleet-Gefängnis zu treffen, wo Simon, der Zimmermann, seine letzte Nacht auf Erden verbringen würde. Der Gedanke an Benedicta ließ ihn lächeln. Die

Beziehung zwischen ihnen war ruhiger geworden, sanfter; dann mußte er an Doktor Vincentius denken, und er hoffte, der Arzt werde sie nicht umgarnen. Athelstans Lächeln wurde breiter. Da stand er nun, ein Ordensbruder, ein Priester, ein Mann, der Keuschheit gelobt hatte, und war eifersüchtig wegen einer Frau, die doch nur seine Freundin sein durfte.

Er schüttelte diese Gedanken ab und sah sich um. Die Morde ... Wer kam dafür in Frage? War es einer aus der Gruppe? Nicht Fitzormonde – aber vielleicht Horne, der Kaufmann? Oder Colebrooke, der Sir Ralphs düstere Vergangenheit aufgedeckt hatte und nun unter dem Deckmantel der Rache für vergangene Verbrechen seinen eigenen Ehrgeiz verbarg? Athelstan legte sich den Mantel um die Schultern, nahm sein Schreibzeug und betrachtete die schöne Stickerei auf der Stuhllehne. Natürlich – so schrecklich diese Vorstellung auch sein mochte, Mistress Philippa war kühl und beherrscht genug, um einen Mord zu begehen, und Parchmeiner konnte durchaus ihr Komplize sein. Hammond, der Kaplan, hegte genug Groll, und Sir Fulke hatte viel zu gewinnen.

Athelstan hörte, wie Cranston seinen Namen brüllte; er verließ das Gemach und ging die Treppe hinunter. Unten stapfte der Coroner geistesabwesend im Schnee herum.

»Geht es Euch besser, Sir John?«

Cranston grunzte.

»Und Fitzormonde hat Euch alles erzählt?«

Der Coroner blickte auf. »Ja, ich glaube schon, Athelstan. Denkst du das gleiche wie ich?«

Athelstan nickte. »Unsere Sünden«, murmelte er, »holen uns immer wieder ein. Die Griechen nennen sie *Furien.* Wir Christen sagen: *Der Zorn Gottes.*«

Cranston wollte antworten, als Colebrooke auf sie zukam. Er sah blaß und angespannt aus.

»Mylord Coroner?« rief er. »Ihr seid hier fertig?«

»Mit anderen Worten«, flüsterte Cranston Athelstan zu, »der Bursche fragt, wann wir uns endlich verpissen.«

»Wir gehen gleich«, rief Athelstan laut. »Darf ich Euch vorher noch um einen Gefallen bitten?«

Colebrooke verbarg seinen Widerwillen hinter einem künstlichen Lächeln.

»Aber natürlich, Bruder.«

»Ihr habt doch Boten hier. Könnt Ihr einen zur Witwe Benedicta in St. Erconwald in Southwark schicken? Sie möge Sir John und mich in den *Drei Kranichen* in Cheapside treffen. Und – Master Lieutenant?«

»Ja?«

»Sir Ralphs Leiche – war sie kalt und das Blut geronnen?«

»Ich bin Soldat, Bruder, kein Arzt. Aber – jawohl, ich glaube, so war es. Warum?«

»Oh, nur so«, murmelte Athelstan. »Ich danke Euch.«

Colebrooke nickte und ging davon. Cranston streckte sich träge.

»Ein schöner Schlamassel, Bruder.«

»Pst, Sir John. Nicht hier. Ich glaube, diese Wände haben Ohren, und unser lieber Kumpan Rothand wünscht eine Audienz.«

Cranston drehte sich um und fluchte leise, als er den Verrückten, japsend wie einen freudig erregten Hund, durch den Schnee heranpurzeln sah, um sie zu begrüßen.

»So viel Blut! So viel Blut!« krähte er. »Viele tot, dunkle Geheimnisse! Drei Kerker, aber nur zwei Türen. Dunkle Gänge. Rothand sieht sie alle! Rothand sieht die Schatten knarren!« Der Irre tanzte vor ihnen im Schnee. »Auf und ab! Auf und ab fällt der Körper! Was glaubt Ihr? Was denkt Ihr?«

»Hau ab, Rothand«, knurrte Cranston, nahm Athelstan beim Arm und ging mit ihm an der Großen Halle vorbei zum Tor unter dem Wakefield Tower. Plötzlich fiel Athelstan der Bär ein; er ging zurück zu dem Tier, das angekettet in der Ecke saß, wo die Mauer an den Bell Tower stieß. Der Bruder war fasziniert und

unterdrückte ein Lächeln. Hoffentlich merkte Sir John es nicht, aber es bestand eine große Ähnlichkeit zwischen dem zottigen Ungeheuer und dem korpulenten Coroner.
»Es stinkt wie im Totenhaus«, stöhnte Cranston.
Der Bär drehte sich um, und Athelstan sah die Wut in den kleinen roten Augen. Die mächtige Bestie kam schwerfällig auf die Beine und zerrte an der Kette um den Hals.
»Ich frage mich, wer verrückter ist«, brummt Cranston. »Der Bär oder Rothand.«
Der Bär schien zu verstehen, was Sir John gesagt hatte, denn er sprang mit dumpfem Gebrüll auf ihn zu. Sein Maul kräuselte sich, und eine Reihe Zähne, so spitz wie Dolche, kam zum Vorschein.
»Ich glaube, Ihr habt recht, Sir John«, sagte Athelstan.
»Vielleicht sollten wir gehen.«
Der Ordensbruder sah mit Erschrecken, wie die Kette um den Hals des Bären knirschte und der Eisenhaken, der in die Mauer getrieben war, zitterte. Sie wandten sich nach links, um ihre Pferde aus dem Stall zu holen.
»Wir könnten sie auch hierlassen«, schlug Athelstan vor, »und mit dem Boot flußabwärts fahren.«
»Gott behüte, Bruder«, widersprach Cranston. »Hast du den Verstand verloren? Das verfluchte Eis treibt noch, und unter der London Bridge hindurchzuschießen habe ich selbst an einem schönen Tag keine Lust.«
Sie verließen den Tower und ritten durch Eastchepe und Gracechurch, vorbei am Cornmarket, wo St. Peter on Cornhill stand, und in die Cheapside. Der Krach auf dieser Hauptstraße war ohrenbetäubend: Händler, Kaufleute und Lehrjungen schrien sich heiser und versuchten, das entgangene Geschäft aufzuholen. Auch die Gemeindediener und Büttel hatten alle Hände voll zu tun: Zwei Trunkenbolde mit Fässern auf den Köpfen wurden über den Marktplatz geführt, und eine Horde schmutziger,

zerlumpter Straßenjungen bewarf die Unglücklichen mit Eis und Schneebällen.
An der Ecke der Threadneedle Street war ein Bettler gestorben. Der Leichnam war inzwischen steif und vor Kälte blau geworden. Ein kleiner Junge versuchte, mit einem Stock zwei hungrig aussehende Hunde zu vertreiben, die verdächtig an den blutigen Füßen des toten Bettlers schnupperten. Cranston warf dem Jungen einen Penny zu, stieg auf ein umgestürztes Faß und brüllte so laut, daß der halbe Markt ihn hören konnte, er sei der Coroner der Stadt, und warum niemand dem armen Bengel helfe, den Toten wegzuschaffen?
»Und wenn du der verfluchte Bürgermeister selbst bist, das ist mir doch egal!« schrie einer der Händler zurück. »Verpiß dich und laß uns in Ruhe!«
Athelstan zog sich die Kapuze über den Kopf und die Ärmel herunter. Er wußte, was jetzt kam. Cranston, ganz in seinem Element, sprang vom Faß herunter und packte den unglücklichen Händler an der Kehle.
»Ihr seid verhaftet, Sir!« donnerte er. »Wegen Hochverrats! Denn dieses Verbrechen habt Ihr begangen. Ich bin der Coroner des Königs. Verspottet mich, und Ihr verspottet die Krone.«
Der Mann wurde bleich und riß die Augen auf.
»Und jetzt, Sir«, fuhr Cranston ruhig fort, während die anderen Händler unauffällig verschwanden, »kann ich den Bezirksvorsteher auffordern, ein Standgericht einzuberufen, oder wir können uns auf ein Bußgeld einigen.«
»Ein Bußgeld! Ein Bußgeld!« ächzte der Mann mit jetzt puterrotem Gesicht.
Sir John packte fester zu. »Zwei Shilling!« verkündete er und schüttelte den Kerl so heftig, daß Athelstan einen Schrecken bekam und sich einmischen wollte; aber der Coroner winkte ab.
»Zwei Shilling, zahlbar sofort«, wiederholte er.
Der Mann wühlte in seiner Börse und drückte dem Coroner die

Münzen in die Hand. Sir John ließ ihn los, und der Mann ließ sich würgend und hustend auf alle viere fallen.
»War das nötig, Sir John?« fragte Athelstan leise.
»Ja, Bruder, das war nötig«, erwiderte Cranston. »In dieser Stadt regiert die Furcht. Wenn ein Händler mich verspotten darf, wird es binnen einer Woche jeder Bastard in London ihm gleichtun.«
Cranston runzelte die Stirn, als zwei Büttel, durch den Aufruhr aufmerksam geworden, herankamen. Ihre wichtigtuerischen Mienen veränderten sich, als sie Sir John erkannten.
»Mylord Coroner!« rief einer von ihnen atemlos. »Was wünscht Ihr?«
Cranston deutete auf den toten Bettler. »Laßt den entfernen!« befahl er. »Ihr kennt eure Aufgabe. Wer weiß, wie lange der arme Teufel hier schon liegt. Jetzt bewegt euch ein bißchen, sonst trete ich euch beiden in den Arsch!«
Die Büttel zogen sich unter Verneigungen und Kratzfüßen zurück, als wäre der Coroner der Regent persönlich. Cranston wandte sich dem Jungen zu und schnippte mit den Fingern. Der Junge kam heran; seine Arme und Beine waren dünn wie Reisig, seine Augen groß und rund in einem langen, bleichen Gesicht. Er steckte den Daumen in den Mund.
»Hier, mein Junge.« Cranston drückte die zwei Shilling in die ausgemergelte Hand. »Und jetzt gehst du nach Greyfriars. Das kennst du? Das Kloster zwischen Newgate und St. Martin's Lane. Frag nach Bruder Ambrose und sag ihm, Sir John hat dich geschickt.«
Der Junge ballte die Faust um das Geld, starrte Sir John an, spuckte ihm sauber zwischen die Stiefel und flitzte davon.
Der Coroner sah ihm nach. »Der Prediger Ball hat recht«, brummte er. »Sehr bald werden in dieser Stadt die Feuer des Aufstands lodern, wenn die Reichen nicht ihre fetten Ärsche bewegen und mehr tun, um den Armen zu helfen.« Er wandte sich ab, und sein Gesicht war ernst und bekümmert. »Glaub mir,

Bruder, der Engel des Herrn steht auf der Schwelle, den Dreschflegel der göttlichen Vergeltung in der Hand. Und wenn dieser Tag kommt«, flüsterte er rauh, »dann werden mehr Menschen umkommen, als jetzt hier auf dem Markt sind.«
Athelstan nickte und schaute sich um. Der Marktplatz war voll von reichen Händlern, in Pelze gehüllten Kaufleuten und den wohlhabenden Handwerkern in ihren Jacken aus Kaninchen- und Maulwurfsfell. Die meisten sahen gut genährt, ja, rundlich aus; aber in den Gassen abseits des Marktes sah Athelstan die Armen – nicht solche wie die in seiner Pfarrgemeinde, sondern die Landlosen, die aus ihren Katen vertrieben worden waren und in die Stadt gezogen waren, um Arbeit zu finden, obwohl es hier keine gab. Die Zünfte beherrschten alles, und bald würden die Streuner hinausgeworfen werden; man würde sie über die London Bridge scheuchen, in die Elendsquartiere und die gewalttätige Unterwelt von Southwark.
»Kommt, Sir John«, murmelte er.
Sie ritten die Mercery hinauf und wichen aus, als eine Gruppe von Schuldhäftlingen aus dem Gefängnis Marshalsea, mit Ketten aneinandergefesselt, um Almosen für sich und die anderen Häftlinge bettelten. Die Schenke *Zu den Drei Kranichen* lag an der Ecke eines Gäßchens gegenüber von St. Mary Le Bow. Benedicta saß vor dem lodernden Feuer und erwartete sie schon. Neben ihr auf dem Boden hockte Orme, einer der Söhne von Watkin, dem Mistsammler. Athelstan steckte ihm einen Penny zu, tätschelte ihm den Kopf, und der Junge wieselte davon.
»Nun, Benedicta, hast du meine Kirche in ordentlichem Zustand verlassen?«
Die Witwe lächelte und öffnete die Spange ihres Mantels. Athelstan fragte sich plötzlich, wie sie wohl in einem Taftkleid in leuchtendem Scharlachrot aussehen würde anstatt der dunklen Braun-, Grün- und Blautöne, die sie immer trug.

»Ist alles in Ordnung?« wiederholte er hastig.
Benedicta lächelte. »Cecily und Watkins Frau haben sich ordentlich beschimpft, aber davon abgesehen werdet Ihr betrübt sein zu hören, daß die Kirche noch steht. Sir John, Euch geht es gut?« Sie verdrehte den Kopf, um den Blick des Coroners auf sich zu lenken; aber der spähte finster zum Wirt hinüber, der bei den großen Weinfässern geschäftig mit anderen Gästen schwatzte.
»Mylady«, gab Cranston zurück, »mir würde es besser gehen« – und er hob die Stimme zum Gebrüll –, »mir würde es besser gehen, wenn ich Bedienung hätte und die Aufmerksamkeit, die einem Beamten des Königs gebührt!«
Der Wirt schwatzte weiter. Cranston ging hinüber und forderte brüllend einen Becher vom spanischen Weißen und Wein für seine Gefährten.
»Was ist mit ihm?« flüsterte Benedicta.
»Ich weiß es nicht. Ich glaube, Lady Maude hat ihn beunruhigt. Sie benimmt sich geheimnisvoll und verschlossen.«
»Merkwürdig«, sagte Benedicta nachdenklich. »Ich wollte es Euch schon sagen, Bruder. Lady Maude ist vor gut einer Woche in Southwark gesehen worden. Man vergißt sie ja nicht leicht – so zierlich und niedlich, wie sie ist.« Benedicta kniff die Augen zusammen. »Ja, ich bin sicher, man hat mir erzählt, daß sie aus Doktor Vincentius' Haus kam.«
»Ist er ein Frauenheld?« fragte Athelstan hastig, und im selben Moment hätte er sich am liebsten die Zunge abgebissen. Benedicta sah ihn kühl an.
»Bruder Athelstan«, antwortete sie, »könnt Ihr mir einen Mann zeigen, der keiner ist?«
Cranstons Rückkehr bewahrte Athelstan vor weiteren Peinlichkeiten. Der Coroner riß sich die Bibermütze vom Kopf, kratzte sich den kahlen Schädel, zwinkerte Benedicta wollüstig zu und sah dann zu, wie der jetzt ganz verschüchterte Wirt eine große

Zinnschale mit Sherry und Rotweinbecher für seine Gefährten herübertrug.
»Ihr wollt nichts essen, Sir John?«
»Nein!« knurrte Cranston. »Ich bin nicht hungrig, und der Wirt würde nach meinem Auftritt bestimmt das verdammte Essen vergiften.«
Benedicta lachte fröhlich. »Sir John, Ihr müßt Euch beruhigen!«
»Nein«, erwiderte Cranston und hob seine Schale. »Heitere Gelassenheit finde ich erst auf dem Boden dieses Bechers!«
Benedicta sah ungläubig zu, wie Cranston das Gefäß in einem einzigen Zug leerte, dröhnend nach mehr verlangte und dabei schmatzte, ächzte und leise rülpste. Sie biß sich auf die Unterlippe, um nicht zu lachen.
»Nun, Bruder ...« Cranston klopfte sich auf den fetten Wanst. »Mit meiner Entschuldigung an Lady Benedicta – aber was hältst du von Mowbrays Tod ... oder von Sir Ralphs?«
Athelstan lehnte sich vor und strich mit der Fingerspitze über den Rand seines Weinbechers. »Erstens: Wir haben festgestellt, daß Sir Ralph wahrscheinlich von jemandem ermordet wurde, der den Tower über den zugefrorenen Wassergraben betreten hat. Zweitens: Mowbray wurde durch die Alarmglocke in den Tod gelockt. Drittens: Beide Todesfälle hänger sicher mit dem schrecklichen Verrat zusammen, den Sir Ralph vor so vielen Jahre auf Zypern an Bartholomew Burghgesh begangen hat.« Athelstan lächelte, als er Benedictas fragenden Blick sah. »Du bist verwirrt. Nun, wir sind es auch. Erstens: Wie kann jemand den Tower betreten, Sir Ralph ermorden und dann die Festung verlassen, ohne daß jemand ihn bemerkt? Zweitens: Warum ist Sir Ralph einfach liegengeblieben und hat sich die Kehle so brutal durchschneiden lassen, daß ihm fast der Kopf vom Körper getrennt worden wäre? Ihr habt die Leiche gesehen, Sir John, und auch die Kammer: Da war keine Spur eines Kampfes, und

die Wachen haben auch nichts gehört. Drittens: Wer hat die Sturmglocke geläutet und gleichzeitig so feinsinnig dafür gesorgt, daß Mowbray von der Mauer stürzte?«
Das Gesicht des Coroners wurde bei jedem Wort länger.
»Und die Liste der Verdächtigen«, fuhr Athelstan erbarmungslos fort, »ist immer noch lang. Vielleicht sind wir dem Mörder schon begegnet, aber genausogut kann es jemand im Tower oder in der Stadt sein, von dem wir gar nichts wissen.«
»Ich kenne nicht die ganze Geschichte«, unterbrach Benedicta, »aber in Southwark herrscht Freude über Sir Ralphs Tod.« Sie senkte die Stimme. »Pike, der Grabenbauer, meint, es war das Werk der Großen Gemeinde. Die geheimen Bauernführer wollen die Stadt schwächen, bevor sie ihren großen Aufstand organisieren.«
»Unsinn!« sagte Cranston schwerzüngig; er war schon bei seinem dritten Becher Sherry. »Pike, der Grabenbauer – halten zu Gnaden, Mylady Benedicta –, sollte seinen Mund halten und auf seinen Hals achten. Sir Ralph wurde von keinem Bauern umgebracht.«
Athelstan nahm einen kleinen Schluck Wein und verzog das Gesicht, denn dieser war sehr sauer. »Ein Beteiligter, den wir noch nicht kennen, Mylord Coroner, ist der Kaufmann Adam Horne. Benedicta, bevor wir zu Simon ins Fleet-Gefängnis gehen, müssen wir noch bestimmte Erkundigungen einholen. Willst du uns begleiten?«
Benedicta war einverstanden, und so erhoben sie sich und gingen, nicht ohne daß Cranston dem unglücklichen Wirt noch ein paar Beleidigungen an den Kopf warf. Draußen wurde es dunkel; nur ein roter Schimmer zeigte, wo eben die Sonne untergegangen war. Cranston balancierte vorsichtig auf dem glatten Kopfsteinpflaster und schaute zum Himmel.
»Wieso ist die Sonne abends immer rot?«
»Manche behaupten«, sagte Athelstan, »weil die Sonne in die

Hölle hinabsteigt, aber ich glaube, das ist ein Altweibermärchen. Kommt, Sir John.«

Athelstan umkurvte den Coroner und hakte sich taktvoll bei ihm ein; Benedicta übernahm die andere Seite, und sie überquerten die inzwischen verlassene Cheapside. Allenthalben wurden Stände weggepackt, und die letzten eisenbeschlagenen Karren polterten in Richtung Newgate oder ostwärts nach Aldgate. Müde Lehrjungen und Händler machten ihre Läden zu und hängten Lichthörner heraus. St. Mary Le Bow begann mit dem Abendläuten, das Zeichen, daß aller Handel aufzuhören habe, und vier Jungen schleppten einen dicken Weihnachtsklotz zur Tür eines großen Kaufmannshauses. Cranston blieb stehen, um einen Marktwächter in seinem Zollhäuschen an der Ecke der Wood Street nach dem Weg zu fragen. Der Mann deutete zur Ecke Mercery und Lawrence Street.

»Dort findet Ihr Hornes Haus«, sagte er. »Ein schönes Haus mit einer großen schwarzen Holztür und einem Wappen darüber.«

Sie machten kehrt und hielten sich in der Mitte der Cheapside, denn der schmelzende Schnee rutschte hier und da von den schrägen Ziegeldächern herunter. Das Hornesche Haus wirkte verlassen; keine Laterne hing über der Tür, nur ein müde aussehender Weihnachtskranz. Cranston trat zurück und schaute zu den bleiverglasten Fenstern hinauf.

»Kein Kerzenlicht«, brummte er.

Athelstan zog Benedicta näher an die Hauswand, um sie vor dem Schnee, der von dem kleinen Vordach über der Haustür herunterrutschen konnte, in Sicherheit zu bringen. Er hob den großen, wie ein Drachenkopf geformten Messingklopfer und ließ ihn krachend fallen. Nichts rührte sich, und so klopfte er noch einmal. Jetzt hörte man Schritte, und eine käsige Magd öffnete die Tür.

»Ist der Ratsherr Horne zu Hause?« fragte Cranston.

Das junge Mädchen schüttelte wortlos den Kopf.

»Wer ist da?« fragte eine Stimme aus der Dunkelheit hinter ihr.
»Lady Horne?« rief Cranston. »Ich bin Sir John Cranston, der Coroner. Ihr habt heute den Sheriffs im Rathaus eine Nachricht geschickt?«
Eine Frau trat aus der Dunkelheit, und die brennende Kerze in ihrer Hand ließ ihr kummervolles Gesicht noch bleicher erscheinen. Ihre Wangen waren tränenfeucht, ihre traurigen Augen von dunklen Schatten umringt, und ihr stahlgraues Haar hing unordentlich unter einem weißen Schleier.
»Sir John!« Sie lächelte gezwungen. »Kommt doch herein. Mädchen, zünde die Fackeln auf dem Söller an. Und bring Kerzen her.«
Lady Horne führte sie über einen Gang in einen bequemen, aber kalten Söller. Im Kamin flackerte ein schwaches Feuer. Lady Horne ließ sie Platz nehmen, während das Mädchen Kerzen entzündete. Athelstan sah sich um. Der Raum war luxuriös eingerichtet mit farbenfrohen Wandbehängen und exquisit bestickten Leinentüchern auf Tischen, Truhen und Stuhllehnen. Trotzdem glaubte er, den Gestank der Angst fast zu riechen: Das Haus war zu still. Er sah Lady Horne an, die an der anderen Seite des Kamins saß und einen Rosenkranz aus Elfenbein und Perlen um die Finger geschlungen hatte.
»Möchtet Ihr eine Erfrischung?« fragte sie mit leiser Stimme.
Cranston wollte antworten, aber Athelstan schnitt ihm das Wort ab.
»Nein, Mylady. Die Sache ist dringend. Wo ist Euer Mann?«
»Ich weiß es nicht«, wisperte sie. »Diese schreckliche Nachricht kam heute morgen, und Sir Adam ist gleich darauf gegangen. Er sagte, er wolle den Fluß hinauf zu den Speichern.« Sie preßte die Hände zusammen. »Ich habe einen Boten hingeschickt, aber der Junge kam zurück und sagte, mein Mann sei schon weg. Sir John, was ist nur los?« Ihre müden Augen flehten den Coroner an. »Was hat das alles zu bedeuten?«

»Ich weiß nicht«, log er. »Aber Euer Gatte, Lady Horne, ist in schrecklicher Gefahr. Weiß jemand, wohin er gegangen ist?«
Die Frau senkte den Kopf, und ein Schluchzen ließ ihre Schultern beben. Benedicta stand auf, kauerte sich neben sie und streichelte sanft ihre Hände.
»Lady Horne, bitte«, drängte Athelstan. »Wißt Ihr etwas über die Nachricht? Wovor hatte Euer Gemahl solche Angst?«
Die Frau schüttelte den Kopf. »Ich weiß es nicht. Aber Adam kannte keinen Frieden.« Sie blickte auf. »Er war ein Mann von großem Reichtum, aber nachts wachte er oft auf und schrie etwas von einem feigen, blutigen Mord und war schweißgebadet. Manchmal zitterte er danach noch eine Stunde lang. Aber nie hat er sich mir anvertraut.«
Cranston schaute zu Athelstan herüber und verzog das Gesicht. Der Bruder schaute auf die Stundenkerze, die hinter ihm auf dem Tisch stand.
»Sir John«, sagte er und erhob sich, »es ist fast sieben. Wir müssen gehen.«
»Lady Horne.« Die Kaufmannsfrau wollte aufstehen, aber Cranston legte ihr sanft eine Hand auf die Schulter. »Bleibt hier und haltet Euch warm; das Mädchen wird uns hinausbringen. Wenn Euer Mann zurückkommt, sagt ihm, er soll mich zu Hause aufsuchen. Das ist nicht weit. Versprecht Ihr mir das?«
Die Frau nickte, bevor sie sich abwandte und in die verlöschende Glut schaute.
Draußen stampfte Cranston mit den Füßen und klatschte in die Hände.
»Diese Frau hat schreckliche Angst«, stellte er fest. »Ich vermute, sie weiß, woher der Reichtum ihres Mannes stammt. Aber was können wir tun? Horne kann überall in der Stadt sein.«
Athelstan zuckte die Achseln. »Sir John, Benedicta und ich müssen jetzt ins Gefängnis von Fleet. Wir haben der Pfarrgemeinde versprochen, Simon, den Zimmermann, zu besuchen.«

»Ah ja«, erwiderte Cranston bissig. »Den Mörder.«
»Ihr geht nach Hause?«
Sir John starrte in die Dunkelheit. Gern hätte er das getan, aber wozu? Er würde nur dasitzen und sich um den Verstand saufen.
»Sir John«, wiederholte Athelstan, »Lady Maude wartet schon auf Euch.«
»Nein«, antwortete Cranston störrisch. »Ich gehe mit zum Gefängnis. Vielleicht kann ich helfen.«
Athelstan warf Benedicta einen Blick zu und verdrehte dann die Augen gen Himmel. Gern wäre er Sir John losgeworden; er hatte die dauernde schlechte Laune und die jähen Tobsuchtsanfälle des Coroners satt. Er liebte den fetten Edelmann, aber jetzt hätte er ihn zu gern von hinten gesehen. Trotzdem willigte er ein.
Sie stapften durch den blutbespritzten Schneematsch der Shambles und hielten sich vor dem ekelhaften, fauligen Gestank aus dem Schlachthaus die Nase zu. Dann ging es nach links in die Old Deans Lane, eine schmale Gasse, wo der Spülicht knöcheltief zwischen den dunklen, überhängenden Häusern dahinfloß. In der Ferne bellte traurig ein Hund. An der Ecke der Bowyers Row mußten sie einem großen Holzkarren ausweichen, der von vier Pferden mit gestutzten Mähnen und Scheuklappen gezogen wurde. Ihre Nüstern blähten sich im Verwesungsgeruch des Todes. Die Hufe der Pferde und die Räder des Karrens waren mit Stroh umwickelt, und das Gespann schien vorüberzugleiten wie ein grausiger Spuk. Auf einer Ecke des Karrens steckte eine lodernde Fackel und beleuchtete den Kutscher wie ein gespenstisches Relief; vermummt und verhüllt hockte er da, eine grimmige Todesmaske vor dem Gesicht.
»Was ist das?« fragte Benedicta.
Sie hob ihren Mantelsaum vor die Nase. Athelstan schlug ein Kreuz und betete, der Karren möge weiterfahren, aber er blieb neben ihnen stehen. Der Kutscher versuchte, die Pferde zu beruhigen, als zwei kreischende Katzen, die sich um irgendwel-

ches Ungeziefer balgten, aus dem Schatten hervorschossen. Cranston wußte, was auf dem Karren war; er hatte in dem Kutscher den Henker von Tyburn erkannt.
»Nicht hinschauen«, flüsterte er.
Aber Benedictas Neugier war geweckt; sie stützte sich auf Athelstans Arm, stellte sich auf die Zehenspitzen und lugte über den Rand des Karrens. Entsetzt erblickte sie weiße, gefrorene Kadaver unter einer zerfetzten Segeltuchplane. Die Glieder waren merkwürdig verdreht; um den Hals hatte jeder einen dicken, purpurroten Strich, und ihre ebenso leuchtendroten Gesichter waren verzerrt. Geschwollene Zungen klemmten zwischen eiskalten Lippen, und von den Augen war nur das Weiße zu sehen.
»Oh, gütiger Gott!« hauchte sie und lehnte sich an die Hauswand. Der Kutscher ließ die Peitsche knallen, und der Karren rollte weiter.
»Was war das?«
»Die Gehenkten von The Elms«, sagte Cranston. »Nachts werden die Leichen abgeschnitten und in die großen Kalkgruben am Kartäuserkloster gekippt.« Er funkelte die Witwe erbost an. »Ich habe Euch doch gesagt, Ihr sollt nicht hinsehen!«
Benedicta würgte und folgte Cranston, auf Athelstans Arm gestützt, durch Ludgate zum Gefängnis.
Der Kerker verbesserte ihre Stimmung nicht. Hinter grauen, düsteren Mauern lugten ein paar finstere Gebäude hervor, und ein schwarzes Tor gähnte vor ihnen wie ein Rachen, der jeden Unglücklichen verschlucken wollte. Cranston zog am Glockenseil, und man ließ sie zu einem Pförtchen herein, das in das mächtige Tor eingelassen war. Ein Wärter führte sie zum Pförtner, der, als er Sir John erkannte, katzbuckelte und einen Kratzfuß nach dem anderen machte. Jetzt war Athelstan doch froh, daß der Coroner dabei war. Sie durchquerten eine große Halle, wo die Schuldhäftlinge eingesperrt waren; Bänke und zwei lange Tische aus Eichenholz waren mit fettigem Schmutz überzogen.

Die Leute, die an diesen Tischen saßen, waren dreckig und stanken; Männer wie Frauen trugen fadenscheinige Wämse und zerlumpte Mäntel.
Die drei eilten durch die Halle und einen mit Stein ausgelegten Gang hinauf, vorbei an vergitterten Fenstern, wo arme Schuldner ihre Bettelschalen schüttelten und um Almosen winselten. Schließlich ging es über eine schmierige, geborstene Treppe hinunter in die Halle der Verdammten, einen massiven Gewölbekeller, in dessen hintere Wand die Kerkerzellen für die Todgeweihten eingelassen waren.
»Wen wollt Ihr sprechen?« fragte der Pförtner.
»Simon, den Zimmermann.«
Der Pförtner kramte einen Schlüssel hervor und schloß eine der Kerkertüren auf.
»Los, Simon!« brüllte er hinein. »Eine seltene Gunst! Der Coroner der Stadt London, ein Ordensbruder und eine schöne Dame! Was kann man mehr verlangen?«
Simon kam aus der Zelle gekrochen. Athelstan erkannte ihn kaum wieder: Sein Gesicht war voller Geschwüre, sein Haar lang und verfilzt und voller Ungeziefer. Seine Kleider hingen in Fetzen, und er trug schwere Ketten. Mühsam kam er auf sie zugeschlurft und hob die gefesselten Hände, um sich die Haare aus dem Gesicht zu streichen. Seine Lippen waren blau vor Kälte, und die Augen über den gelben, eingefallenen Wangen glänzten fiebrig.
»Pater, bringt Ihr mir einen Gnadenbescheid?« fragte er hoffnungsvoll.
Athelstan schüttelte den Kopf. »Nein, leider nicht. Ich bin nur gekommen, um dich zu besuchen, Simon. Kann ich etwas für dich tun?«
Der Zimmermann sah erst ihn, dann Benedicta an; plötzlich warf er den Kopf in den Nacken und lachte hysterisch, bis der Kerkermeister ihm ins Gesicht schlug. Der Verurteilte sackte

zu Boden und kauerte dort wie ein geprügelter Hund. Athelstan kniete neben ihm.

»Simon!« murmelte er. »Simon!«

Der Zimmermann hob den Kopf.

»Willst du die Absolution? Ich nehme dir die Beichte ab.«

Der Mann sah ihn verzweifelt an.

»Es ist nicht mehr zu ändern«, flüsterte Athelstan. »Morgen um diese Zeit, Simon, bist du bei Gott.«

Der Zimmermann nickte und begann zu weinen wie ein Kind. Athelstan drehte sich um.

»Sir John, Benedicta – bitte, laßt mich einen Augenblick mit ihm allein.«

Die beiden zogen sich zurück; der Coroner befahl dem Wärter, ihnen zu folgen, und zum zweitenmal an diesem Tag nahm Athelstan einem zum Tode Verurteilten die Beichte ab. Zu Anfang sprach Simon sehr langsam, und Athelstan hatte große Mühe, Haltung zu bewahren, denn die Kälte des Verlieses drang durch seine Kutte und verwandelte seine Beine in Eisblöcke. Aber dann ließ Simon seinen Gefühlen freien Lauf. Er sprach alles aus – eine jammervolle Litanei des Scheiterns, deren Höhepunkt die Vergewaltigung eines Kindes war. Athelstan hörte ihm zu, erteilte ihm die Absolution und erhob sich. Er rieb sich die steifen Beine, um das Leben zurückzubringen, und der Wärter kam heran.

»Morgen, Simon«, flüsterte Athelstan. »Ich werde an dich denken. Und – Simon?«

Der Verurteilte blickte auf.

»Wenn du vor dem Thron Gottes stehst, denke an mich.«

Der Zimmermann nickte. »Ich wollte es nicht tun, Pater. Ich war einsam, und ich hatte zuviel getrunken.«

»Ich weiß«, sagte Athelstan leise. »Gott helfe dir und ihr!« Er drehte sich nach dem Wärter um und warf ihm eine Silbermünze zu. »Eine gute Mahlzeit für ihn, Sir.«

Der Wärter fing die Münze und nickte.
»Eine gute«, wiederholte Athelstan. »Ich frage nach, vergiß das nicht.«
Er wollte gerade gehen, als Simon ihn rief. »Pater?«
»Ja, Simon?«
»Ranulf, der Rattenfänger, war heute hier. Ein Metzger in den Shambles hatte ihn kommen lassen. Er sagte, Ihr wart im Tower wegen Sir Ralph Whittons Tod.« Der Zimmermann grinste. »Ich habe zwar gerade gebeichtet, aber es ist doch gut zu wissen, daß dieser Dreckskerl vor mir dahingefahren ist. Ein seltsamer Ort, der Tower, Pater.«
Athelstan nickte. Er hatte das Gefühl, Simon wollte den Besuch in die Länge ziehen.
»Ich habe da mal gearbeitet«, sagte der Zimmermann. »Ein seltsamer Ort. Schlimmer als dieser hier.«
»Warum, Simon?«
»Hier haben die Zellen wenigstens Türen. Im Tower gibt es Räume, Verliese, da geht man rein, und dann werden die Türen zugemauert, und man sitzt bis zum Tod hinter einer Mauer aus Stein.«
»Ist das wahr?« Athelstan lächelte. »Gott sei mit dir, Simon.«
Er ging die Treppe hinauf zu Cranston und Benedicta. Keiner sprach ein Wort, bis sie das Gefängnis verlassen hatten und die Pforte hinter ihnen ins Schloß gefallen war.
»Der Vorraum der Hölle«, murmelte Athelstan, als sie im Schatten der dunklen St.-Pauls-Kirche die Bowyers Row hinuntergingen. Bei der Friday Street wollte Sir John sich verabschieden. Athelstan nahm ihn beiseite und schaute ihm in die traurigen Augen.
»Ich danke Euch, daß Ihr mitgekommen seid, Sir John. Geht in Frieden und sprecht mit Lady Maude; ich bin sicher, es wird alles gut.«
Cranston kratzte sich am Kopf. »Wer weiß, Bruder – aber das

einzig Gute, was ich heute getan habe, war, Fitzormonde zuzuhören und diesem Kind zu helfen. Du weißt schon, dem Kleinen bei dem toten Bettler.«

»Und Ihr seid mit uns ins Gefängnis gekommen.«

»Aye«, brummte Cranston. »Ein Pardon für Simon konnte ich nicht erwirken; aber eine letzte Gnade.«

»Was heißt das, Sir John?«

»Ich habe eine Münze für den Henker dagelassen. Simon wird nicht tanzen. Man wird ihn sehr hoch auf die Leiter steigen lassen.« Cranston schnippte mit den Fingern. »Es wird ihm das Genick brechen, und alles ist sehr schnell vorbei.« Der Coroner stampfte mit den Füßen und schaute in den sternenklaren Himmel. »Mach jetzt, daß du nach Hause kommst, Bruder. Die Sterne warten auf dich.« Er wandte sich ab und stapfte die Straße hinauf. »Ich wünschte bloß«, rief er im Gehen, »wir hätten den Ratsherrn Horne gefunden!«

9. Kapitel

Während Athelstan und Benedicta langsam das dunkle, wilde Wasser der Themse überquerten und nach Hause gingen, verließ Adam Horne das Kloster der Gekreuzigten Brüder an der Mark Lane, an der Nordseite des Tower. Er war gleich nach der Vesper angekommen, um die Botschaft abzuholen, die ihn dort erwarten sollte. Der grauhaarige Laienbruder hatte zahnlos gegrinst und ihn in das Pförtnerhäuschen gewinkt.

»Das liegt schon den ganzen Nachmittag hier«, hatte der Bruder gemurmelt und ihm eine dünne Pergamentrolle gereicht. Bang

hatte Horne das Pergament entrollt, den Bruder um eine Kerze gebeten und dann hastig gelesen, was darauf stand.
»O mein Gott!« Er stöhnte, als er seine Hoffnungen zerstört sah. Am Vormittag hatte er ein Stück Pergament mit einem grob gezeichneten Schiff und einen flachen Sesamkuchen bekommen. Er hatte versucht, seine Angst vor seiner armen Frau zu verbergen, und war zum Speicher hinuntergegangen, wo ihn die nächste Nachricht erwartet hatte: Er solle nicht nach Hause gehen, wies ihn der kurze Brief an, sondern sich zum Haus der Gekreuzigten Brüder begeben. Dort würden seine Befürchtungen vertrieben werden. Er solle sich nicht fürchten, sondern auf den Absender des Schreibens vertrauen, der ihm wohlgesonnen sei. Nun zerschlug diese kurze Notiz grausam alle seine Hoffnungen: Der geheimnisvolle Schreiber entschuldigte sich, weil er ihn nicht habe treffen können, und bat ihn, in den alten Ruinen nordwestlich des Tower zu warten. Horne zerriß den Brief, verließ das Kloster und wanderte über dunkle, eisbedeckte Landstraßen, die um Bauernhöfe und Katen herumführten. Er schaute zum sternenübersäten Himmel hinauf, und es fröstelte ihn – daran war nicht nur die beißende Kälte schuld, sondern auch seine düstere Angst vor dem, was ihn erwarten mochte. Sein gesunder Menschenverstand drängte ihn wegzulaufen, aber er hatte schon zu lange gewartet. Seit Jahren hing die Drohung wie ein Schwert über seinem Kopf, und er wollte ihr ein für allemal gegenübertreten. Als selbstbewußter Kaufmann glaubte Horne außerdem, daß diese Begegnung seine Angst zu einem guten Ende bringen könnte. Danach würde er, befreit von seinem Teil der Schuld an jenem schrecklichen Verbrechen, das vor so vielen Jahren begangen worden war, nach Hause gehen. Die Baumreihe endete, und Horne stand am Rand der Gemeindewiese; in der Ferne ragte der riesige Tower. Vielleicht sollte er dorthin gehen? Er seufzte verzweifelt. Wer konnte ihm helfen? Sir Ralph war tot, und der überlebende Hospitaliter hätte

sicher keine Zeit für ihn. Horne schluckte, als ihm die eigene Schuld zu Bewußtsein kam. Sollte er weitergehen? Er schaute auf den eisbedeckten Boden und lauschte mit halbem Ohr auf den kalten Wind, der leise in den Bäumen stöhnte. Über ihm krächzte ein Rabe, der zu den Schlickbänken am Fluß flog, um zu jagen. Ein Fuchs kläffte so schrill, daß ihm das Nackenhaar zu Berge stand. Er drehte sich um und starrte beklommen den schlammigen Weg hinunter. War da jemand? Wurde er verfolgt? Horne verzog das Gesicht zur Grimasse. Heute mochte er ein fetter, reicher Kaufmann sein, aber vor fünfzehn Jahren hatte er als Ritter gekämpft, Schulter an Schulter mit Männern, die nichts auf der Welt fürchteten. Ja, er hatte Schuld auf sich geladen, ebensoviel wie Whitton. Fitzormonde und Mowbray waren immer Waschlappen gewesen; sie hatten gewinselt und geheult, sie träfe keine Schuld. Aber Horne war mit Whittons Plan einverstanden gewesen und hatte sich aus dem Gewinn ein blühendes Geschäft aufgebaut.
Er betastete den langen Dolch, den er in seinem Beutel verbarg; der drahtumwickelte Griff gab ihm Zuversicht. Wenn ein Mörder es auf ihn abgesehen hatte, beruhigte er sich, dann war es besser, ihm gegenüberzutreten statt sich in dunkler Nacht überraschen zu lassen. Eine Eule schrie. »Sollen doch alle Höllenhunde aus des Satans finsteren Abgründen heraufkommen«, knurrte Horne. »Ich werde keinen Hieb schuldig bleiben!« Seine leeren Worte trösteten ihn, als er auf die Ruinen zuging, eine Ansammlung schneebedeckter Steinblöcke. Die Alten sagten, der große Caesar habe hier einen Palast gehabt. Zutiefst aufgewühlt von Angst, Grauen und gezwungener Tollkühnheit, setzte Horne sich zwischen die Ruinen. Gleich fühlte er sich sicherer; es war zwar dunkel, aber die verschneite Gemeindewiese und das spröde Eis würden ihn warnen, wenn ein Mörder sich näherte.
Der Kaufmann schaute sich in den Ruinen der römischen Villa

um. Ein paar Schritte entfernt stand eine halbhohe Mauer. Horne betrachtete sie verächtlich. Ein Mörder, der dort lauerte, würde die freie Fläche überqueren müssen, und Horne hatte etwas Besonderes mitgebracht. Eine kleine Armbrust baumelte an seinem Gürtel, und der Bolzen war bereits an seinem Platz.
Die Dunkelheit wuchs. Horne konzentrierte sich auf die Lichter in der Ferne. Der Wein, den er getrunken hatte, die Angst und die Anstrengungen ließen ihn warm und schläfrig werden. Eine kurze, eiskalte Windbö ließ ihn sich fester in seinen Mantel wickeln, und er versuchte, das warme Blut in seinen Adern im Fluß zu halten. Er starrte in die Finsternis, und sein Mut begann zu verebben, während er sich fragte, wer sein seltsamer Wohltäter wohl sein mochte. Er schloß die Augen, schlief halb, döste. Das hatte Bartholomew Burghgesh ihm immer geraten.
»Ruhe dich aus, wann immer du kannst, mein lieber Adam. Ein echter Soldat ißt, trinkt, schläft und nimmt sich ein Weib, wann immer sich Gelegenheit bietet.«
Horne lächelte. Tapferer, furchterregender Mann! Ein wahrer Paladin! Horne hatte ihn gemocht, aber Ralph Whitton war immer eifersüchtig gewesen, weil Bartholomew der bessere Soldat war. Doch sicher hatte mehr dahinter gesteckt …? Irgend etwas mit Whittons Frau, die wohl ziemlich verschossen in den jungen Bartholomew war, als der eine Zeitlang als Fähnrich im Tower gedient hatte. Horne kicherte. Seltsamer Zufall – genau dort hatte Whitton den Tod gefunden.
Er blickte auf. Hatte er da ein Geräusch gehört? Er saß ganz still und spitzte die Ohren, aber nur das Krächzen der Raben und das Gebell eines Hofhundes drangen durch die eisige Stille. Horne scharrte rastlos mit den Füßen. Ein paar Minuten würde er noch warten, und dann würde er gehen. Er schaute zu Boden. Wer war der Mörder? Könnte es der Hospitaliter Fitzormonde sein? Oder Fulke, Sir Ralphs Bruder? Der hatte Burghgesh ziemlich gut gekannt. Oder jemand anderes, der sich für den

Stellvertreter Gottes auf Erden hielt und Recht und Vergeltung übte? Vielleicht hatte Burghgesh auch überlebt, war in Gefangenschaft geraten und Jahre später nach England zurückgekehrt, um seine Feinde blutig zu vernichten? Oder vielleicht sein Sohn und Erbe? War der wirklich in Frankreich gestorben? Oder hatte er vom schrecklichen Schicksal seines Vaters erfahren und war heimlich zurückgekommen, um die Mörder seines Erzeugers aufzuspüren?

Horne kniff den Mund zusammen. Er mußte der Tatsache ins Auge sehen, daß er ein Mörder war; er hatte mitgeholfen, Burghgesh umzubringen. Manchmal ließ ihn dieser Gedanke nachts schreiend aus dem Schlaf fahren. Hatte Gott ihm vielleicht deshalb den Sohn und Erben verweigert? War die Unfruchtbarkeit seiner Frau Ergebnis göttlicher Gerechtigkeit?

Horne hörte ein Geräusch. Entsetzt sprang er auf und starrte auf die Gestalt vor der Ruinenmauer.

Ein Mann in Ritterrüstung, auf der Brust das rote Kreuz der Kreuzritter, und das Gesicht verborgen unter diesem Helm! Die gleiche stählerne, spitze Haube mit den Adlerschwingen rechts und links und dem blauen Federbusch. Kaltes Grauen erfaßte Hornes Herz.

»Mein Gott!« flüsterte er. »Es ist Burghgesh!«

Oder war es eine Erscheinung aus der Hölle? Die gepanzerte, behelmte Gestalt stand da, die Beine leicht gespreizt, und eiserne Fäuste umschlossen den Griff des großen Schwertes, dessen Klinge auf der Schulter ruhte.

»Bist du Burghgesh?« zischte Horne.

Die Erscheinung kam näher. Nur das Knirschen der gepanzerten Füße auf dem harten Eis war zu hören.

»Adam! Adam!« Die Stimme gehörte Burghgesh, klang aber düster und hohl. »Adam!« rief die Stimme noch einmal. »Ich bin zurückgekehrt, um mich zu rächen. Du, mein Waffengefährte, mein Freund, für den ich mein Leben gegeben hätte ...« Eine

eiserne Hand deutete auf ihn. »Du hast mich verraten! Du, Whitton und die anderen!«
Hornes Hand fuhr zu der kleinen Armbrust, die an seinem Gürtel hing.
»Du bist kein Phantasiegebilde!« fauchte der Kaufmann. »Und wenn doch, fahre zurück zur Hölle, wohin du gehörst!«
Er hob die Armbrust, doch im selben Augenblick sauste das zweischneidige Schwert wie eine Sense durch die Luft und trennte sauber den Kopf des Kaufmanns von den Schultern. Der Kopf flog wie ein Ball durch die Luft, und die Lippen bewegten sich noch. Der Körper stand da wie ein Springbrunnen, der rotes, heißes Blut versprühte, dann sackte er auf das blutbespritzte Eis. Der Henker in seiner Rüstung wischte sorgfältig sein Schwert ab, zog ein Messer und kniete neben dem blutenden Torso seines Opfers nieder.

Ein paar Stunden später stapfte Sir John Cranston, knurrend und fluchend, von der Blind Basket Alley durch die Mincing Lane zur Fenchurch Street hinauf. Der Morgen graute eben, und weil er nicht hatte schlafen können, war er früh aufgestanden, um sich mit dem Ratsherrn Venables über den wegen Mordes an seinem Herrn gesuchten und immer noch verschwundenen Roger Droxford zu beraten. Sir John hatte sich in seinem großen Doppelbett von einer Seite auf die andere geworfen und eine ruhelose Nacht verbracht. Er hatte versucht, ruhig zu bleiben, aber das unerschütterliche Schweigen, das Maude seinem Flehen und seinen Fragen entgegensetzte, ließ ihn vor Wut kochen: Sie nagte immer nur an ihrer Lippe, schüttelte den Kopf und wandte sich unter Tränenfluten ab. Schließlich war Cranston aufgestanden und in sein Schreibzimmer gegangen; weil er sich nicht konzentrieren konnte, hatte er sich schließlich angezogen und war losgegangen, um Venables aus dem Bett zu holen. Cranston grinste boshaft. Es machte Spaß, den braven Rats-

herrn spüren zu lassen, wie es war, vor Tagesanbruch geweckt zu werden. Aber der verschlafen dreinblickende Ratsherr konnte ihm nichts Neues von Droxford berichten.
»Weit kann er nicht geflohen sein, Sir John«, murmelte Venables. »Bei diesem Wetter würde nur ein Narr versuchen, die Stadtgrenze hinter sich zu lassen, und außerdem sind seine Beschreibung und die ausgesetzte Belohnung überall angeschlagen.« Venables grinste. »Schließlich ist er ein Mann, an den man sich erinnern würde.«
»Was meint Ihr damit?«
»Nun, an der einen Hand fehlen ihm zwei Finger, und im Gesicht hat er lauter behaarte Warzen.« Der Ratsherr zog den pelzverbrämten Hausmantel fester um die Schultern, trat auf dem Steinboden unruhig von einem Bein aufs andere und gab dem Coroner zu verstehen, daß er verschwinden solle. »Was ist überhaupt so Besonderes an Droxford, Sir John?«
»Er ist etwas Besonderes, Master Venables, weil er ein Mörder ist und ein Verbrecher, der seinem Herrn über zweihundert Pfund gestohlen hat, und weil es so aussieht, als käme er ungeschoren davon!«
Venables warf einen Blick in Cranstons wütendes Gesicht und pflichtete ihm sofort bei. Sir John stapfte davon und fluchte leise über Amtsträger, denen anscheinend alles egal war. Aber im Grunde seines Herzens wußte er, daß er ein Heuchler war. Die Angelegenheit im Tower war immer noch geheimnisvoll. Der geflohene Droxford – von dem fahrlässigen Ratsherrn ganz zu schweigen – bot ihm nur eine willkommene Gelegenheit, seine schlechte Laune auszutoben.
Er bog in die noch verlassene Lombard Street ein und kam zu dem großen Pranger vor der Poultry. Ein paar Büttel standen um einen Bettler, der dort eingeschlossen war. Füße und Hände klemmten zwischen den schweren Balken, das Gesicht war blaugefroren, die Augen offen.

»Was ist hier los?« polterte Cranston.
Die Büttel traten von einem Bein aufs andere.
»Irgend jemand hat gestern abend vergessen, ihn herauszulassen«, antwortete einer von ihnen. »Das arme Schwein ist erfroren.«
»Dann wird ein anderes Schwein dafür bezahlen!« brüllte Sir John und ging die breite Hauptstraße hinauf zu seinem Haus. Eine verängstigt aussehende Magd machte ihm die Tür auf. Sir John blieb plötzlich stehen, und seine Augen wurden schmal. Hatte er da nicht einen Schatten in der Gasse neben dem Haus gesehen? Er ging zurück. Nichts. Cranston schüttelte den Kopf, schwor sich, weniger zu trinken und rauschte an der bang blickenden Magd vorbei in die Küche. Gott sei Dank, Maude war nicht da. Er hatte die Auseinandersetzungen mit ihr satt.
»Irgendwelche Nachrichten für mich?« kläffte er den bedrückt aussehenden Leif an, der immer noch an seinem Lieblingsplatz neben dem Kamin hockte. Der einbeinige Bettler schaute von einer Schüssel mit Gemüse und Würzfleisch hoch und schüttelte den Kopf.
»Nein, Sir John«, antwortete er. »Aber ich habe die Zinntöpfe poliert.«
»Gut«, knurrte der Coroner. »Wenigstens einer in dieser Stadt, der arbeitet.«
Er goß sich einen großzügig bemessenen Becher Wein ein und nahm ein kleines Weißbrot, das die Köchin zum Auskühlen auf den Küchentisch gelegt hatte. Er brach Stück für Stück davon ab und trank geräuschvoll aus seinem Becher; dabei starrte er wütend ins Kaminfeuer. Was sollte er tun? Die Morde an Whitton und Mowbray im Tower waren so rätselhaft wie eh und je, und Horne hatte er nicht auftreiben können. Sir John wußte, daß es nur eine Frage der Zeit war, wann die Herren im Rathaus – oder, schlimmer noch, der Regent im Savoy-Palast – von ihm Rechenschaft verlangen würden. Es klopfte heftig an der Tür.

»Los, Leif«, knurrte Cranston. »Mir ist zu kalt, um hinzugehen, verdammt!«
Leif schaute ihn mitleidheischend an.
»Los, du fauler Hund!« brüllte Cranston. »In diesem Hause wird nicht bloß auf dem Arsch gesessen und sich das Maul vollgestopft mit jedem Bissen, den du in deine klebrigen Finger kriegst!«
Leif seufzte, stellte seine Schüssel hin und humpelte zur Tür hinaus. Cranston hörte, wie die Tür aufging, dann kam der Mann langsam zurückgehinkt.
»Was gibt's?« Gutmütig zwinkerte Cranston der Magd zu, die ebenfalls zur Tür gelaufen war. Das Mädchen lächelte ängstlich zurück, und Cranston verfluchte sich im stillen. Mit seinem Jähzorn versetzte er jeden in Angst und Schrecken. Er mußte sich besser beherrschen. Vielleicht sollte er Athelstan bitten einzugreifen? »Also«, drängte er. »Wer war da?«
»Niemand, Sir John.«
»Was soll das heißen?«
»Naja, es war niemand da.« Leif lehnte sich haltsuchend an den Türrahmen. »Nur das hier.« Er hielt einen verschlissenen Lederbeutel hoch, der oben zugebunden war und unten feuchte, dunkle Flecken hatte. »Ich habe die Tür aufgemacht«, berichtete Leif schwerfällig, »und es war niemand da, nur dieser Beutel.«
»Dann mach ihn doch auf, Mann!« befahl Sir John gereizt.
Er wandte sich ab, um seinen Becher wieder vollzugießen, fuhr aber herum, als Leif einen Entsetzensschrei ausstieß und die Magd ohnmächtig zu Boden fiel. Der Bettler stand mit schreckgeweiteten Augen und offenem Maul da. In der erhobenen Hand hielt er bei den Haaren den Kopf des Ratsherrn und Kaufmannes Adam Horne.
Nun hatte Cranston schon öfter abgeschlagene Köpfe gesehen, etwa den des ermordeten Wirts, oder wenn irgendein Lord auf dem Tower Hill hingerichtet wurde. Aber dieser Anblick war

wirklich grausig – nicht so sehr wegen der halb geschlossenen Augen oder des immer noch blutenden Halsstumpfes, sondern weil jemand den Mund aufgestemmt und die zerfleischten Überreste von Hornes Genitalien hineingestopft hatte.
Cranston riß dem entsetzten Bettler den Kopf aus der Hand und steckte ihn wieder in den Beutel. Dann stieg er über die immer noch am Boden liegende Magd hinweg, brüllte nach Maude und lief den Korridor hinunter zur Tür. Er riß sie auf und stürmte die Cheapside hinunter wie ein wütender Bulle; aber die verschneite Straße lag verlassen da, und von dem geheimnisvollen, grausigen Besucher war nichts zu sehen oder zu hören. Cranston blieb stehen, beugte sich vor und erbrach sich heftig, als das Grauen dessen, was er gesehen hatte, seinen Geist erreichte und ihm den Magen auswrang wie einen nassen Lappen.
»Dieses Schwein!« flüsterte er. »O Gott, hilf uns!«
Er wankte ins Haus zurück. Maude stand mit bleichem Gesicht am Fuße der Treppe.
»Sir John, was ist?«
»Geh hinauf in dein Zimmer, Weib!« schrie Cranston. »Und bleib dort.«
Er wandte sich zu der Dienerschaft, die sich an der Küchentür zusammendrängte.
»Du!« kläffte Cranston einen an. »Du gehst und holst einen Arzt! Und ihr« – er deutete auf die Köchin und ihre Gehilfin –, »ihr bringt die Magd auf den Söller.«
Das arme, immer noch halb ohnmächtige Mädchen wurde auf die Füße gestellt. Cranston ging in die Küche. Leif saß auf einem Schemel, als hätte ihn der Schlag getroffen. Der Beutel mit seinem grausigen Inhalt lag da, wo Cranston ihn hatte fallen lassen.
Der Coroner lief geschäftig durchs Haus; er rasierte sich, wechselte das Wams, legte seinen Schwertgurt um und nahm den schwersten Mantel vom Haken neben der Speisekammer. In

einem Verschlag fand er einen dicken Mehlsack und steckte vorsichtig den verschlissenen Lederbeutel hinein.
»Leif«, befahl er, »sag Lady Maude, ich gehe zum Rathaus und dann nach Southwark.«
Der sonst so widerspruchsfreudige Bettler war immer noch wie vom Donner gerührt; er starrte den Coroner an und nickte mit offenem Mund. Cranston warf sich den Mehlsack über die Schulter.
»Ach, Leif ...« Er drehte sich noch einmal um und grinste den Bettler boshaft an. »Da ist noch mehr von diesem fetten Eintopf, wenn du willst.«
Leif fing an zu würgen. Cranston stapfte zur Tür hinaus und murmelte Racheschwüre gegen die ganze Welt.

In der Kirche von St. Erconwald hatte Athelstan eben die Totenmesse beendet und segnete gerade den Leichnam eines alten Säufers namens Tosspot, der im Keller der Schenke Zum Gescheckten Pferd gehaust hatte. Tosspot war am vergangenen Nachmittag tot aufgefunden worden. Da es keine Angehörigen gab, hatten Pike und Watkin den Toten in einen Leinensack genäht und auf einem Holzgestell vor dem Chorgitter aufgebahrt. Athelstan hatte strikte Anweisung gegeben: Jeder Arme, der in seiner Gemeinde tot gefunden wurde, bekam ein ehrenvolles Begräbnis. Das galt auch für Tosspot. Athelstan schlug das Kreuz über dem Leichnam und besprengte ihn mit Weihwasser. Die üblichen Messebesucher, darunter auch Benedicta, sahen fasziniert zu, wie Athelstan die Seele beschwor, zu Christus zu gehen, und als Priester der Heiligen Kirche die himmlischen Heerscharen anflehte, der Seele dieses Unglücklichen entgegenzugehen, sie ins Paradies zu führen und nicht dem Satan in die Hände fallen zu lassen. Dann schwieg Athelstan. Und der Leib? dachte er. Würde der in Sicherheit ruhen? Er schaute auf seine Hände und sah den Kalkstaub an den Finger-

spitzen. Woher kam der? Während der Messe war er noch nicht dagewesen.
»Pater?« flüsterte Crim, der Ministrant.
Athelstan schrak hoch.
»Pater«, wiederholte der Junge, und sein Gesicht verzog sich zu einem kecken Grinsen. »Ihr habt aufgehört zu beten.«
Athelstan schüttelte seine Gedanken ab.
»Wir bitten Dich, heiliger Erzengel Michael«, intonierte er das letzte Gebet, »nimm die Seele dieses unseres Bruders ...« Er hielt inne. Wie sollte er ihn nennen? Tosspot? Aber das bedeutete »Saufkopf«. Was würden die Engel von einem solchen Namen denken? »Nimm die Seele unseres Bruders Tosspot«, fuhr er trotzig fort, »zu dir in Abrahams Schoß.«
Der Bruder funkelte die Gemeinde an, aber alle knieten da und hielten die Köpfe weise gesenkt, um ihr Grinsen zu verbergen. Athelstan versuchte, sich seine Verlegenheit nicht anmerken zu lassen; er winkte Watkin und Pike, die Bahre zu nehmen und ihm und Crim, der einen brennenden Kienspan trug, auf den Kirchhof zu folgen. Der kalte Wind draußen blies den Kienspan aus. Crim rutschte auf dem Eis aus und fiel auf den Hintern; er fluchte so laut, daß Athelstan sich auf die Lippe beißen mußte, um ernst zu bleiben. Sie gingen über den einsamen, gespenstischen Kirchhof zu dem flachen Grab, das Pike ausgehoben hatte. Athelstan sah die beiden Aussätzigen in ihren Kapuzenmänteln am Totenhaus. Plötzlich fiel ihm ein, wie er mit dem Zweig die Hostien für die beiden Unglückseligen durch den Lepraspalt geschoben hatte. Athelstan lächelte. Daher kam der Kalkstaub.
Sie hatten das Grab erreicht. Pike und Watkin rollten den alten Tosspot in die flache Grube und bedeckten ihn hastig mit gefrorenen Erdklumpen, während Athelstan ein paar Gebete murmelte. Athelstan segnete das Grab, und Watkin äußerte düster die Hoffnung, der Leichnam möge drinbleiben. Dann kehrten sie in

die Kirche zurück. Athelstan beschloß, die Spekulationen des Mistsammlers zu ignorieren. Die Grabräuber, wer immer sie gewesen sein mochten, waren anscheinend nicht mehr da. Vielleicht waren sie weitergezogen, um einen anderen unglücklichen Priester zu quälen. Er ging durch das Kirchenschiff in die kleine, eisige Sakristei und schrak zusammen, als eine große Gestalt aus dem Schatten hervortrat.

»Sir John!« schimpfte er. »Müßt Ihr da lauern wie ein Dieb in der Nacht?«

Cranston grinste verschlagen. »Ich habe mit dir zu reden, Bruder. Aber nicht hier.«

Athelstan musterte ihn aufmerksam. »Habt Ihr getrunken, Sir John?«

Cranston grinste. »Ja und nein. Schnell! Ich warte, während du dich umziehst.«

Athelstan verbarg seinen Ärger. Er streifte Meßgewand, Stola und Chorrock ab, hängte alles eilig in den Schrank, gab dem gaffenden Crim einen Penny für seine Hilfe und schob Sir John in die Kirche zurück. Dann winkte er Benedicta heran, die vor dem Taufbrunnen stand.

»Schließ die Sakristei ab«, bat er sie leise. »Und dann räumt die Kirche auf.« Er sah sich um. »Watkin!« rief er. Der Mistsammler kam langsam näher und ließ Sir John nicht aus den Augen. »Watkin«, vertraute Athelstan ihm an, »ich werde eine Weile weg sein. Du sollst darauf achten, daß die Kerzen gelöscht werden und die Kirche abgeschlossen ist, und wenn du dir solche Sorgen um den Friedhof machst, kannst du ja selbst dort Wache halten.«

Der Sakristan machte ein gekränktes Gesicht; und Athelstan hätte sich die Zunge abbeißen können. Er hatte nicht so scharf sein wollen, aber Cranstons geheimnisvolles Auftauchen hatte ihn nervös gemacht.

Er führte den Coroner zur Kirche hinaus. Cranston sah Bona-

ventura heranspringen, um sie zu begrüßen, aber er hatte keine Lust darauf, daß der verfluchte Kater sich wieder an seinem Bein rieb; also schickte er Athelstan, die Pferde holen.
»Folge mir, mein Mephistopheles«, knurrte er, »zu einem Ort, wo es warm und sicher ist.«
Sie überquerten den ausgefahrenen Weg, schlängelten sich zwischen schwerrädrigen Karren hindurch und führten die Pferde hinunter zur London Bridge und in die willkommene Wärme der Schenke *Zum Geschecken Pferd*. Cranston liebte dieses Lokal, eine wahre Lasterhöhle, aber auch ein Ort, wo es gutes Ale, feinen Wein und köstliches Essen gab. Selbstverständlich kannte der Coroner den Wirt, Joscelyn, persönlich.
»Ein echter Sünder«, so hatte er ihn einmal beschrieben, »der in den Himmel kommen wird, weil er die Himmelspforte geklaut hat.«
Athelstan gab ihm recht. Der Wirt des *Gescheckten Pferdes* war ein einarmiger ehemaliger Seeräuber, der dem Ordensbruder einmal im Vertrauen erklärt hatte, wie gern er in die Kirche ginge, wenn ihm vom Geruch des Weihrauchs nicht immer so schlecht würde. Athelstan grinste. Es war doch seltsam, daß er gerade erst Tosspot beerdigt hatte, der ausgerechnet in diesem Wirtshaus Krüge und Teller abgewaschen hatte. Er sah sich um. Das Lokal sah sauberer aus; die Wände waren frisch verputzt, das Holz neu gestrichen, und die Binsenstreu auf dem Boden war frisch und duftete. Joscelyn kam ihnen entgegengewatschelt. Der alte Halunke strahlte über das ganze feingeäderte Gesicht, und seine eine Hand kratzte sein Kinn, als er genüßlich an den fetten Gewinn dachte, der da in Aussicht stand. Sir John war ein tüchtiger Trinker und bei den Wirten der Stadt sehr beliebt.
»Mylord Coroner«, sagte Joscelyn und verneigte sich spöttisch. »Ihr seid mir höchst willkommen in meiner bescheidenen Behausung.«

»In drei Teufels Namen, du alter Halunke!« dröhnte Cranston. »Bist du zu deinen alten gottlosen Gewohnheiten zurückgekehrt? Woher hast du das Geld, um diese Kloake der Niedertracht zu säubern?«

Joscelyn zuckte die Achseln und spreizte die Finger. »Ich habe einen neuen Partner«, verkündete er stolz. »Er hat sein Wirtshaus in der Barbican Street verkauft und ist auf die andere Seite des Flusses gezogen, um von der Schnüffelei gewisser Herren Coroner verschont zu werden.«

Cranston brüllte vor Lachen und ging mit Athelstan in eine Ecke, wo abseits der übrigen Gäste noch ein Tisch und ein paar Schemel standen. Athelstan war ziemlich verlegen. An den Weinfässern hatte er Pike, den Grabenbauer, entdeckt; die Friedhofserde klebte noch an seinen Händen, und er war in ein Gespräch mit einigen Fremden vertieft. Die Große Gemeinde, dachte Athelstan, Bauern von den verschneiten Feldern außerhalb Londons, die sich hereinschlichen, um vom Aufstand zu reden, Verrat zu planen und Komplotte zu schmieden. Pike bemerkte ihn und hob mit wachsamem Blick seinen Bierkrug. Athelstan lächelte ihm zu, und kurz darauf stand Pike auf und ging mit seinen Kumpanen hinaus.

Cranston hockte sich mit dem Rücken zur Wand und spähte hungrig zu den Schinken und Fleischbrocken hinauf, die an Stricken von den Deckenbalken zum Trocknen hingen. Er sah, wie ein Schankbursche ein neues Faß anstach, und durch eine offene Tür konnte man einen Blick in die Küche mit dem riesigen Ofen werfen, wo Joscelyn sein eigenes Brot buk. Ein Junge mit staubgrauem Gesicht harkte Kohlen und Holz zu einem sauberen weißen Aschehaufen zusammen. Man würde das Brot hineinschieben, den Ofen verschließen, und während er abkühlte, würde das Brot darin backen. Ein sonderbares Gasthaus, dachte Sir John, mitten im Herzen von Southwarks Dreck, aber die Biere und Weine waren immer frisch und die Speisen köstlich. Auf einem Tisch entdeckte er einen großen Gewürzbehälter aus Silber. Cranston kratzte sich am Kopf. Soviel neuer Reichtum. Müßig fragte er sich, ob Joscelyn vielleicht wirklich zu seinen alten Gewohnheiten zurückgekehrt war und ein kleines Schmugglerunternehmen betrieb.

Athelstan betrachtete den Coroner aus dem Augenwinkel. Sir Johns Laune hatte sich zwar gebessert, aber Athelstan graute davor, einen ganzen Tag lang zuzuschauen, wie er einen Becher Wein nach dem anderen hinunterschüttete. Der Wirt kam.

»Mylord Coroner, wollt Ihr etwas bestellen?«

Cranston starrte versonnen zur Decke hinauf.

»Keinen Fisch«, sagte er dann. »Einen Fasan vielleicht oder ein paar Wachteln, goldbraun geschmort und mit Kräutern gefüllt. Und eine dicke Tunke dazu. Und frisches Brot.«

»Und der ehrwürdige Vater?« fragte Joscelyn sarkastisch.

»Der ehrwürdige Vater«, erwiderte Athelstan geschmeidig, »möchte einen Teller dicke Lauchsuppe, etwas Brot und einen Becher Wein – mehr Wasser als Wein.«

Sie warteten, bis Joscelyn gegangen war.

»Nun, Mylord Coroner?« fragte Athelstan. »Was ist passiert?«

Cranston schilderte in kurzen, bündigen Sätzen das grausige Ereignis, das in seinem Haus stattgefunden hatte. »Ich war auch schon im Rathaus«, schloß er betrübt. »Der Bürgermeister hat mir unmißverständlich zu verstehen gegeben, wie unzufrieden Seine Gnaden der Regent über unsere mangelnden Fortschritte ist. Adam Horne gehörte anscheinend zu seinem Gefolge.«

»Und was habt Ihr geantwortet?«

»Ich habe ihm gesagt, daß mich das alles einen Rattenarsch interessiert und ich mein Bestes tue.«

»Vermutlich war der Bürgermeister mit dieser wortgewaltigen Antwort zufrieden, oder?«

Cranston lehnte sich an die Wand. »Oh, wir hatten einen Streit, aber ich bin vernünftig genug, die Konfrontation nicht zu su-

chen. Ich habe ihm erklärt, daß wir Horne gesucht und nicht gefunden haben.« Er sah Athelstan an, und sein Blick war voller Selbstmitleid. »Ich muß diese Sache mit Lady Maude aus der Welt schaffen«, sagte er leise. »Sie benebelt mir den Verstand.«
Athelstan wartete, bis die schlampige Bedienung ihnen die Weinbecher hingestellt hatte.
»Sir John, wir wollen die Ereignisse einmal der Reihe nach betrachten.« Er hob eine Hand. »Nein, das ist notwendig. Und – bitte, verzeiht mir – wir müssen die Angelegenheit mit Lady Maude einstweilen beiseite stellen.«
Cranston nickte düster.
»Sir Ralph Whitton«, begann Athelstan, »wurde gewarnt, daß er sterben werde, weil er vor Jahren in Outremer einen schrecklichen Verrat begangen hat. Ich weiß«, fügte er leise hinzu, »daß er einer solchen Tat schuldig war. Deshalb hat er hinten in sein Stundenbuch all diese Gebete an Julian, den Hospitaliter, gekritzelt.«
»Wer war denn das?«
»Ein Ritter, der schreckliche Mordtaten begangen hat und sein restliches Leben damit zubrachte, Buße zu tun. Jedenfalls«, fuhr Athelstan fort, »zieht Sir Ralph aus seinem Gemach in die vermeintliche Sicherheit der nördlichen Bastion. Er hat Angst und will nicht einmal seinen maurischen Diener Rastani mitnehmen. Am Abend vor seinem Tod trinkt er viel und zieht sich dann in seine Schlafkammer zurück. Was ist danach passiert?« fragte Athelstan, um Cranston aus seinen finsteren Grübeleien zu reißen.
Der Coroner trank geräuschvoll aus seinem Becher. »Tja, lieber Bruder, nach allem, was wir wissen, schloß Sir Ralph die Tür von innen ab, ging zu Bett und nahm den Schlüssel mit. Die Tür zu dem Gang, an dem sein Zimmer liegt, wurde von den beiden Wächtern verschlossen; das andere Ende des Ganges ist durch eingestürztes Mauerwerk versperrt. Die Wächter sind die ganze

Nacht auf ihrem Posten im Eingang zur Nordbastion. Sie sind vertrauenswürdig, und der Schlüssel zum Gang und ein zweiter Schlüssel zu Sir Ralphs Kammer hängen neben ihnen an einem Haken. Wir haben zuverlässig ermitteln können, daß keiner der beiden Wächter seinen Posten verlassen hat und beide nichts Außergewöhnliches gesehen und gehört haben.«

»Und jetzt zum Mord«, drängte Athelstan.

»Der junge Geoffrey«, fuhr Cranston fort, »an dem Sir Ralph offenbar einen Narren gefressen hatte, erscheint früh am nächsten Morgen. Die Wächter durchsuchen ihn nach Waffen und schließen ihm dann die Tür zum Gang auf. Diese Tür wird, anscheinend weil Sir Ralph es so befohlen hat, gleich wieder abgeschlossen, und Geoffrey geht, um ihn zu wecken. Die Wachen hören ihn klopfen und rufen, dann kommt unser junger Held zurück. Er verkündet, er sei außerstande, Sir Ralph zu wecken, will umkehren, um selbst aufzuschließen, besinnt sich aber und läuft zu Colebrooke, dem Lieutenant. Zusammen kehren sie zurück und öffnen Sir Ralphs Kammer. Der Raum ist unberührt, aber Whitton liegt mit durchgeschnittener Gurgel im Bett. Der Leichnam ist eiskalt, und die Fensterläden stehen sperrangelweit offen. Und hier, mein lieber Bruder, fangen unsere Probleme an.«

»Nicht, wenn wir bei unserer Schlußfolgerung bleiben«, erwiderte Athelstan. »Daß nämlich jemand den zugefrorenen Wassergraben überquert hat und über die Trittstufen in der Mauer zu Sir Ralphs Kammer hinaufgeklettert ist. Der Mörder schob den Riegel der Fensterläden hoch, stieg hinein und beging das Verbrechen. Allerdings ist auch unsere Schlußfolgerung nicht unproblematisch. Wieso nämlich ist Sir Ralph einfach liegengeblieben und hat sich die Kehle durchschneiden lassen? Er war Soldat, ein Kämpfer.« Der Ordensbruder schüttelte den Kopf. »Wir wissen nur, daß der Mörder zu jenen Bewohnern des Tower gehören muß, die wußten, daß Sir Ralph umgezogen war;

entweder hat er oder sie den Mord dann eigenhändig begangen oder dafür einen Berufsmörder angeheuert.« Athelstan schaute hinüber zu einer Gruppe Würfelspieler, die am anderen Ende des Schankraumes lärmten.
»Und der Mord an Sir Gerard Mowbray«, stellte Cranston fest, »ist auch nicht klarer. Wer hat die Sturmglocke geläutet? Wie ist Mowbray abgestürzt? Hornes Ermordung«, fuhr er fort, »sieht dagegen relativ einfach aus. Der Mörder machte sich sein schlechtes Gewissen und seine Angst zunutze und lockte den Unglücklichen an jenen grausigen Ort und in den Tod.«
»Wo ist er denn gestorben?« fragte Athelstan.
»In den alten Ruinen nördlich des Tower. Und – bevor du fragst: Sein Mörder hat keine Spuren hinterlassen.«
»Und die Verdächtigen?« fragte Athelstan müde, beugte sich vor und legte dem Coroner die Hand auf den Arm. »Kommt, Sir John, benutzt Euren scharfsinnigen Verstand.«
Cranston zuckte die Achseln.
»Also, es könnte Sir Fulke gewesen sein. Die Schnalle, die auf dem Eis lag, gehört ihm, und er hat Vorteile vom Tod seines Bruders. Sir Ralphs Diener Rastani wäre geschmeidig und kräftig genug, um die Mauer hinaufzuklettern.« Cranston zog eine Grimasse. »Ich habe übrigens ihre Angaben zu dem Abend, an dem Sir Ralph starb, nachgeprüft. Sir Fulke und Rastani waren nicht im Tower, und es gibt Leute, die das bezeugen können.«
»Master Geoffrey könnte der Täter sein«, meinte Athelstan. »Aber in der Nacht, als Sir Ralph starb, lag er in Philippas Bett, und in der Nacht von Sir Gerards Tod war er ebenfalls im Gemach seiner Lady. Gut, er kam, um Sir Ralph zu wecken, wurde aber nach Waffen durchsucht, hatte keinen Schlüssel, und selbst wenn er die Kammer betreten hätte – Günstling oder nicht –, hätte Sir Ralph sich wohl kaum in aller Ruhe die Kehle von ihm durchschneiden lassen.« Athelstan rieb sich das Gesicht. »Die Möglichkeiten sind endlos. Hammond, der Gauner

von Kaplan. Colebrooke, der neidische Lieutenant. Die ehrwürdige Mistress Philippa. Nicht zu reden von unserem Hospitaliter, der uns vielleicht nur einen Haufen Lügen erzählt hat.« Der Bruder machte schmale Augen. »Wir müssen alle überprüfen«, sagte er.

»Und Rothand«, bemerkte Cranston. »Der Mann ist vielleicht nicht so verrückt, wie er aussieht.«

Athelstan blickte auf und lächelte. »Wir haben Fortschritte gemacht, Sir John. Wenn man Fitzormonde glauben darf, kennen wir den Grund für die Mordtaten: Burghgeshs Tod auf dem unseligen Schiff im Mittelmeer vor so vielen Jahren. Das Bild auf dem Pergament soll die Mörder an ihre üble Tat erinnern, und der Sesamkuchen ist ein Zeichen für ihr bevorstehendes Ende.«

»Und das« – Cranston brüllte fast und bedeutete dem Wirt, ihm endlich das Essen zu bringen, denn sein Magen knurrte – »bringt uns zum nächsten Geheimnis. Ist Burghgesh wirklich tot? Oder ist er wieder da und verbirgt sich in London, vielleicht sogar im Tower? Oder steckt sein Sohn dahinter? Oder ein Freund?«

Cranston lehnte sich zurück; Joscelyn brachte die dampfenden Schüsseln mit dem Essen. Sir John bediente er eigenhändig; er schnitt mit seiner einen Hand dicke Scheiben von der Fasanenbrust ab und legte sie geschickt auf den Zinnteller, während eine Magd mit einem Krug dampfender Sauce herbeikam, in der der Vogel geschmort war. Sir John grinste dankend, zog seinen eigenen Zinnlöffel aus der Tasche, griff nach seinem Dolch und machte sich über das Essen her, als hätte er seit Tagen nichts mehr bekommen. Athelstan sah staunend zu: Sir Johns unablässiger Hunger faszinierte ihn stets. Eine Hausmagd brachte auch ihm sein Essen, eine Schüssel mit dicker, starkgewürzter Suppe. Athelstan bat um einen Zinnlöffel und aß langsam.

»Die haben das Brot vergessen«, brummte Sir John.

Athelstan rief das Mädchen zurück, und sofort wurden kleine, frische, in Leintücher gewickelte Weißbrote herbeigebracht. Athelstan dachte über das Besprochene nach und wartete, bis Sir John seinen größten Hunger gestillt hatte.
»Eines haben wir übersehen«, sagte er dann.
»Nämlich?« mampfte Cranston mit vollem Mund.
»Nach dem Mord an Horne wissen wir, daß der Täter uns kennt. Weshalb hätte er Euch sonst eine so grausige Jagdtrophäe ins Haus geschickt?«
»Weil der Hund verrückt ist!«
»Nein, nein, Sir John. Es soll eine Warnung sein. Dieser Mörder bildet sich ein, Gottes Werk zu tun. Er schickt uns eine Botschaft: Haltet Euch zurück, bis meine Arbeit getan ist. Mischt Euch nicht ein.« Athelstan ließ den Löffel sinken. »Was für eine schreckliche Sache«, flüsterte er. »Einem Mann die Genitalien abzuhacken und sie dem abgetrennten Kopf in den Mund zu stopfen. Aber Fitzormonde hat so etwas erwähnt.«
»Was denn?«
»Nun, der Kalif von Ägypten habe jeden so bestraft, der gegen seinen Befehl verstieß – Kopf und Genitalien abgehackt und auf dem Stadttor von Alexandria zur Schau gestellt. Es liegt auf der Hand, Sir John«, fuhr er fort, »daß unser Mörder jemand sein muß, der in Outremer war, jemand, der über die Haschischoni Bescheid weiß – bedenkt den flachen Sesamkuchen und die schreckliche Art, den Leichnam eines hingerichteten Verbrechers zu demütigen.«
Cranston ließ seinen Dolch sinken. »Aber wer ist es, Bruder?«
»Ich weiß nicht, Sir John, aber ich glaube, wir sollten noch einmal in den Tower gehen und mit unseren Verdächtigen sprechen.«
»Und dann?«
»Dann gehen wir nach Woodforde.«
Cranston stöhnte.

»Sir John«, beharrte Athelstan, »es ist nicht weit – ein paar Meilen durch Aldgate, und dann die Mile End Road hinunter. Wir müssen herausfinden, ob Burghgesh je zurückgekehrt ist und was aus seinem Sohn geworden ist. Außerdem«, fügte er hinzu, »findet Ihr dabei vielleicht ein bißchen Zeit, um über Lady Maude nachzudenken.«
Cranston stieß seinen Dolch in ein Stück zartes Fleisch, willigte brummend ein und aß weiter, als hänge sein Leben davon ab.

10. Kapitel

Athelstan und Cranston beendeten ihre Mahlzeit und überquerten die London Bridge. Unter ihnen rauschte das Wasser schwarz und träge, und die Eisschollen krachten gegen die Verkleidungen, die die Holzpfeiler der Brücke vor dem Wüten der Themse schützen sollten. Sie kamen durch Billingsgate. Die Verkaufsstände verströmten heftigen Gestank; sie waren wieder frisch gefüllt mit Hering, Kabeljau, Schleie und sogar Hecht, denn auch die Flotte der Fischerboote hatte den Wetterumschwung genutzt.
Im Tower herrschte reges Treiben, als sie ankamen. Wie jeder gute Soldat ließ Colebrooke die Garnison arbeiten, um die durch den Frost ausgelöste Trägheit zu beenden und sich selbst von den Morden abzulenken. Der Lieutenant stand auf dem Tower Green und rief den Arbeitern, die die Steinschleudern, die Skorpione und die großen Rammen überholten, Befehle zu. Bogenschützen standen knöcheltief im Matsch und übten an den Zielscheiben; andere wurden von ihren Feldwebeln gnadenlos gedrillt. Athelstan entsann sich, Gerüchte gehört zu haben: Im

Frühjahr würden die Franzosen vielleicht die Kanalhäfen angreifen und sich sogar die Themse heraufkämpfen, um die Stadt zu plündern und niederzubrennen.
Colebrookes Mißvergnügen, als er Cranston und Athelstan sah, war unübersehbar.
»Habt Ihr den Mörder gefunden?« schrie er.
»Nein, Master Lieutenant«, antwortete Cranston. »Aber wir werden ihn finden. Und wenn es soweit ist, könnt Ihr die Galgen bauen.«
Cranston trat beiseite, als ein Metzger und zwei Bogenschützen Fässer mit gepökeltem Schweinefleisch zum Vorratslager rollten. Der Coroner rümpfte die Nase. Trotz der starken Gewürze und der dicken weißen Salzschicht roch das Fleisch faulig, und er mußte würgen, als er Insekten über den Rand der Fässer krabbeln sah. Im stillen schwor er sich, kein Essen aus den Vorratskammern oder den Küchen des Tower anzunehmen.
Colebrooke sah, daß seine Besucher sich nicht abschrecken ließen, wandte sich ab und erteilte ein paar Befehle. Athelstan nutzte den Moment, um zu dem Bären hinüberzuschleichen, der in seinem eigenen Kot hockte und einen Berg Unrat plünderte. Der verrückte Rothand saß da wie ein Kobold und betrachtete das Untier fasziniert.
»Du bist zufrieden, Rothand?« fragte Athelstan leise.
Der Mann zog eine Grimasse und wedelte mit den Händen, wie um den Bären zu imitieren. Athelstan kauerte sich neben ihn.
»Magst du den Bären, Rothand?«
Der Bursche nickte, ohne den Bären aus den Augen zu lassen.
»Der Ritter aber auch«, sagte er mit schwerer Zunge, und Athelstan roch Weingestank.
»Welcher Ritter?«
»Der mit dem Kreuz.«
»Du meinst Fitzormonde?«
»Ja, ja, Fitzormonde. Der kommt oft und gafft ihn an. Rothand

mag Fitzormonde. Rothand mag auch den Bären. Den Colebrooke mag Rothand nicht. Colebrooke würde Rothand umbringen.«
»Mochtest du Burghgesh?« fragte Athelstan schnell, und er sah, daß die Augen des Irren aufleuchteten. »Du kanntest ihn«, fügte er hinzu. »Als junger Soldat hat er hier gedient.«
Rothand blickte weg.
»Du erinnerst dich doch?« drängte Athelstan.
Der Verrückte schüttelte den Kopf und starrte den Bären an, aber Athelstan sah, daß er mit den Tränen kämpfte. Der Ordensbruder erhob sich seufzend und klopfte sich das Eis von der Kutte.
»Bruder Athelstan!« schrie Cranston. »Master Colebrooke ist ein vielbeschäftigter Mann. Er sagt, er kann nicht den ganzen Tag warten, während du dich mit einem Verrückten unterhältst!«
»Master Colebrooke sollte begreifen«, erwiderte Athelstan, »daß es Ansichtssache ist und wohl auch dem Urteil Gottes unterliegt, wer verrückt ist und wer nicht.«
»Pater, es war ja nicht böse gemeint«, sagte Colebrooke; er nahm den kegelförmigen Helm ab und hielt ihn in den Armen. »Aber ich habe hier eine Garnison zu führen. Ich werde tun, was Ihr wollt.«
Athelstan lächelte. »Gut. Mowbrays Leichnam – wo liegt der?«
Colebrooke deutete auf die Kapelle von St. Peter ad Vincula. »Vor dem Chorgitter. Morgen wird er auf dem Friedhof der Allerheiligenkirche begraben.«
»Ist er schon eingesargt?«
»Nein, nein.«
»Gut. Ich will die Leiche sehen, und danach würden Mylord Coroner und ich gern mit all denen sprechen, die von Sir Ralphs Tod berührt sind.«
Colebrooke stöhnte auf.
»Wir sind hier im Auftrag des Regenten«, betonte Athelstan.

»Wenn die Angelegenheit geklärt ist, werde ich in meinem Bericht auch die Unterstützung erwähnen, die wir bei unseren Ermittlungen bekommen oder nicht bekommen haben. Wir erwarten die Leute in der Kapelle von St. John.«
Colebrooke lächelte gezwungen und eilte davon; unterwegs befahl er einigen Soldaten, Sir Fulke und die anderen zu suchen.
Cranston und Athelstan gingen zu St. Peter. Die Kirche war ein strenger, ernster Ort, kalt und klamm. Das Kirchenschiff war viereckig, und runde Säulen bewachten dunkle Seitengänge. Eine kleine Fensterrosette in der Giebelwand spendete Licht. Das Chorgitter war aus poliertem Eichenholz, und davor lagen, von Kerzen umgeben, die beiden Toten Sir Ralph Whitton und Sir Gerard Mowbray. Die Einbalsamierer hatten getan, was sie konnten, aber schon im Kirchenschiff drang Cranston und Athelstan der Geruch der Verwesung in die Nase.
Die beiden Leichname lagen unter Leintüchern auf geflochtenen Matten und Holzgestellen. Cranston blieb stehen und winkte Athelstan weiterzugehen.
»Ich habe zu fett gegessen, Bruder«, brummte er. »Sieh dir an, was du willst, und dann laß uns verschwinden.«
Athelstan gehorchte nur zu gern. Er ignorierte Sir Ralphs Leichnam und schlug die Insignien des Hospitaliters und das Leintuch darunter beiseite. Mowbrays Gesicht wollte er nicht sehen; er kannte das Gesicht des Todes. Statt dessen untersuchte er die weißen, schorfigen Beine des Hospitaliters. Er nahm eine der Kerzen, um den bläulichgelben Bluterguß am rechten Bein des Toten unter dem Knie zu inspizieren. Befriedigt zog er das Leintuch wieder an seinen Platz, steckte die Talgkerze in den Halter, kniete kurz vor dem Allerheiligsten und ging zum Ausgang. Cranston folgte ihm, so schnell er konnte. Draußen blieben sie stehen und sogen gierig die erfrischende kalte Luft ein.
»Gütiger Gott, Sir John«, sagte Athelstan. »Ich dachte ja immer,

St. Erconwald ist schlimm; aber wenn ich jemals wieder darüber jammere, müßt Ihr mich an diese Kirche erinnern, und ich halte den Mund.«
Cranston grinste. »Aber mit Vergnügen, Bruder. Hast du gefunden, was du gesucht hast?«
»Ja, Sir John. Ich glaube, Sir Gerard wurde nicht von der Mauer heruntergestoßen, sondern jemand hat einen Speer oder ein Stück Holz oben über die Treppe gelegt, als der Hospitaliter am anderen Ende des Wehrganges auf seinem gewohnten Platz beim Salt Tower stand. Im Schutze der Dunkelheit wäre das möglich gewesen, wenn Sir Gerard in Gedanken versunken war.« Mit schmalen Augen schaute er zur fernen Mauer hinüber. »Die Sturmglocke ertönte. Mowbray lief den Wehrgang entlang. Im Dunkeln sah er das Hindernis nicht, stieß mit dem Bein dagegen, rutschte und stürzte in den Tod.«
»Aber wir wissen nicht, wer die Glocke geläutet oder die Stange über die Treppe gelegt hat«, sagte Cranston. »Du darfst nicht vergessen, daß außer Colebrooke und Fitzormonde alle bei Mistress Philippa waren.«
»Colebrooke könnte es getan haben«, meinte der Bruder. »Er könnte den Ritter oben an der Brustwehr gesehen, sich hinaufgeschlichen und die Stange hingelegt haben, um dann auf irgendeine Weise die Sturmglocke läuten zu lassen.«
»Aber wir haben keine Beweise.«
»Nein, Sir John, noch nicht. Aber wir tragen sie zusammen, Stück für Stück.« Athelstan seufzte. »Nur die Zeit wird zeigen, ob wir Erfolg haben.«
Sie fanden Colebrooke und die anderen in der Kapelle von St. John. Das Mißvergnügen über diese Versammlung war unübersehbar. Hammond drehte ihnen halb den Rücken zu. Fulke räkelte sich auf seinem Platz und schaute an die Decke. Rastani wirkte selbstbewußter; Athelstan sah den sarkastischen Spott in seinen dunkel funkelnden Augen. Colebrooke marschierte auf

und ab wie bei einer Parade, und Mistress Philippa lehnte an der Wand und starrte betrübt auf das Tower Green hinunter.
»Wo ist Geoffrey?« fragte Athelstan.
»Geoffrey Parchmeiner«, antwortete Fulke, »mag ein ziemlich ängstlicher, törichter junger Mann sein, der viele Laster hat.« Der Ritter ignorierte den erbosten Blick seiner Nichte. »Aber er arbeitet schwer. Er hat Besseres zu tun, als im Tower herumzulungern und müßige Fragen zu beantworten, während brave Männer getötet werden und der Mörder ungeschoren herumspaziert.«
»Ich danke Euch für diese Rede, Sir Fulke«, versetzte Cranston und strahlte mit gespielter Freundlichkeit in die Runde. »Wir haben nur eine Frage – und ich muß mich bei Euch entschuldigen, Sir Brian –, aber es ist nur ein Name, weiter nichts. Bartholomew Burghgesh. Sagt das einem von Euch irgend etwas?«
Athelstan war verblüfft über die Verwandlung, die Cranstons Worte auslösten. Das Grinsen des Coroners wurde breiter.
»Gut«, stellte er fest. »Jetzt haben wir Eure Aufmerksamkeit.« Er warf einen kurzen Blick auf den wütenden Hospitaliter. »Sir Brian, Ihr braucht nicht zu antworten, und wenn Ihr Geduld habt, werdet Ihr sehen, warum wir fragen. Nun?« Der Coroner klatschte in die Hände. »Bartholomew Burghgesh?«
»Bei den Zähnen der Hölle!« schnarrte Sir Fulke und trat in die Mitte des Raumes. »Treibt keinen Schabernack, Sir John. Burghgesh war ein Name, dessen Erwähnung mein Bruder, Sir Ralph, in seiner Gegenwart nicht geduldet hätte!«
»Warum nicht?« fragte Athelstan unschuldsvoll.
»Weil mein Bruder den Mann nicht ausstehen konnte.«
»Aber sie sind doch Waffenbrüder gewesen.«
»Gewesen«, betonte Sir Fulke. »In Outremer hatten sie einen Streit. Später kam Bartholomew ums Leben, als sein Schiff im Mittelmeer von maurischen Piraten gekapert wurde.«

»Warum?« fragte Cranston.
»Warum was?«
»Warum konnte Euer Bruder Burghgesh nicht ausstehen?«
Fulke kam näher und senkte den Blick. »Es war eine Ehrensache«, sagte er leise, fuhr sich mit der Zunge über die Lippen und schaute nervös Philippa an. »Sir Ralph hat Bartholomew einmal beschuldigt, er widme deiner Mutter, seiner Frau, zuviel Aufmerksamkeit.«
»Und traf diese Beschuldigung zu?« wollte Athelstan wissen.
Fulkes Miene wurde milder. »Nein«, stammelte er. »Ich will ehrlich sein – ich mochte Bartholomew. Er war lustig und glaubte von allen immer nur das Beste. Er war sanftmütig und höflich.«
Athelstan spürte plötzlich die stählerne Härte in Sir Fulkes Charakter.
»Ihr hattet ihn wirklich gern, nicht wahr?«
»Ja. Ich war sehr betrübt, als ich von seinem Tod erfuhr.« Er scharrte mit den Füßen und schaute zu Boden. »Ehrlich gesagt«, fuhr er fort, »als ich jünger war, wünschte ich mir immer, Bartholomew wäre mein Bruder, weil ich – Gott verzeihe mir – Ralph nicht leiden konnte.« Er hob den Kopf, und sein Blick war traurig. »Vor Jahren dienten er und Bartholomew hier im Tower als Offiziere.« Fulke hustete und räusperte sich. »Mein Bruder war heimtückisch. Er war grausam. Er hat Rothand schlecht behandelt. Er hat sogar den Priester hier geschlagen, als er noch ein junger Novize war.«
Der Kaplan errötete verlegen. »Los, sagt endlich die Wahrheit!«
Fulke schaute wütend in die Runde und fletschte die Zähne wie ein Hund. »Sir Ralph war allen verhaßt!«
Kreideweiß vor Wut, trat Mistress Philippa vor. »Mein Vater liegt aufgebahrt und erwartet seine Beerdigung, und du sprichst so schlecht von ihm!«
»Gott verzeihe mir, Philippa, aber ich sage die Wahrheit!« Fulke

streckte die Hand aus. »Frag Rastani! Wer hat ihm denn die Zunge herausgerissen, als er ein Junge war?«
Der Schwarze starrte ihn an, ohne mit der Wimper zu zucken.
»Das stimmt«, schaltete sich Fitzormonde ein. »Als es zum erstenmal böses Blut zwischen Burghgesh und Whitton gab, ging es um den Mohren.«
Fulke ließ sich auf die Bank fallen. »Ich habe genug gesagt«, seufzte er. »Aber ich habe diese Fragen satt. Philippa, dein Vater war ein Schweinehund, und niemand hier wird mir widersprechen.«
Cranston und Athelstan waren verblüfft über diesen unverhofften Ausbruch von Haß und Feindseligkeit. Du lieber Gott, dachte Athelstan: Jeder von ihnen konnte Sir Ralphs Mörder sein. Burghgesh war sehr beliebt gewesen. Hielt einer der Anwesenden sich für Gottes Henker, der den Tod des guten Mannes zu rächen hatte? Athelstan schaute in die Runde.
»Master Parchmeiner wird heute nicht kommen?« fragte er, die plötzliche Stille nutzend.
»Nein«, antwortete Sir Fulke müde. »Um Himmels willen, Pater, wer würde sich gern hier aufhalten? So viele Erinnerungen, so viel Haß.«
Mistress Philippa saß zusammengesunken auf einer Bank und hatte die Hände vors Gesicht geschlagen. Sir Fulke ging zu ihr und tätschelte ihr leicht die Schulter. Cranston sah, daß Rastani spöttisch die Mundwinkel verzog. War er der Mörder? Der Coroner dachte an Athelstans Worte: Adam Hornes Mörder hatte eine Methode benutzt, mit der man in den maurischen Ländern den Leichnam eines Verbrechers und Verräters schändete.
»Wir haben genug gesehen«, flüsterte Athelstan. »Wir sollten jetzt gehen.«
»Eines noch«, sagte Cranston. »Ihr kennt den Kaufmann Adam Horne?«

»Noch so ein Schweinehund«, zischte Sir Fulke. »Ja, ja, Sir John, Horne war ein Freund meines Bruders.«
»Nun, er ist tot«, verkündete Cranston ohne Umschweife. »Gestern nacht in den Ruinen nördlich von hier ermordet.«
Fitzormonde fluchte leise. Die anderen blickten erschrocken auf.
»Ich wüßte zu gern, wo jeder einzelne von Euch gewesen ist«, sagte Cranston.
»Bei den Zähnen der Hölle, Sir John!« fauchte Colebrooke. »Jetzt, wo es getaut hat, kann jeder unauffällig kommen und gehen.«
Cranston lächelte matt. Der Lieutenant hatte recht: Es wäre praktisch sinnlos, von allen Rechenschaft über ihre Aktivitäten zu fordern. Horne konnte zu jeder beliebigen Zeit zwischen Abenddämmerung und Morgengrauen ermordet worden sein.
»Kommt, Sir John«, sagte Athelstan.
Cranston winkte Colebrooke heran, und sie verabschiedeten sich. Sie sprachen kaum ein Wort, bis sie ihre Pferde abgeholt, den Tower verlassen und die Richtung nach Eastcheap eingeschlagen hatten.
»O Herr, errette uns!« Cranston brach unvermittelt das Schweigen. »Wieviel Haß doch des Menschen Herz erfüllt, wie, Bruder?«
»Aye«, antwortete Athelstan und lenkte Philomel behutsam von der verschneiten Kloake weg, die in der Mitte der Straße entlangführte. »Vielleicht sollten wir alle das bedenken, Sir John. Kleine Eifersüchteleien und Mißverständnisse können aus den Funken eines Zanks ein tosendes Feuer des Hasses entfachen.«
Cranston warf Athelstan einen Blick zu und lächelte über diese stachelige Ermahnung: Was für Fulke und die anderen im Tower galt, galt natürlich auch für seine Beziehung zu Lady Maude. »Wohin jetzt, Bruder?« fragte er.

»Zu Master Parchmeiners Laden gegenüber dem Chancellor's Inn bei St. Paul.«
»Warum?« fragte Cranston.
»Weil er nicht bei den anderen im Tower war, Sir John, und weil wir jeden befragen müssen.«
Sie ritten die Candlewick Street zur Trinity hinauf, in einem wohlhabenden Stadtteil, den Athelstan nur selten besuchte. Die Häuser waren geräumig und beeindruckend; die unteren Stockwerke waren aus massivem Holz gebaut, die überhängenden Giebel darüber ein Fachwerk aus schwarzen Balken und weißem Putz. Die Dächer waren mit Ziegeln gedeckt, anders als viele der Häuser in Athelstans Pfarrgemeinde, die sich mit Ried oder Stroh begnügen mußten. Viele der Fenster waren aus reinem Glas und mit Holzläden und Eisengittern gesichert. In diesen Häusern spülten Dienstboten regelmäßig die Kloake mit dem Wasser, das sie zum Waschen der Kleider benutzten; deshalb stank es hier nicht so wie in Southwark. Vor etlichen der imposanten Hauseingänge standen bewaffnete Gefolgsleute mit den bunten Wappen ihrer Herren, auf denen Bären, Schwäne, geflügelte Drachen, Löwen und noch seltsamere Tiere dargestellt waren. Untersetzte, wohlgenährte Kaufleute spazierten Arm in Arm mit ihren rundlichen Ehefrauen, die in Seide und Satin gehüllt und mit winzigen Perlen von exquisiter Zartheit geschmückt waren. Zwei Domherren aus der Kathedrale in dicken wollenen, mit Hermelin verbrämten Roben stolzierten vorbei. Eine Gruppe von Rechtsanwälten in roten und violetten, lammwollgefütterten Gewändern schlenderten arrogant vorüber; sie hatten ihre Mäntel zurückgeschlagen und stellten prachtvolle, tiefhängende Gürtel zur Schau.
Schweine mit Glocken um den Hals streiften umher; sie gehörten dem Hospital von St. Anthony und durften nicht geschlachtet werden. Büttel vertrieben mit stahlbeschlagenen Stöcken das freilaufende Geflügel oder machten dem Gekläff wilder, gelber

Hunde ein Ende, und Gemeindediener versuchten, ein merkwürdiges, wie eine Elster in schwarzweiße Lumpen gekleidetes Geschöpf zu vertreiben, einen Burschen, der lautstark behauptete, in seinem ramponierten Lederkoffer ein paar der wunderbarsten Reliquien der Christenheit zu haben. »Einen Zahn von Karl dem Großen!« schrie er. »Zwei Beine des Esels, der Maria trug! Den Schädel eines Dieners des Herodes und ein paar von den Steinen, die Christus in Brot verwandelte.«
Athelstan blieb stehen und hielt die Büttel zurück, die den armen Kerl bedrängten.
»Du sagst, du hast einen von den Steinen, die Christus in Brote verwandelt hat?«
»Jawohl, Bruder.« Die Augen des Reliquienhändlers leuchteten in Vorfreude auf den Gewinn.
»Aber Christus hat keine Steine in Brot verwandelt. Der Teufel wollte, daß er das tut, aber Christus hat abgelehnt.«
Cranston grinste und kam näher, um zu sehen, wie der Scharlatan reagieren würde. Der Reliquienhändler leckte sich die trockenen Lippen.
»Natürlich hat er es getan, Bruder«, antwortete jener halb flüsternd. »Ich weiß es aus zuverlässiger Quelle: Nachdem Satan gegangen war, hat Christus das gemacht. Und sie dann wieder zurückverwandelt in Steine, um zu beweisen, daß er sich nicht in Versuchung führen läßt. Das Stück kostet dich nur einen Penny.«
Athelstan holte eine Münze hervor.
»Hier.« Er drückte dem Burschen das Geld in seine schmierige Pfote. »Das ist nicht für den Stein. Behalte es nur. Als Belohnung für deinen Einfallsreichtum.«
Der Mann glotzte ihn mit offenem Mund an; über die Schlagfertigkeit des Reliquienhändlers leise lachend, ritten Athelstan und Cranston weiter. Sie kamen an St. Pauls Littlegate vorbei, wo ein Laienbruder Leprakranke mit verschimmeltem Brot und ver-

faultem Schweinefleisch fütterte, wie es von den Stadtvätern bestimmt worden war, die glaubten, eine solche Diät werde den Kranken helfen. Cranston schaute angewidert.
»Meinst du, das hilft wirklich?« fragte er Athelstan.
»Was, Sir John?«
»Solches Essen – hilft es den Leprakranken?«
Athelstan schaute hinüber zu den grau verhüllten Gestalten mit ihren Stäben und Almosenschüsseln. »Ich weiß es nicht«, sagte er leise. »Vielleicht.«
Die Aussätzigen ließen ihn an die beiden denken, die auf dem Friedhof von St. Erconwald hausten. Eine Erinnerung regte sich, aber er konnte nichts damit anfangen und schob sie beiseite.
Die beiden bogen von der Friday Street ab in eine kleine Gasse, und Cranston fragte Vorübergehende lautstark nach dem Weg zu Parchmeiners Laden. Sie fanden ihn an der Ecke zur Bread Street in einem schmalen, einstöckigen Haus mit dem Laden im Erdgeschoß und einer Wohnung darüber. Davor war ein Stand aufgebaut, der wegen des unfreundlichen Wetters leer war; also öffneten sie die Ladentür und gingen hinein. Athelstan schloß sofort die Augen und genoß den süßen Duft von frischgebürstetem Pergament und Velin. Der Geruch erinnerte ihn lebhaft an die wohlbestückte Bibliothek und die stille Schreibstube seiner Novizenzeit in Blackfriars. Der Laden war ein kleiner, weißgekalkter Raum; auf den Regalen an den Wänden stapelten sich Pergamentbögen, Tintenhörner, Bimssteine, Federkiele und alles andere, was in einer Bibliothek oder Schreibstube gebraucht wurde.
Geoffrey saß an einem kleinen Schreibpult. Er erhob sich lächelnd, um sie zu begrüßen.
»Sir John!« rief er. »Und Bruder Athelstan! Seid mir willkommen.« Er verschwand nach hinten in die Dunkelheit und kehrte mit zwei Schemeln zurück. »Bitte setzt Euch. Mögt Ihr Wein?«

Überraschenderweise schüttelte Cranston den Kopf.
»Ich trinke nur, wenn Sir John es auch tut«, sagte Athelstan spöttisch.
Der Pergamenthändler grinste und setzte sich wieder hinter sein Pult.
»Nun, was kann ich für Euch tun? Ich glaube kaum, daß Ihr Pergament oder Velin kaufen wollt – obwohl ich, Bruder, das beste in der Stadt führe. Ich bin Mitglied der Zunft, und alles, was ich verkaufe, trägt das Zunftzeichen.« Geoffreys gutmütiges Gesicht legte sich in kleine Lachfältchen. Er schüttelte den Kopf. »Aber Ihr seid sicher nicht zum Kaufen hier.« Sein Gesicht wurde wieder ernst. »Es geht um die Sache im Tower, nicht wahr?«
»Nur eine Frage«, sagte Cranston und rutschte unbehaglich auf dem kleinen Schemel herum. »Sagt Euch der Name Bartholomew Burghgesh etwas?«
»Ja und nein«, antwortete Geoffrey. »Gesehen habe ich ihn nie, aber Sir Fulke hat ihn erwähnt, und einmal hat Philippa in Gegenwart ihres Vaters diesen Namen ausgesprochen. Sir Ralph wurde wütend und ist hinausgestürmt. Natürlich habe ich Philippa gefragt, warum. Sie schüttelte nur den Kopf und meinte, er sei ein alter Feind ihres Vaters. Mehr wollte sie nicht sagen.«
Athelstan beobachtete den jungen Mann aufmerksam. Konnte dieser träge, ziemlich nichtsnutzige Stutzer der Rote Schlächter sein? Der schreckliche Mörder, der sich im Tower seine Opfer suchte?
»Geoffrey?« sagte er.
»Ja, Bruder?«
»Wie lange kennt Ihr Philippa?«
»Seit ungefähr zwei Jahren.«
»Und Sir Ralph hat Euch gemocht?«
Der Pergamenthändler grinste. »Ja, obwohl Gott allein weiß,

warum. Ich kann kaum reiten, und der Ruf der Waffen stößt bei mir auf taube Ohren.«

»Ihr wart am Abend vor seinem Tod bei ihm?«

»Ja, wie schon gesagt, ich war mit ihm in der Großen Halle. Sir Ralph war mürrisch, und als er betrunken war, wurde er weinerlich.«

»Er war betrunken?«

»Sehr.«

»Und Ihr habt ihn in seine Kammer gebracht?«

»Tja, wieder muß ich sagen, ja und nein. Master Colebrooke hat mir geholfen. Ich brachte Sir Ralph bis zur Treppe in der Nordbastion, aber der Gang war so eng, daß Colebrooke allein ihm dort weiterhalf.«

»Und Ihr habt diese Nacht bei Mistress Philippa verbracht?«

Der junge Mann schlug verlegen die Augen nieder. »Ja. Wenn Sir Ralph das gewußt hätte, wäre er sehr wütend geworden.«

»Aber ihm gefiel, daß Ihr seiner einzigen Tochter den Hof machtet?«

»Ja, ich glaube schon.«

»Warum?« donnerte Cranston. »Wie Ihr schon sagtet, schließlich seid Ihr kein Soldat.«

»Nein. Ich bin weder Lord noch Ritter, sondern Kaufmann, Sir John. Aber ein sehr guter. Ich gehöre zu denen, die dem König Geld leihen, damit er seine Ritter bezahlen kann.« Der Pergamenthändler deutete auf seinen gutsortierten Laden. »Vielleicht sieht es nicht so aus, aber meine Gewinne sind hoch. Ich bin ein reicher Mann, Sir John.«

»Noch eine andere Frage«, sagte Athelstan lächelnd. »Wir haben sie schon einmal angesprochen. Ihr seid Sir Ralph wecken gegangen. Was ist dann passiert?«

»Die Wachen haben mir die Tür zum Gang aufgeschlossen und sie, wie Sir Ralph es befohlen hatte, hinter mir wieder geschlossen. Ich bin zur Kammertür gegangen und habe versucht, den

Konstabler zu wecken. Er hat nicht geantwortet; also bin ich zurückgegangen. Ich wollte selbst aufschließen, habe es mir dann anders überlegt und Colebrooke geholt.«
»Warum?«
Geoffrey zog eine Grimasse. »Als es so still war, wußte ich, daß da etwas nicht stimmt – von dem kalten Luftzug unter der Tür ganz zu schweigen.«
Athelstan erinnerte sich an den Spalt unter Sir Ralphs Tür und nickte. Wer davor gestanden hätte, müßte den starken Luftzug gespürt und geahnt haben, daß etwas nicht in Ordnung war.
»Ja, aber warum habt Ihr die Tür nicht selbst geöffnet?« fragte Cranston.
Der junge Mann lächelte matt. »Sir John, ich hatte Angst. Sir Ralph war nicht beliebt. Heute glaube ich, daß ich befürchtete, jemand könnte in der Kammer sein.«
»Und in der Nacht, als Mowbray starb?«
»... war ich bei Philippa, betrunken wie ein Lord. Da könnt Ihr die anderen fragen.«
»Und Ihr habt sie nicht verlassen?«
Geoffrey zog ein Gesicht. »Wie alle anderen habe ich den Abtritt am Korridor benutzt. Als der Alarm losging, bin ich hinausgewankt, um zu sehen, was los war. Aber viel getan habe ich nicht; ich war betrunken und hasse diese Mauertreppen. Also lief ich herum und tat beschäftigt, und dann sah ich Fitzormonde und Colebrooke, die bei Mowbrays Leiche standen.« Der junge Mann schwieg und sah Athelstan scharf an. »Ich weiß, warum Ihr gekommen seid. Es gibt wieder einen Toten im Tower, nicht wahr?«
»Ja«, sagte Athelstan leise, und dann berichtete er, wie Horne gestorben war.
Geoffrey lehnte sich zurück und pfiff leise. »Vermutlich«, sagte er müde, »wollt Ihr mich deshalb vernehmen.«

»Es wäre hilfreich zu wissen, wo Ihr gestern nacht wart«, bemerkte Cranston.
Parchmeiner zuckte die Achseln. »Ich habe hier gearbeitet und mich dann in einer Taverne in der Nachbarschaft vollaufen lassen. Im *Goldenen Streifen*. Dort könnt Ihr nachfragen.«
Athelstan lächelte. Was würde das nützen? Horne konnte zu jeder beliebigen Nachtstunde ermordet worden sein. Er betrachtete Parchmeiners mädchenhaftes Gesicht. »Seid Ihr eigentlich in London geboren?« erkundigte er sich und versuchte, das Pergament auf Parchmeiners Tisch zu entziffern.
»Nein, Bruder. Meine Familie ist aus Wales, wie man an meiner Haarfarbe sieht. Sie ist nach Bristol gezogen, und mein Vater handelte in einem Laden unter der Kathedrale mit Pergamenten und Velin. Als er starb, zog ich nach London.« Geoffrey nahm das Pergament zur Hand. »Meine Schwester, die inzwischen verheiratet ist, lebt immer noch dort; sie schreibt mir gerade, daß sie zu Weihnachten kommen will. Sie, ihr Gemahl« – seine Miene zeigte gespielte Feierlichkeit – »und ihre große Kinderbrut werden ein wenig Leben in den Tower bringen.« Er sah Sir John an. »Mylord Coroner, habt Ihr sonst noch Fragen?«
Sir John schüttelte den Kopf. »Nein, Sir, keine.«
Sie standen auf und verabschiedeten sich, und Sir John und der Ordensbruder traten hinaus auf die kalte Straße.
»Was meinst du, Bruder?«
»Ein junger Mann, der es in seinem Geschäft noch weit bringen wird, Sir John. Er steht mit beiden Beinen fest auf der Erde.« Athelstan grinste. »Ja, Sir John, genau wie Ihr habe ich mich gefragt, ob er nicht Burghgeshs Sohn sein könnte. Aber ich bin sicher, er ist es nicht.« Athelstan sah den Coroner eindringlich an. »Wir suchen einen Mörder ohne Bindungen, Sir John. Jemanden, der vorgibt, etwas zu sein, was er nicht ist. Jemanden, der von dem großen Verrat vor so vielen Jahren weiß. Die Frage ist: Wer ist es?«

»Tja!« Cranston klatschte in die Hände. »Das werden wir hier nicht herausfinden, Bruder. Aber vielleicht in Woodforde ...« Der Coroner wischte sich mit dem Handrücken die Nase und schaute zum Himmel. »Ich will nicht in London bleiben«, sagte er leise. »Lady Maude muß sich von mir erholen. Und du, Bruder?«

»Meine Pfarrgemeinde«, antwortete Athelstan trocken, »wird die fortgesetzte Abwesenheit ihres Pastors noch ein Weilchen überleben, denke ich.«

Sie trennten sich an der Ecke Friday Street und Fish Street und vereinbarten, sich in zwei Stunden in einer Schenke auf der Mile End Road zu treffen.

Sir John verschwand, sein Pferd am Zügel, und Athelstan ritt durch die Trinity und Walbrook Street an der Ropery entlang zur London Bridge. Gottlob fand er die kleine Kirche beinahe verlassen vor; nur Watkin war da, dem er strikte Anweisungen für die Kirche erteilte, und Ranulf, der Rattenfänger, der gekommen war, um ihn an sein Versprechen zu erinnern, St. Erconwald zur Zunftkirche zu machen, wenn eine Zunft der Rattenfänger gegründet werde.

»Ich verspreche dir, Ranulf, ich werde mir die Sache überlegen«, sagte Athelstan und versuchte, nicht zu lächeln beim Gedanken an eine Kirche voller Rattenfänger mit Teermützen, die alle aussahen wie Ranulf. Das gelbe, vertrocknete Gesicht des Burschen verzog sich zu einem Grinsen und entblößte eine Reihe spitzer Zähne. Er hüpfte die Treppe hinunter, glücklich wie ein kleiner Junge.

»Bruder?« sagte Watkin kläglich.

»Was gibt's?«

»Na ja ...« Der Mistsammler drehte sich auf der obersten Stufe der Kirchentreppe um und deutete zum Friedhof hinüber. »Wir haben immer noch keine Wache aufgestellt.«

»Warum sollten wir, Watkin? Die Grabräuber sind fort.«

Der Mistsammler schüttelte den Kopf. »Das glaube ich nicht, Bruder; ich fürchte, es kommt noch schlimmer.«
Athelstan zwang sich zu einem Lächeln. »Unsinn. Hör zu, Watkin, ich komme morgen am späten Abend zurück. Geh zu Pater Luke in St. Olave. Er möchte so freundlich sein, morgen früh hier die Messe zu lesen. Du weißt, wo alles ist? Und sag der Witwe Benedicta, sie soll dir helfen. Machst du das?«
Watkin nickte und stapfte davon, er schimpfte leise über Priester, die nicht zuhörten, wenn man ihnen von dunklen Gestalten erzählte, die auf den Friedhöfen der Stadt grausige Dinge trieben. Athelstan sah ihm nach und seufzte. Was konnte er tun, wenn nichts darauf hindeutete, daß dem Friedhof Gefahr drohte? Er vergewisserte sich, daß die Kirchentür abgeschlossen war, und war dabei in Gedanken bei Cranston. Der Lord Coroner wurde allmählich zu einem genauso großen Problem wie die furchtbaren Todesfälle, die sie zu untersuchen hatten. Was war mit Maude los? Und wieso fragte er sie nicht einfach?
Athelstan lächelte, als er zu seinem Haus hinüberging. Seltsam, dachte er: Cranston, der sich vor nichts fürchtete, was auf zwei Beinen herumlief, hatte vor seiner kleinen Frau anscheinend schreckliche Angst. Er sah nach, ob Fenster und Türen des Pfarrhauses sicher verschlossen waren, warf dem protestierenden Philomel die Satteltaschen über, und müde machten sich Pferd und Reiter auf den Weg. An einem Ale-Haus machte er noch einmal halt, um bei Tab, dem Kesselflicker, Aufträge für Watkin und Benedicta zu hinterlassen: Sie sollten nach der Frühmesse die Kirche abschließen, und falls Benedicta einverstanden war, solle sie Bonaventura mit nach Hause nehmen. Dann ritt der Ordensbruder zurück auf die Hauptstraße, am Priorat von St. Mary Overy vorbei und über die London Bridge. Unterwegs sprach er in der St.-Thomas-Kapelle ein Gebet für die Reise.

Cranston erwartete ihn in der kleinen Taverne hinter Aldgate mit Blick auf den stinkenden Abflußgraben der Stadt. Der Coroner schien guter Dinge zu sein. Athelstan vermutete, dies sei auf den großen, leeren Weinbecher zurückzuführen, der vor ihm auf dem Tisch stand, aber Cranston blieb – zwinkernd und rülpsend – fest bei seinem geheimen Vorsatz, Athelstan mit seinen Sorgen und Nöten nicht weiter zu behelligen. Der Ordensbruder trank mit Sir John ein letztes Glas mit Zimt gewürzten Glühwein. Dann holten sie ihre Pferde aus dem Stall und machten sich auf den Weg über die allmählich dunkler werdende Landstraße nach Mile End. Unterstützt von einem wunderbaren Weinschlauch, der anscheinend nie leer wurde, behielt Cranston seine blendende Laune. Athelstan war müde und wund geritten; er betete und fluchte abwechselnd, während Cranston, furzend und im Sattel schwankend, über dieses und jenes schwatzte. Schließlich zügelte Athelstan sein Pferd und faßte den Coroner beim Handgelenk.
»Sir John«, sagte er müde, »diese Sache im Tower ... wir kommen einfach nicht voran. Wieviel Zeit haben wir noch?«
»So lange, bis wir sie erledigt haben«, antwortete Cranston mit glänzenden Augen. »In drei Teufels Namen, Bruder – Befehl ist Befehl, und ich gebe einen Rattenfurz auf murrende Mönche, vereiste Straßen und Reisen durch die Kälte. Habe ich dir eigentlich schon von Lady Maudes Weihnachtsvorbereitungen erzählt?«
Athelstan stöhnte, schüttelte den Kopf und trieb Philomel voran, während Cranston ausführlich Lady Maudes geplantes Bankett schilderte: Eberkopf, Schwan- und Hirschbraten, Quittentorte und Apfelsahne sollte es geben. Der Coroner schwatzte wie eine Elster, während das matte Tageslicht vollends verging und die Dämmerung sich wie grauer Staub über die endlos weiten Schneeflächen senkte. Der ferne Wald verschwand in diesiger Dunkelheit, die alles verhüllte; nur hier und da, wenn sie

an einem Haus oder Dorf vorbeikamen, leuchteten ein paar Lichtpunkte. Es war totenstill, bitter kalt und vollkommen windstill.

»Bestimmt werden die Vögel auf den Bäumen erfrieren«, murmelte Athelstan vor sich hin, »und die Kaninchen auf den Hügeln bleiben unter der Erde.«

Cranston, dessen Weinschlauch überraschenderweise jetzt doch leer war, antwortete nur mit einem kurzen Rülpser. Sie kamen an einem Kreuzweg vorbei, wo an einem Galgen ein schwarzer, steifgefrorener Kadaver hing; der Kopf war verrenkt und das Gesicht unkenntlich, nachdem die Krähen sich daran bedient hatten. Cranston deutete den Weg hinunter auf ein Licht, das in einiger Entfernung leuchtete.

»Dort übernachten wir, Bruder. Ein gutes, gemütliches Wirtshaus, *Zum Freund des Galgens* genannt.« Er lehnte sich herüber und grinste Athelstan an. »Dem Namen zum Trotz wird es dir gefallen.«

Und es gefiel ihm tatsächlich. Es war ein sauberer, gut gefegter Gasthof mit festen Stallungen, einem nach frischen Kräutern duftenden Schankraum und einem lodernden Feuer, in dem die Holzscheite sich türmten. Als Athelstan jedoch das große Bett sah, das er mit Sir John teilen sollte, sträubte er sich.

»Nein, nein, Mylord Coroner«, sagte er, »ich bestehe darauf, daß Ihr allein schlaft.«

»Wieso, Mönch?«

»Weil Ihr mich, wenn Ihr Euch im Schlaf umdreht, zerquetschen würdet.«

Lachend und scherzend ließen sie ihre Taschen in der Kammer und gingen hinunter in die Schankstube, wo die Wirtin ihnen mächtige Fleischpasteten auftischte, unter deren knusprig goldener Kruste eine würzige Sauce den fauligen Geruch des Fleisches überdeckte. Athelstan bat den Wirt taktvoll, ihnen noch einen Strohsack in die Kammer zu legen. Dann setzte er sich zu Tisch und langte fast so herzhaft zu wie Cranston. Selbstverständlich trank der Coroner, als sei das Ende der Welt nahe, und als er genug hatte, sank er gegen die Einfassung des großen Kamins, rülpste und war es zufrieden. Athelstan starrte in die Flammen und lauschte mit halbem Ohr dem inzwischen aufgekommenen Wind, der heulend an den verschlossenen Fensterläden rüttelte.

»Bruder?«

»Ja, Sir John?«

»Die Sache im Tower – könnte das Schwarze Magie sein?«

»Wie meint Ihr das?«

»Na ja, der Kopf, den ich geschickt bekommen habe ...«

Athelstan streckte die Hand dem Feuer entgegen. »Nein, Sir John. Ich habe schon einmal gesagt, wir haben es nicht mit einem Dämon zu tun, sondern mit etwas Schlimmerem: mit einer Seele in Todsünde. Aber mit wessen Seele?« Er sah Sir John an, der seine leuchtend rote Nase schon wieder tief in den Weinbecher versenkt hatte. »Warum ausgerechnet jetzt? Das verstehe ich nicht. Warum hat der Mörder sich diesen Zeitpunkt gesucht? Und woher weiß er von den schrecklichen Ereignissen um Burghgeshs Tod?«

»Wie meinst du das?« lallte Cranston.

Athelstan reckte sich.

»Wir sollten Ausschau halten nach jemandem ohne jeden Hintergrund, jemandem, der unvermittelt auf der Szene erschienen ist; aber alle die, mit denen wir gesprochen haben, haben ihre eigene kleine Nische.«

Cranston rülpste. »Ich weiß nicht. Aber es könnte trotzdem Schwarze Magie sein, denn ich kann verdammt keinen Weg durch dieses Gestrüpp finden. Ich habe schon zu Lady Maude gesagt ...«

Plötzlich verstummte der Coroner, starrte in seinen Becher, und seine Miene wurde ernst.

»Kommt, Sir John«, sagte Athelstan ruhig. »Zeit zum Schlafengehen.«
Überraschenderweise willigte Cranston ein; er trank seinen Becher leer und stellte ihn dröhnend auf den Tisch. Dann stand er schwankend auf und grinste wohlwollend auf seinen Gefährten herunter.
»Aber glaubst du daran, Bruder?«
»Woran, Sir John?«
»An Schwarze Magie? Ich meine, zum Beispiel die Sache auf deinem Friedhof.«
Athelstan grinste. »Um ganz ehrlich zu sein, Sir John, vor dem menschlichen Herzen habe ich mehr Angst als vor irgendeinem bösen Dämon. Und jetzt kommt; es wird Zeit.«
Athelstan war froh, den richtigen Zeitpunkt getroffen zu haben, denn als sie die wacklige Holzstiege erklettert hatten, war Cranston schon halb eingeschlafen und murmelte herzerweichend von Lady Maude und wie sehr er sie vermißte. Athelstan führte ihn durch einen kalten, dunklen Korridor in die Schlafkammer. Behutsam ließ er ihn auf das Bett sinken, zog ihm die Stiefel aus und machte es ihm so bequem wie möglich. Der Coroner wälzte sich auf die Seite, rülpste noch einmal und fing an zu schnarchen. Athelstan grinste und deckte die massige Gestalt zu. Im Schlaf hatte Cranston noch mehr Ähnlichkeit mit dem großen Bären im Tower. Athelstan ging zu dem kleinen Fenster mit der Hornscheibe, kniete nieder, bekreuzigte sich und sprach leise die Worte des Psalms Davids.
»Aus der Tiefe rufe ich zu dir, o Herr, Herr erhöre meine Stimme.«
Als er beim vierten Vers angekommen war, schweiften seine Gedanken bereits ab. Ob Sir John recht hatte? Spukte der große Dämon, der Rote Schlächter, auf seinem Friedhof *und* im Tower in London? Athelstan schloß die Augen, beendete den Psalm

und legte sich auf seinen Strohsack. Eine Zeitlang lag er da und lauschte Cranstons lautem Schnarchen, dann schlief er ein – fast zur gleichen Zeit, als Schatten über den dunklen Friedhof von St. Erconwald huschten und sich über ein frisches Grab beugten.

11. Kapitel

Im Traum stand Athelstan auf einem dunklen Schiff. Bugspriet, Mast und Segel waren mit dunklem Crêpe verhangen. Auf dem Achterdeck über ihm stand ein Skelett, dessen Gesicht eine weiße, höhnische Maske war, am Steuer und grinste böse auf ihn herab. Die See war glatt und klar wie dickes, dunkles Glas. Der sternenlose Himmel hing wie ein blauviolettes Tuch über dem Schiff, das dem Horizont entgegentrieb, wo feurigrote Glut das Tor zur Hölle wies. An einem Mast hing krampfhaft zuckend eine Gestalt. Athelstan erkannte das schwarze, verzerrte Gesicht des Grabenbauers Pike, der dort aufgehängt worden war. Jemand klopfte ihm auf die Schulter. Sein Bruder Francis stand hinter ihm; sein Gesicht unter dem dichten schwarzen Haar war bläulich weiß. Ein dünnes Rinnsal von rotem Blut sickerte ihm aus dem Mundwinkel, und seine Brust, wo er die tödliche Wunde empfangen hatte, war eine offene, blutig blubbernde Masse.

»Du bist weggelaufen aus deinem Kloster, Bruder?« Seine Stimme klang hohl.

Athelstan streckte die Hand aus. »Es tut mir leid, Francis«, murmelte er und schaute sich um. War Cranston hier? Er war sicher, daß er die Stimme des Coroners gehört hatte.

Athelstan ging zur Ladeluke und spähte hinunter: Dort hockte eine nackte Frau, das Gesicht hinter einem schwarzen Schleier verborgen. Aus ihrem Mund quoll eine ekelhafte Kröte, und um ihren Hals ringelte sich eine gelbe Schlange, deren rote Schlitzaugen wie Diamanten funkelten. Eine dicke Ratte hockte neben ihr. Athelstan stieg die Leiter hinunter. Hinter der Frau kniete ein Ritter in voller Rüstung mit strenger, ungerührter Miene; seine eisengepanzerten Hände ruhten auf dem Heft eines mächtigen zweischneidigen Schwertes. Es stank nach Tod, und Athelstan fühlte, daß jemand hinter ihm stand. Er schüttelte sich heftig, als eine Hand seine Schulter packte.

»Athelstan! Athelstan! Bruder, um Gottes willen!«

Der Ordensbruder schlug die Augen auf. Cranston schaute auf ihn herab, das runde Gesicht in sorgenvolle Falten gelegt.

»Bruder, was ist los?«

Athelstan starrte ihn an. »Lieber Sir John ... ich hatte einen Traum.« Er rieb sich mit einer feuchtkalten Hand über das Gesicht. »Ich hatte einen Traum«, wiederholte er.

»Aber keinen angenehmen!«

»Das stimmt, Sir John. Ein Succubus der Nacht mit der Macht von tausend Skorpionen hat meinen Geist ergriffen.«

Cranston machte ein verständnisloses Gesicht, und Athelstan lächelte.

»Das war nicht ernst gemeint. Ich glaube, mein Alptraum hatte mehr mit dem Essen als mit dem Sterben zu tun. Wir haben gestern abend gut getafelt.«

»Gestern ist gestern, und heute ist heute«, antwortete Cranston gewichtig. »Los, Bruder, der Tag bricht an.«

Athelstan stand auf, sprach ein hastiges Gebet und wusch sich mit eiskaltem Wasser aus einem rissigen Zinnkrug. Sie rafften ihre Habseligkeiten zusammen und gingen in den kalten, verlassenen Schankraum. Es brannte kein Feuer, und der Raum wirkte nicht so freundlich und anheimelnd wie am Abend zuvor.

Sie aßen rasch ein paar warme Haferkuchen und tranken heißen Wein dazu. Dann sattelten sie ihre Pferde und ritten hinauf zur Hauptstraße.
Es versprach ein schöner Tag zu werden. Eine blasse Sonne erhob sich über den Horizont und vertrieb die Dunkelheit. Ihre Pferde stapften auf dem gefrorenen Weg dahin, und die beiden Reiter achteten besonders auf Schlaglöcher, die manchmal so tief waren, daß ein unachtsamer Reiter mitsamt seinem Pferd stürzen und sich den Hals brechen konnte.
Das Land lag verlassen und schweigend vor ihnen. Athelstan schauderte bei dem Gedanken an seinen Alptraum und die gespenstische Stille auf dem unheimlichen Schiff. Die Hecken zu beiden Seiten waren noch schneebedeckt und die Felder steinhart gefroren unter Schichten von Eis. Hungrige Krähen kreisten geräuschvoll über einer Gruppe Eichen, die ihre schwarzen Äste in den heller werdenden Himmel reckten.
»Ich wünschte, ich wäre wieder in London«, stöhnte der Coroner. »Ich hasse das verfluchte Land. Die Stille ist mir ein Greuel!«
Athelstan bemerkte etwas Buntes in einem Graben, und er lenkte sein Pferd dorthin, um nachzusehen. Der Leichnam des alten Mannes war von Kopf bis zu den Knien mit einem weiten, fadenscheinigen Gewand bedeckt und steifgefroren. Als Athelstan die blauschwarzen Löcher sah, die hungrige Raben in das magere weiße Fleisch gehackt hatten, schloß er die Augen und flüsterte ein Gebet.
»Gott gebe ihm die ewige Ruhe«, murmelte Cranston. »Bruder, wir können nichts für ihn tun.«
Sie kamen durch ein stilles, schlafendes Dorf; ein paar schwarze Rauchfahnen waren das einzige Lebenszeichen. Eine Stunde später ritten sie auf das Dorf Leighton zu. Am Kreuzweg sahen sie eine Schar Dorfbewohner, die sich um ein geschwärztes Schafott drängten. Gottlob war der eiserne Galgen leer.

Die Leute umstanden einen Toten, während zwei stämmige Arbeiter den steinharten Boden am Fuße des Schafotts aufhackten. Mit Spaten und Hacken hoben sie eine flache Grube aus, und ihr Atem hing in der frostigen Luft. Athelstan sah Cranston an. Der Coroner zuckte die Achseln, schob aber die Hand unter den Mantel, ob der Dolch auch locker in der Scheide steckte.
Die Dorfbewohner schauten auf, als die Reiter näher kamen. Eine alte Frau mit gelbem und runzligem Gesicht, deren ausgemergelte Gestalt in eine verschlissene Kuhhaut gehüllt war, kam ihnen entgegengeschlurft.
»Morgen, Morgen!« krähte sie. »Reisende auf einer solchen Straße?« Mit milchig trüben Augen grinste sie verschlagen zu Athelstan hinauf. »Guten Morgen, Vater. Selten sieht man einen Priester so früh.«
»Mütterchen!« schrie Cranston und lockerte sich den Schal vor dem Mund. »Es ist gut, bei diesem gottverlassenen Wetter überhaupt jemanden zu sehen. Was macht ihr hier?«
»Wir begraben Eadwig.«
»Hier?« fragte Athelstan. »Hier ist weder Kirche noch Friedhof.«
Die alte Vettel hob die hagere Hand. »Kommt und seht! Kommt und seht!«
Widerstrebend trieben sie ihre Pferde näher heran. Cranstons Tier wurde nervös, und auch Philomel zeigte ein lebhaftes Interesse für die Gruppe am Schafott. Die Dorfbewohner gaben den Weg frei für den Coroner und seinen Begleiter. Athelstan sah rote, schmutzige Gesichter, fettiges, verfilztes Haar und hier und da haßerfüllte Blicke auf ihre wohlgenährten Pferde und warmen Wollmäntel.
Cranston warf einen Blick auf Eadwigs Leichnam, schloß die Augen und wich zurück. Der Bauer hatte gehangen. Sein Gesicht war schwarz, die Zunge klemmte, halb abgebissen, immer noch zwischen den gelben Zähnen, und ein Auge war aus seiner

Höhle gequollen und hing grotesk auf der verschrammten Wange.
»Gütiger Gott!« hauchte Athelstan. »Was ist passiert?«
»Er hat sich umgebracht!« gackerte die Alte. »Du kennst das Gesetz, Vater?«
»O ja, Mütterchen, ich kenne das Gesetz.« Er warf einen Blick auf den kleinen Pfahl, der am Schafott lehnte. »Sir John, wir sollten weiterreiten.«
Der Coroner brauchte keine zweite Aufforderung. Sie wendeten ihre Pferde, ohne sich um das leise Gekicher hinter ihnen zu kümmern. Athelstan schloß die Augen und betete etwas aus dem nächstbesten Psalm, um das furchtbare Grauen abzuwehren, das zur Welt der Menschen gehörte. Hinter sich hörte er noch die Schläge des Holzhammers, mit dem der Pfahl durch das Herz des Selbstmörders getrieben wurde.
»Gütiger Gott«, murmelte Cranston. »Ihr Priester solltet das schleunigst ändern. Nur der Herr im Himmel weiß, weshalb der arme Hund sich umgebracht hat. Aber muß man einen Selbstmörder wirklich am Kreuzweg bei einem Galgen begraben und ihm vorher mit einem Pfahl das Herz durchbohren?«
»Die Bischöfe haben versucht, dem ein Ende zu machen«, sagte Athelstan. »Aber in gewissen Gegenden und auch auf gewissen Herzen, Sir John, liegen die Lehren Christi so dünn und lose wie ein Spinnennetz.«
Sie ritten durch Leighton und folgten dem Weg, der an den dunklen Massen des Epping Forest vorbei nach Woodforde führte. Als die Glocke zur neunten Stunde schlug, hatten sie das Dorf erreicht. Es war reizlos. Ein paar Dörfler, mit Kapuzenmänteln vor der Kälte geschützt, liefen umher und scheuchten dürre Hühner vor den Pferden weg. Ein paar Jungen zogen abgenutzte Holzeimer aus einem Brunnen herauf, und hier und da kippte eine Hausfrau den Inhalt des Nachttopfes mitten auf die Straße. Sogar das Ale-Haus war noch verriegelt und verrammelt.

»Wie ein Dorf der Toten«, murmelte Athelstan.
»Aye, das kann gut sein, Bruder«, antwortete Cranston durch seinen Schal. »Bei der Kälte kann niemand auf den Feldern arbeiten.«
Ein kleiner Junge, das Gesicht vor Kälte weiß verkniffen, lief plötzlich feierlich neben ihnen her; mit der einen knochigen Hand umklammerte er einen schmutzigen Segeltuchbeutel. Athelstan zügelte Philomel.
»Was gibt es, Junge?«
Der Junge starrte mit runden Augen wortlos auf Philomels Schwanz.
»Komm schon, Kleiner – was willst du?«
»Mutter sagt, ich soll mitgehen. Sagt, ich soll warten, bis das Pferd den Schwanz hebt.«
Cranston gluckste. »Er wartet darauf, daß unsere Pferde scheißen. Das ist guter Dünger, und wenn man es trocknet, brennt es warm und fröhlich.«
Athelstan schlug grinsend seine Kapuze zurück, wühlte in seiner Börse und warf dem Jungen einen Penny zu. »Du kannst alles haben, was unsere Pferde fallen lassen, mein Junge«, erklärte er. »Hier ist ein Penny für deine Mühen. Du kennst doch die Familie Burghgesh. Sie haben hier ein Herrenhaus.«
»Oh, alle weg«, antwortete der Bengel, ohne den Blick von Philomels Schwanz zu wenden. »Das Haus liegt hinter dem Dorf bei Buxfield, aber es ist leer und zugeschlossen. Pater Peter weiß Bescheid.« Er deutete auf die ziegelgedeckte Kirche, deren grauer Schieferturm über die Baumwipfel ragte.
Athelstan trieb Philomel an. »Dann machen wir dort halt.«
Sie ritten durch die Pforte auf den Kirchhof und folgten einem Pfad, der sich zwischen Bäumen und überwucherten Gräbern auf die normannische Kirche zuschlängelte. Daneben stand ein bescheidenes, einstöckiges Haus mit gelbem Strohdach; die

Fenster waren einfache Holzläden. Athelstan sah sich um. Der Junge stand immer noch hinter ihm, den Beutel in der einen Hand, die andere zur Faust geballt, um Athelstans Penny zu bewachen, als wäre er der Schlüssel zum Himmelstor.

»Ist Pater Peter da?«

»Er ist drinnen«, sagte der Junge. »Und für noch einen Penny passe ich auf Eure Pferde auf.«

Athelstan nickte, und noch eine Münze flog durch die Luft.

»Dieser junge Mann wird es noch weit bringen«, knurrte Cranston, als sie abstiegen und an die Tür klopften. Riegel wurden zurückgezogen, die Tür ging auf, und ein glattrasierter, fröhlicher Pater Peter schaute heraus.

»Reisende bei diesem Wetter?« Er sprach rollenden bäuerlichen Dialekt; seinem schneeweißen Haar und den leicht gebeugten Schultern zum Trotz war Pater Peter ein tatkräftiger, fröhlicher Mann. Er wartete nicht, bis sie sich vorgestellt hatten, sondern zog sie gleich in seine warme, duftende Stube, und er fragte und plauderte wie eine Elster. Zugleich nahm er ihnen die Mäntel ab, und sie mußten sich auf eine Bank setzen, die er vor das warme Feuer schob.

»Ein Coroner und ein Dominikaner kommen mich besuchen«, verkündete er in gespieltem Erstaunen. Er nahm drei irdene Schüsseln aus einem kleinen Schrank neben dem Kamin und verteilte üppige Portionen Suppe aus einem schwarzen Topf, der bedenklich schaukelnd an einem Eisenhaken über dem Feuer hing. Dann setzte er sich zu ihnen. »Rindfleisch, ein paar Kräuter, und was ich noch an Gemüse habe.« Der Priester verdrehte die Augen. »Ach ja, und ein paar Zwiebeln.«

Athelstan und der Coroner nahmen die warmen Schüsseln und tranken von der kräftigen Brühe, die ihnen zwar den Mund verbrannte, aber ein wenig Wärme in ihre kalten Bäuche brachte. Pater Peter sah ihnen zu. Athelstan lächelte und stellte seine Schüssel auf den Boden.

»Sie ist noch zu heiß, Pater«, sagte er entschuldigend. »Man kann den Topf nicht mal halten.«
Cranston kannte solche Schwierigkeiten nicht. Er schlürfte geräuschvoll wie ein verhungernder Hund und wischte das Gemüse mit harten Brotkrusten auf, die Pater Peter ihm auf einem Holzteller hinschob. Endlich rülpste er, wischte sich den Mund ab und gab seine Schüssel zurück.
»Das Beste, was ich seit Tagen gegessen habe, Pater. Wir danken Euch für Eure Gastfreundschaft.« Der Coroner streckte seine großen Hände dem Feuer entgegen. »Wir wollen Euch nicht lange aufhalten. Ihr kennt die Familie Burghgesh?«
Die Augen des Paters wurden schmal. »Aye«, antwortete er. »Ich weiß, wer sie sind.«
Athelstan begann vorsichtig, seine inzwischen etwas abgekühlte Suppe zu trinken.
»Werdet Ihr uns von ihnen erzählen, Pater?«
Der Priester zuckte die Achseln. »Was gibt es da zu sagen? Bartholomew Burghgesh und seine Frau wohnten in einem Herrenhaus bei Buxfield. Bartholomew war immer ein rastloser Mann, geboren für Schwert und Pferd, nicht für den Pflug und die Kontobücher des Gemeindedieners. Er ging nach London und diente im Gefolge der Großen. In den Tagen des alten Königs war er in der Garnison des Tower; dann zog er mit anderen nach Outremer, um dort zu kämpfen.«
»Und seine Frau?«
Pater Peter zuckte die Achseln. »Sie war eine stille, kränkliche Frau. Sie hatten einen Jungen ... wie hieß er noch? Ach ja, Mark.« Der Pater seufzte. »Sie waren gut versorgt. Ein Verwalter führte das Gut, und Bartholomew schickte immer wieder Gold. Und dann – vor vierzehn, fünfzehn Jahren – kam die Nachricht von Bartholomews Tod. Er war an Bord eines Schiffes gewesen, das die Mauren im Mittelmeer gekapert hatten, und sie haben ihn umgebracht. Da war Mark schon ein junger Mann.

Der Tod seines Vaters schien ihn wenig zu berühren, aber die Mutter wurde krank und starb knapp ein Jahr nach ihrem Mann.«
»Und Mark Burghgesh?«
»Er war wie sein Vater, hatte den Kopf voller Geschichten über Roland und Oliver und vollbrachte Meisterleistungen mit seinen Waffen. Eine Zeitlang war er der Lord des Herrenhauses. Als der alte König seine Siege in Frankreich errungen hatte, lieh Mark Geld bei den Bankiers, kaufte sich ein Schlachtroß und eine Rüstung und stellte aus gleichgesinnten Männern des Dorfes einen kleinen Trupp Bogenschützen zusammen.« Der Priester schwieg und schaute ins Feuer. »Ich erinnere mich noch an den Morgen ihrer Abreise«, fuhr er dann versonnen fort. »Es war ein herrlicher Sommertag. Sir Mark auf seinem schwarzen Schlachtroß, das dunkelrote Haar eingeölt und gekämmt. Vor ihm ging sein Knappe mit einem Wimpel, der das Wappen der Burghgeshs trug, und dahinter marschierten sechs Bogenschützen mit Helmen, gesteppten Wämsern, Langbogen und Köchern voll gefiederter Pfeile. Was für ein Anblick.« Der Priester wiegte sich leicht vor und zurück. »Keiner kam zurück«, sagte er leise. »Sie starben alle in Blut und Schlamm.«
Athelstan hielt den Atem an. Genauso klang seine eigene Geschichte. Er und Francis hatten sich auch einem solchen Gefolgszug angeschlossen. Athelstan war zurückgekommen, aber der Leichnam seines Bruders vermoderte auf irgendeinem gottverlassenen Feld in Frankreich.
»Keiner kam zurück?« wiederholte Cranston und hatte große Mühe, die Erregung in seiner Stimme zu beherrschen. »Das heißt, Mark Burghgesh könnte noch am Leben sein, oder?«
Der Priester schaute ihn an und schüttelte den Kopf. »O nein, Sir John. Ich habe mich falsch ausgedrückt. Keiner kam lebend zurück. Kommt, ich zeige Euch, wo Mark ist.«
Sie standen auf; Pater Peter reichte ihnen ihre Mäntel und nahm

seinen eigenen von einem hölzernen Haken, und sie folgten ihm hinaus in die Kälte. Der Junge stand immer noch da wie ein Soldat, hielt die Zügel der Pferde fest und bewachte eifrig die dampfenden Dunghaufen, die Philomel und Cranstons Pferd pflichtschuldig hatten fallen lassen. Pater Peter blieb stehen.

»Junge, bring die Pferde nach hinten in den Stall. Da findest du auch Hafer für sie. Und dann gehst du ins Haus und nimmst dir Suppe. Keine Sorge, die Pferde laufen nicht weg.«

Der Junge schaute Athelstan an.

»Nur zu, Kleiner«, meinte der Bruder. »Du wirst erfrieren, wenn du hier stehenbleibst. Und ich verspreche dir, der Pferdemist gehört dir.«

Pater Peter schloß die Kirchentür auf, und sie betraten den Innenraum. Es war dunkel dort drinnen, und die Luft war eisig. Athelstan betrachtete die eckigen, gedrungenen Säulen, die mit grünen Girlanden geschmückt waren wie die in St. Erconwald, aber nicht so schön. Er hat keinen Maler, dachte er. Pater Peter sah ihn an, und Athelstan schämte sich wegen seines kleinlichen Stolzes.

»Eine schöne Kirche, Pater«, murmelte er.

Pater Peter grinste. »Wir geben uns Mühe, Bruder. Aber ich gäbe ein Vermögen für einen guten Maler und Handwerker.«

Sie schritten unter dem einfachen Chorgitter hindurch in eine kleine Marienkapelle in der hinteren Ecke der Kirche. Eine große hölzerne Statue der Jungfrau mit dem Kind ruhte auf einem Steinsockel, und ringsum an den Wänden standen Sarkophage, einfach und kantig, ohne Bildwerk oder Zierat. Pater Peter ging zu einem und klopfte sacht darauf.

»Sir Mark Burghgesh liegt hier«, sagte er leise. »Sein Leichnam wurde zur Beerdigung heimgebracht.«

Cranston betrachtete enttäuscht den grauen Schiefersarkophag. »Seid Ihr sicher, Pater?«

»Ja«, antwortete der Priester. »Die Einbalsamierer haben ihr

Bestes getan, um den Toten zurechtzumachen: Bevor der Sarg hineingestellt wurde, habe ich mir das Gesicht noch einmal angesehen. Sir Mark hatte eine schreckliche Wunde am Kopf, wo ihn eine Streitaxt oder eine Keule getroffen und getötet hat. Aber ich bin sicher, daß er es war.«

Athelstan verbarg seine Enttäuschung und schaute Cranston niedergeschlagen an. Die Reise über das bitterkalte Land von Essex war umsonst gewesen.

»Warum wollt Ihr das alles wissen?« fragte Pater Peter und führte sie hinaus.

»In London ist ein Mord geschehen, Pater«, erklärte Cranston und nagte an der Lippe. »Wir hatten gehofft, unsere Reise hierher würde neues Beweismaterial erbringen. Ist Euch im Dorf etwas Ungewöhnliches aufgefallen?«

»Was zum Beispiel? «

»Irgend etwas«, sagte Athelstan flehentlich. »Neuigkeiten oder Klatsch über die Familie Burghgesh zum Beispiel.«

Der Priester schüttelte den Kopf. Athelstan und Cranston wechselten bedrückte Blicke, als sie in das Haus des Priesters zurückkehrten, wo der Junge eben seine zweite Schale Suppe ausschleckte und gleich in eine Ecke huschte. Der Priester ließ sie wieder Platz nehmen, ging zu einem Krug vor der kleinen Speisekammer und goß ihnen großzügig bemessene Becher Ale ein.

»Nein«, sagte er, setzte sich auf seinen Schemel und umfaßte den schwarzen Ale-Becher mit beiden Händen. »Woodforde ist ein stilles Dorf. Jetzt, da die Burghgeshs nicht mehr da sind, noch stiller.«

»Was ist aus dem Herrenhaus geworden?«

»Die Kommissare des Königs haben es versiegelt. Seitdem ist niemand mehr dagewesen.« Der Priester hustete. »Ich wüßte es sonst. Der Sheriff von Essex zahlt mir ein kleines Handgeld, damit ich darauf achte, daß die Siegel an Türen und Fenstern

nicht aufgebrochen werden.« Er sah Cranston an. »Und sie sind immer noch unversehrt. Es ist ja auch nichts mehr drin. Alles ist fortgeschafft worden, das Dach ist eingestürzt, die Wiesen und das Ackerland ringsum sind verkauft.«
»Es gab weiter keinen Erben?«
»Nicht, daß ich wüßte.« Pater Peter stellte plötzlich seinen Becher beiseite. »Beim heiligen Gott«, rief er. »Doch, da war etwas«, murmelte er aufgeregt. »Vor drei oder vier Jahren, da war etwas sehr Merkwürdiges. Wie ein Traum. Wann war das gleich? Ja, zu Beginn des Advent. Das Jahr habe ich vergessen. Ich hatte die Frühmesse gelesen und war ins Haus gegangen, um zu frühstücken, und ging dann zurück in die Kirche, um den Altar aufzuräumen.« Pater Peter schaute ins Feuer. »Ich kam durch das Kirchenschiff und sah zu meiner Überraschung einen Mann, der in Mantel und Kapuze vor dem Eingang zur Marienkapelle kniete.«
»Wo Mark Burghgesh bestattet ist?«
»Ja. Ich habe einen leisen Gang, und zuerst hörte der Mann mich nicht. Aber als er mich bemerkte, stand er sehr hastig auf, zog sich die Kapuze tief ins Gesicht, drängte an mir vorbei und verließ die Kirche, ohne meinen Gruß zu erwidern. Ich konnte nur ein paar weiße Haarsträhnen sehen und seinen grauen, sauber getrimmten Bart.« Er nahm seinen Becher und trank einen Schluck. »Nun war es Jahre her, seit ich Bartholomew Burghgesh gesehen hatte, und ich hatte geglaubt, er sei längst tot, aber der Mann, den ich an jenem kalten Dezembermorgen sah, war Sir Bartholomew persönlich. Dessen bin ich sicher. Er hatte seinen Gang und die Haltung eines Berufssoldaten.«
Athelstan beugte sich aufgeregt vor. War Sir Bartholomew etwa am Leben? War er der Schlächter mit den blutigen Händen, der seinen Opfern auflauerte? »Sprecht weiter, Pater«, bat er.
»Nun, ich habe niemandem etwas davon gesagt. Die Leute im

Dorf hätten ja geglaubt, ich hätte getrunken oder sonstwie den Verstand verloren.« Er grinste Athelstan an. »Ihr wißt ja, Bruder, wie gern die Schäfchen über ihren Hirten tratschen.«
Athelstan lächelte und warf einen Seitenblick auf Cranston, der mit offenem Mund dasaß und den Enthüllungen des Priesters lauschte.
»Ein Jahr später«, fuhr Pater Peter fort, »am Fest Allerheiligen, war ich im Ale-Haus des Dorfes. Es war Herbst, und die Landschaft verblich im rauheren Wetter. Wir redeten über den Tod und erzählten uns gruselige Gespenstergeschichten. Der Wirt – Gott hab ihn selig, er ist inzwischen gestorben – erklärte plötzlich, er habe Sir Bartholomew Burghgeshs Geist gesehen. Die andern lachten ihn natürlich aus, aber er blieb dabei und erzählte, etwa zur selben Zeit, als ich glaubte, Sir Bartholomew gesehen zu haben, sei spät abends ein Fremder ins Dorf gekommen und in der Schenke eingekehrt, um dort zu essen und zu trinken. Der Mann hatte Mantel und Kapuze getragen und kaum ein Wort gesprochen, außer um zu bestellen.« Der Pater schloß die Augen. »Der Wirt berichtete, der Mann habe deutlich gemacht, daß er in Ruhe gelassen werden wollte. Woodforde liegt schließlich an der Landstraße nach London, und wir haben oft Leute hier, die ihre Angelegenheiten lieber für sich behalten. Jedenfalls – der Fremde wollte gerade gehen, als ein Schankmädchen einen Krug fallen ließ. Der Mann fuhr herum, und für ein paar Sekunden sah der Wirt sein Gesicht. Und er schwor, es war Bartholomew Burghgesh.« Pater Peter seufzte. »Ich sagte natürlich kein Wort, aber ich war doch verblüfft und ging am nächsten Tag zu dem alten Herrensitz bei Buxfield. Wenn es Burghgesh war, dachte ich, war er doch sicher zu seinem alten Haus zurückgekehrt. Aber nichts war angerührt worden.« Achselzuckend spreizte er die Hände. »Das ist alles. Gott allein weiß, ob der Mann, den der Wirt und ich gesehen haben, wirklich Sir Bartholomew war. Andere Gerüchte von plötzlicher Rückkehr

aus dem Morgenland oder aus dem Grab habe ich nicht gehört. Da ließ ich die Sache auf sich beruhen.«

»Pater«, sagte Athelstan, »bitte, wann war das? Vor drei oder vier Jahren?«

Der Priester starrte ins Feuer.

»Ja ... vor drei Jahren«, antwortete er schließlich. »Aber mehr kann ich Euch wirklich nicht sagen.« Er lächelte.

Cranston beugte sich vor und packte den Priester am Handgelenk.

»Pater, Eure Gastfreundschaft ist so wertvoll wie das, war Ihr uns da erzählt habt.« Er sah Athelstan an und lächelte. »Komm, Bruder, es ist noch nicht einmal Mittag. Wenn wir schnell reiten, können wir vor Anbruch der Dunkelheit wieder in der Stadt sein.« Er sah Pater Peter an. »Ich danke Euch, Pater.« Er drehte sich um und warf dem Jungen, der immer noch in der Ecke hockte, einen Penny zu. »Und du, mein Junge, wirst entweder ein guter Knappe oder ein Kaufmann.«

Sie erhoben sich, zogen ihre Mäntel an, und eine Stunde später lag Woodforde bereits hinter ihnen. Sie ritten durch Leighton, vorbei an dem grausigen Schafott mit dem frischen Grab, und gelangten wieder auf die Mile End Road. Cranston hatte sich in einer Dorfschenke seinen wunderbaren Weinschlauch füllen lassen und plauderte jetzt munter drauflos.

»Es ist möglich, Bruder«, dröhnte er zum x-ten Mal, und seine bärtigen Lippen waren rot vom Saft der Trauben, »durchaus möglich, daß Sir Bartholomew noch lebt und im Tower oder ganz in der Nähe versteckt seinen lautlosen Rachefeldzug führt.«

»Sir John«, erwiderte Athelstan, »das könnte ja sein, aber wie sollte Burghgesh sich tarnen? Als Mitglied der Garnison? Als Küchengehilfe? Als Händler, der Zugang zum Tower hat?«

Cranston machte ein ordinäres Geräusch.

»Oder«, fuhr Athelstan fort, »hockt er wie eine schwarze Spinne irgendwo in der Stadt, und andere führen seine grausigen Befehle aus?«

Cranston zügelte sein Pferd.

»Merkwürdig, weißt du«, brummte er.

»Was denn?«

»Na, vor drei Jahren war Whitton verstört und aufgeregt, als hätte er einen Geist gesehen. Gleichzeitig wurde eine Gestalt in Mantel und Kapuze in einer Taverne am Tower gesehen. Und dieselbe Person, wahrscheinlich Burghgesh, wurde in Woodforde gesichtet.«

»Wollt Ihr damit sagen, Whittons Aufregung war durch Burghgeshs plötzlichen Auftritt ausgelöst worden?«

»Selbstverständlich.«

»Aber wenn das stimmt, was soll seitdem aus Burghgesh geworden sein?«

Die beiden erörterten immer noch ihre widersprüchlichen Theorien, als sie lange nach Einbruch der Dunkelheit Aldgate erreichten und durch eine kleine Pforte im Tor in die Stadt gelangten. Berauscht von Wein und seinen Ideen, war Cranston inzwischen sicher, daß sie die Wahrheit gefunden hatten. Athelstan widersprach nicht mehr. Zumindest, dachte er, hatte die Reise nach Woodforde den Coroner von seinen unaufhörlichen, qualvollen Grübeleien über das geheimnisvolle Verhalten der Lady Maude abgelenkt.

Während Athelstan und Cranston zur Stadt zurückritten, stand der Hospitaliter Fitzormonde im Innenhof des Tower und betrachtete den riesigen Bären, der sich Essensreste aus der Küche in den Rachen stopfte. Wie Athelstan war auch Fitzormonde fasziniert von der Bestie und bewunderte insgeheim den verrückten Rothand, der als einziger wagte, sich dem Tier zu nähern. Auf all seinen Reisen hatte Fitzormonde noch nie ein so gewaltiges Untier gesehen. Die meisten Bären waren klein und schwarz, manchmal nicht größer als ein Mensch. Dieses große, zottelhaarige Tier erinnerte ihn an die Geschichten, die Ritter erzählt hatten, nachdem sie in den Teutonischen Orden in den wilden schwarzen Wäldern des Nordens gewesen waren. Sie hatten von Rehwild gesprochen, das doppelt so groß sein sollte wie irgendeines in England, und von Bären, so riesig wie dieser hier, der mit seinen gewaltigen Vorderpfoten ein Pferd zerquetschen könnte.

Der Bär hörte plötzlich auf zu fressen und funkelte den Ritter an. Seine kleinen Schweinsäuglein waren rot und voller Haß. Er riß das Maul auf und entblößte bösartig scharfe Zähne. Ein Grollen drang aus seiner Kehle. Das schwere Tier zerrte an der dicken Eisenkette. Fitzormonde machte ein paar Schritte zurück, und der Bär widmete sich wieder seinem Fressen. Er schob die Abfälle zu einem schmutzigen Haufen zusammen, als wolle Fitzormonde ihm etwas wegnehmen. Der Ritter stampfte mit den Füßen, um sich zu wärmen. Morgen würde er den Tower verlassen, dachte er. Mistress Philippa hatte er bereits informiert, als er ihr und ihrem ziemlich weibischen Verlobten begegnet war.

Fitzormonde schaute hinauf zu den grausamen Fratzen der Wasserspeier oben an der Kapelle von St. Peter ad Vincula. Ja, dachte er, morgen würde er dem Kaplan etwas zahlen, damit dieser eine letzte Messe für seine gefallenen Kameraden las, und dann würde er in die Stadt zurückkehren und seine Oberen um eine Mission oder Aufgabe bitten, die ihn weit wegführen würde von dieser finsteren Festung.

Als er ein Schwirren in der Luft hörte, schrak er hoch. Er schaute in die Höhe. Ein Rabe? Nein, was war es? Der Bär erwachte plötzlich zum Leben, bäumte sich vor ihm auf und schlug mit den riesigen Pranken in die Luft. Der Hospitaliter sprang in jäher Panik zurück. Der Bär brüllte wütend auf. Seine schwarzen Lefzen und der mächtige Kiefer waren von dickem weißem

Schaum bedeckt. Fitzormondes Hand fuhr zum Dolch, als der Bär wie ein Dämon zu tanzen begann und an der schweren Kette zerrte, die an der Mauer befestigt war. Was hatte das Tier nur? Was war passiert?
Fitzormonde wollte davonlaufen, aber bevor er sich umgedreht hatte, hörte er, wie die Eisenkette aus dem Haken in der Mauer sprang und der Bär auf ihn losstürzte. Er zerrte an seinem Dolch und hatte ihn nur halb gezogen, als eine krallenbewehrte Pranke ihm schon den Kopf zerschmetterte wie einen faulen Apfel. Wutentbrannt schlug der Bär seine Klauen in den ungeschützten Rücken des sterbenden Ritters und schleifte ihn über das Pflaster. Rasendes Geheul kündete von seinem Triumph.

12. Kapitel

Athelstan war wütend. Er fühlte den Zorn in seinen Gedärmen brennen, bis ihm das Blut in den Ohren rauschte. Für einen Augenblick war dem Bruder alles egal – die Lehren seines Ordens über die Sanftmut oder die Verpflichtung zur Güte, die das Evangelium enthielt. Jetzt zählte nur noch der Zorn, der in ihm tobte, als er auf dem Friedhof vor der Kirche von St. Erconwald stand. Der Schnee hatte sich in eisigen Matsch verwandelt, der von Gräbern, Bäumen, Büschen und niedrigen Friedhofsmauern tropfte; bei klarem Himmel und kraftloser Wintersonne hielt das Tauwetter an. Athelstan fluchte und benutzte jedes Schimpfwort, das er von Cranston gelernt hatte. Mit dem Stab schlug er gegen das lose Mauerwerk und hätte am liebsten die Ziegel zu Staub zermahlen.
Oh, bei seiner Rückkehr war alles in bester Ordnung gewesen:

Bonaventura hatte wohlig zusammengerollt wie ein fetter Bischof in der Kirche geschlummert. Cecily hatte das Kirchenschiff gefegt und gewischt; Benedicta und Watkin hatten in einem Seitengang die Krippe aufgestellt – mit Figuren, die Huddle geschnitzt hatte. Gleich über dem Taufbrunnen am Eingang der Kirche hatte der Maler auch ein leuchtend buntes Bild Christi in der Krippe vollendet. Sogar Ursulas Schwein hatte diesmal die üblichen Raubzüge durch seinen Garten unterlassen, und Pike, der Grabenbauer, hatte den Kiesweg vor der Kirche gereinigt.

Athelstan war zufrieden gewesen und hatte über Pfarrangelegenheiten geschwatzt, während er Philomel in den Stall gebracht, getränkt und gefüttert hatte. Aber schon da war ihm die bange Sorge in den Gesichtern derer aufgefallen, die ihn begrüßt hatten: Benedicta, Pike, Watkin, Cecily und Tab, der Kesselflicker. Sie waren ihm um die Kirche herum gefolgt, hatten seine Fragen beantwortet und dabei verstohlen ängstliche Blicke gewechselt.

Anfangs hatte Athelstan ihre Unruhe nicht so ernst genommen. Vielleicht hatte Cecily wieder geflirtet, oder einer von Pikes Söhnen hatte in die Kirche gepinkelt. Oder hatte Ranulf sich Bonaventura ausgeliehen? Hatten Watkins Kinder aus dem Weihwasserbecken getrunken? Die Mitglieder seines Gemeinderates umgaben ihn wie gackernde Hühner. Schließlich hatte Athelstan genug von ihrer Heimlichtuerei.

»Also, heraus damit!« verlangte er und baute sich vor ihnen auf. »Was ist passiert?«

Sie scharrten mit den Füßen und schauten zu Boden. Benedicta kümmerte sich plötzlich eingehend um einen unsichtbaren Fleck auf ihrem Kleid.

»Es ist wegen dem Friedhof, Pater!« platzte Watkin heraus. »Tosspots Grab ist aufgemacht worden.«

»Wann?«

»In der Nacht, nachdem Ihr weggeritten seid.«
Athelstan war so wütend geworden, daß er Ausdrücke benutzte, die selbst Pike erbleichen ließen.
»Vielleicht unternimmt Sir John jetzt etwas«, unterbrach Benedicta ihn taktvoll. »Oder wir schreiben eine Petition an den Bezirksamtmann.«
»Aye!« fauchte Athelstan. »Und vielleicht können Schweine fliegen, und morgen finden wir Koteletts auf den Bäumen! Leute, die etwas so Schreckliches tun, sind Dreckskerle! Sie sind böse und fürchten weder Gott noch die Menschen. Selbst die Heiden ehren den Leib eines Toten. Nicht einmal ein Hund würde so etwas tun!«
Seine Schäfchen wichen zurück; die schreckliche Wut ihres sanftmütigen Priesters schreckte sie mehr als die grausige Nachricht, die sie ihm gebracht hatten. Athelstan stürmte in sein Haus und leerte einen Becher Wein mit einer Geschwindigkeit, die Cranston bewundert hätte.
Er schlief unruhig in dieser Nacht, denn er kochte noch immer vor Wut über die Entweihung seines Friedhofes. Am nächsten Morgen stand er früh auf, öffnete die Kirche, fütterte Bonaventura flüchtig, leierte hastig die Morgengebete herunter und konzentrierte sich mit Mühe auf die heilige Messe. Der Kater Bonaventura, schlau, wie er war, schien die Wut seines Herrn zu spüren und schlich sich leise davon. Am Ende des Gottesdienstes, vor dem Schlußsegen, sagte Athelstan in scharfem, knappem Ton:
»Unser Friedhof ist wieder einmal geschändet worden. Ich, Athelstan, Pfarrer dieser Gemeinde, sage, und Gott sei mein Zeuge: Hier wird niemand mehr beerdigt werden, ehe die Erde neuerlich geweiht und dieses Problem aus der Welt geschafft ist!« Mit funkelnden Augen sah er seine kleine Gemeinde an. »Ich werde zu den Höchsten des Landes gehen, und wenn es der junge König selbst ist oder der Erzbischof von Canterbury.

Man wird Wachen aufstellen und – Gott verzeihe mir! – ich werde diese Schurken hängen sehen!«
Seine Gemeinde ging still hinaus, und Athelstan bekam, als er sich allmählich beruhigte, leise Gewissensbisse, als er auf Tosspots verwüstetes Grab schaute.
»Dein Temperament, Priester«, brummte er bei sich, »ist so wenig gezähmt wie vor zwanzig Jahren, und deine Zunge ist so scharf wie eh und je.«
Er atmete tief. Ja, er war zu hart gewesen, dachte er, war viel zu schroff mit Benedicta und den anderen umgegangen, aber vor allem mit der Witwe. Sie war nach der Messe noch einen Augenblick geblieben – nicht, um zu plaudern, sondern nur, um ihm zu sagen, daß der Oberbüttel des Bezirks, Master Bladdersniff, sie auf dem Weg zur Kirche angesprochen habe. Er wünsche Athelstan in einer dringenden Angelegenheit zu sehen.
»Ah ja«, knurrte Athelstan, »Master Bladdersniff will, wie gewöhnlich, die Stalltür verriegeln, wenn das Pferd fortgelaufen ist!« Er fühlte, wie die Wut von neuem in ihm aufwallte. Wäre St. Erconwald eine der reichen Stadtkirchen gewesen, dann hätte man sofort Wachen aufgestellt, und nichts dergleichen wäre geschehen. Nicht einmal Cranston, dieser Fettarsch von Coroner, hatte ihm geholfen, weil er wie eine jammernde Magd in seine eigenen Sorgen vertieft war.
Athelstan schaute sich auf dem Friedhof um; es war so kalt, so trostlos. Pater Peter fiel ihm ein, und er beneidete den Pfarrer von Woodforde um seine stille Häuslichkeit. »Verdammter Cranston!« murrte Athelstan. »Diese verfluchten Morde! Der verflixte Tower! Die verfluchten Herzen der Menschen und ihr böses Treiben! Ich bin ein Priester!« zischte er bei sich. »Nicht irgendein Gehilfe des Sheriffs!«
»Pfarrer Athelstan?«
Der Ordensbruder drehte sich um und funkelte den jungen Boten an, der in Mantel und Kapuze hinter ihm stand.

»Ja, Mann, was gibt's?«
»Ich komme aus dem Tower. Sir John Cranston schickt mich. Er erwartet Euch in der Taverne *Zum Heiligen Lamm* an der Cheapside.«
»Sag dem Coroner«, versetzte Athelstan, »daß ich komme, wenn ich komme, und ich rate ihm, nüchtern zu sein!«
Der junge Mann sah ihn überrascht und gekränkt an. Athelstan zog eine Grimasse und spreizte die Hände.
»Mein Gott, Mann, es tut mir leid. Paß auf, du sagst Sir John, ich komme, sobald ich kann.«
Er trat einen Schritt näher und sah das bleiche, verkniffene Gesicht und die tropfende Nase. »Du frierst ja. Geh hinüber in mein Haus; da steht ein Krug Wein auf dem Tisch. Nimm dir einen Becher voll – du findest einen auf dem Bord über dem Kamin. Trink etwas von dem gewürzten Wein, damit du was Warmes in den Bauch kriegst, bevor du zurückläufst.«
Der Bote lief davon wie ein Windhund.
»Ach, übrigens«, rief Athelstan ihm nach, »ich habe gemeint, was ich gesagt habe: Sir John soll nicht so viel trinken.«
Langsam ging Athelstan zurück zu seiner Kirche, stieg die Treppe hinauf und betrat den Vorraum.
»Pater?«
Athelstan schrak zusammen, als Master Luke Bladdersniff, der Oberbüttel des Bezirks, aus dem Schatten hervortrat; sein hageres, gelbliches Gesicht und das dünne Blondhaar verschwanden fast unter einer zerdrückten Bibermütze.
»Guten Morgen, Büttel.«
Athelstan betrachtete den Bezirksdiener; seine eng zusammenstehenden Augen waren dunkel umrändert und glichen tatsächlich Pißlöchern im Schnee, wie Cranston sie treffend beschrieb. Die Nase des Mannes hatte Athelstan schon immer fasziniert. Sie war gebrochen und leicht verbogen und verlieh Bladdersniff

ein etwas komisches Aussehen, das schlecht zu der bombastischen Wichtigtuerei paßte, mit der der Bursche aufzutreten pflegte. Athelstan winkte ihn müde in die Kirche.
»Master Bladdersniff, Ihr seid bestimmt gekommen, um zu besprechen, weshalb mein Friedhof geschändet und die Gräber beraubt werden, ohne daß Ihr und der Bezirksrat irgend etwas dagegen unternehmt?«
Bladdersniff schüttelte den Kopf und spähte über die Schulter in die Dunkelheit des Kirchenvorraums.
»Was ist, Mann? Was gibt's da drüben?«
Der Büttel klappte den Mund auf und zu wie ein gestrandeter Karpfen, und Athelstan schaute aufmerksamer hin. Der Kerl sah aus, als wolle er sich gleich übergeben. Sein bleiches Gesicht war grünlich überhaucht, und die dunklen Augen waren wäßrig, als ob Bladdersniff heftig gewürgt hätte.
»Um Himmels willen, Mann, was ist los?«
Wieder schaute der Büttel nach hinten ins Dunkel.
»Es ist wegen Tosspot«, flüsterte er.
»Was?«
»Tosspot! Oder wenigstens ein Teil von ihm.« Bladdersniff bedeutete dem Priester, ihm zu folgen.
Athelstan nahm sich einen Kienspan und ging hinter dem Büttel her, der in einer dunklen Ecke des Kirchenvorraums vor einem schmutzigen Stück Leinwand stehenblieb. Bladdersniff zog den Stoff beiseite, und Athelstan wandte sich angeekelt ab. Da lag das Bein eines Mannes, ein Teil davon wenigstens, so säuberlich und glatt über dem Knie abgeschnitten wie ein Stück Stoff von einem erfahrenen Schneider. Athelstan starrte den blutigen Stumpf und die fleckige Haut an.
»Gütiger Gott!« hauchte er, und der Gestank der Verwesung von dem etwas aufgedunsenen Fleisch drang ihm in die Nase. »Deckt das zu, Mann! Deckt es zu!«
Athelstan löschte seinen Kienspan, ging zur Kirche hinaus und

blieb an der Treppe stehen; er atmete die frische Morgenluft in tiefen Zügen. Hinter sich hörte er Bladdersniff.
»Wie kommt Ihr darauf, daß das Tosspot gehörte?«
»Ihr erinnert Euch bestimmt, Pater, daß Tosspot seiner Kundschaft in der Schenke immer von seiner alten Kriegsverletzung erzählt hat, einer Pfeilwunde im Bein. Dauernd zeigte er seine Narbe herum wie eine Reliquie.«
Athelstan nickte. »Aye. Das tat der alte Tosspot immer, wenn er betrunken war.« Er sah den Büttel an. »Und dieses Bein trägt die gleiche Narbe?«
»Ja, Pater, unter dem Knie.«
»Wo wurde es gefunden?«
»Wollt Ihr es sehen?«
»Ja.«
Bladdersniff führte ihn die Bridge Street hinunter, über die Jerwald hinweg und in die Longfish Alley, die hinunter zur Broken Wharf am Fluß führte. Unterwegs sprach Athelstan kein Wort, und die Leute, die ihn kannten, traten beiseite, als sie den wildentschlossenen Ausdruck in dem sonst so sanften Gesicht des Priesters sahen.
Athelstan bemerkte kaum etwas außer dem schmutzigen Schlamm auf den Straßen, durch die sie kamen. Er ignorierte jeden Gruß und schien die Händler und Höker, die hinter ihren wackligen Ständen nach Kundschaft schrien, gar nicht wahrzunehmen. Selbst die stramm in den Block geschlossenen Gauner am Pranger erregten diesmal nicht sein Mitgefühl, und auch Bladdersniff behandelte er, als sei der Büttel nicht vorhanden. Athelstan fühlte sich von Herzen krank. Wer konnte dem Leichnam des armen Tosspot so etwas antun?
Sie erreichten die Broken Wharf oberhalb des Flußufers; Bladdersniff nahm den Ordensbruder beim Arm und deutete hinunter auf die schmutzigen Schlickbänke, wo Möwen und Krähen sich um den angeschwemmten Müll balgten. Athelstan schaute

auf die Themse. Das Wasser war so schmutzig und dunkel wie seine eigene Stimmung. Immer noch trieben große Eisschollen vorbei, krachten kreiselnd aneinander und prallten donnernd gegen die Bogenpfeiler der London Bridge.
»Wo habt Ihr es gefunden?«
»Da unten, Pater«, antwortete Bladdersniff knapp. »Im Schlick, in ein Stück Leintuch gewickelt. Ein Bengel, der nach Treibholz suchte, hat es gefunden und zu einem der Händler gebracht, der Tosspots Narbe wiedererkannte.« Der Büttel hustete nervös. »Ich habe von den Grabräubereien auf Eurem Friedhof gehört.«
»Ach ja? Das freut mich aber«, sagte Athelstan mit falschem Lächeln. »Glaubt Ihr, das Bein wurde angeschwemmt?«
»Ja. Zu jeder anderen Zeit hätte der Fluß es fortgetragen. Aber der schwere Eisgang hat die Strömung verändert, und deshalb ist der Beutel ans Ufer gedrückt worden.«
»Mit anderen Worten, es ist hier hineingeworfen worden?«
»Ja, Pater. Entweder hier oder irgendwo in der Nähe.«
Athelstan schaute auf die Schlickbänke und Mauern, die sich zur Linken bis zur London Bridge erstreckten. Das Gelände war zu offen, überlegte er. Kein Verbrecher würde sich auch nur im Traum einfallen lassen, eine so schreckliche Tat an einem Ort zu begehen, wo er gesehen werden konnte. Sein Blick ging nach rechts, zu der langen Reihe großer Häuser, deren Gärten bis zum Fluß reichten. Eine Erinnerung regte sich. »Könnte das sein?« murmelte er, »ich frage mich wirklich ...?«
»Was denn, Pater?«
»Nichts, Master Bladdersniff. Geht zurück zu meiner Kirche, nehmt, was von dem armen Tosspot übrig ist, und begrabt alles, wie Ihr es für richtig haltet.«
»Aber, Pater, es ist nicht meine ...«
»Tut, was ich sage!« bellte Athelstan. »Tut es oder verantwortet Euch vor dem Coroner der Stadt, Sir John Cranston!«
»Der ist hier nicht zuständig.«

»Nein, aber das kann er leicht ändern«, versetzte Athelstan. »Um Himmels willen, Mann, tut es für mich. Tut es für den armen Tosspot. Bitte.«
Bladdersniff starrte ihn an, nickte dann und marschierte davon. Athelstan kehrte nach St. Erconwald zurück. Er hatte eines der Häuser am Fluß wiedererkannt und zugleich daran gedacht, wie sauber und glatt das Bein abgetrennt worden war. Erinnerungen an seine Zeit als Soldat in den Notlazaretten bei den Truppen des alten Königs in Frankreich waren erwacht. Und Athelstan dachte an den Friedhof. Wo waren die Leprakranken? Wieso hatten sie nichts bemerkt? Athelstan dachte an die Aussätzigen, die er in der Nähe von St. Paul gesehen hatte, als er mit Cranston bei Geoffrey Parchmeiner gewesen war. Ihre Bettelschalen!
Athelstan blieb mitten auf der Lad Alley stehen. »O mein Gott!« wisperte er. »Oh, um der himmlischen Barmherzigkeit willen!« Der weiße Kalkstaub, den er nach der Messe an seinen Fingern bemerkt hatte, nachdem er die heilige Hostie durch die Lepraspalte nach draußen geschoben hatte ... Dem Bruder wurde plötzlich schwindlig, und er lehnte sich an eine urinfleckige Mauer. Andere Erinnerungen kamen ihm. »Natürlich!« flüsterte er. »Deshalb wurde der Friedhof eine Zeitlang in Ruhe gelassen. Der Frost! Erst als der Fluß wieder auftaute, konnten sie das, was sie gestohlen hatten, verschwinden lassen!« Athelstans Gesicht verzerrte sich vor Wut. »Diese Schweine«, zischte er. »Diese verkommenen Schweine!«
Er stapfte die Lad Alley hinunter zu einer der belebten Hauptstraßen, die parallel zum Fluß verliefen. Ein kleiner Junge, der einem Ball nachlief, rutschte in dem eisigen Matsch aus und prallte gegen ihn. Athelstan packte ihn so fest bei der Schulter, daß der Junge schmerzlich das Gesicht verzog.
»Pater, Pater, das wollte ich nicht! Ehrlich!«
Athelstan sah das bleiche Gesicht des Kleinen. »Es tut mir leid«, antwortete er sanft. »Ich wollte dir nicht weh tun. Hier, mein

Junge – für einen Penny bringst du mich zum Haus des Doktor Vincentius. Du kennst den Arzt?«
Der Junge schüttelte den Kopf, lief aber zu einem Ladenbesitzer, der ihm den Weg erklärte. Dann führte er Athelstan durch eine Gasse auf eine stille Straße mit großen Fachwerkhäusern, an denen allerdings inzwischen die Farbe abblätterte; ihre schmutzigen Fassaden erinnerten an bessere Zeiten und vergangenen Wohlstand. Der Junge deutete auf das dritte Haus; die Fensterläden waren verschlossen, aber die große Haustür war frisch gestrichen und mit glänzenden Stahlbändern verstärkt. Athelstan gab dem Jungen den Penny und klopfte an die Tür, bis er von drinnen schnelle Schritte hörte und der Riegel zurückgezogen wurde. Ein junger Mann mit glatten, strähnigen Haaren öffnete; er trug eine blaue *cote-hardie* mit einem Besatz aus Eichhörnchenfell. Als er den Priester sah, riß er erschrocken die Augen auf.
»Bruder Athelstan!«
»Woher kennst du meinen Namen, du Mistkerl?« schrie der Ordensbruder und stieß ihn gegen die Wand. »Wo ist Doktor Vincentius?«
»In seiner Kammer.«
Athelstan wartete nicht, bis der Bursche ihn hinführte, sondern lief den weißgekalkten Steinkorridor hinunter und riß die Tür am Ende auf. Vincentius saß hinter einem großen Eichenholzschreibtisch in einem warmen, dunklen, holzgetäfelten Zimmer. Athelstan sah Regale voller Pergamentrollen und eine Tierkreiskarte an der Wand; es duftete nach Kräutern und Gewürzen, und ein kleines Holzfeuer knisterte munter im Kamin. Der Doktor erhob sich. Seine dunklen Augen blickten wachsam, aber ein Lächeln überzog das braune Gesicht.
»Bruder Athelstan! Was gibt es? Was wünscht Ihr …?«
»Zuerst dies!« Athelstan gab dem Doktor einen heftigen Stoß; Vincentius flog rückwärts gegen die Wand, stieß einen kleinen

Tisch um, und ein gelber Schädel fiel krachend auf den von Karten übersäten Boden. Der Doktor rappelte sich auf und betupfte eine Wunde am Mundwinkel. Seine dunklen Augen machten sich über den Priester lustig.
»Ihr wirkt erzürnt, Pater?«
Athelstan hörte den jungen Mann hinter sich.
»Es ist schon gut, Gidaut«, murmelte Vincentius. »Aber wir sollten wohl wieder einmal packen.«
Athelstan funkelte den Arzt an, während sich hinter ihm leise die Tür schloß.
»Ihr seid ein Hund, Doktor! Ein Ketzer! Ein Grabschänder! Ich habe gerade gesehen, was vom Leichnam des armen Tosspot übrig ist. Wenn der Bezirksaufseher einen Funken Verstand hätte, wäre er mit der Stadtgarde schon hier. Nur ein erfahrener Arzt könnte ein Bein so sauber abtrennen.« Er trat näher an das Schreibpult heran. »Und lügt jetzt nicht! Ihr und Eure Kreatur da draußen ...« Athelstan deutete auf die Tür. »Ein gerissenes Paar. Gekleidet wie Aussätzige, mit Gesichtsmasken aus kalkbestäubter Tierhaut – so habt Ihr bei Tag auf meinem Friedhof gehaust und gesehen, was da vor sich ging. Und nachts kamt Ihr dann natürlich zurück und habt Euch geholt, was Ihr wolltet.« Athelstan atmete schwer. »Gott verzeihe mir«, sagte er leise, »ich bin nicht besser als andere Menschen. Wißt Ihr, daß einer, der für aussätzig erklärt wird, an seiner eigenen Totenmesse teilnimmt? Wir betrachten ihn dann schon als tot, und ich habe es genauso gemacht. Die Aussätzigen in meinem Kirchhof waren Schatten für mich, wandelnde Lumpenbündel. Nur eines fehlte: Ich habe sie nie mit einer Bettelschale gesehen, und das ist mir erst heute morgen klargeworden.« Er funkelte den Arzt an. »Ihr hättet wirklich besser aufpassen sollen, Vincentius. Ihr habt die Leichen gestohlen, und wenn Ihr fertig wart, habt Ihr, was von ihnen übrig war, in die Themse geworfen. Aber der Fluß ist träge. Heute morgen sind die grausigen Über-

reste Eures makabren Treibens wieder ans Ufer getrieben worden.«

Der Arzt stand immer noch mit dem Rücken zur Wand und beobachtete den Priester wachsam. »Ihr seid höchst scharfsichtig, Bruder. Das hat Benedicta mir schon erzählt.«

Athelstan zuckte zusammen, als er den Blick des Arztes sah. »Aye«, sagte er und ließ sich auf einen Schemel fallen. »Aber ich hätte *noch* schärfer hinschauen müssen. Ich habe Kreide an meinen Fingern gefunden, nachdem ich die Hostie durch den Lepraspalt gereicht hatte.« Zornig starrte er den Arzt an. »Das ist ein Sakrileg, wißt Ihr das? Die Heilige Eucharistie zur Tarnung für Euer gotteslästerliches Tun zu benutzten. Ja«, seufzte er, »ich hätte aufmerksamer sein müssen. Nie habe ich Euch mit einer Bettelschale gesehen, und ich kann mich auch nicht erinnern, Euch je auf den Straßen rings um die Kirche begegnet zu sein.« Er stand auf. »Ihr habt gegen das Gesetz Gottes und das des Königs verstoßen. Ich gehe, aber ich komme mit der Stadtgarde zurück. Heute abend seid Ihr in Newgate und bereitet Euch auf Euren Prozeß vor dem Oberhofgericht in Westminster vor.«

»Benedicta hat mir außerdem erzählt, Ihr wäret ein toleranter Priester. Wollt Ihr mich überhaupt nicht fragen, warum, Pater?« erwiderte Vincentius leise. Er wirkte plötzlich erschrocken und voller Angst. »Ich habe Unrecht getan«, sagte er leise und ließ sich auf einen Stuhl fallen. »Aber wem habe ich denn geschadet? Nein, nein.« Er brachte Athelstan mit einer Handbewegung zum Schweigen. »Hört mir zu. Ich habe in Bologna Medizin studiert, bei den Arabern in Spanien und Nordafrika und an der großen Schule der Medizin in Salerno. Aber wir Ärzte wissen gar nichts, Pater, außer wie man Blutegel ansetzt und einen Menschen ausbluten läßt.« Vincentius verschränkte die Finger und stützte die Ellbogen auf den Schreibtisch. »Über den menschlichen Körper können wir nur dann etwas lernen, wenn wir ihn öffnen.

Jedes einzelne Teil sezieren, die Position des Herzens studieren, den Kreislauf des Blutes, die Zusammensetzung der Magenwände. Aber das verbietet die Kirche.« Er hob eine beringte Hand. »Ich schwöre, ich wollte nicht ungehorsam sein, aber meine Sehnsucht nach medizinischem Wissen, Pater, ist genauso groß wie die Eure nach der Errettung der Seelen. Und wohin könnte ich gehen? Zu den Richtstätten oder auf die Schlachtfelder, wo die Leichen bis zur Unkenntlichkeit verstümmelt sind? Da kam ich nach Southwark, denn es liegt außerhalb der städtischen Gerichtsbarkeit. Ja, ja.« Er sah den Ärger in Athelstans Blick. »In eine arme Gemeinde, wo niemand sich darum kümmerte – so wenig wie um die ausgehungerten Kinder auf den Straßen rings um die Kirche.« Vincentius spielte mit einem kleinen Messer. »Ich fing an, einen Leprakranken zu spielen, um auf dem Friedhof spionieren zu können. Aber ich habe nur Leichen genommen, auf die niemand einen Anspruch erhob.«

»*Ich* habe Anspruch auf sie erhoben!« schrie Athelstan. »Gott hat Anspruch auf sie erhoben. Die Kirche!«

»Ja, ich habe die Leichen gestohlen«, fuhr Vincentius fort, »und ich habe sie seziert. Gidaut und ich haben sie nachts in den Fluß geworfen, aber als der große Frost kam, mußten wir aufhören.« Er schüttelte den Kopf. »Ich habe Unrecht getan, aber wollt Ihr mich deshalb hetzen? Ich habe hier gute Arbeit geleistet, Priester. Geht hinaus auf die Straßen von Southwark und sprecht mit der Mutter, der ich eine Zyste lanciert habe. Fragt den kleinen Jungen, der wieder klar sehen kann. Den Arbeiter, dem ich das gebrochene Bein gut gerichtet habe. Und wenn ich hänge, Bruder, was dann? Wen wird das interessieren? Die Armen werden weiter sterben, und die Ärzte in der Cheapside, die ihren Patienten Geld und Gesundheit abnehmen, werden in die Hände klatschen, wenn sie mich am Strick tanzen sehen.«

Athelstan ließ müde den Kopf hängen.

»Ich will Euren Tod nicht«, sagte er. »Ich will, daß die Toten auf meinem Friedhof so liegenbleiben, wie Gott es von ihnen erwartet. Ich will, daß Ihr verschwindet, Doktor.« Er stand auf und klopfte sich den Staub von seiner Kutte. »Es tut mir leid, daß ich Euch geschlagen habe.« Er starrte Vincentius an. »Aber Ihr müßt von hier verschwinden. Ich weiß nicht, wohin, und eigentlich ist es mir auch egal, aber ich will, daß Ihr binnen einer Woche die Stadt verlaßt.« Athelstan fühlte sich plötzlich erschöpft und matt, und er merkte, daß er seit langem nicht mehr gegessen hatte. »Es tut mir leid, daß ich Euch geschlagen habe«, wiederholte er, »aber ich war zornig.« Plötzlich fiel ihm ein, daß Cranston auf ihn wartete, und er sah den Doktor an. »Ach ja«, sagte er, »einen Gefallen schuldet Ihr mir noch.«

Vincentius lehnte sich zurück. »Welchen, Pater?«

»Genaugenommen sind es zwei. Erstens, Ihr hattet hier eine Besucherin – Lady Maude Cranston. Warum ist sie gekommen?«

Vincentius grinste. »Lady Maude ist zwar schon im dreißigsten Jahr, aber sie ist *enceinte*.«

Athelstan starrte ihn ungläubig an. »Sie ist schwanger?«

»Ja, Priester. Etwa im zweiten Monat. Sie und das Kind sind gesund, aber sie hat Angst, daß Sir John ihr nicht glauben könnte. Sie will ihn nicht enttäuschen. Sie haben wohl vor einigen Jahren schon ein Kind verloren.«

Athelstan nickte, und der Arzt genoß die Verblüffung des Priesters.

»Sie hat mir von Sir John erzählt. Ich habe ihr geraten, bei den Freuden des Fleisches äußerst vorsichtig zu sein. Ihr Gatte ist anscheinend ein Berg von einem Mann?«

»Aye.« Athelstan war immer noch wie vom Donner gerührt. »Das ist Sir John allerdings.«

»Und wie lautet der zweite Gefallen, Pater?«

»Ihr habt in Outremer gedient?«

»Ja. Eine Zeitlang habe ich in Krankenhäusern in Tyrus und Sidon praktiziert.«

»Wenn Ihr dort jemandem begegnet seid, wie habt Ihr ihn gegrüßt?«

Jetzt machte der Arzt ein überraschtes Gesicht. »*Schalom*«, antwortete er. »Das ist der übliche semitische Ausdruck für *Friede sei mit Euch*.«

Athelstan hob die Hand. »Doktor Vincentius, ich sage Euch Lebewohl. Wir werden uns sicher nicht wiedersehen.«

»Priester?«

»Ja, Arzt?«

»Freut es Euch, daß ich fortgehe, weil ich Unrecht getan habe oder freut es Euch, daß ich die Witwe Benedicta nicht wiedersehe? Ihr liebt sie, nicht wahr? Ihr mit Euren heftigen Angriffen gegen andere!«

»Nein, ich liebe sie nicht!« fauchte Athelstan. Aber während er die Tür hinter sich schloß, wußte er, daß er, wie der heilige Petrus, die Wahrheit leugnete.

Sir John Cranston, Coroner der Stadt, hockte mit trübem Blick in der Schenke *Zum Heiligen Lamm* und starrte voller Selbstmitleid auf die Cheapside hinaus. Er hatte gut und gern eine Viertelgallone Ale getrunken. Athelstan war nicht gekommen; also würde er nach Hause gehen. Er würde sich seine Frau vornehmen, wie sich das für einen Mann gehörte, mit jähen Vorwürfen und scharfen Fragen; aber er wünschte, der Bruder wäre gekommen. Er hätte in so vielen Dingen gern seinen Rat gehört.

Cranston lehnte sich an die Wand und blinzelte durch den Schankraum. Die neueste Geschichte aus dem Tower war furchtbar. Er war hingegangen, um sich Fitzormondes übel zerfleischten Leichnam anzuschauen: Das halbe Gesicht war weggerissen und der Körper bis zur Unkenntlichkeit verstüm-

melt. Cranston rieb sich die Wange. Zunächst hatte Colebrooke das Ganze für einen Unglücksfall gehalten.
»Es war kurz nach Einbruch der Dämmerung«, hatte der Lieutenant ihm berichtet. »Fitzormonde war, wie es seine Gewohnheit war, zu dem Bären gegangen. Gerade war noch alles friedlich, und im nächsten Augenblick schien Satan persönlich aus der Hölle hervorzubrechen. Der Bär riß sich los und zerfleischte den unglücklichen Hospitaliter. Ich befahl die Bogenschützen her, und der Bär wurde getötet.» Colebrooke zuckte die Achseln. »Sir John, wir hatten keine Wahl.«
»War es ein Unfall?« fragte Cranston. »Daß der Bär sich losriß, meine ich?«
»Erst dachten wir es, aber als wir das Tier untersuchten, fanden wir das hier in seinem Hinterteil.« Der Lieutenant gab Cranston einen kleinen Armbrustbolzen von der Art, wie eine Dame ihn für die Jagd benutzen würde.
»Wer war zur fraglichen Zeit im Tower?«
»Alle«, antwortete Colebrooke. »Ich, Mistress Philippa, Rastani, Sir Fulke, Hammond, der Kaplan – alle, außer Master Geoffrey, der in seinen Laden in der Stadt zurückgegangen war.«
Cranston hatte dem Lieutenant gedankt und war in das schäbige, feuchte Leichenhaus neben St. Peter ad Vincula gegangen, wo Fitzormondes zerfleischte Überreste aufgebahrt lagen, bis man sie in ein leinenes Leichentuch nähte. Der Leichnam hatte einen scheußlichen Anblick geboten, er war kaum mehr als ein zerfetzter, blutiger Fleischklumpen gewesen. Cranston war so schnell wie möglich gegangen, hatte alle, die er finden konnte, vernommen, und war zu dem Schluß gekommen, daß der Armbrustbolzen von einem versteckten Schützen abgeschossen worden sein müsse: Davon zur Weißglut gereizt, hatte der Bär seine Kette zerrissen und Fitzormonde angefallen.
Cranston schaute sich noch einmal in der Schenke um und

schloß dann seufzend die Augen. Gab es wirklich keine Lösung für dieses Problem? Und wo, zum Teufel, blieb Athelstan?
»Mylord Coroner?«
Cranston öffnete die Augen. »Wo hast du gesteckt, Mönch? Und weshalb grinst du so?«
Athelstan lächelte und rief dem Wirt zu: »Zwei Becher von deinem besten Bordeaux. Deinem allerfeinsten.« Er setzte sich hin und strahlte Sir John an. »Mylord Coroner, ich habe Neuigkeiten für Euch.«

13. Kapitel

Sir John Cranston saß auf dem hochlehnigen Stuhl in seiner geräumigen Küche und schaute liebevoll Lady Maude an, die am Tisch stand und Gläser mit kandierten Früchten füllte. Er hatte Athelstans Geschichte kaum glauben können, wenigstens nicht sofort. Erst nach drei weiteren Bechern Bordeaux hatte es ihm gedämmert, und Athelstan hatte ein paarmal wiederholen müssen, was er von Doktor Vincentius erfahren hatte. Endlich, dachte Cranston, ergibt das alles einen Sinn ...
Er warf einen verstohlenen Blick auf die Taille seines Weibes und sah, daß die voluminösen Röcke jede Rundung verbergen würden; selbst Lady Maudes Nachthemden waren wattiert, und der Gedanke an ein weiteres Kind war ihm einfach nie gekommen. Nachdem Matthew vor so langer Zeit mit drei Jahren an der Pest gestorben war, hatte Cranston alle Hoffnung auf einen Erben aufgegeben. Er trommelte mit den Fingern auf der Armlehne. Lady Maude sah seinen Blick und schnupperte an einem Glas, um ihre Verwunderung über Sir Johns plötzlichen Stim-

mungsumschwung zu verbergen. Sollte sie es ihm jetzt erzählen? überlegte sie. Oder sollte sie, wie geplant, bis Weihnachten warten?
Lady Maude war wie vom Donner gerührt gewesen, als ihre Monatsregel ausgeblieben war; eine Freundin hatte ihr Doktor Vincentius empfohlen. Der Arzt hatte ihre Hoffnungen bestätigt und ihr geraten, was sie essen und trinken und daß sie behutsam mit sich umgehen sollte. Sir Johns amouröse Annäherungen mußte sie zurückweisen, konnte ihm aber nicht sagen, warum. Erst mußte sie sich ganz sicher sein. Lady Maude biß sich auf die Lippe. Es gab noch einen zweiten Grund: Wenn Sir John erst einmal die Wahrheit wüßte, würde sie keinen Frieden mehr finden. Er würde sie umkreisen wie ein großer, zottiger Wachhund, jede ihrer Bewegungen beobachten und endlose Vorträge halten, wie man »vorsichtig und gesund« lebte. Lady Maude senkte den Kopf. Laß das Kind gesund sein, betete sie. Nie würde sie vergessen, wie Matthew gestorben war. Sir John, sonst mutig wie ein Löwe, hatte dagesessen wie ein kleiner Junge, ohne ein Wort, ohne ein Seufzen – stumm waren ihm endlose Tränen übers Gesicht gelaufen.
Sir Johns Gedanken gingen einen ähnlichen Weg: Er hatte Athelstan feierlich versprochen, die Sache nicht zur Sprache zu bringen, bevor seine Frau es täte. Außerdem hatte er versprochen, Vincentius unbehelligt aus London verschwinden zu lassen. Aber das – Cranstons Augen wurden schmal – würde er sich noch einmal überlegen müssen. Vielleicht sollte man im neuen Jahr Briefe an alle Sheriffs von England schicken und Doktor Vincentius und sein gottloses Treiben auf den Friedhöfen anderer Leute schildern? Der Coroner schaute hinüber zu Athelstan, der sich munter mit Leif, dem Bettler, unterhielt.
»Bruder, bleibst du zum Essen?«
»Nein, Sir John, ich muß gehen. Vielleicht ein andermal?«
»Und die Sache im Tower?«

Athelstan erhob sich. »Ich weiß nicht, Sir John. Vielleicht ist es das beste, wenn Ihr eßt und über das nachdenkt, was wir bisher herausgefunden haben. Morgen sprechen wir darüber, hm?« Voller Bewunderung schaute er auf die Einmachgläser, die Lady Maude da füllte. »Ihr erwartet Gäste zu Weihnachten?«
»Eigentlich ja, Pater«, antwortete sie. »Meine Verwandten aus Tiverton in Devon.« Lady Maude warf einen amüsiert ärgerlichen Blick auf Cranstons Grimasse. »Sie sollten kommen, aber die Straßen sind unpassierbar; nicht einmal Boten kommen durch. Ich habe mit einer der Ratsherrengattinnen gesprochen; das Geschäft ihres Mannes hat arg gelitten. Alle seine Reisenden, die in den Südwesten wollten, mußten umkehren.«
Athelstan lächelte, und Lady Maude wandte sich wieder ihren Einmachgläsern zu und hatte Mühe, ihre Aufregung zu verbergen, als Athelstan dem Coroner erzählte, daß eines seiner Gemeindemitglieder, ein gewisser Doktor Vincentius, Southwark für immer verlasse. Lady Maude verbarg ihr Gesicht. Sie bedauerte, daß der Arzt fortging. Er war ein überaus tüchtiger Mann. Seufzend starrte sie auf den Tisch. Nun würde sie sich einen anderen guten Arzt suchen müssen; einen, der besser war als die üblichen Blutsauger von Cheapside.
Athelstan zwinkerte Cranston zu, verabschiedete sich und trat hinaus auf die dunkle Straße. Er holte Philomel aus dem Stall des *Heiligen Lammes* und ritt durch die Dunkelheit heimwärts. Beim Gedanken an Sir Johns Reaktion auf seine Neuigkeiten mußte er leise lachen. Hoffentlich hatte Lady Maude zugehört, als er von Vincentius' Abreise gesprochen hatte. Vielleicht, überlegte der Ordensbruder, war es so am besten für alle.
Plötzlich geriet Philomel auf einer vereisten Stelle ins Rutschen. Athelstan stöhnte auf, stieg ab und führte den alten Gaul vorsichtig am Zügel über die dunkle Straße. Die Häuser ringsumher wirkten düster. Vor jedem der großen Herrenhäuser in der Cheapside brannte eine Öllampe, aber als Athelstan bei St. Peter

Cornhill um die Ecke bog und zur Bridge Street hinunterging, wurden die Straßen dunkler. Vorsichtig mußte er sich seinen Weg bahnen, zwischen Müll, Nachtkot und Essensabfällen hindurch, wo die Ratten knabbernd umherhuschten. Hinter ihm wurde eine Tür zugeschlagen, und ein Nachtvogel, der unter der Dachkante eines Hauses nistete, flatterte in einer Wolke schwarzer Federn auf, daß Athelstan zusammenfuhr. Bettler wimmerten um Almosen. Eine Hure stand an der Ecke; die orangegelbe Perücke, die struppig über ihrem rötelgeschminkten Gesicht thronte, sah im Licht der Kerze in ihrer Hand um so gespenstischer aus. Sie lachte, als Athelstan vorüberzog, und machte eine obszöne Gebärde. Er schlug ein Kreuz in ihre Richtung. Ein Schläger, der an der Tür einer Ale-Schenke lehnte, sah die einsame Gestalt herankommen und tastete nach dem Holzgriff seines Messers. Aber als er Athelstans Tonsur und das Kruzifix an seinem Hals sah, überlegte er es sich anders.
Athelstan zog weiter; erleichtert sah er im Fackelschein die Soldaten, die an der London Bridge auf Posten standen. Die Tore waren geschlossen, aber die städtischen Bogenschützen erkannten den »Kaplan des Coroners«, wie sie ihn nannten, und ließen ihn passieren.
Der Bruder überquerte die Brücke; Philomels Hufe dröhnten hohl auf den Bohlen. Es war gespenstisch. Sonst herrschte auf der Brücke immer großer Betrieb, aber jetzt lag sie still da und umhüllt von dichtem Flußnebel. Athelstan hatte das unheimliche Gefühl, über einen Abgrund zwischen Himmel und Hölle zu wandeln. Die Möwen, die in den Holzbögen nisteten, flogen auf und protestierten kreischend gegen die unerwartete Störung. Athelstan dachte an die Raben im Tower. Schon wieder ein Toter, dachte er – zwei, wenn man den Bären mitzählte. Athelstan hatte Mitleid mit dem Tier.
»Vielleicht war es am besten so. Noch nie habe ich ein so unglückliches Tier gesehen.« Er dachte an die Lehren eini-

ger Franziskanerbrüder, die wie ihr Ordensgründer überzeugt waren, daß alle Tiere Gottes Geschöpfe seien und deshalb niemals schlecht behandelt oder gefangengehalten werden dürften.

Athelstan kam an der stillen, dunklen Kapelle von St. Thomas von Canterbury vorbei, die in der Mitte der Brücke stand. Die Wachposten am Ufer von Southwark riefen ihm zu; einige hielten ihn sogar für einen Geist. Athelstan rief seinen Namen; man ließ ihn durch und neckte ihn wegen seines unverhofften Erscheinens.

Der Ordensbruder führte Philomel durch die dunklen Gassen von Southwark. Hier fühlte er sich sicherer. Man kannte ihn, und niemand würde wagen, ihn zu überfallen. Er kam an einer Schenke vorbei, wo ein Junge, der sich ein paar Brotkrusten verdienen wollte, im Eingang stand und mit wunderschöner Stimme ein Weihnachtslied sang. Athelstan lauschte den Worten, die Wärme und Fröhlichkeit verhießen. Er tätschelte Philomels Hals. »Wo werden wir das Weihnachtsfest verbringen, he, alter Freund?« fragte er und wanderte weiter. »Vielleicht lädt Lady Cranston mich ein, jetzt, wo ihre Verwandten aus dem West Country nicht kommen.«

Unvermittelt blieb er stehen. »Lady Maudes Verwandte!« murmelte er auf der stillen, ruhigen Straße, und ein Schauder lief ihm über den Rücken. »Seltsam«, fuhr er fort. »Eine solche Kleinigkeit, bloß ein Schaum auf den Ereignissen des Tages ...« Er rieb sich das Gesicht. Lady Maudes Worte hatten die Erinnerung an etwas anderes geweckt.

Fast zerrte er nun Philomel nach St. Erconwald zurück und hatte es so eilig, daß das Pferd ihn erbost anwieherte. Athelstan brachte das alte Streitroß in seinen Stall, schaute nach der Kirche und erinnerte sich schuldbewußt an den Zorn, den er heute an den Tag gelegt hatte. Bonaventura war anscheinend auf Freiersfüßen unterwegs. Athelstan ging in sein Haus, zündete ein Feuer an und aß hastig ein Stück kaltes Fleisch. Nach wenigen Bissen warf er den Rest ins Feuer; das Schweinefleisch war faulig. Er goß sich einen Becher verdünnten Wein ein, räumte den Tisch ab und machte sich daran, alles aufzulisten, was er über die Morde im Tower wußte.

Der Gedanke, der vorhin seine Erinnerung in Gang gesetzt hatte, war möglicherweise der Schlüssel zur Lösung des ganzen Problems. Lächelnd dachte er an Pater Anselm und dessen oft wiederholtes Axiom in seinen Vorlesungen über die Logik. »Wo es ein Problem gibt, muß es auch eine Lösung geben. Man muß nur den Weg finden. Manchmal genügt das kleinste Lichtfünkchen.« Dann hatte Anselm ihn mit seinen schwarzen Äuglein angesehen. »Denke immer daran, mein junger Athelstan. Das gilt für das Reich der Metaphysik ebenso wie für die Ereignisse eines jeden Tages.«

Athelstan schloß die Augen. »Ich denke immer noch daran, Vater«, murmelte er. »Der Herr lasse dich ruhen in Frieden.« Er rückte sein Schreibtablett zurecht, ordnete seine Gedanken und tauchte die graue Gänsefeder in die Tinte. Fluchend stellte er fest, daß die Tinte zu kalt war; er hielt den Topf über die Kerze, um sie zu wärmen, und las noch einmal schnell durch, was er sich im Tower notiert hatte. Als die Tinte warm genug war, schrieb er sorgfältig auf, zu welchen Schlußfolgerungen er gekommen war.

Primo: Obwohl gut geschützt, war Sir Ralph Whitton im Turm der Nordbastion ermordet worden. Sir Ralph hatte hinter einer verschlossenen Tür geschlafen, für die er und die Wachen draußen einen Schlüssel gehabt hatten. Die Tür zu dem Gang, der zu der Schlafkammer führte, war ebenfalls verschlossen, und auch diese Schlüssel hatten nur er und seine vertrauten Leibwächter. Aber all diese Vorsichtsmaßnahmen hatten nichts genützt. Sein Mörder war anscheinend über den gefrorenen Festungsgraben gekommen, die Trittkerben in der Turmwand

hinaufgeklettert, hatte den Fensterladen entriegelt und Sir Ralph getötet.
Secundo: Der Mörder mußte den Tower gut kennen, um von den Trittkerben in der Mauer zu wissen. Warum hatte das Geräusch der Fensterläden, die geöffnet wurden – vom Eindringen des Mörders in die Schlafkammer ganz zu schweigen –, Sir Ralph nicht geweckt? Eine Stiefelschnalle von Sir Fulke hatte auf dem Eis gelegen. War das ein Hinweis auf den möglichen Mörder?
Tertio: Der junge Parchmeiner hatte als erster versucht, Sir Ralph zu wecken, aber geöffnet hatte die Kammer der Lieutenant, Master Colebrooke. Spielte Sir Ralphs Stellvertreter eine Rolle bei diesem Mord?
Quarto: Mowbray war durch einen Sturz von der Mauer ums Leben gekommen, aber wie war er gefallen? Wer hatte die Sturmglocke geläutet? Wer war nicht in Mistress Philippas Gemach gewesen? Nur zwei: Fitzormonde und Colebrooke.
Wieder schüttelte Athelstan den Kopf.
Quinto: Der Tod des Ratsherrn Horne. Athelstan zog eine Grimasse. Überhaupt keine Hinweise.
Sexto: Fitzormondes Tod. Er und Cranston hatten wohl gesehen, daß man die Kette des Bären besser hätte befestigen können, und Fitzormonde hatte die Gewohnheit gehabt, den Bären anzuschauen. Aber wer war der Mörder gewesen? Wer hatte den Bolzen abgeschossen und das Tier damit zu so mörderischer Wut angestachelt?
Septimo: Sir Ralph und andere waren wegen eines schrecklichen Verrats an Sir Bartholomew Burghgesh gestorben. War Burghgesh vor all den Jahren auf dem Schiff gestorben oder war er nach England zurückgekehrt? Der Pfarrer von Woodforde behauptete, ihn gesehen zu haben, und der Wirt des Gasthauses ebenfalls. War es dieselbe geheimnisvolle Person, die auch der Wirt in der *Goldenen Mitra* gesehen hatte? Wenn ja, dann war

Burghgesh vor drei Jahren im Advent von mindestens drei Leuten gesehen worden; zur selben Zeit war Sir Ralph Whitton in einen Zustand tiefer Niedergeschlagenheit verfallen. Aber wenn Burghgesh überlebt hatte und nach England zurückgekehrt war, wo verbarg er sich jetzt? Und noch ein Problem: Sir Ralphs Bestürzung hatte sich anscheinend wieder gelegt. Das wäre sicher nicht geschehen, wenn Burghgesh noch lebte. Sir Ralph hätte nur dann Ruhe gefunden, wenn er vor drei Jahren aufgetaucht und dann gestorben wäre.
Octavo: Wer immer die unheimlichen Mitteilungen an Whitton und die anderen gesandt hatte, mußte Zugang zum Tower haben. Waren Burghgesh oder sein Sohn irgendwo in der Stadt versteckt und schickten ihre Botschaften und Komplizen in den Tower?
Nono: Wer profitierte von den Morden? Colebrooke? Der wollte befördert werden, kannte sich gut aus und war bei allen drei Todesfällen im Tower gewesen. Sir Fulke? Auch er hatte einen Gewinn vom Tod seines Bruders, und seine Stiefelschnalle hatte auf dem Eis vor der Nordbastion gelegen. Auch er kannte den Tower gut und war dort gewesen, als die beiden Hospitaliter den Tod gefunden hatten. Und Rastani? Ein verstohlener, feinnerviger Mann, der Sir Ralph und seinen Kameraden ebenfalls Rache geschworen haben mochte. Er kannte sich in der Festung aus und war dort gewesen, als die Hospitaliter gestorben waren.
Athelstan schüttelte den Kopf. Das gleiche galt auch für Hammond, diesen recht düsteren Kaplan. Oder waren es Mistress Philippa und ihr Geliebter? Und was war mit Rothand, dem Verrückten, der vielleicht vernünftiger war, als er aussah?
Athelstan hob den Kopf und schnappte nach Luft. Rothand! Der bucklige Albino hatte von zugemauerten Geheimverliesen geredet, und Simon, der Zimmermann, hatte etwas Ähnliches gemurmelt.
Athelstan stützte den Kopf auf beide Hände. Dann griff er nach

seinem Federkiel und sah sich in der dunklen Küche um. In der Ecke stand ein Stechpalmenzweig. In ein paar Tagen war Weihnachten. Er stand auf, wärmte sich die Finger am Kohlebecken und wünschte, Benedicta wäre dagewesen, um einen Becher Glühwein mit ihm zu trinken. Er dachte an das, was Doktor Vincentius über seine Zuneigung zu der Witwe gesagt hatte, und starrte ins Feuer. War es so offensichtlich? Wußten auch andere in der Gemeinde um seine Gefühle? Er schüttelte den Kopf. Nein, jetzt mußte er sich auf ein anderes Problem konzentrieren.

Ein Fensterladen klapperte, und Athelstan fuhr zusammen, als ein dunkler Schatten auf dem binsenbestreuten Fußboden landete.

»Bonaventura!« murmelte er. Der Kater kam herangetappt und rieb sich majestätisch am Bein des Ordensbruders. »Nun, Herr Kater, seid Ihr gekommen, um zu speisen?«

Der Kater streckte sich und machte dann einen Buckel. Athelstan ging in die Speisekammer, goß Milch in eine rissige Zinnschüssel und sah zu, wie der Kater alles aufschleckte, bevor er sich vorm Feuer ausstreckte. Athelstan ging zum Fenster und schloß die Läden. Fenster, Türen, Gänge, dachte er – und Rothands Gestammel und Simons düstere Warnungen gingen ihm durch den Kopf. Neidisch sah er den Kater an. »Manche haben's gut«, knurrte er und setzte sich wieder an seine Pergamente. Er nahm sich jeden Namen einzeln vor und baute eine Argumentationskette auf, als gelte es, eine theologische Disputation zu verfassen.

Die Stunden vergingen. Athelstan rieb sich müde die Augen. Nur ein Weg blieb noch: der, den Lady Maude ihm mit ihrer unschuldigen Bemerkung gezeigt und der ihn so abrupt nach Southwark hatte zurückkehren lassen. Athelstan zeichnete einen groben Grundriß des Tower und bedachte die Schlüsse, die er gezogen hatte. Kurz vor Tagesanbruch war er dann endlich zufrieden. Er hatte den Mörder gefunden – mehr aber nicht. Für alles weitere brauchte er Cranston.

Am nächsten Morgen ritt Sir John wie ein junger Ritter die Cheapside hinunter zur *Goldenen Mitra*. Er hatte das Gefühl zu schweben. Sogar der kalte Morgenwind war warm und sanft wie die Liebkosung einer jungen Frau.

Cranston hatte Lady Maude auf das leidenschaftlichste umarmt, bevor er aufgestanden war. Tränenreich hatte sie sich an seine Brust geschmiegt und gestammelt, daß sie bald mit ihm sprechen wolle. Er hatte süße Nichtigkeiten gemurmelt, ihr den Kopf gestreichelt, und dann war er aufgestanden, hatte sich angekleidet und war nach unten gegangen. Dort hatte er nach einem Becher Sherry gebrüllt, während ein Hausknecht sein Pferd sattelte. Zu wissen, daß er wieder Vater werden würde, machte ihn stolz wie einen Pfau. Er belohnte sich mit einem Schluck aus seinem »wunderbaren Weinschlauch«, wie Athelstan ihn nannte, und genoß den kräftigen roten Saft. Überschwenglich strahlte er in die Runde. Oh, der Tag war herrlich und das Leben eine Wonne!

Sir John streute einer Schar Bettler, die fröstelnd an der Ecke der Mercery hockten, eine Handvoll Pennies hin. Er brüllte den Geflügelmetzgern, die an ihren großen Eisenbottichen standen und Hühner und anderes Federvieh für das Weihnachtsfest säuberten und ausnahmen, fröhliche Beschimpfungen zu. Eine Hure wurde mit nackten Schultern durch die Straßen geführt; auf ihrem kahlrasierten Schädel trug sie eine spitze weiße Mütze. Ein Dudelsackpfeifer schritt vor ihr her, und ein gekritzeltes Schild, das an ihrem schmutzigen Mieder steckte, erklärte sie zur stadtbekannten Schlampe. Cranston hielt die Prozession an und befahl, sie freizulassen.

»Aber warum, Sir John?« fragte ein rattenmäuliger Büttel verblüfft.

»Weil Weihnachten ist!« dröhnte Cranston. »Und weil Christus, der schöne Knabe aus Bethlehem, wieder zu uns kommt!«
Der Büttel wollte widersprechen, aber Cranston griff nach seinem Dolch, und der Kerl schnitt die Fesseln durch. Die Frau streckte dem Büttel die Zunge heraus, bedachte Cranston mit einer obszönen Geste und huschte durch eine Gasse davon. Sir John ritt weiter nach Petty Wales. An der Schenke warf er dem Hausknecht die Zügel zu und betrat den angenehm duftenden Schankraum.
»Mönch, wo zum Teufel steckst du?« brüllte er, daß die anderen Gäste um ihr liebes Leben fürchteten und der Wirt mit aufgerissenen Augen angelaufen kam, um ihn zu bedienen.
»Sir John, Ihr seid glücklich?«
»Glücklich wie eine Fliege auf einem Pferdearsch im Sommer!« brüllte Sir John und warf dem Wirt den wunderbaren Weinschlauch zu. »Vollmachen! Der Bruder hat gesagt, wir treffen uns hier«, knurrte er. Er spähte durch das verräucherte Halbdunkel, sah Athelstan dösend an einem Tisch sitzen und nickte.
»Bring mir einen Becher Wein«, befahl Cranston dem Wirt. »Frische Haferbrötchen und einen Streifen gedörrten Speck.« Er schmatzte. »Für den Bruder eine dicke Suppe – und auch wenn Advent ist, wird er einen Krug verdünntes Ale nicht ablehnen!«
Der Coroner trat breitbeinig an Athelstans Tisch und klopfte dem dösenden Ordensbruder auf die Schulter. »Auf, auf, Bruder!« blökte er. »Denn, verflucht, der Teufel geht um wie ein brüllender Löwe und sucht, wen er verschlingen könnte!«
»Hoffentlich hat er nicht so schwere Pranken wie Ihr, Sir John«, murrte Athelstan, schlug die Augen auf und hob müde den Kopf. Cranston beugte sich zu ihm herunter. »Guten Morgen, Mönch!«

»Ich bin Ordensbruder.«
»Guten Morgen, Ordensbruder. Und warum bist du nicht voller Weihnachtsfreude?«
»Weil ich friere, Sir John, weil ich müde bin und völlig erschöpft.« Athelstan wollte die Litanei seiner Leiden fortsetzen, als er den Schelm sah, der wie kleine Teufel in Cranstons Augen tanzte. »Aber es ist schön, Euch glücklich zu sehen, Sir John. Ich nehme an, Ihr habt etwas zu essen bestellt?«
Cranston nickte, riß sich den mächtigen Biberhut vom Kopf und ließ sich gegenüber auf die Bank fallen.
Sie hatten sich satt gegessen, und Cranston hatte zwei Becher Rotwein vertilgt, bevor Athelstan mit seinem Bericht fertig war. Der Coroner schüttelte den Kopf, stellte ein paar Fragen und pfiff dann leise.
»In drei Teufels Namen – bist du sicher, Bruder? So viel aus einer unschuldigen kleinen Bemerkung von Lady Maude?«
Athelstan zuckte die Achseln. »Lady Maudes kleine Bemerkungen haben in den letzten paar Tagen für eine Menge Bestürzung gesorgt, Sir John.«
Cranston rülpste, stand auf und brüllte nach seinem Weinschlauch, und dabei warf er dem Wirt ein paar Münzen hin.
»Habt Ihr getan, worum ich Euch gebeten hatte, Sir John?«
»Ja, Bruder, das habe ich.« Sir John streckte sich und gähnte. »Alle unsere Verdächtigen warten im Tower; nur Parchmeiner kommt später. Willst du zuerst Colebrooke sehen?«
»Und Rothand?«
»Ah ja, Rothand.«
»Ihr habt den Haftbefehl, Sir John?«
»Ich brauche keinen verdammten Haftbefehl, Mönch! Ich bin Cranston, der Coroner des Königs in dieser Stadt. Entweder sie beantworten die Frage, oder sie werden die Folgen zu tragen haben.«
Die beiden ließen die Pferde an der Schenke und wanderten

durch ein paar Gassen zum gähnenden Eingang des Tower. Colebrooke erwartete sie im Torhaus. Athelstan sah, daß er Halsberge, Kettenhemd und Beinschienen trug.
»Ihr erwartet Schwierigkeiten, Master Lieutenant?«
»Sir Johns Anweisungen waren ziemlich strikt«, antwortete Colebrooke.
»Wo ist Rothand?«
»Warum wollt Ihr diesen verrückten Hund sehen?«
»Weil ich es befohlen habe«, antwortete Cranston.
Sie überquerten die Wiese; das kärgliche Gras schimmerte jetzt durch den grauen Matsch. Zwei Soldaten trotteten hinter ihnen her. Colebrooke schickte den einen zu einer kleinen Tür im Fuße des White Tower. Athelstan schaute betrübt zu der Ecke hin, wo der große Bär gesessen hatte. Die Stelle wirkte jetzt leer und einsam, aber der Boden trug noch Spuren des Aufenthaltes, und ein paar klägliche Essensreste lagen auf dem Kopfsteinpflaster verstreut.
»Gott schenke der Seele des Bären die ewige Ruhe«, betete Athelstan.
Cranston drehte sich um. »Haben Bären eine Seele, Bruder? Kommen sie in den Himmel?«
Athelstan grinste. »Wenn Ihr im Himmel Bären braucht, Sir John, dann wird es sie dort auch geben. Aber in Eurem Fall besteht der Himmel vermutlich aus einer endlosen Reihe von Schenken und geräumigen Ale-Stuben.«
Cranston schlug sich mit dem Handschuh auf den Schenkel. »Du gefällst mir, Bruder!« Und er strahlte den überraschten Colebrooke an.
Plötzlich wurde die Pforte des White Tower aufgestoßen, der Soldat kam hervor und zerrte Rothand am Kragen hinter sich her.
»Loslassen!« rief Athelstan. Er lief zu dem Buckligen hinüber, hockte sich vor ihn und ergriff seine Hand. Er schaute in die

eisblauen Augen des Narren und sah die Tränen auf den fleckigen Wangen. »Du trauerst um den Bären, Rothand?«
»Ja. Rothands Freund ist fort.«
Athelstan bedeutete dem Soldaten, er solle verschwinden. »Ich weiß, Rothand«, flüsterte er dann. »Der Bär war ein prachtvolles Tier. Aber er ist jetzt glücklich. Sein Geist ist frei.«
Rothand sah Athelstan mit wäßrigen Augen an und lächelte. »Bist du Rothands Freund?«
Athelstan betrachtete das Gesicht des Buckligen, das schüttere weiße Haar und die grotesken kunterbunten Lumpen. Er dachte an Pater Anselms weise Worte: »Bedenke stets, Athelstan: Jeder Mensch ist Gottes Ebenbild. In einem zerbrochenen Glas brennt die Flamme ebenso hell wie in einer kunstvoll verzierten Lampe.«
»Ich bin dein Freund«, antwortete er. »Und ich brauche deine Hilfe.«
Rothands Blick wurde wachsam.
»Ich möchte, daß du mir deine Geheimnisse zeigst.«
»Was für Geheimnisse, Herr?«
»Was zum Teufel machst du da, Bruder?« rief Cranston.
Athelstan warf ihm einen warnenden Blick zu.
»Hör zu, Rothand«, sagte er leise. »Du hast mir doch von Kerkern erzählt, von Verliesen, die zugemauert wurden.«
Rothand wollte sich losreißen, aber Athelstan hielt seine Hand fest.
»Bitte«, drängte er. »Hatte Sir Ralph solche geheimen Gewölbe? Wenn du es mir sagst, Rothand, dann kann ich den Mann fangen, der schuld ist am Tod des Bären.«
Mehr Ermutigung brauchte der Verrückte nicht. Er drehte sich um. »Warte. Warte hier«, bat er und verschwand wieder durch die kleine Pforte im White Tower. Sekunden später war er wieder da und hielt ein klingendes Glöckchen in der Hand. »Folgt Rothand!« schrie er. »Folgt Rothand!«

Cranston schaute Athelstan ungläubig an. Colebrooke winkte verärgert.
»Was hat der kleine Halunke vor?« fragte Cranston leise, als der Narr sie hüpfend über das Tower Green zu einer völlig eingerosteten Tür im Wakefield Tower führte. Rothand blieb davor stehen, verbeugte sich dreimal und ließ sein Glöckchen klingeln.
»Was ist da drin?« fragte Athelstan.
Colebrooke zuckte die Achseln. »Irgendwelche Gewölbe tief unter der Erde.«
»Aufmachen!«
»Ich habe keinen Schlüssel.«
»Macht uns keine Schwierigkeiten!« kläffte Cranston. »Schließt das verdammte Ding auf!«
Colebrooke stemmte die Hände in die Hüften, drehte sich um und brüllte einen Befehl. Soldaten kamen gerannt. Unter Colebrookes Leitung schoben sie einen mächtigen Rammbock heran und stießen seinen eisenbeschlagenen Kopf gegen die Pforte, bis diese nachgab und aus den Angeln flog.
»Fackeln!« befahl Cranston.
Man brachte Pechfackeln und zündete sie hastig an. Rothand hüpfte die glitschigen Treppenstufen hinunter in eiskalte Finsternis.
Am Fuße der Treppe begann ein Korridor, schmal, klamm und stinkend. Zur Rechten waren nur schimmelige Wände, zur Linken zwei Zellentüren mit eingerosteten Schlössern. Athelstan erstarrte, als er etwas quieken und rascheln hörte; er fuhr herum und sah ein braunes, fettglänzendes Etwas, das ins Dunkel glitt und verschwand.
»Schlagt die Türen ein!« rief Cranston.
Die Soldaten attackierten das schwere, aber verrottete Holz und schlugen ein großes Loch hinein. Athelstan nahm eine Fackel und kletterte hinein. Dahinter war nichts außer ein paar Ratten,

die quiekend und raschelnd in einem vermoderten Strohhaufen in der Ecke saßen.
»Bei allen Zähnen der Hölle!« zischte Cranston. »Nichts!«
Sie kletterten durch das Loch in der Tür wieder hinaus. Cranston hielt die Fackel hoch und untersuchte die Wand zwischen den Türen.
»Sieh doch, Athelstan!« rief er.
Der Ordensbruder betrachtete die Wand aufmerksam.
»Da ist noch eine Tür«, stellte Cranston fest. »Aber sie ist zugemauert. Hier, sie wölbt sich, und der Putz ist frischer.«
»Ihr habt's gefunden! Ihr habt's gefunden! Ihr habt's gefunden!« Rothand klatschte in die Hände und hüpfte wie ein spielendes Kind. »Sie haben die Geheimtür gefunden!« krähte er. »Sie haben das Spiel gewonnen!« Der Irre wurde plötzlich still. »Ich hab das gemacht«, erklärte er dann stolz. »Sir Ralph Whitton hat es mir befohlen. Die Tür wurde abgeschlossen, und ich habe den Eingang zugemauert.«
»Wann?« fragte Athelstan.
»Oh, vor Jahren. Vor Jahren!«
Cranston schnippte gebieterisch mit den Fingern. »Reißt die Mauer ein!«
Die Soldaten machten sich mit eisernen Hämmern und Schlegeln an die Arbeit. Bald war der Gang voll weißem, modrigem Staub.
»Da ist eine Tür!« rief einer.
»Einschlagen!« befahl Cranston.
Wenig später brach und krachte das verrottete Holz, das hinter der niedergerissenen Mauer zum Vorschein gekommen war; die Soldaten schlugen ein Loch hinein, und Cranston und Athelstan krochen hindurch. Cranston rief nach Fackeln und hielt dann eine in die Höhe.
»Barmherziger Gott!« wisperte er und starrte das zerfallene Skelett an, das auf einem verfaulten Strohsack lag. »Wer ist das?

Und welcher gräßliche Sohn des Satans hat einen so furchtbaren Tod befohlen?«
»Um Eure Fragen zu beantworten, Sir John: Ich nehme an, dies sind die sterblichen Überreste des Bartholomew Burghgesh. Und Whitton, ein Mann, dessen Herz eine Mördergrube ist, hat den Befehl gegeben.«
»Sieh doch!« zischte Sir John und leuchtete mit seiner Fackel an die Wand, wo der weiße Knochenarm lehnte. Athelstan spähte genauer hin und sah die grobe Zeichnung eines Dreimasters in den Stein geritzt; es war die gleiche Zeichnung wie in den Briefen an Sir Ralph und die anderen. Cranstons Augen rundeten sich überrascht.
»Bruder, du hast recht!«
»Ja, Sir John. Jetzt wollen wir sehen, ob der Rest meiner Theorie ebenfalls standhält.«
Sie befahlen Colebrooke, Wachen vor der Zelle aufzustellen, und kehrten schnell in die kalte, frische Luft des Tower Green zurück.
»Was habt Ihr denn gefunden?« fragte der Lieutenant besorgt hinter ihnen.
»Nur Geduld, Master Lieutenant. Aber kommt, ich muß Euch noch um weitere Gefälligkeiten bitten.« Athelstan nahm Colebrooke beim Ellbogen und führte ihn beiseite, und Cranston sah, wie Ordensmann und Soldat leise miteinander sprachen.
»Braucht Ihr Rothand noch?« Plötzlich hüpfte der Bucklige wieder neben ihnen.
Cranston lächelte und wühlte in seiner Börse nach zwei Silberstücken und drückte sie dem Mann in die Hand. Dann tätschelte er ihm sanft die Wange.
»Im Augenblick nicht, Rothand. Aber ich danke dir, und ebenso der Regent, der Bürgermeister und die Stadt London.«
Die Augen des Buckligen blitzten entzückt. Er rannte davon,

machte Bocksprünge vor Freude, schlug Purzelbäume und lachte den Raben zu, die lautstark über ihm krächzten.
»Rothand ist der Größte! Rothand ist der Beste!« kreischte er.
Athelstan trat zu Sir John. »Der Lieutenant weiß, was er zu tun hat«, sagte er. »Kommt, Mylord Coroner, das Drama kann beginnen.«
Die anderen warteten in Philippas Gemach. Sir Fulke war sehr elegant in ein dunkles Gewand in goldgesäumtem Maulbeerrot gekleidet. Philippa trug Trauerkleidung und einen schwarzen Schleier; sie saß am Fenster, den Kopf über eine Stickerei gebeugt. Rastani hockte vor dem Feuer, und der Kaplan saß ihm gegenüber auf einem Schemel. Alle außer Philippa blickten wütend auf, als Athelstan und Cranston hereinkamen.
»Wir warten schon seit einer Stunde!« schimpfte Sir Fulke.
»Gut«, erwiderte Sir John. »Und in drei Teufels Namen, wenn ich will, wartet Ihr noch mal eine verdammte Stunde! Wir sind hier im Auftrag des Königs. Vier Männer sind tot, und einer von ihnen ist Sir Ralph Whitton, ein hoher Staatsbeamter, wenn auch ein vollendeter Dreckskerl!«
Mistress Philippa blickte auf, und ihr Gesicht war eine weiße Maske der Wut. Athelstan schloß die Augen, während Sir John das Mädchen mit überschwenglichsten Entschuldigungen überschüttete.
»So – können wir jetzt anfangen?« fragte Sir Fulke.
»Gleich, gleich«, brummte Athelstan. »Ich glaube, wir warten noch auf Master Colebrooke und den jungen Geoffrey.«
Cranston ließ sich neben Philippa auf die Fensterbank fallen, aber sie wandte ihm den Rücken zu. Athelstan trug einen Schemel zum Tisch und legte Tablett, Tintenfaß und Federkiel bereit.
Colebrooke stieß schwer atmend die Tür auf.
»Es ist alles bereit, Sir John.« Der Lieutenant kam zu Athelstan.
»Hier, Bruder.«

Athelstan nahm, was der Lieutenant ihm gab, und verbarg es in seinem voluminösen Ärmel. Er schaute in die schweigende Runde. Hier, dachte er, werden wir den Mörder fangen.

14. Kapitel

Cranston drehte Daumen und schaute strahlend in die Runde. Athelstan sah mit stiller Belustigung, daß Sir John unter seinem Mantel Wams und Hose in dunklem Flaschengrün mit silbernen Fransen und dazu passenden Knöpfen trug. Das war einer der besten Anzüge des Coroners, ein sicheres Anzeichen dafür, daß er in bester Verfassung war. Die anderen indessen wirkten niedergedrückt: Hammond starrte auf den Boden, Rastani ins Feuer. Sir Fulke nagte an seiner Unterlippe und wippte ungeduldig mit dem Fuß. Colebrooke zappelte, während Philippa wütend auf ihre Stickerei einstach. Draußen waren Schritte zu hören; die Tür ging auf, und Parchmeiner trat ein. Athelstan sah die Wachen draußen und war froh, daß Colebrooke so vernünftig gewesen war, bewaffnete Soldaten herbeizubefehlen. Der junge Mann hatte rote Wangen und war außer Atem. Er lächelte Philippa zu, ging hinüber und küßte sie sanft auf den Mund, bevor er sich erwartungsvoll umsah.

»Sir John! Bruder Athelstan! Was soll dieser plötzliche Aufstand?«

Der Ordensbruder erhob sich. »Schalom, Geoffrey!«

»Friede sei mit Euch, Bruder.« Plötzlich errötete der junge Mann.

Athelstan lächelte. »Woher kennt Ihr das arabische Wort für Frieden?«

Der junge Mann zuckte die Achseln. »Ich kaufe und verkaufe. Ich kenne mehr als eine Sprache.«

»Schlagt Eure Manschetten zurück, Master Parchmeiner.«

Parchmeiner machte ein verblüfftes Gesicht. »Wieso?«

»Schlagt sie zurück.«

»Ich begreife nicht ...«

»Schlagt sie zurück!« befahl Cranston. »Sofort!«

Parchmeiner knöpfte die bestickte Manschette auf, klappte sie zurück, und Athelstan sah die weißen Streifen, die sich wie Ringe um die braunen Handgelenke des Mannes zogen.

»Wie kommt Ihr an die Spuren von Sklavenketten?« fragte Athelstan. »Durch Handel?« Mit einer raschen Bewegung zog er dem Mann das Messer aus dem Gürtel und warf es Cranston zu. »Und wie geht es Euren Verwandten in Bristol? Habt Ihr wieder von ihnen gehört?«

Die Augen des jungen Mannes wurden schmal, und Athelstan sah den entschlossenen Zug um Mund und Kinn. Die Maske fiel. In Zukunft, nahm Athelstan sich insgeheim vor, würde er Gesichter aufmerksamer betrachten.

»Lügt jetzt nicht, Geoffrey. Ihr habt keine Schwester in Bristol. Sie hat Euch keinen Brief geschickt. Das West Country ist wegen des Schnees vollkommen abgeschnitten. Wie könnt Ihr mit jemand in Bristol in Verbindung stehen, wenn die Straßen nach Westen unpassierbar sind?« Athelstan lächelte Cranston ohne Heiterkeit zu. »Ist es nicht eigenartig, wie eine so unschuldige Bemerkung die ganze Sache zum Höhepunkt treiben kann?« Athelstan trat näher; die Atmosphäre im Raum hatte sich plötzlich verändert. Philippa war aufgestanden und preßte die Faust vor den Mund. Die anderen waren angespannt und regungslos wie Statuen.

»Euer Name ist nicht Parchmeiner, stimmt's?« fragte Cranston.

Athelstan trat noch näher. »Wer seid Ihr?« fragte er leise. »Seid Ihr Mark Burghgesh?«

Ein Lächeln zuckte über Parchmeiners Gesicht, während er versuchte, sich zu fassen. »Was soll der Unfug?« fauchte er. »Philippa, wir kennen uns seit drei Jahren. Ich komme aus Bristol. Meine Schwester wohnt dort. Sie wird in ein paar Tagen hiersein.«
Athelstan schüttelte den Kopf. »Nein, das wird sie nicht, junger Mann. Aber Ihr habt uns immer noch nichts über die Ringe an Euren Handgelenken erzählt.«
Der junge Mann wandte den Blick ab. »Ich habe früher Armbänder getragen«, antwortete er geschmeidig.
»Das ist doch alles Unsinn«, schaltete sich Philippa ein. »Wollt Ihr Geoffrey beschuldigen, meinen Vater ermordet zu haben?«
»Jawohl, das will ich«, erklärte Athelstan.
»Aber jemand ist von außen an der Nordbastion hinaufgeklettert!«
»Nein.« Athelstan sah Colebrooke an. »Master Lieutenant, habt Ihr alles vorbereitet?«
Colebrooke blinzelte nervös und nickte.
»Dann laßt uns anfangen!« rief Cranston. »Master Lieutenant, Ihr habt bewaffnete Wachen und Bogenschützen im Gang und unten?«
»Jawohl, Sir John.«
»Gut. Sie werden alle bewachen. Wenn irgend jemand versucht zu fliehen, sollen sie schießen.«
Cranston an der Spitze, verließen sie das Gemach, gingen die Treppe hinunter und über das Tower Green bis vor die erste Festungsmauer zur einsamen, trostlosen Nordbastion. Sie traten durch die Tür, im Vorraum standen zwei Soldaten erwartungsvoll auf ihrem Posten. An der hinteren Wand hing ein Holzgestell mit verschiedenen Schlüsseln.
»So«, sagte Athelstan zu den beiden Wachen. »Jener Morgen, als Sir Ralph tot gefunden wurde … Erzählt mir noch einmal, was da passiert ist.«

Der eine der beiden Soldaten zog eine Grimasse. »Na, ich bring den jungen Parchmeiner rauf«, sagte er. »Nein, erst nehm ich den Schlüssel vom Haken. Dann bring ich ihn rauf. Ich schließ die Tür zum Gang auf, laß ihn rein, schließ die Tür wieder ab und komm runter.«

»Und dann?«

»Na«, unterbrach der zweite Soldat, »wir hören Master Geoffrey nach Sir Ralph rufen.«

»Und dann?« fragte Athelstan.

»Er kommt zurück und klopft an die Tür.« Der Bursche deutete die Treppe hinauf. »Wie schließen auf, er kommt runter und schickt nach dem Lieutenant.«

»Nein«, widersprach Athelstan. »Da war noch etwas. Das habt ihr uns zumindest erzählt.«

Der eine Soldat kratzte sich das Stoppelkinn.

»Ah«, meldete sich sein Kamerad, »ich weiß schon. Der junge Geoffrey sagt, er will Sir Ralph selbst wecken, und wir geben ihm den Schlüssel. Er geht die Treppe rauf, überlegt sich's dann anders, kommt wieder runter, gibt uns den Schlüssel und geht Master Colebrooke holen.«

»Gut.« Athelstan lächelte. »Und jetzt, Sir John, werde ich Parchmeiners Weg zurückverfolgen.« Er warf einen raschen Blick auf den jungen Mann, der mit bleichem Gesicht und schmalen Augen wachsam dastand. Philippa starrte ihn an wie ein Kind, das sich den plötzlichen Stimmungswandel eines Erwachsenen nicht erklären kann. Sir Fulke und der Kaplan machten verwirrte Gesichter, aber Athelstan bemerkte, daß der stumme Rastani, die Hand am Messer, sich näher an Parchmeiner herangeschoben hatte.

»Mylord Coroner«, rief Athelstan, »ehe wir fortfahren, sollten alle, außer Lieutenant Colebrooke, lieber ihre Waffen abliefern.«

Leiser Protest erhob sich, aber Cranston wiederholte Athelstans

Befehl, und Messer und Schwerter fielen klappernd auf einen unordentlichen Haufen.

»Nun fangen wir an«, sagte Athelstan. »Sir John, wollt Ihr bitte zählen?«

Er nickte einem der Wachposten zu. »Schließt oben die Tür auf!« Cranston begann laut zu zählen, und Athelstan lief die Treppe hinauf. Die Tür schwang auf und wurde hinter ihm abgeschlossen. Cranston verharrte ein paar Augenblicke bei Zwanzig, als Athelstan oben Sir Ralphs Namen rief; dann zählte er weiter. Er war gerade bei Fünfzig angelangt, als Athelstan oben an der Treppe gegen die Tür hämmerte. Einer der Wachen lief hinauf und schloß auf. Athelstan kam hervor und folgte dem Soldaten die Treppe herunter.

»Und jetzt«, rief der Bruder, »will ich den Schlüssel zu Sir Ralphs Kammer!«

Athelstan nahm einen Schlüssel vom Haken und lief die Treppe hinauf; auf halber Höhe blieb er stehen, schüttelte den Kopf und kam wieder herunter.

»Andererseits«, sagte er, »wollen wir doch lieber Master Colebrooke kommen lassen.« Er gab dem Soldaten den Schlüssel zurück. »Sag mir«, forderte er ihn dann auf, »habe ich länger gebraucht als der junge Geoffrey?«

»Nein, ungefähr genauso lange. Er war 'n bißchen länger oben im Gang. Aber nicht viel.«

Sir Fulke drängte sich nach vorn. »Was hat das alles zu bedeuten?« fragte er.

Athelstan lächelte. »Das werde ich Euch gleich zeigen. Master Lieutenant, schließt die Tür oben an der Treppe auf.«

Der Lieutenant ging die Treppe hinauf, schloß die Tür wieder auf, und alle folgten ihm in den kalten Gewölbegang. Colebrooke schloß Whittons Kammer auf, und nacheinander traten alle ein. Sir Fulke fluchte. Philippa stieß einen kurzen Schrei aus. In der Kammer war es eiskalt. Die Fensterläden standen weit offen, und das Federbett auf der schmutziggrauen Matratze des vierpfostigen Bettes war aufgeschlitzt worden. Gänsefedern quollen hervor – eine grausige Erinnerung an den Mord an Sir Ralph.

»Wer war das? Was ist das für ein übler Unsinn?« fragte Kaplan Hammond.

Athelstan kümmerte sich nicht um ihn und stellte sich vor Parchmeiner.

»Ihr wißt, was ich getan habe«, sagte er ruhig. »Genau das, was Ihr an jenem Morgen tatet, als Ihr Sir Ralph ermordet habt. Und ich sage Euch, wie es sich abgespielt hat. Erstens: Als Sir Ralph in die Nordbastion zog, spieltet Ihr die Rolle des unterwürfigen Schwiegersohnes. Ihr halft ihm, ein paar Dinge hinüberzuschaffen. Die Kammer war ja erst bewacht, als Sir Ralph eingezogen war, nicht vorher; deshalb öltet Ihr sorgfältig Angeln und Türschloß, was die Ölflecke draußen im Gang erklärt. Zweitens: Das Stockwerk darüber ist abgeriegelt; das Ende des Korridors ist durch eingestürztes Mauerwerk versperrt. In diesem Geröll habt Ihr einen Dolch versteckt, wie es Colebrooke jetzt auf meine Bitte mit Sir Johns Dolch getan hat. Ich habe das Federbett aufgeschlitzt und den Dolch wieder dort versteckt. Am Abend vor Sir Ralphs Tod habt Ihr mit ihm gegessen und habt dafür gesorgt, daß er viel trank. Wahrscheinlich habt Ihr noch ein ziemlich starkes Schlafmittel hinzugegeben, um ihn benommen zu machen. Drittens: Ihr habt Sir Ralph bis zur Treppe gebracht, die Wachen halfen ihm zu seiner Kammer hinauf, und wahrscheinlich habt Ihr bei dieser Gelegenheit den Schlüssel vertauscht: Ihr habt den weggenommen, den Sir Ralph für die Wache dagelassen hatte, und einen anderen an den Haken gehängt. Als wir vorhin in Philippas Gemach waren, hat er mir den richtigen Schlüssel zugesteckt.« Athelstan machte eine Pause. »Am nächsten Morgen kommt Ihr herüber, die Wachen durchsuchen Euch, aber Ihr habt nichts bei Euch als Eure eigenen harmlosen Habseligkeiten, zu denen« – Athelstan griff dem jungen Mann vorsichtig an die Seite – »wie bei jedem Kaufmann ein Schlüsselbund gehört. Ihr geht die Treppe hinauf, die Wache macht Euch auf, und Ihr geht durch den Gang zu Sir Ralphs Kammer. Während Ihr klopft und brüllt, schließt Ihr lautlos die Tür auf; schließlich sind Schloß und Türangeln so gut geölt. Der Rest ist einfach.«

»Aber ...« Colebrooke wollte etwas sagen.

»Noch nicht«, unterbrach Athelstan ihn und betrachtete Parchmeiner aufmerksam. »Drinnen handelt Ihr blitzschnell. Die Fensterläden geöffnet, die kalte Luft hereingelassen. Dann hinüber zu Whittons Bett, den Kopf zurückgerissen. Sir Ralph, immer noch schwer benommen, schlägt vielleicht für einen Moment die Augen auf, als Ihr ihm die Gurgel durchschneidet. Ihr wischt das Messer am Bettzeug ab, schließt wieder ab, schiebt die Waffe in den Schutt und hämmert an die Tür zum Gang.«

Athelstan sah leise Belustigung in Parchmeiners Blick; das Gesicht des jungen Mannes blieb kalt und unbewegt.

»Jetzt«, fuhr Athelstan fort, »macht Ihr den Schlüssel zu Sir Ralphs Kammer von Eurem Ring los. Ihr geht nach unten, laßt Euch den falschen Schlüssel geben, steigt die Treppe hinauf und vertauscht die beiden Schlüssel, während Ihr den Soldaten den Rücken zukehrt. Dann gebt Ihr den Wachen den richtigen Schlüssel zurück; ich habe eben bewiesen, daß zwei Schlüssel sehr ähnlich aussehen können. Und dann macht Ihr Euch auf die Suche nach Colebrooke.«

»O nein!« Philippa sank bleich und bestürzt gegen Sir Fulke, ohne Geoffrey aus den Augen zu lassen. »Oh, bitte, lieber Gott, nein!«

»Ja, so ist es gewesen«, verkündete Cranston obenhin. »Mein Schreiber hat es bewiesen. Die beiden Wachen haben nur gesehen und gehört, was sie sollten.«

»Bruder Athelstan?«

»Ja, Sir Fulke?«

»Der Leichnam meines Bruders war kalt, als Colebrooke kam.«
»Ja, selbstverständlich«, erwiderte Cranston bissig. »Kohlebecken und Kaminfeuer waren erloschen; das läßt vermuten, daß Whitton von Drogen berauscht war. Der Mörder stieß die Fensterläden auf, und die eiskalte Luft strömte herein. Bedenkt, es war ein frostiger Morgen. Daß Master Parchmeiner nicht gleich nach Colebrooke schickte, dürfte mit dazu beigetragen haben.«
Aus dem Augenwinkel sah Athelstan plötzlich eine schnelle Bewegung. »Sir John! Rastani!«
Trotz seiner Körpermassen bewegte der Coroner sich flink. Er packte den Stummen, der sich gerade auf den Mörder seines Herrn stürzen wollte, am Wams und hob ihn hoch wie ein kleines Kind.
»Ihr, Sir«, sagte er leise, »werdet auf Eurem Platz bleiben, bis diese Angelegenheit erledigt ist.« Er schüttelte Rastani wie eine Lumpenpuppe. »Habt Ihr verstanden?«
Der Stumme warf Parchmeiner einen haßerfüllten Blick zu.
»Ob Ihr verstanden habt?« Cranstons Griff wurde härter.
Der Stumme klappte den Mund auf und zu und nickte dann. Cranston ließ ihn sanft zu Boden gleiten, und zwei von Colebrookes Soldaten postierten sich rechts und links von dem Mauren.
»Bewacht ihn gut!« befahl Cranston knapp. »Zieht eure Schwerter!«
Während dieses Auftritts hatte Parchmeiner nicht mit der Wimper gezuckt, sondern den Ordensbruder mit kühlem Blick betrachtet; dieser wußte, daß er einem Mann gegenüberstand, für den Mord etwas Natürliches war und der die Gelegenheit genutzt hatte, furchtbare Rache zu üben.
»Master Colebrooke!« rief Athelstan, ohne den Mörder aus den Augen zu lassen. »Ich möchte, daß man Master Parchmeiner die Hände fesselt und ein Seil um den Leib bindet.«

Colebrooke erteilte Befehle; einer der Soldaten drehte Parchmeiner die Arme auf den Rücken und fesselte Handgelenke und Daumen aneinander. Ein anderer Soldat löste seinen Gürtel, schob das eine Ende durch Parchmeiners Gürtel und schnallte das andere fest an die Ledermanschette an seinem Handgelenk. Athelstan entspannte sich und schaute sich in der kalten Todeskammer um.

»Wir müssen nicht hierbleiben«, erklärte er. »Wir können in Mistress Philippas Gemach zurückkehren.«

Das junge Mädchen sprach kaum ein Wort und stöhnte leise, als ihr Onkel sie in die Arme nahm. Die Gruppe verließ die Nordbastion. Auf dem Tower Green befahl Colebrooke, dem die Gefahr bewußt geworden war, einem Wachoffizier, die Trommel zu schlagen und die Garnison zu den Waffen zu rufen. Befehle erschallten, Tore schlossen sich, und während sie die Treppe zu Philippas Gemach hinaufgingen, hörte Athelstan, wie Soldaten und Bogenschützen unten in Stellung gingen. Er drehte sich um und lächelte Cranston an.

»Ich muß mich entschuldigen. Euer Dolch liegt noch in dem Schutthaufen in der Nordbastion.«

»Keine Sorge«, knurrte Cranston. »Was ich gesehen habe, ist mehr wert als tausend Dolche.«

Oben angekommen, blieb Parchmeiner zwischen den beiden Wachen stehen. Athelstan sah ihn neugierig an, denn der junge Mann lächelte wie über einen geheimen Scherz. Die anderen waren ein stilles, gebanntes Publikum. Rastani hockte mürrisch und verschlossen zwischen zwei vierschrötigen Wachen auf einem Schemel. Philippa seufzte leise; sie war ganz in ihren Schmerz versunken. Ihr Onkel und der Kaplan standen ihr zur Seite. Cranston goß sich einen Becher Wein ein. Athelstan ging zum Kamin und wärmte sich die Hände am Feuer.

»Die anderen Morde«, fuhr er ruhig fort, »waren ein Kinderspiel. Als Mowbray starb, war er oben auf dem Wehrgang beim Salt

Tower, während Ihr anderen hier zum Abendessen bei Philippa versammelt wart. Master Parchmeiner, nehme ich an, kam als letzter. Mowbray war, wie jeder Soldat« – er drehte sich um und lächelte Colebrooke zu –, »ein Gewohnheitstier. Wir wollen annehmen, daß die Geschichte von Master Parchmeiners Höhenangst gelogen ist. Er wußte, daß Mowbray am anderen Ende der Brustwehr auf seinem gewohnten Platz stand; er schlich sich hinauf, legte den Schaft eines Speeres oder einer Axt oben über die Treppe und verkeilte ihn fest in einer der Schießscharten. Dann begab er sich in Mistress Philippas Gemach, und das Essen konnte beginnen.«

»Aber er ist dann nicht wieder weggegangen«, gab Sir Fulke zu bedenken. »Er ist nicht weggegangen, um die Sturmglocke zu läuten.«

»Natürlich nicht«, sagte Cranston. »Master Colebrooke, ist alles bereit? Ist die Garnison gewarnt? Nun ...« Cranston stellte seinen Weinbecher auf den Tisch. »Ich muß mich erleichtern. Wenn ich recht verstanden habe, gibt es einen Abtritt unten am Gang?«

Sir Fulke nickte verblüfft. Cranston ging zur Seitentür hinaus. Die anderen blieben regungslos sitzen wie Figuren auf einem Fresko. Plötzlich sprang alles auf, denn die große Sturmglocke läutete los. Befehle wurden gebrüllt, Männer rannten, und das Geläut verstummte. Cranston kam grinsend wieder hereingeschlendert.

»Wer hat die Glocke geläutet?« quiekte der Kaplan.

»Ich«, sagte Sir John.

»Wie denn?«

Athelstan wandte dem Feuer den Rücken zu und ergriff das Wort. »Sir John ging zum Abort«, sagte er ruhig. »Ein Bogenschütze mit einer kleinen Armbrust begleitete ihn. Mir war aufgefallen, daß man durch das Fenster über dem Abtritt auf das Tower Green schaut. Der Bogenschütze brauchte sich nur hin-

ter den Vorhang zu stellen, der den Abtritt verbirgt, einen Bolzen abzuschießen und die Glocke zu treffen.« Athelstan zuckte die Achseln. »Ihr kennt den Mechanismus. Wenn die Glocke einmal ins Schwingen gebracht wird, läutet sie endlos.«
»Aber es war doch dunkel«, wandte Sir Fulke ein.
»Nein, Sir Fulke. Wie Ihr Euch vielleicht erinnert, stehen Fakkeln um die Glocke.«
»Aber der Bolzen wurde nicht gefunden!«
»Natürlich nicht. Der Schnee rings um die Sturmglocke lag dick und unberührt. Der Bolzen traf die Glocke und fiel in den Schnee. Als die Soldaten nachschauten, weshalb die Glocke geläutet hatte, suchten sie nach Fußabdrücken und nicht nach einem Armbrustbolzen, kleiner als Eure Hand, der tief im Schnee steckte.«
»Und die Armbrust?« Zum ersten Mal sprach Parchmeiner jetzt; seine Stimme klang schroff und abgehackt.
Athelstan schüttelte den Kopf. »Wie den Dolch konntet Ihr sie im Korridor liegenlassen und später beiseite schaffen oder durch das Abtrittloch werfen. Außerdem: Wer würde etwas merken? Als Ihr hastig den Abort verließt und ins Gemach zurückranntet, war alles in Aufruhr, weil die Alarmglocke läutete. Niemand sah einen Zusammenhang zwischen Eurer Abwesenheit und dem Läuten der Glocke. Ihr wart ja auf dem Abort und nicht unten, und die Wachen hatten niemanden in der Nähe der Glocke gesehen. Der Rest war dann einfach«, fuhr Athelstan fort. »Im nächtlichen Wirrwarr konntet Ihr zum Wehrgang hinauflaufen und den Schaft über die Brustwehr in den Wassergraben werfen. Wenn Euch jemand auf der Treppe bemerkt hätte, hättet Ihr als Held gegolten, der herausfinden wollte, weshalb der arme Mowbray zu Tode gestürzt war.« Athelstan sah Cranston an. »Als Sir John mir erzählte, daß ein Armbrustbolzen im Fleisch des Bären gesteckt habe, fiel mir plötzlich ein, wie das geheimnisvolle Läuten der Sturmglocke bewerkstelligt sein

konnte.« Athelstan war plötzlich müde. Er rieb sich mit beiden Händen das Gesicht.
»Gott allein weiß«, dröhnte der Coroner und baute sich breitbeinig vor dem Gefangenen auf, »wie Ihr den armen Horne in den Tod gelockt habt. Allerdings war der Mann so voller Angst, daß es kein Problem gewesen sein dürfte, damit zu spielen.« Er umspannte Parchmeiners Gesicht mit Daumen und Zeigefinger und drückte die Wangen zusammen. »Ich habe die grausigen Überreste Eurer Tat gesehen.«
Parchmeiner bog den Kopf zurück, lächelte und spuckte dem Coroner mitten ins Gesicht. Der Coroner wischte sich den Speichel mit dem Mantelsaum von der Wange; dann holte er aus und schlug Parchmeiner schallend ins Gesicht. Der junge Mann sträubte sich gegen die Wachen, die ihn festhielten, und Cranston schaute Athelstan an.
»Keine Angst«, sagte er. »Ich schlage ihn nicht noch einmal. Aber er hatte es verdient, weil er seine üble Tat unter mein Dach und in mein Haus getragen hat.«
Er schenkte sich Wein nach und trug den Becher zu Philippa hinüber, die neben ihrem Onkel saß. Sie hob nicht einmal den Kopf. Sir Fulke wandte sich ab, und so stellte Cranston sich mitten ins Zimmer und nahm selbst einen Schluck. »Schließlich Fitzormondes Tod.« Er verzog das Gesicht. »Das war leicht.« Er deutete auf Parchmeiner. »Unser junger Mordbube hier tut so, als verlasse er den Tower. Bei dem starken Tauwetter sind so viele Leute auf den Beinen, daß kaum jemand bemerken dürfte, wie er sich, vielleicht in einem anderen Mantel oder mit einer Kapuze, wieder hereinschleicht. In dieser Festung gibt es genug finstere Winkel, um eine ganze Armee zu verstecken. Jeden Abend ging Fitzormonde zum Bären, und Parchmeiner nutzte diese Gelegenheit. Wieder mit seiner kleinen Armbrust bewaffnet, schießt er auf das Tier. Die Bestie gerät in Raserei und stürzt sich auf Fitzormonde. Die schlecht gesicherte Kette reißt, und

der Hospitaliter stirbt. Geoffrey nutzt das Chaos und verschwindet durch das Haupttor oder durch eine der Seitenpforten. Man kann ihm nichts zur Last legen.«
»Ihr habt keinen Beweis!« schnarrte Parchmeiner. »Nicht den kleinsten Beweis für das alles.«
»Nein, aber den bekommen wir noch«, erwiderte Athelstan. »Erstens kann ich beweisen, daß ein Mann durchaus im kältesten Winter nachts an der Außenmauer der Nordbastion hinaufklettern kann. Aber würde er auch wieder heil herunterkommen? Ich kann den Schutt vor Sir Ralphs Kammer nach Blutflecken von dem Dolch absuchen, den Ihr dort versteckt und später zweifellos wieder geholt habt. Master Colebrooke kann feststellen, wer das Schloß und die Türangeln von Sir Ralphs Kammer geölt hat. Man kann die Sturmglocke nach Spuren eines Bolzenschusses absuchen und ebenso den Boden darunter, denn das Geschoß liegt bestimmt noch im Schneematsch. Wir können ermitteln, wer wo war, als Adam Horne umgebracht wurde.« Athelstan trat auf den bleichen Mann zu. »Wir können Euch auch hier in einen Kerker sperren, bis der Schnee schmilzt, und uns dann nach Euren Verwandten in Bristol erkundigen.«
»Aber warum? Warum?« Philippas eingefallenes Gesicht war vom Schmerz verdüstert, und dunkle Schatten lagen unter ihren geröteten Augen. »Warum?« kreischte sie.
»Vor fünfzehn Jahren«, antwortete Cranston, der sie vor lauter Mitleid nicht anschauen konnte, »dienten Euer Vater und die anderen, die Parchmeiner ermordet hat, unter Führung von Sir Bartholomew Burghgesh als Ritter in Outremer. Ihr habt den Namen schon einmal gehört? Euer Vater«, fuhr er fort, ohne auf eine Antwort zu warten, »und die anderen verrieten Sir Bartholomew auf grausame Weise, um einen Schatz an sich zu bringen, den er dem Kalifen von Ägypten weggenommen hatte. Sir Bartholomew verließ Zypern und wollte nach Genua reisen, aber

die anderen, angestiftet von Sir Ralph, informierten insgeheim den Kalifen, und das Schiff, auf dem Sir Bartholomew reiste, wurde überfallen.« Cranston kratzte sich am Kopf. »Man hatte allgemein angenommen, daß Bartholomew auf diesem Schiff sein Leben aushauchte, aber wie wir jetzt wissen, kam er vor drei Jahren zu Eurem Vater in den Tower. Sir Ralph nahm Sir Bartholomew gefangen – entweder durch einen Trick oder mit Gewalt – und sperrte ihn in ein Verlies unter diesem Turm hier. Er befahl dem Narren Rothand, die Zelle zuzumauern. Wer würde nachher schon auf das Geschwätz eines Idioten hören?«
Parchmeiner begann, zwischen seinen beiden Wächtern zu toben.
»Er ist hier?« schrie Geoffrey. »Bartholomews Leiche ist hier?« Plötzlich erschlaffte er. »O Gott!« flüsterte er. »Wenn ich das nur gewußt hätte!«
Athelstan kam zu ihm. Aller Hochmut und Haß waren verschwunden, dem jungen Mann kamen die Tränen, und Mitgefühl durchströmte den Ordensbruder.
»Wer seid Ihr?« fragte Athelstan leise. »Sagt es mir. Ich verspreche Euch, Ihr dürft Bartholomews letzte Ruhestätte sehen.«
Parchmeiner schaute zu Boden. »Burghgesh war nicht mein Vater«, begann er, und seine Stimme klang wie aus weiter Ferne. »Aber ich wünschte zu Gott, er wäre es gewesen. Ich war mit ihm auf dem Schiff, als es gekapert wurde. Ich war ein Waisenjunge, und ich klammerte mich an Sir Bartholomew.« Geoffrey lächelte matt. »Und er beschützte mich«, flüsterte er. »Er schob mich hinter sich und kämpfte wie ein Paladin, bis die Mauren versprachen, uns beiden das Leben zu schenken, wenn er sich ergäbe.« Der junge Mann blickte auf und blinzelte. »Sie hielten Wort, aber Bartholomew wurde mit Riemen geschlagen, bis seine Fußsohlen rohes Fleisch waren. Dann verkauften sie uns als Sklaven an einen Kaufmann in Alexandria. Sir Bartholomew arbeitete im Garten, und ich kam ins Scriptorium, wo ich Perga-

ment bearbeiten und einlagern mußte. Die Jahre vergingen. Sir Bartholomew gab die Hoffnung niemals auf. Er kümmerte sich um mich, sorgte für mich wie für einen Sohn und beschützte mich vor denen, die mich gern wie eine Frau behandelt hätten. Und eines Nachts schnitt er unserem Herrn die Kehle durch und plünderte seine Schatzkammer. Wir flohen durch die Wüste nach Damietta, bestachen dort einen Kaufmann, fuhren zu Schiff nach Zypern und weiter nach Genua; dann reisten wir quer durch Europa nach Southampton.«

»Wie lange ist das her?«

»Vier Jahre. Sir Bartholomew hatte mir von Whitton und dem Schatz erzählt, aber ...« Fast brach ihm die Stimme. »Mein Herr war ein guter, ehrlicher Mensch. Er konnte einfach nicht glauben, daß seine Kameraden« er spuckte das Wort aus –, »daß seine *Kameraden* ihn verraten hatten!« Der junge Mann schüttelte den Kopf und fluchte leise. »Wir gingen nach London. Sir Bartholomew hatte noch den Schatz, den er dem Kaufmann in Alexandria gestohlen hatte, Gold- und Silbermünzen, und wir lebten wie die Fürsten in einem Gasthaus an der Barbican Street.« Geoffrey schaute Athelstan an. »Könnt Ihr das glauben, Bruder? Er wollte sich nicht damit abfinden, daß er verraten worden war. Er ließ mich im Gasthaus zurück und reiste nach Woodforde, aber von dort kam er verzweifelt zurück. Seine Frau und sein Sohn waren gestorben, das Herrenhaus war verfallen. Wir blieben im Gasthof, bis Sir Bartholomew sagte, seine Kameraden würden sich, wie verabredet, zu jedem Advent in der Nähe des Tower treffen.« Der junge Mann fuhr sich mit der Zunge über die Lippen. »Er erkundigte sich, was aus seinen Kameraden geworden war. Zwei waren inzwischen Hospitaliter und einer Kaufmann.« Geoffrey lachte. »Sir Bartholomew, Gott segne ihn, freute sich sogar, als er hörte, daß Whitton jetzt Konstabler des Tower war, und er erzählte von der Festung, schilderte mir jede Ecke und jeden Winkel.«

Parchmeiner stand rastlos zwischen seinen Bewachern, ganz in seine Erinnerungen versunken. »Dann ging Bartholomew zu Whitton. Er wollte um jeden Preis die Wahrheit herausfinden.« Der junge Mann zog eine Grimasse. »Aber er kam nicht zurück, und mein Verdacht bestätigte sich. Whitton hatte ihn vor fünfzehn Jahren verraten, und er hatte auch jetzt seine Stellung benutzt, um Bartholomew ermorden zu lassen.« Er funkelte Athelstan an. »Ich bin froh, daß ich sie umgebracht habe! Ich habe sie gewarnt und dazu das Zeichen benutzt, das Bartholomew und ich in unserer Gefangenschaft verwandten – das Schiff mit den drei Masten, das uns zusammenbrachte.«

»Und ich?« rief Philippa da. »Was ist mit mir?«

»Was meinst du?«

»Hast du mich nicht geliebt?«

Parchmeiner lachte. »Um jemanden zu lieben, Philippa, braucht man ein Herz. Ich habe kein Herz, keine Seele. Bartholomew war mein Leben.« Er warf dem Mädchen einen verächtlichen Blick zu. »Ich habe dich benutzt«, fuhr er fort, ohne auf ihr lautes Schluchzen zu achten. »Mit Bartholomews Gold habe ich Whittons Untergang bewerkstelligt. Ich verstehe etwas von Manuskripten und Pergament, und so wurde ich Geoffrey Parchmeiner. Ach, Geoffrey ist übrigens wirklich mein Vorname. Ihr könnt mich Geoffrey Burghgesh nennen. Ich verkaufte dem Tower bestes Pergament zu einem lächerlichen Preis; ich freundete mich mit der Tochter des Konstablers an, erschmeichelte mir ihre Zuneigung.« Der Mörder lächelte.

»Und Ihr habt den Konstabler beobachtet? Seine Handlungen? Seine Stimmungen?«

»O ja, Bruder. Ich wußte, daß er und die anderen Mörder sich jedes Jahr im Advent trafen, um ihre Sünden zu feiern und zu schmausen. Ich wurde das, was er gern in mir sehen wollte: ein reicher, junger Kaufmann, ganz vernarrt in seine ziemlich reizlose Tochter. Wer seine Jugend als Gefangener der Mauren verbringt, der lernt zu schauspielern. Das muß man, wenn man überleben will.«

»Und warum jetzt?« fragte Cranston. »Warum nicht schon vor einem Jahr?«

Der junge Mann schüttelte den Kopf. »Sir John, ich mußte planen. Ich mußte mein Wild beobachten, und als die Themse zufror, schlug ich zu. Oh, wie habe ich es genossen! Und ohne Euch wäre auch alles gelungen, Bruder. Ich habe Hornes Kopf zu Sir John geschickt, um ihm zu zeigen, daß die Gerechtigkeit ihren Lauf genommen hat.«

Parchmeiner grinste Cranston an, als ob er eine gute Geschichte erzählte, und Athelstan wurde klar, daß der junge Mann nicht mehr ganz richtig im Kopf war.

»Natürlich hätte mein Plan auch schiefgehen können«, fuhr er jetzt fort, »aber dann hätte ich mir eben etwas anderes ausgedacht. Schließlich führt ja mehr als eine Straße in die Hölle. Und ich wartete, weil die Rache, wie Ihr alle wißt, ein Gericht ist, das man am besten kalt genießt.«

»Du Dreckskerl!« schrie Sir Fulke.

»Glied des Satans!« ergänzte Kaplan Hammond.

»Kann sein«, gab Parchmeiner zurück. »Aber alle hatten sie den Tod verdient.«

»Nein, das hatten sie nicht«, widersprach Athelstan leise. »Sie hatten Unrecht getan, aber mindestens zwei von ihnen haben ehrlich bereut. Ihr hättet vor dem Oberhofgericht Klage gegen sie erheben können. Schon der Vorwurf hätte genügt, Sir Ralph zu vernichten.«

»Ich bin das Gericht Gottes!« schrie Parchmeiner auf und starrte wütend in die Runde. »Ich bin ihr Untergang! Horne hat das begriffen, als er mich in der Rüstung sah, die derjenigen von Sir Bartholomew glich.« Er spuckte zu Sir Fulke hinüber. »Gott verdamme Euch und Eure ganze Familie! Ich habe auch die Schnalle von Eurem Schuh genommen und draußen auf das Eis

geworfen. Das wäre eine hübsche Wendung gewesen, wie? Euch hängen zu sehen für den Mord an Eurem Bruder!«
Sir Fulke wandte sich ab.
»Der Rest war so einfach!« fuhr Geoffrey fort. »Die Briefe wurden abgeschickt. Sir Ralph zog in die Nordbastion. Ich ölte die Angeln und das Schloß seiner Tür und versteckte einen Dolch in dem Schutthaufen im Gang. Die Schlüssel vertauschte ich, als ich dem betrunkenen Schwein zu seiner letzten Ruhestätte half.«
»Und die anderen?« fragte Athelstan.
»Oh, Mowbray, der so brütend im Dunkeln stand, war kein Problem. Ich war schon früher oben auf der Mauer, und er hatte mich nie bemerkt. Die Armbrust habe ich wirklich im Korridor versteckt und nach dem Schuß auf die Glocke ins Abtrittloch geworfen.« Geoffrey kicherte. »Horne war ein Opfer seiner eigenen Angst. Ein echter Trottel. Und Fitzormonde hatte ich vor dem Bären gewarnt.« Der Mörder biß sich auf die Lippe. »Ich hätte sie auch anders umbringen können, aber nachdem Whitton mich aufgenommen hatte, mußte das Spiel gespielt werden.«
Cranston trat vor ihn. »Geoffrey Parchmeiner«, intonierte er, »auch bekannt als Geoffrey Burghgesh: Ich verhafte Euch wegen Mordes. Ihr werdet ins Gefängnis nach Newgate gebracht und Euch zu einem noch zu bestimmenden Zeitpunkt für Eure schrecklichen Verbrechen vor dem Königlichen Oberhofgericht verantworten.« Er sah sich um und nickte Colebrooke zu. »Führt ihn ab.«
»Ich will Bartholomews letzte Ruhestätte sehen!«
»Ja«, sagte Athelstan. »Master Lieutenant, er darf sich ansehen, was wir heute morgen entdeckt haben. Aber fesselt ihn gut!«
Der Mörder warf Fulke einen letzten wütenden Blick zu, bevor Colebrooke und seine Soldaten ihn zur Tür hinausdrängten.
Athelstan seufzte und sah sich um.

»Sir Fulke, Mistress Philippa, es tut mir leid.«
Philippa barg das Gesicht an der Schulter ihres Onkels und weinte lautlos. Sir Fulke wandte den Blick ab.
»Sir John«, sagte Athelstan. »Wir sind hier fertig.« Er packte sein Schreibzeug in den Leinenbeutel, verbeugte sich vor Sir Fulke und folgte Sir John die Treppe hinunter.
Draußen holte Cranston tief Luft. »Gottlob ist es vorbei, Bruder!«
Sie gingen an den abweisenden Massen des Wakefield Tower auf und ab, während ein Diener in die Nordbastion eilte und Cranstons Dolch holte.
»Ein getreuer Mörder«, sagte Sir John leise.
»Aye«, bestätigte Athelstan. »Wahnsinnig oder besessen, getrieben von Haß und Rachsucht.« Er schaute zu den Raben hinauf, die über ihnen krächzten. »Ich bin froh, hier wegzukommen, Sir John. Dieser Ort stinkt nach Tod.«
»Er heißt *Das Haus des Roten Schlächters*.«
»Der Name paßt gut«, meinte Athelstan.
Sie traten beiseite, als Colebrooke vorbeimarschierte. Parchmeiner, stramm gefesselt, war inmitten seiner Bewacher kaum zu erkennen. Dann kam der Diener mit Cranstons Dolch; sie strebten der nächstbesten Schenke zu.
Sir John verlangte naturgemäß »Erfrischung« nach dem, was er eine »mühselige Plackerei« nannte. Athelstan tat es ihm Becher für Becher nach. Schließlich trennten sie sich. Sir John feierte weiter, während Athelstan den widerstrebenden Philomel nach Billingsgate und über die London Bridge heim in die dunkle Einsamkeit von St. Erconwald führte.

Ein paar Tage später saß Athelstan auf seiner Bank gleich hinter dem Chorgitter, den behaglich schnurrenden Bonaventura auf dem Schoß. Der Bruder sah sich im Chorraum um. Alles war bereit für das Weihnachtsfest. Auf dem Altar lag ein frisches, goldgesäumtes Tuch, der Chorraum war ausgefegt, der Altar mit Efeu und Stechpalmen umkränzt, und grüne Blätter und blutrote Beeren schimmerten im Kerzenlicht. Die Kinder hatten ihr Maskenspiel aufgeführt. Athelstan lachte leise beim Gedanken daran, wie Crim, der den Joseph spielte, das Stück für einen kurzen Faustkampf mit einem der Engel unterbrochen hatte. Cecily hatte das Kirchenschiff ausgefegt und die Simse abgestaubt, und morgen würde er drei Messen feiern, eine im Morgengrauen, eine am Vormittag und eine am Mittag. Er schloß die Augen. Er würde seiner eigenen Toten gedenken, seiner Eltern und seines Bruders Francis, aber auch der Männer, die im Tower umgebracht worden waren, und des jungen Parchmeiner, der sicher hängen würde.

Der Bischof hatte ihm erlaubt, seinen Friedhof neu zu weihen, und Pike hatte erzählt, daß Doktor Vincentius verschwunden sei. Benedicta war bestürzt gewesen, und Athelstan verspürte noch immer Gewissensbisse. Geistesabwesend gab er Bonaventura einen Kuß zwischen die Ohren. Er hatte sich bei allen Beteiligten für seinen Zornesausbruch nach Tosspots Grabschändung entschuldigt.

Athelstan seufzte. Alles schien in Ordnung zu sein, aber war es das auch? Weihnachten würde verstreichen, das Fest der Erscheinung des Herrn würde kommen und mit ihm neue Probleme. Vielleicht würde er ein Fest veranstalten, ein Bankett für den Gemeinderat, um sich bei allen für ihre Freundlichkeit zu bedanken. Watkin hatte ihm einen neuen Löffel aus Horn geschenkt, Ursula, die Schweinebäuerin, eine Speckseite. Von Pike hatte er eine neue Hacke für seinen Garten bekommen, von Ranulf, dem Rattenfänger, ein paar Handschuhe aus Maulwurfsfell, und Benedicta, möge Gott sie segnen, war mit einem dicken Wollmantel gekommen, der ihn vor den Unbilden des Winters schützen sollte. Aber morgen, nach der Messe, würde er allein sein. Athelstan starrte in die Kerzenflammen.

Verbarg Gott sich hinter dem Feuer? fragte er sich und schloß die Augen.
»O Herr der verborgenen Flammen«, betete er, »warum ist es so schrecklich, allein zu sein?« Er sprang auf und grinste, als die Kirchentür aufgestoßen wurde. »Gütiger Gott«, flüsterte er. »Von der Macht des Gebetes habe ich ja schon gehört, aber das hier ist wirklich ein Wunder.«
»Mönch!« brüllte Cranston und stand wie ein Koloß in wehenden Gewändern in der Kirche. »Ich weiß, daß du hier bist, Athelstan. Wo versteckst du dich, verdammt? In drei Teufels Namen, es ist noch zu früh für deine verdammten Sterne!«
Athelstan trat unter dem Chorgitter hervor. »Sir John, Ihr seid höchst willkommen.« Er schaute den Coroner aufmerksam an. »Doch nicht schon wieder ein Mord?«
»Das will ich nicht hoffen, verflucht!« röhrte Cranston; er kam näher und klatschte in die Hände. »Ich brauche eine Erfrischung, Bruder! Willst du mir nicht Gesellschaft leisten?«
»Natürlich, Sir John. Aber diesmal bezahle ich.«
»Ein Pfaffe, der bezahlt, was er trinkt«, neckte Cranston. »Es muß wirklich Weihnachten sein.«
Athelstan holte seinen Mantel, den er über den Taufbrunnen geworfen hatte, und zusammen traten sie hinaus in die kalte Nachmittagsluft.
»Laß uns ins *Geschenkte Pferd* gehen«, schlug Cranston vor. »Ein guter Rotwein und ein heißer Eintopf werden uns guttun – an Leib und Seele!«
Sie gingen die Gasse hinunter und traten in die willkommene Wärme der Schenke. Der einarmige Wirt kam geschäftig herüber, um sie zu begrüßen.
»Sir John!« rief er. »Und Bruder Athelstan!«
Er führte sie zu einem Tisch am Kamin, und Cranston bestellte lautstark. Dann räkelte er sich auf der Bank und schaute sich strahlend um.

»Ihr habt viel zu tun, Sir John?«
»Ich suche immer noch Roger Droxford, der in Cheapside seinen Herrn ermordet hat. Jetzt habe ich gehört, daß er sich in einer Taverne bei La Reole verstecken soll; vielleicht gehe ich auf dem Heimweg einmal dort vorbei. Aber, Bruder, laß uns die Mordgeschichten vergessen. Lady Maude lädt dich für morgen um drei zum Essen ein. Dich und die Lady Benedicta.«
Athelstan errötete, und Cranston grinste teuflisch.
»Keine Sorge, sie wird kommen. Ich war schon bei ihr, habe einen Becher Roten getrunken und ihr in deinem Namen einen Kuß gegeben.«
»Sir John, Ihr macht Euch über mich lustig.«
»*Sir John, Ihr macht Euch über mich lustig*«, äffte Cranston ihn nach. »Komm schon, Bruder, es ist doch keine Sünde, wenn man Gefallen an den Werken des Herrn findet. Du kommst?« drängte er. »Ich habe nämlich ein Geschenk für dich.«
Athelstan nickte, und Cranston fragte sich, ob das Astrolabium, das er gekauft hatte, diesem wunderlichen sterneguckenden Ordensbruder wohl gefallen würde. Der Wirt brachte Wein und zwei Schüsseln mit heißem, gut gewürztem Hammeleintopf.
»Tja, Sir John, nun ist alles in Ordnung. Der Mörder Sir Ralphs ist gefaßt, Doktor Vincentius ist fort, mein Friedhof ist sicher. Morgen ist Weihnachten, und alles ist gut.«
Cranston trank schlürfend aus seinem Becher.
»Aye, Bruder, aber der Frühling wird wieder einen Korb voll Sorgen bringen. Der Rote Schlächter wird wieder zuschlagen. Der Mensch hört nicht auf, seinen Bruder zu töten.« Er seufzte. »Und Lady Maude braucht Fürsorge; ihr und dem Kind darf nichts geschehen.« Er senkte den Kopf und funkelte Athelstan an. »Es wird ein Junge«, verkündete er ohne Umschweife. »Und ich werde ihn Francis nennen, nach deinem toten Bruder.«
Athelstan schnappte nach Luft und stellte seinen Becher auf den Tisch.

»Sir John, das ist wunderbar. Es ist sehr gütig von Euch.«
»Er wird ein Ritter werden«, fuhr Cranston überschwenglich fort. »Ein Friedensrichter, ein Mann des Gesetzes.« Er schwieg einen Augenblick. »Glaubst du, er wird aussehen wie ich?«
Athelstan grinste. »In den ersten Monaten bestimmt, Sir John.«
Cranston hörte das Lachen in seiner Stimme. »Wie meinst du das, Mönch?« fragte er drohend.
»Na ja, Sir John, natürlich wird er aussehen wie Ihr. Er wird kahlköpfig sein und rot im Gesicht, er wird viel saufen, rülpsen und furzen, laut brüllen und voll heißer Luft sein.«
Die anderen Gäste in der Schenke unterbrachen, was immer sie gerade taten, und starrten verblüfft herüber, als Sir John Cranston, der Coroner des Königs in der Stadt London, sich an die Wand lehnte und vor Lachen brüllte, bis ihm die Tränen über die Wangen liefen.
Athelstan grinste, bis ihm klar wurde, daß er es fortan mit zwei Cranstons zu tun haben würde. Da schloß er die Augen. »O Gott«, flüsterte er, »und wenn es nun Zwillinge werden?«

Knaur

Die Geschichte des Indianerfreundes Rob J. Cole, Nachfahre des berühmten »Medicus«, und sein Leben als Arzt im Amerika des 19. Jahrhunderts. Das pure Lesevergnügen!

»Gordon fältelt eine weitverzweigte Handlung, bis das Panorama einer vergangenen Welt entstanden ist, so plastisch wie in den großen realistischen Romanen des 19. Jahrhunderts.« *Welt am Sonntag*

(TB 63058)